POUR TOUT L'OR DU SUD

ALEXANDRA RIPLEY

Pour tout l'or du Sud

TRADUIT DE L'AMÉRICAIN PAR MICHEL GANSTEL

BELFOND

Titre original :

FROM FIELDS OF GOLD
publié par Warner Books, Inc., New York

Ce livre est dédié à
Edith Phillips
avec mon affection
et ma reconnaissance

24 août 1875

1

C'était un chariot de bois grisâtre, délavé par l'âge et les intempéries. Un typique chariot de ferme en forme de caisse oblongue, pourvu d'une planche à l'avant en guise de banquette et de grandes roues cerclées de fer rouillé aux rayons barbouillés de rouge. Solide, utilitaire, il n'avait d'autre prétention à l'élégance que ces vestiges de peinture trahissant un lointain accès d'enthousiasme ou d'optimisme de la part de son propriétaire. À cette seule exception, rien ne le distinguait des chariots à tout faire qui sillonnaient les chemins du Piedmont, la contrée rurale au cœur de la Caroline du Nord. Quant au cheval qui le tirait, disgracieux roussin lourd du poitrail, court sur jambes mais puissant et bien nourri, il passait tout autant inaperçu.

Le garçon qui menait l'attelage était sans doute celui qui avait peint les roues du véhicule. Son visage hâlé, criblé de taches de son, respirait l'ardeur et la vitalité ; ses yeux, du bleu profond d'un ciel d'été sans nuages, regardaient le monde en face et aimaient à l'évidence ce qu'ils y voyaient. Nathaniel Richardson, plus connu sous le diminutif de Nate, avait dix-huit ans. Chef de famille incontesté en dépit de son âge, il trônait sur la banquette à côté de sa mère et de son frère tandis que les autres s'entassaient derrière lui.

Comme tant de fermières vouées à une vie rude,

dont un mariage précoce, des maternités en série et un labeur incessant marquaient les étapes, Mary Richardson portait beaucoup plus que ses quarante-quatre ans. Déjà frêle et menue, son dos voûté la rapetissait davantage et projetait en avant son visage ridé dans une attitude agressive. En cette belle journée d'été, sa physionomie n'exprimait toutefois qu'une joyeuse impatience. Elle arborait ses plus beaux atours, une robe de serge noire au col de dentelle blanche et un chapeau de paille noir, à la coiffe entourée d'un ruban de gros-grain formant un nœud sur le devant et retombant en brides nouées sous son menton pointu. De temps à autre, sa main aux articulations déformées se posait avec affection sur le genou du jeune homme vêtu de sombre, assis près d'elle. Mais son fils aîné Gideon, sa joie et sa fierté, était trop absorbé dans ses pensées pour prêter attention aux caresses de sa mère. Les rires et les bavardages excités des enfants ne parvenaient même pas à troubler sa concentration.

À l'arrière du chariot, au milieu d'un assortiment de caisses, de paniers et de tonneaux, le reste de la famille se composait de Joshua, oncle de Nate et de Gideon, maigre quinquagénaire affligé d'une jambe de bois et d'une mine sévère qu'accentuait une longue barbe noire striée de gris, et de son épouse Alva, sa cadette de vingt-cinq ans. Les piaillements et les rires émanaient de leurs filles, Micah huit ans et Susan quatre ans, l'une et l'autre dotées des cheveux blond filasse de leur mère et d'yeux d'un bleu délavé comme ceux de leur père. Excédé par leur tapage, Joshua leur imposa silence d'un regard glacial.

— Après cette côte, lança Nate par-dessus son épaule, on descend jusqu'au bout. Nous serons vite arrivés.

— Ne va pas faire courir ce pauvre vieux cheval dans la descente, Nate, l'admonesta sa mère. Je n'ai pas envie que nous finissions en miettes dans le fossé.

— Soyez tranquille, Maman, Natchez n'a plus l'âge de galoper, répondit Nate en pouffant de rire.

Espérez plutôt qu'il ne s'endormira pas au beau milieu de la route. Comme Gideon, ajouta-t-il en se penchant vers son frère.

— Tais-toi donc ! le rabroua Mary. Il pense aux mots qu'il devra dire demain.

Nate se mordit les lèvres pour ne pas rire à nouveau. Ces mots-là, il aurait pu les réciter par cœur : il avait entendu Gideon s'entraîner toute la semaine, perché sur une souche à côté de la grange.

Au sommet de la côte, Nate fit une brève halte. Une légère brise charriait des bribes de musique. De lui-même, son pied droit battait déjà la mesure.

— Hue, Natchez ! s'écria-t-il en faisant claquer les rênes. La famille Richardson va à l'assemblée !

L'oncle Joshua s'occupant de décharger le chariot avec l'aide d'assistants bénévoles, Nate en profita pour s'esquiver. L'assemblée lui offrait la seule occasion de retrouver des amis perdus de vue depuis l'année passée.

Ayant reconnu les trois frères Martin dans un groupe massé devant l'estrade, il les héla gaiement.

— Salut, Billy, Jim, Matt ! Quoi de neuf ?

Seul des interpellés, Jim daigna lui jeter un regard.

— Ça va, Nate ? se borna-t-il à répondre avec un vague signe de la main avant de se retourner.

Quelle attraction peut bien les captiver à ce point ? se demanda Nate, intrigué. Voulant le constater par lui-même, il se fraya à coups d'épaule une place entre Jim et Matt.

La plus belle fille du monde était assise sur un banc près de l'estrade.

Jeune, vigoureux, déluré et doté par la nature d'une virilité exigeante, Nate réagit instantanément à la beauté de la fille et aux pensées qu'elle éveilla en lui. Il dut gagner à la hâte l'abri des arbres les plus proches en priant que personne n'ait remarqué la bosse de son pantalon. La manière dont ses parties intimes n'en faisaient qu'à leur guise devenait vraiment insupportable !

N'y songe plus, se dit-il, une fille comme elle ne t'attirerait que des ennuis. Mais comment chasser de sa mémoire les boucles dorées qui cascadaient sur ses épaules, ses grands yeux, plus bleus que les bleuets des champs, la poitrine orgueilleuse et ferme qui tendait l'étoffe de sa blouse blanche pudiquement fermée au col, la taille si fine qu'il aurait pu l'encercler des deux mains avant de les laisser remonter doucement, voluptueusement ?...

Un grognement de désir frustré lui échappa.

Nate n'ignorait rien des joies que peut dispenser un corps féminin. Ses conquêtes, déjà nombreuses, ne cachaient pas qu'elles prenaient avec lui autant de plaisir qu'elles lui en donnaient. Alors, pourquoi cette inconnue lui faisait-elle un tel effet ? Il s'était pourtant donné pour règle impérative de ne jamais toucher aux filles nubiles car elles n'ont que le mariage en tête, sans parler de leurs pères aux idées bien arrêtées sur ce point. Or, Nate avait tout de suite compris que celle-ci n'était pas mariée car elle avait l'air d'espérer quelque chose sans encore savoir quoi. Comme il aimerait lui révéler les...

Arrête, mon garçon ! Ne tombe pas dans le piège !

Il s'efforça de penser à toutes les femmes qu'il avait connues : Julie, du bazar de Haw River Bridge, n'était-elle pas aussi jolie ? Et Millie, de l'auberge au carrefour de Mebane. Ou encore la Millie de la route de Burlington. Et tant d'autres...

Comme la plupart des familles présentes à l'assemblée, les Richardson cultivaient le tabac. Nate, lui, avait gravi un échelon de plus : contrairement aux autres planteurs, il ne se bornait pas à mettre sa récolte sur le marché. Pourquoi, se disait-il, céder à une grosse compagnie du tabac qu'elle se contenterait de hacher et d'emballer dans de petits paquets de quelques onces avant de revendre chacun d'eux au prix de vingt livres de ses belles et bonnes feuilles qu'elle lui aurait chichement payées ? Son tabac une fois traité et séché selon les règles de l'art, sa mère et sa tante Alva le broyaient, le tamisaient, l'emballaient dans d'élégants sachets de toile fermés par une cordelière et Nate allait les vendre directement aux détaillants.

À l'instar des grosses compagnies, les Richardson avaient même conçu leur propre étiquette :

Richardson's
Tabac à fumer de Caroline du Nord
Qualité extra - Arôme sans égal

Au bout d'une seule saison, Nate se félicitait de constater à quel point leur marque se vendait bien. Il n'en menait pourtant pas large, l'année passée, lorsqu'il s'était lancé pour la première fois sur la route, les fontes de sa selle bourrées de petits sachets. Dieu merci, il n'avait pas eu trop de mal à convaincre les boutiquiers de village de lui en prendre quelques lots à l'essai : s'ils stockaient déjà une douzaine de marques de tabac à fumer, à chiquer, à priser, pourquoi pas une de plus ? Surtout s'ils l'achetaient à un jeune homme sympathique et entreprenant qui le cultivait lui-même plutôt qu'à un de ces voyageurs de commerce hâbleurs qui battaient la campagne pour le compte de grosses sociétés telles que Bull Durham ou Liggett & Myers. Les commerçants invitaient Nate à rester boire un verre, partager un repas ou mastiquer une chique. Sociable de nature, Nate acceptait toujours. Il détestait le tabac avec lequel il vivait tous les jours dans les champs, sa mère piquerait une crise en apprenant qu'il buvait de l'alcool, mais Nate savait que, dans les affaires, il fallait avoir des amis.

Cette méthode lui en avait acquis bien plus que ce qu'il osait espérer. Il ne lui avait pas fallu longtemps pour capter les messages muets que lui adressaient les femmes de ses clients, souvent beaucoup plus jeunes que leurs maris. Un homme devait se faire une place au soleil, gagner sa vie, acquérir une maison avant de songer à se marier alors qu'une fille était considérée comme mûre pour le mariage et la maternité dès l'âge de quinze ans. À dix-huit ou dix-neuf ans, déjà mères d'un ou deux enfants, elles aspiraient à autre chose de plus excitant que de passer leur temps à nourrir les bébés et les poules, s'occuper du ménage, de la cuisine et du raccommodage. Une demi-heure de distractions à la maison pendant que le mari tenait la boutique ne pouvait faire de mal à personne. Nate estimait que cela rendait l'existence des uns et des autres infiniment plus agréable. Quel homme ne préférerait une femme épanouie, la chanson et le sourire aux lèvres, à une épouse acariâtre qui se plaint d'être épuisée par les soins du ménage ?

Nate souriait et chantait volontiers sur la route. Qu'il vente ou qu'il pleuve, qu'il gèle ou que le soleil brille, que la poussière vous dessèche la bouche ou que la boue vous enlise jusqu'aux genoux, la route était pour lui le symbole de la liberté. Elle ouvre des horizons infinis à ceux qui sont d'humeur aventureuse ou ramène les casaniers vers des lieux familiers. Nate avait depuis longtemps décidé qu'il irait toujours de l'avant. Ce ne serait pas lui qui végéterait éternellement dans la peau d'un planteur, ah mais non ! Il ferait quelque chose de sa vie, lui. Quelque chose de grand. D'important. Et ce ne serait pas une fille, même la plus belle du monde, qui le détournerait de son ambition.

Sa résolution ainsi raffermie, Nate se redressa : afin d'échapper à coup sûr aux occasions de revoir la tentatrice, il éviterait désormais les groupes, surtout les groupes d'hommes. L'assemblée durait trois jours, il y trouverait largement de quoi nourrir le corps et l'esprit. Cette année, un évangéliste célèbre les honorait de sa présence. Le révérend Dan Gaskins, disait-on, était capable par son éloquence de vous faire sentir la chaleur des flammes de l'enfer. Peut-être sentirai-je aussi l'Esprit saint pénétrer en moi, se dit Nate. Si j'assurais mon salut éternel, rien ne ferait plus de plaisir à Maman — à moi aussi, d'ailleurs. Et même si je n'y arrive pas encore cette année, elle s'en consolera. Gideon doit prêcher en public pour la première fois et il aura du succès, j'en suis certain.

Le frère aîné de Nate n'était revenu à la ferme que depuis un mois après avoir passé cinq ans au Trinity College. Il s'était distingué dans ses études de théologie à tel point qu'on l'avait nommé pasteur suppléant dans une paroisse isolée de Randolph County où il avait déjà prononcé quelques sermons. Nul ne doutait de la vocation de Gideon. Mon fils est l'étoile montante de l'Église méthodiste, répétait sa mère à qui voulait l'entendre. Mary rêvait depuis toujours d'avoir un fils au service du Seigneur et, par la grâce de Dieu, elle voyait son rêve se réaliser.

Nate était presque aussi fier qu'elle de Gideon. Il avait toujours admiré son frère et regretté, sans amertume, de ne pas être aussi beau ni guidé aussi tôt que lui par une vocation. Depuis que la vente directe du tabac Richardson lui donnait un avant-goût de la réussite en affaires, Nate avait cependant découvert sa vraie voie. Elle n'était pas aussi exaltante que celle suivie par Gideon, certes, mais elle lui plaisait bien davantage. Après tout, Dieu n'appelait pas tout le monde à Ses côtés.

Mais Nate aimait aussi chanter. Fallait-il être sot pour rester caché dans les arbres alors que résonnaient déjà les chœurs de l'office du soir ! Il s'élança au pas de course en entonnant à l'unisson les paroles du psaume.

Cet hymne qu'il aimait allait causer sa perte.

L'office de ce soir-là fut le plus beau auquel Nate eût jamais assisté et le révérend Dan Gaskins justifia pleinement sa flatteuse réputation. À un moment, alors que la voix du révérend grondait comme la foudre céleste et que ses yeux lançaient des éclairs, Nate se sentit écrasé sous le poids de ses péchés et crut entendre le Tout-Puissant en personne l'appeler au repentir et au salut de son âme.

Il allait, hélas! en être tout autrement.

La voix du prédicateur se mua soudain en un murmure:

— Chers frères et chères sœurs, je vais tenter de vous dépeindre par de simples paroles, auxquelles j'en suis sûr vos cœurs pleins d'amour et de charité sauront rendre la couleur, un instant béni de mon existence...

Un silence révérencieux régnait maintenant sous la vaste tente où se massaient des centaines de fidèles.

— Imaginez, je vous prie, mon épouse bien-aimée dans les affres que vous autres, mères, avez toutes subies et dont vous connaissez mieux que moi la grandeur et l'agonie, les affres disais-je de ce labeur miraculeux qui apporte ici-bas une vie nouvelle, une âme neuve. La naissance accomplie, ma bien-aimée m'appela près d'elle et je vis alors que son corps trop frêle avait perdu la force de surmonter l'épreuve. Mais l'Esprit saint était descendu en elle et son cher visage rayonnait de bonheur alors même que la vie la désertait...

Le révérend marqua une brève pause pendant laquelle on entendit des sanglots étouffés.

— Bien que la volonté de Dieu me privât de sa chère présence pour lui accorder la béatitude de la Vie éternelle d'où toute douleur est bannie, je ne pus retenir mes larmes en la suppliant de vivre. D'un geste de la main, elle me fit taire et, en dépit de mon cœur débordant de chagrin, je me tus par respect pour elle: dans le silence s'élevait un son si ténu que je doutai d'abord de l'avoir entendu. C'est alors que ma bien-aimée prononça ses dernières paroles: *Un don du Ciel*, dit-elle en exhalant son dernier soupir. Et je vis de mes yeux l'indicible miracle de la vie triomphant de la mort. Car cette faible voix qui m'appelait était celle de notre enfant nouveau-né. De ma fille Lily, ainsi baptisée parce qu'elle a vu le jour un dimanche de Pâques, entourée de la beauté virginale des lis. C'est elle qui va venir maintenant

18

témoigner devant vous du miracle de l'amour que Dieu porte à chacun d'entre nous. Dieu est là, prêt à vous accorder ce don inestimable, conclut le révérend. Ouvrez tout grands vos cœurs à Sa présence, à Son amour. Amen.

Dan Gaskins s'effaça et une vision irréelle émergea lentement de la pénombre. Un soupir émerveillé s'échappa de centaines de poitrines, des sourires de joie éclairèrent des visages ruisselants de larmes.

La silhouette menue qui s'avançait vers l'estrade était drapée dans une longue robe blanche tombant jusqu'à terre, sans autre ornement que l'or de ses boucles qui cascadaient sur ses épaules et la beauté d'un visage à l'ovale parfait, au teint plus clair que le lait, aux yeux plus bleus que les plus purs saphirs. C'était *Elle*.

— On dirait un ange du paradis, chuchota Gideon à l'oreille de Nate.

— Oui, parvint-il à articuler.

Foudroyé, paralysé par l'amour, il éprouvait à la fois une étrange lourdeur dans le cœur et une incroyable exaltation. Incapable de détacher son regard de cette sublime créature, il sentait sa raison le déserter.

Les bras tendus comme pour embrasser l'assistance entière, Lily entonna un cantique sur l'infinie bonté de Jésus et Son amour pour les hommes. Sa voix de soprano était aussi belle et pure que son visage, aussi cristalline que les harpes célestes. Le cerveau bouillonnant d'émotions contradictoires, Nate resta prostré sur son banc. Qui se croyait-il donc pour vouloir adresser la parole à cet ange? Il devait pourtant la voir de près, la toucher afin de s'assurer qu'elle était bien réelle, qu'il n'était pas le jouet de son imagination… On était vendredi. L'assemblée devait encore durer deux jours. Il fallait à tout prix dénicher le moyen de l'approcher.

Le samedi, ses belles résolutions envolées, il se mêla toute la journée aux attroupements qui se formaient à chaque apparition de Lily. Elle se montrait aimable envers tous, souriait à chacun afin de ne pas faire de jaloux, écoutait avec attention ceux qui trouvaient le courage de lui dire quelques mots. Lorsqu'elle ouvrait la bouche, la vision de ses lèvres roses et de ses dents de perle rendait Nate fou d'amour et de désir.

Il conservait toutefois assez de lucidité pour ne pas se couvrir de ridicule comme tous ceux qui se disputaient l'honneur de lui offrir un verre de citronnade, de l'escorter aux services ou aux autres événements. Certes, elle acceptait à tour de rôle le rafraîchissement de celui-ci, la compagnie de celui-là ; mais elle ne pouvait pas faire un pas, sa main délicatement posée sur le bras de l'élu du moment, sans que la troupe entière reste pendue à ses basques en lui débitant des fadaises.

Nate, lui, voulait être seul avec elle, ne serait-ce qu'un instant. Il ne pouvait se résoudre à moins. Alors, trop épris pour s'éloigner, trop fier pour agir comme les autres, il se tenait à l'écart en espérant, sans trop y croire, qu'il n'avait pas l'air aussi bête qu'eux.

Quand il reparut le samedi soir et prit sa place à l'office à côté de sa mère, celle-ci le morigéna :

— Tu es en retard. Et justement pour le service auquel ton frère doit prendre la parole. Où étais-tu fourré ? Je ne t'ai pas vu de la journée. Tu avais pourtant des choses à faire.

— Désolé, Maman, bredouilla-t-il d'un air penaud.

Evitant de subir de plein fouet son regard courroucé, il garda les yeux fixés sur l'estrade dans l'espoir que Lily reviendrait y chanter comme la veille. Malgré ses efforts pour écouter le sermon du révérend Gaskins, il n'en entendit pas un traître mot tant il brûlait d'impatience de revoir Lily dans sa robe angélique. Il allait être cruellement déçu car ce fut Gideon, ce soir-là, qui succéda au révérend.

Selon les traditions de l'Église méthodiste le pasteur prononçait d'abord un sermon fondé sur un texte biblique. Un fidèle venait ensuite commenter le message en l'adaptant aux préoccupations de l'assistance, dont il était censé connaître la mentalité mieux qu'un prédicateur itinérant.

À la vue de son beau grand fils debout sur l'estrade, Mary Richardson ne put retenir un soupir de contentement. Le costume noir de Gideon était tout neuf, sa chemise blanche immaculée, sa cravate bleue nouée à la perfection. Elle lui avait elle-même coupé les cheveux ce matin-là et avait surveillé, à sa demande, la manière dont il se taillait la barbe. Il était superbe et imposant, comme doit l'être un homme de savoir au service du Tout-Puissant.

Mary vivait le plus beau moment de son existence. Elle ne voulut donc pas le gâcher en regardant Nate, dont elle percevait à côté d'elle la présence importune. Elle déplorait ses cheveux châtains, ternes et toujours en désordre, son entêtement à ne pas se laisser pousser la barbe, ne serait-ce que pour cacher en partie ces vilaines taches de son dont il avait le visage plus criblé qu'un œuf de perdrix sauvage. Il n'était ni aussi bien bâti ni aussi beau ni aussi doué que Gideon. Tout ce qu'elle pouvait dire en sa faveur, c'est qu'il était bon travailleur et soigné de sa personne. Il sentait toujours le savon. Au moins, comme chacun sait, la propreté est une vertu.

Quand Gideon commença à parler, le cœur de Mary cessa de battre : on n'entendait pas un mot ! Au bout de quelques phrases, toutefois, sa voix s'affermit et roula bientôt en vagues puissantes sur les têtes de l'assistance. Mary poussa un nouveau soupir — de soulagement, cette fois.

Nate était impressionné par l'éloquence de son frère, qu'il n'aurait pas cru capable de s'exprimer avec une autorité aussi convaincante. Connaissant déjà les mots par cœur, il balaya l'assistance du regard jusqu'à ce qu'il reconnaisse Lily. Assise au premier rang, elle paraissait captivée par l'orateur. Accueillerait-elle ses avances avec faveur en apprenant que Gideon était son frère ? Ou bien, elle-même fille de pasteur, n'admirait-elle que les gens d'Église et méprisait-elle leurs frères ? Cette pensée fit à Nate l'effet d'un coup de poing en pleine poitrine.

En tout cas, il n'avait pas lieu d'être jaloux de son frère. À vingt-cinq ans, Gideon était déjà un vieux. Il ne s'intéressait qu'à la religion et ne jetait plus un regard sur les filles depuis son entrée au collège de théologie. Il n'avait pas même approché Lily depuis le début de l'assemblée, Nate le savait car il connaissait le nom de tous ceux qui s'agglutinaient autour d'elle comme un essaim de mouches. Il pouvait même préciser au pouce près à quelle distance ils s'en approchaient et citer mot à mot ce qu'ils disaient et ce qu'elle leur répondait.

Ses louanges étaient donc sincères quand il félicita Gideon après le service mais il ne s'attarda pas. Mieux valait laisser leur mère parader au bras de son fils chéri et se délecter des commentaires admiratifs que chacun lui décernait au passage. Puis, ne voyant Lily nulle part, Nate alla se coucher. Il n'avait surtout pas envie de rejoindre ses vieux amis, devenus ses ennemis jurés depuis qu'ils étaient ses rivaux pour les bonnes grâces de Lily.

Le dimanche matin, Nate était à bout de nerfs au point qu'il se taillada le visage en se rasant. Sa tante Alva se moqua gentiment de lui quand elle le vit partir dans cet état à la tente du petit déjeuner.

— Viens ici. Je vais te nettoyer, tu as le menton couvert de sang. Mon pauvre Nate ! Tu aurais mieux fait de te trancher la gorge pour en finir une bonne fois. Jamais de ma vie je n'ai vu quelqu'un avec l'air aussi malheureux.

— Est-ce aussi visible, Alva ?

— Oui, mon chéri. Tu ferais un mauvais comédien.

Sa voix était si douce et sa main si légère que Nate l'aurait embrassée pour la remercier de sa bonté. Il aimait tendrement Alva, la meilleure personne qu'il eût jamais connue. C'était elle qui l'avait initié à ce que font ensemble les hommes et les femmes, elle qui lui avait enseigné comment donner du plaisir à une femme tout en en prenant lui-même. Elle avait été son premier amour quand il n'avait que treize ans, qu'il ignorait ce que son corps lui signifiait et ce qu'il devait faire de ces phénomènes troublants.

Elle lui avait même appris que l'amour débridé qu'il lui vouait alors n'était pas ce qu'il croyait.

— Si oncle Joshua te traite aussi mal, Alva, je le tuerai ! lui avait-il juré en voyant un jour son visage tuméfié. Après, nous nous marierons, nous ne nous quitterons plus et nous serons toujours heureux.

Elle lui avait expliqué pourquoi ce serait impossible. Qu'il le veuille ou non, il n'était encore qu'un enfant. Il devait patienter et multiplier les expériences avant de s'enchaîner à une femme. Il ne tarderait pas non plus à se rendre compte qu'il existait entre deux êtres autre chose que le plaisir physique dont il faisait la découverte mais dont la nouveauté se ternirait très vite.

— Pour le moment, bien sûr, c'est agréable et je te recevrai toujours avec joie dans mon lit, Nate, puisqu'après tout c'est moi qui t'ai appris à faire ce que j'aime qu'on me fasse. Mais n'oublie pas qu'on peut aller beaucoup plus loin que le simple plaisir. Ne te contente jamais de rien de moins que le meilleur dans la vie, comprends-tu ? Tu n'y es pas obligé puisque tu es un homme et que le monde offre aux hommes des chances qu'il ne réserve pas aux femmes.

Nate avait eu beau protester, jurer qu'il ne penserait jamais à d'autres femmes qu'elle, il avait dû finir par se rendre à l'évidence : Alva avait raison. Bien qu'elle n'eût que six ans de plus que lui, dix-neuf ans à l'époque, elle possédait la sagesse d'une femme mûre. Le temps lui en avait ensuite apporté chaque jour une preuve de plus.

Peu après cette conversation avec Alva, le père de Nate avait quitté la maison. À peine son fils aîné Gideon enrôlé au Trinity College, Ezekiel Richardson avait déclaré tout de go à sa famille :

— Je veux profiter d'un peu de liberté avant de mourir. Nate, c'est maintenant toi le chef de famille. Gideon n'en aurait pas été capable. Toi, si. Adieu.

Après cela, Nate n'avait plus eu beaucoup de temps à consacrer à Alva — il avait même trop à faire pour s'occuper de lui-même. Son oncle Joshua travaillait, certes, mais sa jambe de bois et son fichu caractère le disqualifiaient pour diriger la ferme. Comme, en plus, la moitié de la terre appartenait à son père, Nate en était désormais propriétaire — et Nate n'était pas de nature à se dessaisir de son bien. Joshua n'objecta ni ne se plaignit. De toute façon, il n'aimait pas se charger de responsabilités.

Cinq ans s'étaient écoulés depuis, si vite que Nate en avait oublié l'époque où il n'agissait pas en chef de famille. Tout le monde le traitait en adulte et il se considérait lui-même comme un homme — jusqu'au moment où l'apparition de Lily Gaskins fit qu'il se sentait aussi gauche et naïf que l'adolescent qu'il était naguère encore.

— Que faire, Alva? gémit-il. L'assemblée se termine demain. Je deviendrais fou si je devais partir sans avoir rencontré Lily une minute seul à seul, sans l'avoir au moins entendue prononcer mon nom.

Alva lui prit le menton et le regarda dans les yeux.

— Tu sais, Nate, ce n'est pas une femme mariée qui cherche à se distraire.

Nate sursauta, indigné à l'idée qu'on puisse comparer Lily à n'importe quelle femme.

— Je sais ce qu'elle est et ce qu'elle n'est pas, Alva! Pour rien au monde je ne toucherais un cheveu de sa tête. Mon seul désir, c'est d'en faire ma femme.

Alva allait répliquer quand elle comprit, à l'expression de Nate, qu'il valait mieux s'abstenir. Elle se contenta de lui lâcher le menton et de l'embrasser sur la joue.

— Viens avec moi, Nate. Les jeunes filles surveillent les enfants pendant que les mères déjeunent et vont à la prière. C'est justement Lily qui s'est chargée de ma Susan. Je vais la lui reprendre, tu pourras te promener avec elle.

— Oh, Alva! Je…

— Tais-toi et suis-moi. Si tu réfléchis trop, tu avaleras ta langue.

Ce fut précisément ce qui lui arriva. Alva expédia les présentations si vite que Nate, paralysé par le trac, n'eut que le temps de saluer Lily et ne trouva plus un mot à lui dire quand il fut seul avec elle. Elle lui paraissait encore plus belle de près que de loin et son parfum embaumait comme toutes les fleurs du monde. Il garda toutefois assez de présence d'esprit pour l'entraîner vers un petit bois de pins où on ne les verrait pas.

Lily le suivit d'abord en silence puis, au bout de quelques pas, elle l'arrêta en le retenant par le bras.

— Je vous connais, Nathaniel Richardson.

En proie à un vertige, Nate vacilla.

— C'est… c'est vrai?

La tête penchée sur le côté, elle le dévisageait à travers ses longs cils à demi clos.

— Oui. C'est vous, vendredi, qui m'avez à peine jeté un regard avant de me tourner le dos et de détaler comme un lapin. Croyez-vous que cela m'ait fait plaisir? Suis-je donc si vilaine qu'on ne puisse pas me regarder? Et vous voilà en train de recommencer! Vous marchez si vite que j'ai du mal à vous suivre. Vous me fuyez?

— Oh non, au contraire! protesta Nate en rougissant. Vous êtes la plus belle jeune fille que j'aie jamais vue, mademoiselle Gaskins. Un seul regard m'a suffi pour m'en convaincre.

— Voilà qui est mieux, dit-elle en souriant. Allons donc sous ces arbres, nous y serons à l'ombre.

Elle glissa une main sous le bras de Nate, qui se remit en marche d'un pas plus mesuré. Lily lui arrivait à peine à l'épaule, si menue et délicate qu'il brûlait du désir de la prendre sous sa protection. S'il le lui disait, lui rirait-elle au nez? Il en mourrait de honte et de désespoir…

— Je me sens tellement en sûreté avec vous, Nathaniel, enchaîna-t-elle. Je peux vous appeler Nathaniel, n'est-ce pas ? M. Richardson ferait trop vieux monsieur. Vous devrez m'appeler Lily, bien entendu, puisque je vous appelle par votre prénom. Mais surtout pas devant les autres ! Mon père vous traiterait d'insolent et vous rouerait de coups... Hmm ! J'adore désobéir aux règles ! dit-elle en se pendant au bras de Nate, sa joue contre son épaule. Pas vous ?

À la vue de son visage levé vers lui et de ses lèvres entrouvertes, Nate perdit la tête. Il plongea la main dans sa chevelure opulente et soyeuse, se grisa du parfum qui en émanait. Rien ne compta plus pour lui que cet instant de pure extase. Et s'il était hors d'état de parler, il pouvait lui exprimer ses sentiments d'une autre manière...

Incapable de se dominer davantage, il la serra dans ses bras, l'embrassa sur la bouche. Les lèvres de Lily étaient douces, son haleine fraîche comme un matin de printemps, ses seins tièdes et fermes contre sa poitrine.

— Non, murmura Lily.

Le léger mouvement de ses lèvres sur les siennes attisa sa flamme alors même que le mot le poignardait. Il n'était qu'une brute, un sauvage ! Comment osait-il la traiter ainsi ? Il la lâcha et s'écarta comme s'il s'arrachait le cœur.

— Pardonnez-moi... Non, ce serait trop vous demander. Je ne suis qu'un misérable, un animal, le plus vil de tous, bredouilla-t-il en tombant à genoux, la tête basse. Je ne suis pas digne de baiser la terre sous vos pieds. Mais je vous aime tant, Lily... C'est ma seule excuse. Je vous aime à en perdre la raison.

Lily lui lança un léger coup de sa fine bottine.

— Relevez-vous donc, Nathaniel ! Vous allez vous salir et nous aurions l'air idiot si on nous voyait.

Il lui jeta un regard implorant, les yeux pleins de larmes de honte et de contrition.

— Vous voulez bien me pardonner ?

— Seulement si vous vous relevez.

Le cœur débordant de joie, les oreilles tintant

d'un gai carillon, il prit à deux mains l'ourlet de sa robe et l'embrassa avec dévotion.

— Il paraît que c'est ainsi qu'on fait une demande en mariage, dit-il en souriant. Quand puis-je aller présenter ma demande à votre père ?

— Relevez-vous, Nathaniel ! répéta-t-elle avec agacement en lui tendant la main. Je ne vous épouserai pas, vous le savez très bien.

À ces mots, Nate se redressa d'un bond en négligeant la main tendue.

— Mais il le faut ! s'écria-t-il. Je vous aime de toute mon âme, je vous aimerai jusqu'à mon dernier jour !

— J'en suis très flattée, Nathaniel. Sincèrement. Et je vous en remercie du fond du cœur. Mais si je devais me marier avec tous ceux qui se disent amoureux de moi, la grande tente ne suffirait pas à abriter la noce. Je ne peux pas me contenter de savoir qu'on m'aime, Nathaniel. De toute façon, je dois épouser votre frère.

— Gideon ? Vous, promise à Gideon ? balbutia Nate, suffoqué. Il ne m'en a jamais rien dit !

— Parce qu'il ne le sait pas encore, mais Papa estime qu'il est un bon parti pour moi. Il a un bel avenir. Le Conseil des anciens a déjà l'œil sur lui.

Nate recula d'un pas en titubant. Il n'en croyait pas ses oreilles.

— Ne faites donc pas cette tête-là ! le rabroua Lily. Vous réagissez comme un enfant. Soyez raisonnable, voyons ! J'ai seize ans, Nathaniel, et j'ai passé toute ma vie sur les routes avec mon père, de temple en église, de campement en assemblée. Il est grand temps que je prenne un mari. J'en ai par-dessus la tête de séjourner chez les autres en devant faire semblant d'aimer cela. Et je ne veux plus jamais de ma vie revoir l'intérieur d'une tente ! Je veux avoir une maison à moi, avec un jardin plein de fleurs et une armoire pour pendre mes robes et les y laisser.

— Mais j'ai une maison à vous offrir…

— Ah oui, vraiment ? Une vieille ferme à la peinture écaillée ? Personne à qui parler à des lieues à la ronde et, pour toute distraction, un campement comme celui-ci une fois l'an ? Non merci ! Ce que je veux, c'est un presbytère dans une jolie ville, avec de vrais magasins où on me traitera avec respect parce que je serai la femme du pasteur. Je veux avoir une belle ombrelle pour m'abriter du soleil quand je marcherai dans les rues en saluant à droite et à gauche des gens que je connaîtrai par leur nom. Voilà ce que je veux !

Nate ne trouva rien à répondre.

— Mais... Gideon n'a pas envie de se marier ! dit-il enfin, faute de meilleur argument.

Un léger sourire apparut sur les lèvres de Lily.

— Soyez tranquille, je saurai comment la lui donner... Et maintenant, poursuivit-elle en s'approchant, vous pouvez m'embrasser encore une fois pour me dire adieu. Et si vous le racontez à Gideon, je vous traiterai de menteur. Tout à fait entre nous, je vous préfère de beaucoup à votre frère et je regrette que ce ne soit pas vous le beau parti. J'ai bien peur que Gideon ne sache pas aussi bien embrasser les femmes. C'était très bon, Nathaniel. Recommencez. Mais après, il faudra nous quitter.

— Non, non, Lily... Ne me quittez pas...

Comme dans ses rêves, Nate lui enserra la taille de ses mains et la souleva de terre pour lui donner un long baiser dont le désespoir attisait la passion. Les bras noués autour de son cou, Lily se serrait contre lui. La sentant frémir de désir, il ne la lâcha pas quand leurs lèvres se séparèrent.

— Épousez-moi, Lily. Je serai riche un jour, je vous le promets. Je ne vous ferai pas vivre dans une vieille ferme éloignée de tout, j'ai de l'ambition...

Hors de lui, brûlant de fièvre, il la reposa à terre et lui empoigna les seins.

— Épousez-moi, Lily, répéta-t-il d'une voix rauque. Je vous aime, je vous aime...

Soudain apeurée, elle laissa échapper un cri.

— Lâchez-moi ! Vous êtes affreux !

28

Voyant ses beaux yeux s'emplir de larmes, Nate recula aussitôt, plein de honte et de remords. Une fois de plus, il n'avait pu contrôler ses mains. Non contentes d'avoir osé profaner l'Ange, elles voulaient aggraver leur sacrilège...

Pour les punir, Nate serra les poings et cogna de toutes ses forces, à coups redoublés, sur le tronc de l'arbre le plus proche. Sans prêter attention à Lily qui tentait de lui retenir les bras, il ne mit fin au châtiment qu'en reniflant l'odeur du sang qui ruisselait. Il avait besoin de ses mains pour travailler, il ne pouvait pas se permettre de les mutiler. Et puis, à quoi bon? Lily s'était déjà enfuie. Il entendait décroître ses pas précipités.

De retour près de sa famille, Nate justifia ses meurtrissures en prétendant avoir été attaqué par un chien errant. Alva lui banda les mains sans poser de questions.

Ce soir-là, Gideon annonça à sa mère que le révérend Dan Gaskins lui proposait de l'emmener avec lui pour une période d'essai comme prédicateur itinérant.

— Je le suivrai partout, Mère! dit Gideon au comble de l'exaltation. Il m'enseignera tout ce qu'il sait! Il corrigera mes erreurs et comblera mes lacunes. C'est pour moi un tel honneur que je ne sais si j'en suis digne.

Nate ferma les yeux et se boucha les oreilles. Il aurait voulu mourir sur-le-champ.

CINQ ANS APRÈS

24 août 1880

2

Chess vit de loin l'homme qui marchait dans sa direction sur la route poussiéreuse. Un étranger, sans doute — à la campagne, tout le monde se connaissait. Son costume sombre et son chapeau de citadin le mettaient sûrement mal à son aise par cette chaleur torride. Chess baissa la tête pour abriter ses yeux du soleil sous le large bord de son chapeau de paille. La sueur lui coulait dans le cou. Voir quelqu'un avoir encore plus chaud et transpirer plus qu'elle la consolait presque de son inconfort.

Elle releva la tête, cligna les yeux pour lutter contre l'éblouissement. Qui cela pouvait-il bien être ? Dans les parages, les étrangers étaient des oiseaux rares, surtout les étrangers à pied. Le plus pauvre des laboureurs avait au moins une carriole et une mule. L'homme était maintenant assez proche pour qu'elle distingue la forme du paquet qu'il portait : une trousse de médecin. Le vieux Dr Murchison avait-il engagé un assistant ? Ce serait une bénédiction. Il était si vieux que Chess devait pratiquement se charger de tous les soins médicaux sur la plantation. Elle savait suturer les plaies aussi bien que lui — mieux, même, parce qu'au moins elle voyait ce qu'elle faisait alors que la vue du Dr Murchison baissait de jour en jour. Chess priait pour qu'il ne mélange pas les ingrédients n'importe comment en préparant les potions de sa mère.

Chess se redressa en sentant ses épaules se voûter malgré elle. Pourquoi perdre son temps de la sorte ? Il était tard, elle n'avait pas à se soucier de cet inconnu. Même en ayant passé sa journée les pieds dans la boue à activer les travailleurs, le curage de la source avait duré plus longtemps que prévu. Elle avait grand besoin de prendre un bon bain tiède, se dit-elle avec un regard dégoûté sur sa salopette et ses bottes sales. Et surtout de se laver la tête. Elle avait eu beau fourrer ses tresses sous son chapeau, la boue s'était sûrement arrangée pour s'y insinuer.

Elle fit claquer les rênes sur le dos de la mule. Tu es aussi paresseuse et bonne à rien que toutes les créatures de ce pays perdu, maudite bête, songea-t-elle. Ramène-moi au moins jusqu'à la maison, j'ai encore mille choses à faire d'ici à ce soir.

La mule esquissa un trot languissant avant de reprendre son pas traînant habituel. Excédée, Chess lui cingla la croupe à l'aide de ce qui avait jadis été une élégante cravache. La mule stupéfaite partit au galop en faisant tanguer la charrette sur les ornières et Chess releva le menton pour mieux sentir l'air chaud lui caresser le visage.

Elle remarqua que l'étranger marchait pieds nus, ses bottines pendues au cou par leurs lacets noués. En voilà un beau docteur qui n'a pas même les moyens de faire ressemeler ses chaussures ! se dit-elle avec dédain. Murchison et lui feront la paire... Là-dessus, elle dut tirer sur les rênes afin de ralentir la mule avant de virer à angle droit pour franchir le portail aux grilles rouillées.

La voyant amorcer sa manœuvre, l'inconnu se précipita vers elle.

— Hé ! Jeune homme ! cria-t-il. Attendez-moi une minute, voulez-vous ?

Chess s'arrêta, se tourna à demi sur son siège pour regarder l'étranger. Ses bottines rebondissaient sur sa poitrine au rythme de sa course en soulevant de sa veste de petits nuages de poussière. Quelle énergie ! pensa-t-elle. Il ne vient sûrement pas de cette partie du monde où tout sombre dans l'apathie. Quand il la rejoignit, il n'était d'ailleurs pas même essoufflé.

— Vous êtes le premier être vivant que je vois depuis près d'une heure! dit-il avec un large sourire. Savez-vous où se trouve la maison Standish? L'ai-je déjà dépassée?

Elle montra du bout de sa cravache les piliers du portail, ornés chacun d'un lièvre de pierre.

— C'est ici. Harefields.

Chess observa l'étranger pendant qu'il regardait les sculptures. Contrairement à la plupart des hommes du pays, fiers de leur barbe, il était rasé de près, ce qui lui donnait une allure d'adolescent. Ses larges épaules, ses bras musclés qui tendaient à craquer les coutures de sa veste poussiéreuse, son visage hâlé et ses épais sourcils témoignaient au contraire que c'était un homme fait. Sa chemise sans col, au premier bouton défait, dégageait un cou puissant marqué d'un cercle plus clair là où la sueur avait délayé la poussière.

— C'est juste, dit-il en se tournant vers elle avec un large sourire, on m'avait parlé des gros lapins. La maison est loin? Je peux monter avec vous?

Sans attendre de réponse, il balança sa sacoche dans la charrette avec les pelles boueuses, sauta sur un rayon de roue en guise de marchepied, retomba en souplesse sur la banquette et s'assit à côté de Chess, que son audace laissa muette de stupeur.

— La route était longue depuis Richmond et il faisait diablement chaud et sec, reprit-il en s'étirant. Grand Dieu, mais... vous n'êtes pas un jeune homme! Désolé, madame. De loin, j'avais cru...

Il souleva son chapeau, inclina poliment la tête, se recouvrit. Chess eut le temps de voir le cercle rouge gravé sur son front par la coiffe trop serrée. Bien fait! pensa-t-elle. Me traiter de jeune homme. Non, mais!...

— Qui êtes-vous? Que voulez-vous?

— Je m'appelle Nathaniel Richardson et je viens

tout exprès du comté d'Alamance, en Caroline du Nord, pour rencontrer M. Augustus Standish.

Il avait déclamé sa phrase comme s'il attendait qu'elle applaudisse son exploit. La prenait-il pour une imbécile ? La croyait-il ignorante au point de ne pas savoir que la Caroline du Nord n'était autre que l'État limitrophe de la Virginie où ils se trouvaient ? Et pourquoi s'obstinait-il à lui sourire en exhibant ses grandes dents blanches ?

— Vous devez me prendre pour un drôle d'énergumène, enchaîna Nate avec une mine contrite. Vous avoir confondue avec un homme et me conduire comme je le fais ! Maman m'a toujours dit que j'étais du genre à sauter dans le vide avant de regarder où je risquais de tomber.

À vrai dire, pensait-il, avec sa salopette et ses bottes, elle ressemble plus à un homme qu'à une femme. Même de près, il n'y avait pas grande différence — la poitrine plate, la mâchoire dure, le nez long. Sans la tresse blonde qui s'échappait de son chapeau, il l'aurait même prise pour un vieillard malade, tant elle avait les joues creuses et le teint blafard. En tout cas, elle était visiblement furieuse contre lui. Et comme il n'avait pas rencontré âme qui vive sur son chemin et qu'il avait besoin d'elle pour le renseigner, il devait faire l'effort de l'amadouer afin de rattraper ses gaffes.

Ses plaisanteries et ses sourires les plus charmeurs restèrent cependant sans effet. Chess avait depuis longtemps perdu l'habitude de rire ou de sourire.

— Il y a deux lieues d'ici à la maison, dit-elle sèchement. Puisque vous êtes déjà monté avec moi, autant continuer.

Raide comme un piquet, le regard fixe, elle claqua la langue, fouetta la mule. Nate cessa de sourire et observa le paysage autour de lui en se demandant comment s'y prendre avec cette femme. La terre était bien cultivée, constata-t-il, mais elle souffrait de la sécheresse. De loin en loin, à l'écart du chemin, des maisonnettes vétustes, des granges — des métairies, sans doute. Ici et là, on voyait des enfants jouer, une femme étendre sa lessive sur une corde.

— Où sont les hommes ? s'étonna Nate à haute voix.

— Occupés à curer la source, répondit Chess. Même s'il ne pleut pas, nous aurons assez d'eau pour sauver la récolte de maïs.

Nate jeta un regard discret à ses bottes boueuses. Tout s'éclairait, maintenant. Elle faisait un travail d'homme parce qu'elle n'avait pas de mari, pas même de frère. Tant d'hommes étaient morts en Virginie pour combattre les Yankees que les femmes devaient s'atteler à toutes sortes de tâches. Pauvre fille ! Pas étonnant qu'elle soit si revêche...

Soulagé de ne plus marcher et de toucher enfin au but, Nate étendit les jambes et se carra sur la banquette. Il n'avait nullement conscience de son effet sur sa voisine. Chess se sentait moins envahie par sa présence physique — Nate n'avait pas une carrure très imposante — qu'oppressée par sa vitalité, par l'énergie qu'irradiait sa personne. Par la chaleur de son corps. Par l'odeur de sueur et de poussière, mêlée à des relents de naphtaline, qu'il répandait à chacun de ses mouvements. Il avait la voix trop forte, le sourire trop éclatant, les yeux trop bleus et trop brillants. Il la troublait. Il la bouleversait.

Pour Chess, le monde où elle vivait était épuisé, condamné ou, plutôt, c'était la terre et les gens qui étaient fourbus. Douce, aimable, mollement étendue sur les rives de la James River, la Virginie avait été le royaume des plantations fastueuses et de la vie insouciante, des fortunes colossales, de la beauté extravagante et de l'hospitalité sans limites. Le paradis des fêtes et des parties de chasse, des bals et des duels. Mais aussi le pays des esclaves qui, par dizaines, se mouvaient dans l'ombre et le silence pour combler les moindres désirs de leurs maîtres.

Jusqu'au jour où la guerre avait brutalement mis fin dans un bain de sang à cette existence bénie. Quinze ans s'étaient écoulés depuis, mais les plaies restaient béantes. Aucun nouveau style de vie n'était apparu pour supplanter l'élégance disparue et en chasser le souvenir toujours vivace. Un voile de tristesse assombrissait la terre, le désespoir plongeait les survivants dans une léthargie morbide. C'était un monde périmé, un monde d'ombres et de souvenirs, un monde tourné vers le passé, pas le présent.

Ce docteur aux pieds nus était un homme du présent, lui. Il ne venait pas des plantations, cela se voyait à son costume mal coupé, à son assurance effrontée, à son insensibilité face à ses rebuffades délibérées. Chess n'avait jamais côtoyé d'homme tel que lui, pour qui la naissance ne comptait pas plus que l'éducation. Il semblait content de tout. Avec lui, la vie faisait irruption dans ce monde sépulcral. Et Chess en avait peur, car il réveillait en elle des sentiments étouffés, inavoués, qui luttaient depuis longtemps pour remonter à la surface.

— Oui, madame, rien de tel que la pluie pour vous redonner le goût de vivre, l'entendait-elle dire. Chez nous, dans le comté d'Alamance, nous étions plongés dans le désespoir le mois dernier. Mais la pluie est enfin arrivée et le monde a changé du tout au tout.

Nate attendit une réponse qui ne vint pas.

— Ces plants de maïs ont l'air sains et forts, poursuivit-il. Il ne leur manque qu'un peu d'eau pour donner une bonne récolte. Vous avez eu bien raison de rouvrir votre source pour les irriguer.

Toujours muette, Chess acquiesça d'un signe de tête.

Les ornières poussiéreuses semblaient devoir se dérouler sans fin sous les roues de la carriole. Nate savait pourtant que le chemin aboutirait quelque part et qu'il n'avait plus beaucoup de temps devant lui.

— Écoutez, madame, dit-il avec un rire contraint, je suis désolé de vous avoir offensée et je vous présente mes excuses les plus sincères. Tout ce que je vous demande maintenant, c'est de ne plus y penser et de m'aider un peu. Je n'ai jamais rencontré

M. Standish, voyez-vous, et j'ai entendu de drôles d'histoires sur son compte. Alors, vous pourriez me dire si ce qu'on raconte est vrai ou faux. Je ne voudrais pas faire de bourdes avec lui aussi quand je ferai sa connaissance.

Chess se tourna vers Nate. Elle lui parut encore plus pâle qu'avant. Ses yeux mêmes, d'un gris éclairci par des cernes presque noirs, semblaient décolorés. S'il en connaissait l'existence par ouï-dire, Nate n'avait jamais vu de personne aux yeux gris. Ceux-ci paraissaient translucides comme de l'eau sans qu'il puisse rien distinguer derrière. Il n'arrivait pas à deviner ce qui se passait dans la tête de cette femme étrange, incolore et taciturne.

— Que voulez-vous savoir ? demanda-t-elle.

Elle lui avait parlé ! Au moins, c'était un début. Il prit le ton de la confidence et se pencha vers elle.

— Est-ce vrai que ce vieux Standish est une sorte de génie ? J'ai entendu dire qu'il est capable de prendre des bouts de fil de fer et des vieux engrenages pour en faire une éolienne qui tire l'eau d'un puits sans qu'on y touche. Ou une pendule qu'on ne remonte qu'une fois par an. Ou encore une machine capable d'écosser les pois, de les cueillir, de les planter ou même, pourquoi pas, de les faire cuire.

Emporté par l'enthousiasme, il tapait des mains. Chess sursauta sans qu'il s'en aperçoive.

— On prétend qu'il peut trouver la solution de tous les problèmes qu'on lui soumet, poursuivit-il en s'animant de plus belle. Si c'est vrai, c'est presque trop beau ! On dit qu'il a inventé tant de machines, qu'il a découvert tant de choses qu'on ne connaît pas le dixième, le centième de ce qu'il a fait. On le dit même un peu sorcier. Est-ce vrai ?

Chess le sentait vibrer d'une énergie contenue. Elle baissa les yeux vers ses mains, les détourna aussitôt.

— C'est un inventeur, sans aucun doute, mais pas un sorcier. Il a passé deux ans à construire une machine censée amener la pluie. Vous voyez le résultat.

Cela aurait dû au moins le calmer un peu. Mais non…

— Vous ne comprenez pas ! s'exclama Nate avec véhémence. Personne ne réussit chaque fois ni du premier coup ! Mais si on réussit deux ou trois fois — même pas : une seule fois, cela vaut d'y consacrer sa vie entière ! Fabriquer un objet qui n'a jamais existé, imaginer ce à quoi personne n'a pensé avant vous, c'est… c'est…

Il s'interrompit faute de trouver les mots pour exprimer ce qu'il ressentait. Chess en oublia son malaise et sa curiosité fut la plus forte.

— Que voulez-vous donc inventer, monsieur Richardson ?

— Moi, rien. J'agis, je n'imagine pas. Je veux seulement voir le vieux Standish au sujet d'une machine dont j'ai entendu parler. Croyez-vous qu'il acceptera de me recevoir ? Tout le monde dit qu'il est un peu fêlé et que la famille ne vaut guère mieux. Mais vous le savez sans doute déjà puisque vous les connaissez.

Chess approuva d'un signe de tête.

— Cramponnez-vous. Nous approchons de l'écurie, la mule va partir au galop dès qu'elle la sentira.

Nate agrippa juste à temps le flanc de la carriole.

— Merci de m'avoir averti ! dit-il en riant quand ils mirent pied à terre dans la cour quelques instants plus tard. Puis-je faire un brin de toilette avant ma rencontre avec le vieux fêlé ? J'ai du savon et tout ce qu'il faut.

— La pompe est là.

Tout en dételant et en bouchonnant la mule, Chess lança des regards furtifs par-dessus son épaule. Elle réprima un cri horrifié lorsque Nate enleva sa chemise et la jeta à ses pieds avant d'actionner vigoureusement le bras de la pompe et de se mettre la tête et les épaules sous le jet d'eau. Contrastant avec son visage et ses avant-bras tannés par le soleil, sa peau blanche luisait sous l'eau comme de la soie mouillée. En voyant la mousse du savon glisser dessus, Chess éprouva une démangeaison dans les doigts et

40

elle se déganta avec des gestes saccadés. Que lui arrivait-il ? Elle brûlait soudain du désir de palper ce large dos, de sentir ces muscles puissants rouler sous les paumes de ses mains. Elle voulait humer encore une fois cette chaude odeur d'homme avant qu'elle ne s'évapore et goûter de la langue le savon sur sa peau… N'as-tu pas honte ? se dit-elle, scandalisée de nourrir des pensées aussi impies. Ne le regarde pas, ne songe plus à des choses pareilles.

Elle était pourtant incapable d'en détacher les yeux. Devant la nudité de ce torse masculin, Chess était tentée pour la première fois de transférer sur une personne réelle ses fantasmes secrets. À trente ans, elle n'avait jamais été embrassée par un homme ni même serrée dans ses bras. Elle ne connaissait des rapports entre les sexes que le tableau édulcoré présenté par ses lectures — et ce n'étaient pas les œuvres d'Alexandre Dumas ou de sir Walter Scott qui lui auraient donné matière à s'instruire. Rien ne l'avait donc préparée à se découvrir des désirs qui l'affolaient au point de l'effrayer. Aussi, lorsque Nate se redressa en exhibant sa poitrine velue luisante d'humidité, elle manqua défaillir et se détourna précipitamment.

Nate endossa une chemise et un faux col amidonnés, extraits de ce que Chess avait pris pour une trousse de médecin mais qui n'était en réalité qu'un simple sac de voyage. Quand il eut relacé ses bottines, elle le guida vers l'atelier de l'inventeur en s'efforçant de ne pas perdre son sang-froid reconquis à grand-peine.

Elle frappa un coup bref à la porte et entra sans attendre de réponse.

— *Ave, Caesar!* C'est moi, Chess, annonça-t-elle. Je vous amène un visiteur.

L'homme qui se tourna vers elle avait des cheveux blancs clairsemés, le dos voûté par l'âge ; mais une ardeur juvénile animait son visage ridé.

— Je touche au but! s'exclama-t-il. Quelques réglages à terminer, le volant cinétique à rééquili-

brer. Presque rien, en somme… Qui est-ce ? demanda-
t-il en s'avisant soudain d'une présence étrangère
derrière Chess.

Chess regarda Nate par-dessus son épaule. Elle ne
put retenir un sourire ironique en le voyant figé
comme une statue de cire, les yeux écarquillés.

— Je vous présente Nathaniel Richardson, de
Caroline du Nord, répondit-elle. Et ce *vieux fêlé*,
monsieur Richardson, est Augustus Standish. Mon
grand-père.

Nate fit une grimace contrite.

— Décidément, j'accumule les gaffes aujourd'hui…
Sur quoi il pouffa de rire, écarta Chess en la prenant aux épaules et s'avança, la main tendue.

— Je suis très honoré de faire votre connaissance,
monsieur Standish. Je suis venu vous parler de
James Bonsack.

— Le petit Jimmy ? Brave garçon. Bonne famille.
J'ai bien connu son père et son grand-père. Entrez
donc, jeune homme, dites-moi ce que vous avez en
tête.

Nate alla refermer la porte derrière lui

Chess était presque certaine qu'il lui avait fait un
clin d'œil en repoussant le vantail. Mais le contact
des mains de Nate lui brûlait encore les épaules et
elle partit en courant vers la maison.

3

Lorsque M. Standish et Nate quittèrent l'atelier, le
long crépuscule d'été tirait à sa fin. De son regard
exercé de campagnard, Nate estima qu'il était près
de sept heures du soir. Il allait devoir dormir dans
un bois et reprendre la route de Richmond dès
l'aube. Avec un peu plus de chance qu'aujourd'hui,

peut-être pourrait-il faire un bout de chemin dans une charrette se rendant en ville.

— Vous voilà surpris par la nuit, Nathaniel, dit le vieux monsieur. Restez donc dîner et coucher à la maison.

— Vous êtes trop bon, monsieur. Je vous remercie.

Nate n'avait pas jusqu'alors prêté attention à son estomac, qui criait famine depuis des heures. La conversation de M. Standish et les maquettes de ses inventions l'avaient fasciné au point de lui faire aussi oublier sa déception, dont l'amertume venait maintenant aggraver sa faim. Après avoir cru la victoire à sa portée, il avait tout perdu. C'était trop cruel ! D'humeur à se coucher dans un fossé en hurlant à la lune comme une bête blessée, il s'efforça quand même de faire bonne figure à son hôte.

La machine inventée par James Bonsack promettait de révolutionner l'industrie du tabac. Nate en avait entendu parler pendant des mois, comme il avait entendu dire que l'engin était loin d'être au point et ne le serait peut-être jamais. Des bruits encore plus passionnants avaient aussi couru sur un vieil original des environs de Richmond, qui aurait pris Bonsack de vitesse en faisant breveter une machine très supérieure à la sienne. Personne ne savait rien de précis. Mais si ces rumeurs contenaient quelque part de vérité, si le vieil original n'était pas un mythe, si Nate parvenait à le retrouver et à le convaincre de lui céder son brevet, il tiendrait la chance qu'il attendait depuis cinq ans.

Ne compte pas trop dessus, s'était-il répété avec prudence. Il n'y a peut-être pas de machine, en tout cas pas de machine meilleure que celle de Bonsack. Lorsque quelque chose paraît trop beau pour être vrai, c'est presque toujours parce que ce n'est pas vrai… Mais rien n'avait pu étouffer ses espérances. Et tout en arpentant des heures durant, dans la chaleur et la poussière, la longue route qui l'amenait de

Richmond, il n'avait cessé d'échafauder des projets sur la meilleure manière d'obtenir le brevet du vieil inventeur et d'utiliser la machine à son plus grand profit.

Avec M. Standish, Nate était allé de surprise en surprise. Il y avait d'abord eu la chaleur de son accueil : obscur petit fermier du fin fond de la Caroline du Nord, Nate ne s'attendait certes pas à être traité avec autant d'égards par un homme aussi distingué, propriétaire d'une plantation tellement vaste que la grille d'entrée se trouvait à plus de deux lieues de la maison d'habitation !

Standish s'était sincèrement intéressé aux idées de Nate, à son passé, à ses projets d'avenir. Et Nate lui avait parlé avec la plus grande franchise, au point de lui dire des choses qu'en d'autres circonstances il n'aurait révélé à quiconque même s'il avait dû se faire couper la langue.

— Je crois bien vous connaître maintenant, Nathaniel Richardson, lui avait déclaré Standish. Vous me plaisez. Je vais vous montrer ce que vous êtes venu voir.

Il avait pris sur une étagère une boîte parmi des dizaines d'autres et en avait extrait une maquette d'environ deux pieds de long sur deux de haut. Dans le bâti de bois, poli et lustré comme du satin, on voyait de minuscules engrenages, des poulies reliées par des chaînes qui entraînaient des bandes de caoutchouc et des convoyeurs de tissu. Le tout se mouvait sans bruit et en souplesse sous l'impulsion du volant moteur qu'actionnait l'inventeur. Une véritable œuvre d'art. Tout ce que Nate osait à peine imaginer — et même mieux encore.

— Venons-en à Jimmy Bonsack, avait poursuivi M. Standish en souriant. Oui, j'ai eu de longs entretiens avec lui. Je le connais depuis sa naissance. C'était un garçon brillant, il l'est resté. Je lui ai dit que ses idées étaient excellentes, car elles l'étaient, mais je ne lui ai pas révélé tout ce que je savais, ajouta-t-il avec un clin d'œil complice. Une de nos anciennes cuisinières donnait volontiers ses recettes à qui les lui demandait mais, je ne sais trop pourquoi, elle *oubliait* toujours d'indiquer un ingrédient — trois fois rien, une pincée de poivre ou d'une épice quelconque Ce qui précisément fait toute la différence dans une sauce.

— Lui avez-vous montré votre maquette ? demanda Nate, qui espérait être le seul au monde à l'avoir vue.

— Bien sûr ! Je suis un vieux vaniteux, voyez-vous. Je me considère comme un habile mécanicien et j'aime exhiber mes petits chefs-d'œuvre. Dieu merci, les rhumatismes s'en prennent à mes genoux, pas à mes doigts.

— Vous êtes beaucoup plus qu'habile, monsieur, renchérit Nate. Puis-je toucher la maquette ?

— Désolé de devoir vous dire non, mon garçon. Sans être vraiment fragiles, ces roues et ces chaînes de transmission sont infernales à ajuster tant elles sont petites. Elles risquent de se déboîter au moindre faux mouvement.

Nate brûlait d'envie de caresser ce bois satiné, de faire fonctionner lui-même ce mécanisme de haute précision afin de mieux l'observer. Mais, après tout, il n'était pas venu là pour jouer.

— Je ne m'y connais guère en la matière, reprit-il en ravalant sa déception, mais je croyais qu'on devait déposer les maquettes à l'Office des brevets.

— Oh, non ! Ils n'y tiennent pas du tout. Pensez donc, ils devraient se fatiguer le cerveau à essayer de comprendre comment marchent les inventions ! Il n'aurait fallu qu'une minute à Thomas Jefferson pour en saisir tous les principes et une minute de plus pour les améliorer. Cet homme était un inventeur-né, quel dommage qu'il ait gaspillé son temps à être président des États-Unis... Mais pardonnez-moi, à mon âge on se perd facilement en digressions. Vous me parliez de l'Office des brevets. Eh bien, ces imbéciles ne veulent que des dessins ! Ils ne comprennent pas mieux mais les papiers sont plus faciles à classer… Bref, depuis qu'ils ont refusé mes maquettes sous prétexte qu'elles prenaient trop de place pour ne plus accepter que des bouts de papier, j'ai cessé de m'adresser à eux.

— Vous avez cessé de vous adresser à eux ? répéta Nate, effaré. Vous voulez dire que vos brevets ne sont pas enregistrés ?

— Fichtre non !

Cette révélation fit à Nate l'effet d'un coup de massue. Mais déjà, Augustus Standish ouvrait une autre boîte.

— Cette machine-ci, par exemple, me présentait un problème particulièrement délicat qu'Archimède lui-même aurait eu du mal à résoudre. Ce levier n'avait pas de débattement suffisant pour soulever la pleine charge. Que faire en pareil cas ? J'ai essayé une solution puis une autre, une autre encore jusqu'à trente fois et j'étais sur le point d'abandonner quand un beau jour l'idée m'est venue…

Fasciné, Nate se pencha sur la maquette. Il serait toujours temps plus tard de panser ses blessures.

Plus de vingt boîtes vides gisaient aux pieds de M. Standish lorsque celui-ci prit enfin conscience de l'heure. Il referma l'atelier et précéda Nate sur un chemin qui traversait un épais massif de bambous avant de déboucher dans une clairière. La maison s'y dressait.

Nate s'arrêta, ahuri. L'édifice était si vaste qu'il ne distinguait qu'une masse confuse dans la pénombre. Huit gigantesques colonnes blanches, plus hautes que les arbres de sa ferme, semblaient monter la garde devant la véranda et les quelques fenêtres éclairées. Cet imposant monument lui rappelait le Capitole de Raleigh, qu'il avait vu à de rares occasions sans jamais oser y pénétrer.

Augustus Standish ouvrit une porte latérale et poussa Nate vers un étroit escalier.

— Entrez donc, montez vite. Il faut nous dépêcher, ma belle-fille a horreur qu'on soit en retard.

Sa belle-fille exigeant aussi qu'on s'habille pour le dîner, lui précisa-t-il, il lui prêterait l'habit d'un de ses petits-fils qui était à peu près de sa taille. Les manches et le pantalon se révélèrent trop longs mais M. Standish y remédia habilement avec des épingles. Il produisit une chemise, un faux col, des boutons de manchettes. Seules les chaussures soulevaient un problème insoluble.

— Gardez vos pieds sous la table, ça ira.

Nate était bien forcé de se fier à lui. Il se sentait pourtant déguisé comme un ours savant vu une fois à la foire et M. Standish, malgré son habit parfaitement ajusté, lui paraissait aussi ridicule. Quoi qu'il en soit, il ne pouvait plus reculer. Et puis, il mourait de faim et d'appétissantes odeurs montaient de la cuisine.

Ce repas, il ne l'oublierait jamais.

Dans une pièce tellement spacieuse qu'il n'en voyait même pas les murs, une table aussi longue que sa maison entière était illuminée comme en plein jour. Deux douzaines de bougies dans de hauts chandeliers d'argent faisaient scintiller le collier de la dame assise à un bout, sans doute la belle-fille dont le vieux monsieur redoutait la colère. Elle n'avait pourtant pas l'air d'une femme à piquer une crise de rage si vous arriviez en retard, elle était même très belle. Ses longs cheveux couleur de l'or blanc, ramenés sur le dessus de la tête, retombaient en mèches ondulées et l'une d'elles cascadait devant l'oreille gauche jusqu'à son épaule découverte. Nate n'avait jamais vu autant de peau nue sur une femme habillée. Sa robe écarlate aux manches très amples donnait l'impression d'avoir été tirée vers le bas pour lui dénuder les épaules et une bonne partie de la poitrine — une fort belle poitrine, d'ailleurs, dont on voyait les formes généreuses sous la dentelle du décolleté. La dame devait aimer le rouge car elle avait aussi un collier de rubis entourés de diamants. Nate ne put s'empêcher de se demander combien valait un tel bijou — au moins de quoi construire une usine ou un moulin à eau…

En pensant aux espoirs qu'il avait mis dans sa visite au vieux Standish, il eut soudain envie de fondre en larmes comme un bébé. Assez! se dit-il. C'est parce que tu as faim. Mais combien de temps fallait-il encore attendre pour voir apparaître de la nourriture sur cette table?

— Êtes-vous cavalier, monsieur Richardson? lui demanda soudain la dame en rouge.

Nate se tourna vers elle et parvint à sourire.

— Oui, madame, quand j'en ai l'occasion, répondit-il en sentant encore la route lui brûler la plante des pieds.

— Tant mieux! approuva-t-elle avec son plus gracieux sourire. Restez donc jusqu'à la prochaine chasse à courre. Mon fils aîné est maître d'équipage, il veillera à ce que vous en profitiez au mieux.

Nate ne comprit pas de quoi elle parlait: à part eux deux, il n'y avait autour de la table que le vieux monsieur et la femme silencieuse qu'il avait prise pour un homme. Où était le fils en question?

— Ma fille ne s'intéresse pas du tout à la chasse, reprit la dame en rouge avec une moue dépitée à l'adresse de l'autre femme. C'est grand dommage. Je passe mon temps à lui dire qu'elle a tort, il n'y a rien de plus seyant qu'une tenue d'amazone.

Ainsi, la personne taciturne assise à côté du vieux monsieur était sa fille. On aurait plutôt cru le contraire. Elle était terne, maigre comme un piquet. Ses cheveux blonds étaient si ternes qu'ils semblaient gris alors que ceux de sa mère luisaient comme du vieil argent. Sa peau aussi était grise et, pour couronner le tout, elle portait une robe grise. Elle avait meilleure allure en salopette…

Un Noir d'un certain âge apparut, également vêtu d'un habit et les mains gantées de blanc. Il portait un grand plateau d'argent chargé de plats d'argent. Nate huma avec soulagement les fumets qui en émanaient: enfin de quoi manger! Non, pas encore, comprit-il en découvrant avec une stupeur incrédule le cérémonial du dîner.

Comme pour ralentir le processus à plaisir, le Noir ne posa pas les plats sur la table. Il se dirigea d'abord avec son plateau vers Mme Standish, puisa quelque chose dans chaque plat et le déposa dans son assiette. Il alla ensuite jusqu'à la fille qui se servit elle-même. Après quoi, sans se soucier de savoir si le vieux monsieur avait faim ou non, il parcourut toute la longueur de la table pour tendre le plateau à Nate.

Quelle perte de temps ! pensa celui-ci. J'aurais déjà fini de manger si on avait commencé tout de suite. Constatant toutefois avec plaisir que la nourriture était simple et abondante, il se servit une copieuse portion de purée et de haricots rouges qui accompagnaient une sorte de civet de lièvre, saisit sans plus attendre la grande cuiller posée à côté de son assiette et mangea avec appétit.

— Mon plat préféré, Catherine, dit M. Standish à sa belle-fille. J'aime les ragoûts, c'est la seule manière dont mes vieilles dents puissent encore apprécier le gibier.

Tout en parlant, il souriait d'un air complice à sa petite-fille. Le sourire qu'elle lui rendit la fit, un bref instant, ressembler à sa mère.

— Je ne mange jamais de gibier sans remords, déclara Mme Standish. Les chevreuils sont de si gracieux animaux ! J'avoue néanmoins que le goût me plaît beaucoup. Aussi, je me console en me disant qu'il s'agit d'une de ces horribles bêtes qui viennent dévorer nos lis malgré les murs du jardin.

— Si les oignons de lis leur donnent bon goût, Mère, cela vaut presque la peine de se passer de fleurs, intervint la femme en gris.

— Tu as parfois des idées incroyables, Francesca ! Rien au monde ne compte plus que les fleurs, voyons.

Nate s'intéressait davantage au contenu de son assiette qu'aux Standish, qui mangeaient lentement parce qu'ils parlaient sans arrêt. Quand le Noir lui repassa le plateau, il se resservit abondamment et finit de liquider sa seconde portion alors que les autres n'en étaient pas même à la moitié de la première.

L'estomac plein, il redevint sociable et prêta une oreille distraite à la conversation en souriant aimablement à ceux qui prenaient la parole. Mme Standish bavardait comme un traquet de moulin et ne mangeait presque rien. Si ses propos n'avaient aucun sens pour Nate, les autres semblaient comprendre de quoi elle parlait. De temps à autre, il levait les yeux vers la porte de la salle à manger en s'attendant à voir apparaître dans la pénombre le mari et les fils auxquels elle faisait de constantes allusions, mais nul ne se montra. Nate espéra qu'ils étaient absents plutôt qu'en retard car il n'avait pas envie de voir cette belle dame en colère. Si elle était capable d'effrayer le vieux monsieur, elle le terroriserait à coup sûr. Elle le mettait déjà mal à l'aise sans qu'il sache pourquoi.

Tout à coup, Mme Standish cessa de parler et se leva. Sa fille et M. Standish en firent autant et Nate se hâta de les imiter.

— Nous vous laissons à vos cigares et à vos liqueurs, messieurs. Bonsoir, monsieur Richardson, ajouta-t-elle en tendant à Nate une main chargée de bagues. Votre visite nous cause le plus vif plaisir.

Déconcerté, Nate tendit la main à son tour. Mme Standish l'effleura du bout des doigts et se dirigea vers la porte. Nate vit alors qu'elle portait une crinoline à l'ancienne mode. Sa fille était accoutrée de la même manière.

— Rasseyez-vous, monsieur Richardson, lui dit le vieux Standish une fois la porte refermée. J'aurais dû vous préparer à ce dîner en vous fournissant autre chose qu'un habit, je le crains. Voulez-vous du whiskey?

— Non, monsieur, je vous remercie.

— Eh bien moi, il m'en faudra un verre, peut-être même deux. Catherine était particulièrement éprouvante, ce soir. J'ai compris que nous aurions des ennuis en voyant sa robe rouge. C'est un signal de danger, comme un drapeau rouge sur une voie de chemin de fer...

Le majordome noir vint disposer devant eux un carafon et deux verres avant de débarrasser la table en silence.

— Merci, Marcus, lui dit M. Standish quand il se retira avec le plateau. Avez-vous votre carafon?

— Oui, monsieur, sur ma table de nuit, répondit-il en riant. Je dormirai comme un loir.

M. Standish eut le temps d'avaler non pas deux mais trois ou quatre verres de whiskey pendant qu'il fournissait à Nate les éclaircissements qu'il estimait lui devoir.

— Je n'ai eu qu'un seul fils, commença-t-il. Pour une raison que je ne m'explique pas, ma femme et moi n'avons pas eu le bonheur de concevoir d'autres enfants après lui. Mais Frank nous suffisait et nous apportait de grandes joies. C'était un enfant robuste, devenu un homme solide. Sa mère est morte d'une pleurésie alors qu'il était à l'université. Cela valait mieux pour elle, le mariage de Frank avec Catherine lui aurait brisé le cœur. Ils se sont mariés en Europe pendant que Frank y faisait son Grand Tour. Il n'avait alors que vingt-trois ans — à peu près votre âge actuel, si je ne me trompe?

Standish n'attendit pas de réponse et poursuivit son récit en fixant le fond de son verre déjà vide.

— Le coup de foudre, m'a-t-il ensuite précisé. Un coup de folie, plutôt. Ils ont été mariés en Suisse par le maire d'une petite ville une semaine après leur première rencontre.

Frank a eu bien de la chance, songea Nate en pensant à Lily. Gideon et Lily étaient mariés depuis bientôt quatre ans. Il en souffrait toujours autant et se demandait s'il cesserait jamais d'en souffrir.

— Peu m'importait, à vrai dire, que Catherine ait été une aventurière sans passé. Elle s'est montrée une bonne épouse pour Frank, une bonne mère pour les enfants, une bonne maîtresse pour la plantation et une hôtesse aussi brillante que belle. Les réceptions de Harefields étaient célèbres dans toute la contrée et nos bals de Noël alimentaient les conversations toute l'année. Ce qui comptait surtout à mes yeux, c'est que Frank l'ait toujours aimée avec la même ardeur et qu'elle l'ait rendu heureux.

Le goulot du carafon cliqueta sur le bord du verre.

— Ils ont eu des problèmes, bien entendu. Quel ménage n'en a pas ? Ainsi, Catherine pleurait sans arrêt après la naissance de son premier enfant, phénomène fréquent chez les jeunes mères selon le médecin. Peu après avoir mis au monde son second fils, elle a eu des crises de nerfs qui se sont répétées des mois durant. Le médecin lui a alors prescrit une potion à base de laudanum qui l'a sortie de cet état. Elle avait toujours eu les nerfs sensibles, ce remède la sauvait. Ned et Charles étaient de bons enfants, certes, mais les garçons sont souvent rebelles à la discipline. Ils font du bruit, grimpent aux arbres et en tombent en se cassant un bras ou une jambe. Les nerfs de Catherine le supportaient très mal. Aussi, lorsque les garçons ont eu respectivement huit et sept ans, Frank ramena Catherine en Europe. Une seconde lune de miel, disait-il. Je me suis toujours demandé s'il ne cherchait pas plutôt à donner ainsi un peu de champ libre à ses fils en les soustrayant aux cajoleries excessives de leur mère. Ils avaient un très bon précepteur, un jeune homme à l'esprit brillant et fort comme un bœuf, qui savait faire preuve de fermeté tout en évitant de les tenir en lisière. Quelles qu'aient été les intentions de Frank, en tout cas, cela eut d'excellents résultats. Deux ans plus tard, au retour de leurs parents, Ned avait dix ans, Charles neuf ans, et vous ne pouviez rêver garçonnets plus accomplis. Quant à la petite sœur née à Venise dont ils découvraient l'existence, ils en tombèrent amoureux fous dès le premier jour. Moi aussi, d'ailleurs, et je n'ai jamais cessé de l'être.

D'une main ferme, M. Standish se versa une nouvelle rasade de whiskey.

— Catherine l'avait baptisée Francesca. N'aimant guère pour ma part les prénoms étrangers trop affectés, je lui ai aussitôt donné le surnom de Chess, qui lui convenait parfaitement. Nous l'appelions tous Chess, sauf Catherine qui jugeait Francesca plus romantique... Quoi qu'il en soit, elle adorait le bébé. Elle avait toujours voulu une petite fille, disait-elle, pour l'habiller comme une princesse. Il fallait les voir, toutes les deux, dans leurs belles robes à volants, avec leurs cheveux d'une égale blondeur ! Les garçons étaient bruns comme Frank, mais Chess était le portrait de sa mère. Il n'y avait pas d'enfant plus gai sur terre, toujours en train de chanter et de rire, souvent les deux à la fois. Intelligente, aussi. À l'âge de cinq ans, je lui ai appris à jouer aux échecs, un jeu qu'elle a tout de suite adoré. En fait, elle aimait tout — les chiens, les chats, les chevaux, les arbres, les fleurs, jusqu'aux nuages dans le ciel — et elle aimait tout le monde. Même sa gouvernante que pourtant nous détestions. Avec Chess, et elle seule, elle devenait une autre femme. Toute la journée, on les entendait rire ensemble dans la salle d'étude.

M. Standish souleva le carafon, hésita et le reposa.

— La guerre survint et mit fin aux rires. Tout juste sortis de l'université, les garçons sont partis à cheval avec leur père, aussi fiers que les Trois Mousquetaires. Charles a été tué un mois plus tard, Ned à Gettysburg. Catherine a refusé de croire à leur mort. Même après que leurs corps eurent été rapportés ici pour être inhumés dans le caveau de famille, elle attendait chaque jour leurs lettres et se plaignait de leur négligence parce qu'ils ne lui écrivaient pas pour la rassurer. Elle est allée jusqu'à accuser d'intercepter son courrier l'officier yankee qui commandait les troupes venues nous envahir ! Certains de nos voisins ont durement souffert de l'occupation yankee, pas Harefields. Catherine invitait les officiers à dîner et savait si bien les charmer qu'ils donnaient à leurs hommes l'ordre de nous épargner. À part le bétail et les chevaux, nous n'avions pas perdu grand-chose. Jusqu'au jour où nous avons tout perdu...

Cette fois, Standish remplit son verre sans hésiter.

— Frank avait été blessé quatre fois sans gravité. Atteint de malaria et de dysenterie au siège de Petersburg, il est revenu à la maison prendre de nouvelles forces avant de rejoindre l'armée de Lee. Plus la situation devenait désespérée, plus Frank croyait en la Cause... Bref, il était presque rétabli quand nous avons appris la capitulation de Lee devant Grant à Appomattox. Je réagis à la nouvelle par des bordées de jurons. Frank, lui, ne dit pas un mot. Il cira ses bottes, brossa son uniforme, polit jusqu'à ses boutons. Puis il se rendit au cimetière où gisaient ses fils qui avaient donné leur vie pour la Confédération et se tira un coup de revolver dans la bouche. Sa tête n'était plus qu'une bouillie sanglante. Sans sa chevalière aux armes de la famille, nous ne l'aurions pas reconnu. C'est cette pauvre Chess qui l'a retrouvé. Après cela, pendant des semaines, elle s'est réveillée la nuit en hurlant...

M. Standish vida son verre d'un trait.

— Catherine n'a pas versé une larme. Ce jour-là, son esprit s'est fermé à la réalité comme il l'avait déjà fait à la mort des garçons. Mais cette fois, elle est encore allée plus loin en effaçant de sa mémoire la guerre et tout le reste. Pour elle, la canonnade de Fort Sumter n'a jamais eu lieu. Elle vit toujours en 1860, les enfants sont à l'école et son mari va rentrer à la maison d'un instant à l'autre. Nous jouons le jeu puisqu'il la rend heureuse. Elle doit être aujourd'hui la seule personne heureuse dans tout l'État de Virginie, sinon dans tout le Sud...

Augustus Standish repoussa sa chaise, prit appui sur la table et se leva avec difficulté.

— Je vous remercie, mon jeune ami, de la patience et de la courtoisie avec lesquelles vous avez écouté les radotages d'un vieil homme. Je crains maintenant de devoir vous imposer une nouvelle corvée. Je vous serais grandement obligé de me prêter l'appui de votre bras pour monter l'escalier car je crois avoir bu un peu plus que de raison.

Nate se leva d'un bond.

— J'en serai très honoré, monsieur.

À peine couché, Nate regretta de n'avoir pas bu en compagnie de M. Standish. L'alcool l'aurait peut-être aidé à dormir. Les nerfs tendus, il se sentait écrasé d'une fatigue dont il ne comprenait pas la cause. Sa tête tournait sous l'effet de pensées trop nombreuses et trop nouvelles pour lui.

Par tradition, il avait toujours détesté les aristocratiques planteurs. Son oncle Joshua avait perdu une jambe en se battant pour qu'ils conservent leurs esclaves. Dans son milieu social, personne n'en avait possédé ni n'en posséderait jamais. La Cause n'était pas la leur.

Augustus Standish ne lui inspirait pourtant aucune haine, au contraire ; plutôt de l'affection et de l'admiration — même s'il avait eu la tête trop dure pour faire enregistrer ce brevet auquel Nate attachait plus de prix qu'à n'importe quoi. Malgré la mort de son fils unique et de ses petits-fils, le vieil homme continuait à lutter, à exploiter sa ferme — une plantation n'était jamais qu'une grande ferme, après tout — et à protéger ses femmes des dangers du monde extérieur. Il avait au moins quatre-vingts ans. Comment faisait-il pour tenir ? Nate n'aurait jamais pu s'asseoir comme lui chaque soir à table en écoutant les divagations d'une folle. Il serait devenu fou lui-même !

Il avait toujours entendu traiter les aristocrates de mauviettes. M. Standish n'en était pas une, en tout cas. Ni Chess, ce vieux sac d'os. Elle aussi devait subir les discours absurdes de cette femme — et cette femme était sa mère. En pensant à la sienne, Nate se dit qu'il avait de la chance. Mary était dévote jusqu'au fanatisme, elle critiquait le monde entier, elle ne se satisfaisait jamais de rien mais, au moins, elle était saine d'esprit. Sur le chemin du retour, il lui achèterait un cadeau. Celui-ci ne lui plairait sans doute pas, elle lui infligerait un sermon sur ses prodigalités inconsidérées, mais il le ferait quand même. Pour lui plus encore que pour elle.

Cette maison l'oppressait. Demain, il partirait aux premières lueurs de l'aube.

Chess l'intercepta alors qu'il franchissait la porte.

— Monsieur Richardson! J'ai préparé un déjeuner pour vous à la cuisine.

— Non merci, je préfère me mettre en route avant la chaleur du jour.

— Venez quand même un instant. Je ne veux pas vous forcer à manger, j'ai simplement une proposition à vous faire. Cela ne vous retardera pas beaucoup.

Elle portait encore une robe grise, mais des taches de couleur apparaissaient sur ses joues.

Nate ne put refuser de la suivre. Devant la grande table au milieu de la cuisine, Chess s'appuya au dossier d'une chaise qui boitait sur le dallage inégal.

— Asseyez-vous si vous voulez.

— Non merci, répéta Nate.

Visiblement nerveuse, Chess parlait d'une voix plus aiguë que d'habitude.

— Soit. Ce que j'ai à vous dire sera bref. J'ai parlé à mon grand-père hier soir après que vous vous êtes couché et je sais ce que vous attendiez de nous… de lui. J'ai ce brevet, monsieur Richardson. Depuis longtemps, je prends sur moi d'envoyer en son nom à l'Office des brevets des demandes d'enregistrement accompagnées des dessins réglementaires dans l'espoir que, sur le nombre, il s'en trouvera un jour un de valable. Je crois comprendre que c'est le cas de celui-ci.

Nate laissa échapper un cri de joie.

— Vous pouvez le dire! s'exclama-t-il avec un sourire à lui déboîter la mâchoire. Combien en voulez-vous? Je ne dispose pas d'une grosse somme, mais nous pouvons convenir de paiements échelonnés. Je tiens toujours parole, je puis vous en fournir des témoignages si vous le désirez.

Chess serra le dossier de la chaise si fort que ses phalanges blanchirent.

— Je ne veux pas d'argent, monsieur Richardson. Je veux que vous m'épousiez et que vous m'emmeniez avec vous en Caroline du Nord. Je veux un mari et je veux des enfants. Voilà mon prix.

4

Ils furent unis le matin même dans la petite église épiscopalienne de la route de Richmond. Le pasteur, presque aussi vieux qu'Augustus Standish, leur donna la communion dans un calice d'argent gravé aux armes de la famille, don du premier Standish arrivé en Amérique en 1697.

Augustus Standish conduisit sa petite-fille à l'autel et l'épouse du pasteur servit de témoin. Un simple rang de perles au cou, un bouquet de fleurs des champs à la main, Chess portait une robe de coton bleu visiblement retaillée dans une toilette démodée tant elle lui allait mal. Sous son voile de fine dentelle ancienne, on voyait ses lèvres trembler malgré ses efforts pour serrer les dents. Lui-même à demi hébété, Nate bredouilla machinalement les répons.

Ils regagnèrent la plantation comme ils étaient venus, dans un antique landau noir aux sièges de cuir rouge fendillé, hâtivement épousseté et attelé à une mule. La nouvelle s'était répandue on ne savait comment. Lorsqu'ils franchirent les grilles rouillées, ils découvrirent la longue avenue poussiéreuse jonchée de fleurs blanches. À l'arrivée de l'étrange équipage, une double haie d'hommes, de femmes et d'enfants noirs lancèrent des acclamations :

— Dieu bénisse notre demoiselle !

Chess fondit en larmes.

— Lève-toi, mon enfant, qu'ils te voient pour la dernière fois, dit Augustus Standish d'une voix tremblante.

S'appuyant d'une main à son épaule, Chess se leva, sourit à travers ses larmes et agita la main en s'adressant à chacun à mesure qu'elle passait devant eux :

— Adieu à toi, Julia... Merci pour tout, Pheemie... Dieu te bénisse, Persée... Soigne bien ton bébé, Celia... Adieu, Paula... Justice... Delphine... Sukie... James... Jason... Zanty... Agamemnon...

— J'ai toujours eu un faible pour les classiques, murmura M. Standish à l'oreille de Nate. Je les ai presque tous baptisés moi-même. Sauf les jeunes enfants, bien entendu, ils sont nés après l'émancipation.

— Adieu mes amis... Adieu..., répétait Chess.

Elle pleurait maintenant à chaudes larmes. Son grand-père lui sécha le visage avec son mouchoir.

— *Ave atque vale, Caesar*, lui dit-elle quand ils mirent pied à terre.

— Es-tu bien sûre de ce que tu fais, Chess ?

La gorge nouée, le regard plein d'appréhension, elle releva le menton d'un air de défi.

— Certaine... Aidez-moi à replier le voile, s'il vous plaît, et rangez-le soigneusement.

— Compte sur moi, promit son grand-père.

Nate considéra avec inquiétude le canoë surchargé. Entre la grosse valise de Chess, son sac de voyage et la maquette de l'invention, cause de toute cette aventure, il restait à peine assez de place pour lui. Où s'installerait Chess — sa femme ?... Ce seul mot l'alarmait plus encore que l'allure précaire de l'embarcation.

Agrippé au ponton vermoulu, il embarqua en suivant les instructions de M. Standish et s'assit avec précaution au milieu du banc. Une fois son poids ajouté à la charge, l'eau du fleuve affleura dangereusement le plat-bord. Nate n'avait jamais emprunté ce moyen de locomotion qui ne lui plaisait pas le moins du monde. Quand Chess embarqua à son tour, il ferma les yeux, certain que la coquille de noix allait chavirer, couler, ou même couler en chavirant.

— Parfait, l'entendit-il dire derrière lui. La marée commence juste à redescendre.

Elle était donc montée à bord ? Il n'avait pourtant pas senti le canoë osciller — au fond, mieux valait qu'elle soit aussi maigre... Rassuré, il rouvrit les yeux.

De la petite langue de sable sous les arbres, M. Standish leur faisait des signes d'adieu. Sans que Nate s'en soit rendu compte, le bateau avait déjà atteint le milieu du fleuve et glissait rapidement au fil du courant. Voulant rendre son salut au vieux monsieur, Nate se retourna, agita le bras. Le canoë s'inclina, un peu d'eau vint lui lécher la pointe de ses bottines. Affolé, il se cramponna à son banc.

— Restez tranquille et évitez les gestes brusques, lui enjoignit son invisible épouse. Vous n'avez rien à craindre. J'ai navigué sur le fleuve des milliers de fois, vous vous y habituerez en quelques minutes.

Le courant était assez rapide pour que la pagaie qu'elle tenait de ses mains gantées ne serve que de gouvernail mais elle en ajustait constamment l'angle d'attaque. Mieux valait s'occuper l'esprit à cette humble tâche que réfléchir à l'aventure insensée dans laquelle elle s'était lancée.

Son grand-père jugeait Nate Richardson comme une personne *solide* et avait approuvé le mariage. Avec regret — il aurait préféré la voir épouser un gentilhomme — mais sans réticence : «Tu mérites de mener enfin ta propre vie, ma chère petite», avait-il conclu lorsqu'elle lui avait fait part de ses intentions. C'était plus que Chess n'en espérait. Peut-être ne s'attendait-il pas qu'elle réussisse. Elle n'y comptait guère elle-même, à vrai dire. Pourtant, elle avait gagné son pari.

Et maintenant, qu'allait-elle devenir ?

Elle ne voyait de Nate que son large dos et son affreux chapeau. Elle aurait voulu le regarder en face. Si je dois passer ma vie avec cet homme, pensait-elle, j'ai quand même le droit de savoir s'il a une tonsure ou une mèche sur le front... L'absurdité de ce coq-à-l'âne lui donna envie de rire et de pleurer à la fois. Qu'était donc devenue sa lucidité si chèrement acquise ? Elle en avait pourtant plus besoin que jamais. Inutile de s'illusionner : elle s'était acheté un mari. Aussi invraisemblable que cela paraisse, elle était désormais unie pour la vie à un garçon beaucoup plus jeune qu'elle, uniquement parce qu'elle avait touché le fond du désespoir et qu'il représentait sa dernière — non, sa *seule* chance d'échapper à son purgatoire.

La détestait-il ? À sa place, elle haïrait la femme qui s'était servie du brevet comme d'un revolver pointé sur sa tempe. Il aurait pu refuser, certes. Pourtant, il avait dit oui. Il ne la haïssait donc pas — pas trop, du moins. Avec un peu de chance, il en viendrait à l'apprécier. À l'aimer, qui sait ? Elle ne le harcèlerait pas comme tant d'autres épouses, au besoin elle s'userait les mains au travail. Dieu sait si elle en avait l'habitude !

Oh ! elle savait en faire, des choses ! Tout ce qu'une jeune fille accomplie devait apprendre avant la guerre : jouer du piano — plutôt bien ; broder — assez mal ; peindre à l'aquarelle ; parler couramment français, lire le latin dans le texte ; danser le menuet ; monter en amazone et même sauter des obstacles — s'ils n'étaient pas trop hauts...

Elle plongea rageusement sa pagaie dans l'eau. Ses fameux talents de société lui seraient d'un grand secours au fin fond de la Caroline du Nord ! Ce garçon n'était même pas médecin, comme elle l'avait d'abord cru, mais simple fermier, lui avait dit son grand-père. Un planteur de tabac. Et de plus, il mangeait sa viande avec une cuiller! Comment avait-elle pu épouser un homme qui semblait ignorer l'usage de la fourchette? Peut-être était-il encore temps de faire demi-tour et de rentrer…

Rentrer? Pour faire quoi? S'épuiser dans un labeur ingrat dont nul ne lui savait gré? Continuer à prétendre que le monde n'avait pas changé alors qu'il était sens dessus dessous et la rejetait en marge de la société? Impensable! Elle avait eu raison de suivre son impulsion. Ce mari était un brave homme, voilà ce que son grand-père avait voulu dire par solide. Il n'avait l'air ni malhonnête ni méchant. Elle apprendrait à le connaître, à l'apprécier. L'amour n'existait que dans les livres, pas dans la réalité quotidienne. L'affection, l'estime étaient plus durables.

Dans sa veste sombre, le large dos de Nate paraissait aussi imposant, aussi solide qu'un mur. Quel luxe de pouvoir enfin se reposer sur un homme fort, capable d'assumer les responsabilités à sa place! Une image lui revint soudain en mémoire, celle de ce même dos nu, luisant d'eau et de savon. Oui, oh oui! elle voulait découvrir ce qui se passait entre un mari et sa femme. Elle voulait être serrée dans des bras d'homme, embrassée sur les lèvres et… le reste, quel qu'il soit. Elle brûlait de l'envie d'apprendre. Il devait savoir, lui. Les hommes sont au courant de ce genre de choses et il était un homme. Il n'avait l'air aussi jeune que parce qu'il se rasait.

Nate se frotta le menton. Ce matin, il n'avait pas fait du bon travail avec le rasoir emprunté à M. Standish. Sa main tremblait tellement que c'était un miracle qu'il ne se soit pas tranché la gorge. Au fond, il aurait peut-être mieux fait… Quelle folie! Épouser une vieille fille. Pis encore: une aristocrate. À la ferme, elle lui serait aussi utile qu'une vache sans mamelles — ce qui d'ailleurs était sans doute le cas, à en juger par son profil...

Au moins, il tenait le brevet! C'est ce qu'il était venu chercher et il l'avait obtenu, il ne fallait surtout pas l'oublier. Le brevet, il en avait besoin. La femme, non. Mais bah!... Elle voulait des enfants — qu'ont donc toutes les femmes à vouloir des enfants? Si cela lui faisait tellement plaisir, il lui en donnerait autant qu'elle voudrait. Il n'aurait qu'à fermer les yeux, à penser à autre chose et la nature suivrait son cours. Si seulement elle était une femme comme les autres et non une *lady*! Il n'en avait encore jamais rencontré, il ne savait pas comment s'y prendre avec.

Comme tous les hommes de son milieu et de son époque, Nate était persuadé qu'un abîme séparait les femmes ordinaires de celles qui appartenaient à l'espèce rare des *ladies*. Les femmes elles-mêmes, de l'une et l'autre variété, admettaient voire encourageaient cette différence. Par tradition, les Sudistes hissaient leurs *ladies* sur un piédestal. Ils les considéraient comme des êtres fragiles et délicats qu'il fallait abriter des dures réalités, y compris les crudités de langage et les trivialités de la vie. Vénérées, protégées, censées tout ignorer du monde réel et de ses laideurs, ces idoles devaient aussi être guidées pas à pas.

Nate ne concevait donc pas qu'il en soit autrement de Chess — quel drôle de nom! Aucune femme normale n'en aurait voulu! Elle avait passé toute sa vie sur cette immense plantation, entourée de Noirs qui exécutaient le travail à sa place et semaient des fleurs sous ses pas. Elle était habituée à se faire servir du matin au soir, à prendre ses repas dans des plats d'argent. Ce devait être pour s'amuser qu'elle portait une salopette quand il l'avait rencontrée. Pas étonnant qu'elle se soit conduite si bizarrement avec lui dans la charrette! Elle devait avoir honte d'être surprise dans cette tenue par un étranger. La pauvre!... Mieux valait ne plus jamais lui en parler.

C'était plutôt drôle, bien sûr, mais il tiendrait sa langue.

Il devrait aussi s'abstenir de faire allusion à sa mère devant elle : il n'était pas censé connaître sa folie, non plus que le suicide de son père... Que de sujets à éviter ! pensa-t-il tout à coup. De quoi allaient-ils pouvoir parler ?

Nate se creusa longuement la tête pour trouver quelque chose d'aimable à lui dire.

— La grande foire de Raleigh dure toute une semaine en octobre, lança-t-il enfin par-dessus son épaule. La parade vaut vraiment le déplacement. Et puis, il fait moins chaud.

— Je serais ravie d'y assister, je ne suis jamais allée à une foire.

Nate n'osa pas se retourner pour voir son expression : son ton froidement poli lui coupa l'inspiration et il resta muet. Qu'avait-il à offrir à une dame comme elle ? Une vieille maison de trois pièces, un tas de feuilles de tabac. Elle ne tarderait pas à se repentir d'avoir conclu un tel marché de dupes. Il ferait mieux de s'arranger le plus vite possible pour transférer le brevet à son nom.

— Nous approchons de Richmond, dit Chess. La fumée que vous voyez là-bas sort des cheminées d'usine.

— Il m'a fallu près d'une demi-journée pour faire la route à pied ! Depuis combien de temps sommes-nous partis ?

— Bientôt une heure, mais nous ne sommes pas encore arrivés. On voit la fumée longtemps avant la ville.

— C'est si rapide, j'ai peine à y croire !

— La distance de Harefields à Richmond par le fleuve est à peine le tiers de celle de la route. Quand nous serons plus près de la ville, nous croiserons beaucoup de bateaux. Tout le trafic commercial passe par...

Elle s'interrompit soudain, la gorge nouée. Sentant son malaise, Nate s'empressa d'intervenir.

— C'est trop difficile de se parler quand on ne se voit pas. Mais soyez tranquille, nous aurons largement le temps de nous rattraper plus tard. Et vous aviez raison, le canoë est très agréable une fois qu'on s'y est habitué. Je crois que je vais tranquillement profiter de la fin du parcours.

— Vous avez raison.

Il a fait preuve de beaucoup de tact, pensa Chess avec reconnaissance. Oui, c'était vraiment un brave garçon. Elle commençait même à le trouver sympathique.

Chess pilota habilement le canoë dans le labyrinthe des cargos jusqu'à la cale réservée aux embarcations légères, près du dock de Shockoe. Elle avait maintes fois conduit son grand-père jusque-là. La marée était assez haute pour lui permettre de s'amarrer sans presque lever les bras et de sauter sur le quai, enfin soulagée de ne plus être à genoux et de sentir la terre ferme sous ses pieds.

— Passez-moi les bagages, dit-elle à Nate.

Il lui tendit la valise puis la sacoche.

— Prenez bien soin de la boîte, dit-il en soulevant la maquette. Elle n'est pas lourde, mais encombrante.

— Je la tiens, vous pouvez lâcher... Attention !

Trop tard. Il ne restait de Nate que son chapeau, qui flottait à l'endroit où il venait de tomber à l'eau.

Quand il refit surface, trois dockers hilares le hissèrent sur le quai, toussant et crachant, d'une humeur qui illustrait à la perfection l'expression «enragé comme un chat mouillé». Les badauds s'attroupaient déjà et riaient sans vergogne de sa mésaventure. Chess était partagée entre la compassion et la crainte de l'explosion de fureur que le visage congestionné de Nate laissait présager.

Tout à coup, elle se sentit saisie à son tour d'une incroyable envie de rire : le costume de Nate rétrécissait à vue d'œil. Mi-fascinée, mi-horrifiée, elle ne pouvait se détourner du spectacle offert par la mauvaise étoffe qui se rétractait de seconde en seconde. On voyait littéralement les jambes du pantalon remonter jusqu'aux mollets, les manches de la veste dévoiler peu à peu les avant-bras.

Nate se gratta un poignet qui le démangeait bizarrement, baissa les yeux vers sa manche, tapa des pieds, se pencha, constata avec stupeur que ses chaussettes étaient à l'air libre. Malgré elle, Chess retenait sa respiration. Les lazzis fusaient, les badauds s'esclaffaient en montrant du doigt le héros involontaire de la farce.

Nate se redressa, roula des épaules à faire craquer les coutures de sa veste. Un silence inquiet s'installait quand sa bouche se fendit en un large sourire adressé à la foule, à Chess et à ses sauveteurs.

— Qu'en dites-vous, les amis? Depuis le temps que je voulais grandir, c'est maintenant que cela m'arrive!

Sur quoi, la tête rejetée en arrière, il éclata d'un rire franc et sonore. Chess sentit sa propre hilarité monter en elle d'une manière irrépressible qui la combla de bonheur. Cela faisait des années qu'elle n'avait pas éprouvé la moindre envie de rire...

C'est à ce moment précis qu'elle tomba amoureuse de Nate Richardson, son mari, et lui donna sans conditions ni réserve son cœur débordant d'un amour dont il avait été trop longtemps privé.

Les badauds regardaient, moins ébahis par Nate et les transformations de son costume que par Chess. Elle ne se rendait pas compte à quel point son rire était unique et communicatif. Prenant naissance au plus profond d'elle-même, il jaillissait de sa gorge aussi spontanément que des bulles de champagne s'évadant d'une bouteille trop vite débouchée. Son rire exprimait un tel sentiment de joie pure, de liberté — de libération, plutôt — qu'il donnait l'impression de couler sans retenue d'une inépuisable source de plaisir.

Nate lui-même était stupéfié de cette métamorphose imprévue. Dans sa robe mal coupée, Chess était certes trop pâle, trop maigre, ses cheveux restaient ternes. Mais le sourire épanoui qui accompagnait ce rire extraordinaire dévoilait de belles dents blanches bien plantées ; ses yeux gris, jusqu'alors inexpressifs et tristes, paraissaient tout à coup pétiller de gaieté. Ma parole, se dit-il, elle renaît à la vie. Avant, elle avait l'air d'une morte qui marche les yeux ouverts dans la nuit...

Nate ne se doutait pas à quel point il avait raison. Pour la première fois de son existence, Chess se sentait animée d'une vitalité inconnue qui l'enchantait.

Voilà donc ce que décrivent les poètes quand ils parlent d'amour ? pensait-elle. Il leur suffisait de dire que les couleurs deviennent plus éclatantes, que le cri rauque et disgracieux des mouettes sonne comme la plus harmonieuse des musiques, que les pavés crasseux sont transfigurés en précieuses perles noires, que chaque feuille d'arbre se mue en œuvre d'art, que l'envie de danser vous démange...

Et surtout, oui surtout, que le monde vous ouvre à l'improviste d'infinies perspectives de bonheur parce qu'un homme, Nathaniel Richardson, le contemple avec humour, le trouve bon et se plaît à y vivre.

5

Grisée d'émotions inconnues, débordante d'une nouvelle confiance en elle-même, Chess s'avança vers Nate. Elle devait lui venir en aide — et elle savait comment.

— Il faut vous débarrasser de ce costume avant qu'il ne vous étrangle, lui dit-elle calmement. Suivez-moi. Un ami de mon père a ses bureaux dans ce bâtiment, vous pourrez vous y sécher. Je demanderai à un employé de mettre nos bagages en lieu sûr.

— Allons-y. Mais je ne me séparerai pas de celle-ci, déclara Nate en empoignant la boîte de la maquette.

À la vue de l'enseigne *ALLEN & GINTER* peinte sur le mur, Nate cligna les yeux, incrédule : la plus grosse fabrique de cigarettes du Sud ! Un lieu dans lequel il n'aurait jamais osé rêver de pénétrer !

Il suivit Chess à l'intérieur sans se faire prier. À leur apparition, un homme en gris regarda tour à tour Nate avec horreur et Chess avec stupeur.

— Mademoiselle Standish ! Vous ici ?...

— Bonjour, monsieur Grogan. Nous voulons voir le major Ginter.

Nate éprouva pour sa femme un regain d'intérêt. Avec un aplomb dont il ne l'aurait pas crue capable, elle se faisait annoncer comme si cela allait de soi à l'un des plus puissants personnages de l'industrie du tabac et traitait de haut cet huissier prétentieux.

— Le major est absent, mademoiselle. Il séjourne avec sa famille à Saratoga.

— Ah ! les courses, j'oubliais... Eh bien, monsieur Grogan, ouvrez-nous son bureau. Et apportez-nous du café bien chaud, je vous prie.

L'effarement de Nate alla croissant en voyant Grogan obéir docilement aux ordres que Chess lui donnait d'un ton sans réplique. C'est ainsi qu'une heure plus tard, séché et réconforté, Nate se retrouva vêtu de pied en cap de ce que les meilleurs habilleurs de Richmond pouvaient offrir. Et surtout, il était dans les locaux d'Allen & Ginter.

— J'aimerais bien en profiter pour visiter la manufacture, hasarda-t-il à l'adresse de sa surprenante épouse.

Le sourire éclatant qui métamorphosa le visage ingrat de Chess étonna Nate plus encore que la première fois.

— Je vais dire à Grogan de vous guider... Le pauvre homme ! Il se vengera sur son chien en rentrant chez lui, affirma-t-elle en riant. Grand-père m'a un peu parlé de vous. Vous voulez espionner ce qui se passe ici, n'est-ce pas ?

Nate avoua que telle était son intention.

— C'est follement drôle! Ne laissez surtout pas Grogan vous entraîner au pas de course ou vous cacher quoi que ce soit. Le major Ginter était dans le régiment de mon père, il me connaît depuis toujours. Bien que nous ne soyons pas parents, je l'appelle même oncle Lewis.

Chess reprit son sérieux avant de poursuivre:

— Mettons d'abord deux ou trois choses au point. Je vous ai dit que je voulais des enfants, c'est toujours vrai; mais ce qui se passe aujourd'hui m'ouvre les yeux. Si je suis encore trop ignorante pour vous aider à espionner, je puis quand même vous rendre de grands services, Nathaniel. Vous ne m'avez épousée que pour obtenir le brevet, c'est pourquoi j'aimerais penser que je ne vous impose pas un marché de dupes. Voici donc ce que je vous propose: soyons associés. Je sais tenir les livres, rédiger du courrier d'affaires, diriger des employés comme ce Grogan. Si vous le voulez bien, je puis en faire beaucoup pour vous.

Ce nouveau coup de chance était tel que Nate en crut à peine ses oreilles.

— Marché conclu, dit-il en lui tendant la main avec un large sourire. Topons là, partenaire!

Ce compromis lui convenait cent fois mieux que le seul mariage. Il avait détesté l'école dans son enfance et, malgré son attrait pour le commerce, il en avait gardé un profond dégoût pour les chiffres. À lui la vente, à elle le reste. En se répartissant ainsi les rôles, ils iraient loin! Ne faisaient-ils pas déjà les premiers pas?...

Le contact de sa grosse main calleuse sur la sienne donna à Chess un frisson de plaisir, mais elle ne permit pas à ses doigts de s'y attarder: tant que Nate ne se douterait de rien, elle pourrait l'aimer à sa guise. Son soulagement ne lui avait d'ailleurs pas échappé. Puisqu'il était aussi heureux de transformer leur mariage en association, elle saurait s'en contenter — non, elle ferait mieux encore. L'aider à

obtenir ce qu'il voulait suffirait à son propre bonheur.

Dans l'exaltation d'avoir découvert l'amour, elle
en était même sincèrement convaincue.

Nate s'attarda si longtemps à la fabrique que, la
visite enfin terminée, M. Grogan dut les conduire à
la gare dans son phaéton afin qu'ils ne manquent
pas leur train.

En traversant le hall, Chess interrogea Nate sur
ses observations dans les ateliers mais il fronça les
sourcils et lui répondit sèchement qu'ils ne devaient
parler de ses affaires que seuls et dans un lieu isolé.
Au milieu de la foule des voyageurs indifférents qui
se hâtaient autour d'eux, Chess jugea sa prudence
excessive. Elle n'insista cependant pas, trop excitée
par la perspective du voyage. Elle n'avait pas pris le
train depuis son enfance.

La réalité fut bien différente de ses souvenirs. Une
chaleur étouffante régnait dans le wagon, le crin des
banquettes lui piquait le dos à travers sa robe. Pis
encore, leur wagon était situé à l'endroit précis du
convoi où le vent rabattait les escarbilles échappées
à la cheminée de la locomotive, de sorte que ceux
qui souhaitaient ouvrir les fenêtres et ceux qui exi-
geaient de les fermer se succédaient autour d'eux en
un ballet sans fin. Quant aux jets de salive des chiqueurs dans les crachoirs, leur odeur lui donnait la
nausée.

— J'ai horreur du tabac, grommela Nate, excédé.

— Pourquoi ? N'est-ce pas votre métier ?

— J'aime faire des affaires, répondit-il en souriant. Malheureusement, je ne connais rien d'autre
que le tabac.

Ils descendirent à Weldon, petite ville paisible à la
charmante vieille gare de brique. Avec soulagement,
Chess aspira l'air pur à pleins poumons. En ce jour
de ses noces, il était près de sept heures du soir et

elle était restée enfermée plus de trois heures dans un wagon nauséabond.

— Est-ce ici que vous… que nous habitons? demanda-t-elle à Nate.

— Non, nous en sommes encore loin, nous avons à peine franchi la frontière de la Virginie. Mais vous me paraissez morte de fatigue et le train pour Raleigh ne passe pas avant dix heures du soir. Nous pourrions aller nous reposer un peu à l'hôtel dans la grand-rue.

— À quelle heure est le train de demain?

— Quatre heures moins le quart.

Du seuil de la gare, la gorge nouée par la panique, Chess voyait à deux rues de là l'enseigne HÔTEL en lettres gigantesques. Pour sa nuit de noces, elle aurait espéré autre chose. Si elle avait souvent tenté d'imaginer la suite de la cérémonie du mariage, ses rêves se cantonnaient au registre romantique — prendre un bain parfumé, dénouer et asperger d'eau de Cologne sa chevelure brillante de propreté. Rien à voir avec cette bourgade inconnue où elle débarquait poisseuse, malodorante, épuisée de fatigue et de chaleur. Elle était hors d'état d'aller à l'hôtel avec un homme, même avec ce mari qu'elle aimait de tout son cœur. Elle avait trop peur.

— Dix heures? Ce n'est pas si tard. Puisque le voyage est à peine commencé, ce serait bête de nous arrêter déjà. Nous ferions mieux de continuer, je crois. Pas vous?

L'angoisse perçait à tel point sous le ton faussement désinvolte que Nate devina sans peine la cause du problème. Le côté bestial de l'amour terrifiait les *ladies*, le fait était largement admis. Si la perspective de cette nuit de noces ne l'enchantait guère lui non plus, au moins n'y voyait-il pas une épreuve insoutenable. Il fut sur le point de tapoter gentiment l'épaule de Chess pour la calmer, mais il se retint de peur de l'affoler davantage.

— Si vous n'êtes pas trop fatiguée, c'est en effet la meilleure solution. Je vais prendre les billets. Ensuite, je crois qu'il serait grand temps de manger quelque chose.

— Oh, volontiers! s'exclama Chess. Je meurs de faim.

La menace d'une consommation immédiate du mariage ainsi écartée, elle se rendait soudain compte qu'elle était affamée.

Dans la salle à manger de l'hôtel, désormais inoffensif, ils mangèrent de grand appétit en meublant tant bien que mal le silence. Sous prétexte de prendre l'air, ils arpentèrent ensuite trois fois la grand-rue de Weldon d'un bout à l'autre jusqu'à ce que Nate déclare forfait.

— Cela suffit, il n'y a plus rien à voir ici. Allons plutôt attendre à la gare.

La salle d'attente était fermée, il n'y avait pas de bancs dehors. Avisant dans la cour un chariot à bagages vide, Nate y posa sa précieuse maquette, fit des deux mains un marchepied pour hisser Chess sur la plate-forme de bois et ils s'assirent côte à côte, pas trop près l'un de l'autre, les jambes dans le vide.

La nuit tombait. Dans la grand-rue, on voyait les réverbères s'allumer, les fenêtres s'éclairer. Mais la gare resterait sombre et calme jusqu'à l'heure du train. Ils pouvaient se croire seuls au monde et, dans l'obscurité qui s'épaississait, n'avaient même pas besoin de se regarder. La nuit les enveloppait de sa tiédeur douce et amicale. Chess sentait la torpeur la gagner.

— Et maintenant, dit-elle, parlez-moi de la fabrique.

Nate jeta un regard soupçonneux autour de lui.

— Pas si fort! Je ne vois personne, mais on ne sait jamais…

Sur le ton de la confidence, il entreprit de lui raconter ce qu'il avait observé. Il avait parcouru une série d'immenses salles pourvues de longues tables. Des femmes y déposaient avec agilité des pincées de tabac sur de petits rectangles de papier qu'elles roulaient entre leurs doigts, collaient et plaçaient dans des boîtes de carton empilées sur des claies. Des hommes passaient en poussant des chariots pour emporter les boîtes pleines. Jusqu'alors, Nate ne connaissait que par ouï-dire ces diverses opérations. Il ne se doutait même pas du nombre incroyable de cigarettes qu'on pouvait ainsi confectionner en dix minutes. Pas étonnant, dans ces conditions, qu'Allen & Ginter soit un des plus gros fabricants de cigarettes d'Amérique!

Chess écoutait, perplexe. Qu'y avait-il de si secret là-dedans? Tous ceux qui prenaient la peine d'en faire la demande pouvaient en voir autant, lui dit-elle. Le major Ginter était très fier de l'habileté de ses ouvrières.

Devant cette preuve de naïveté, Nate s'impatienta. Le processus lui-même l'intéressait moins que d'apprendre, comme il l'avait fait, combien il fallait de personnes pour produire tant de cigarettes en tant de temps avec telles sortes de papier et de colle. Car il ne s'était pas contenté des ateliers de roulage, il avait aussi visité les magasins d'expédition et de réception, où il avait observé et mémorisé les noms des fournisseurs.

— Vous savez *au moins* à quoi sert cette maquette? demanda-t-il d'un ton acerbe. N'est-ce pas?

Malgré elle, Chess se mit au diapason.

— On dit: n'est-ce pas, *Chess*.

— Hein?

— J'ai un nom, vous pourriez *au moins* faire l'effort de vous en servir. J'ai l'intention de vous appeler Nathan; Nathaniel est trop long et Nate trop commun. La bienséance voudrait peut-être que je vous dise M. Richardson mais je préfère les prénoms, ils sont d'un usage plus commode et cela me permettra de réserver le Monsieur à votre père.

Elle entendait avec stupeur sa propre voix, aigre et sarcastique. Que leur arrivait-il? Une minute auparavant, ils étaient si confiants, si proches l'un de l'autre! Et voilà qu'ils se chamaillaient comme des enfants...

— Je n'ai plus de père, riposta Nate sur le même ton. Et cela n'a rien à voir avec ce dont je vous parle !

— Pardonnez-moi, Nathan... Oui, je sais que cette maquette est celle d'une machine destinée à la fabrication industrielle des cigarettes — mon grand-père l'a même inventée à la demande d'oncle Lewis. Je sais qu'elle comporte une trémie pour le tabac, un dévidoir pour le papier en rouleau, un dispositif pour appliquer la colle et une cisaille au bout. La trémie déverse le tabac sur le papier et des galets le roulent en un long tube que la cisaille débite à la longueur des cigarettes, comme une guillotine. Grand-père était enchanté de sa trouvaille qui, disait-il, faisait de lui un émule de Robespierre. Il ne l'a pourtant pas donnée à oncle Lewis après l'avoir mise au point.

Foudroyé par cette dernière révélation, Nate agrippa Chess par le bras et la secoua sans ménagement.

— Pourquoi ? Elle ne fonctionne donc pas ?

— Bien sûr que si ! Et cessez de me secouer, je vous prie. Grand-père a refusé de lui donner sa machine parce qu'il ne voulait pas qu'elle prenne la place des ouvrières. Ce sont d'honnêtes filles, leurs familles ont grand besoin de ce qu'elles gagnent et oncle Lewis les traite bien. Que deviendraient-elles si des machines faisaient leur travail ? Oncle Lewis n'a d'ailleurs pas été trop déçu, il méprise les cigarettes fabriquées à la machine. D'après lui, elles se vendraient si bon marché que personne n'en voudrait plus. Pour sa part, grand-père estime que les cigarettes, quelles qu'elles soient, valent à peine mieux que le tabac à chiquer et que seuls les cigares sont dignes d'être fumés.

Nate poussa un soupir d'intense soulagement.

— Ne me faites jamais plus des peurs pareilles, Chess ! gronda-t-il. Votre oncle Lewis et votre grand-père se trompent autant l'un que l'autre, c'est un petit paysan de la Caroline du Nord qui le leur prouvera! Si Dieu veut que personne ne me prenne de vitesse, je fabriquerai mille, dix mille fois plus de cigarettes que votre fameux oncle, moi, et j'y gagnerai une fortune! Écoutez bien, Chess, je vais vous le dire, ce secret que vous jugez sans valeur. Bonsack a inventé une autre machine, elle sera au point tôt ou tard, tout le monde en parle déjà et quelqu'un finira par s'en servir. Je veux être le premier, entendez-vous? Parce que le premier qui prendra le départ gagnera la course. Ceux qui verraient cette maquette ou devineraient mes projets s'empresseraient de me passer sur le corps. Dans ce métier, le temps des *gentlemen* est révolu. Tous les coups sont permis jusqu'à ce que le meilleur gagne — c'est-à-dire le plus fort ou le plus vicieux. Eh bien, sachez-le, je ferai tout ce qu'il faut pour que le meilleur ce soit moi!

Dans l'obscurité, Chess entendait la voix de Nate vibrer d'une passion mal contenue. Elle n'avait jamais soupçonné qu'un homme puisse posséder une telle ambition, une telle avidité de puissance. Par sa féroce détermination, Nate lui semblait moins inhumain que surhumain. Elle comprit qu'il n'hésiterait pas à balayer sans scrupules quiconque se dresserait sur son chemin — elle-même s'il le fallait — et elle se sentit partagée entre la frayeur et l'admiration.

C'était un homme, pas un enfant, qui était assis près d'elle. Un homme qui ne se contenterait jamais de ce que la vie lui offrirait, mais qui lutterait pour prendre de force ce qu'il convoitait. En lui, nulle résignation de Sudiste vaincu, nul regret mélancolique d'une cause perdue. Nathaniel Richardson était trop plein de vie, trop débordant d'énergie pour jamais se laisser abattre. Oui, elle avait eu raison de suivre son instinct, de se jeter les yeux fermés à son côté, dans son univers impitoyable mais exaltant!

À la vue des réverbères qui brillaient au loin dans la rue, Chess regretta amèrement de ne pas être à l'hôtel avec Nate et s'en voulut de sa lâcheté. Comment le lui dire? Les mots refusaient de venir. Elle tenta quand même de lui exprimer ses sentiments d'une manière qu'il puisse comprendre.

— C'est vous qui gagnerez, Nathan, dit-elle en lui prenant la main. Vous vaincrez, j'en suis certaine.

Percevant dans sa voix une passion égale à la sienne, Nate lui étreignit la main. Il n'avait jamais douté de lui-même, mais c'était la première fois que quelqu'un d'autre croyait en lui.

— Ce sera notre secret ? demanda-t-il d'une voix enrouée par une émotion inattendue.

— Oui, notre secret, répéta Chess.

La chaleur de sa main à travers le fin gant de chevreau lui fit déplorer de ne pas avoir la peau nue.

— Mais dites-m'en davantage, reprit-elle. Pourquoi voulez-vous fabriquer des cigarettes ? Et comment avez-vous entendu parler de la machine de mon grand-père ?

Nate ne se fit pas prier pour parler. Tout s'était passé si vite qu'il n'avait pas eu le temps de savourer son triomphe. La machine était à lui, il avait relevé un défi impossible. Plus rien désormais ne lui serait impossible.

— Eh bien, voilà…, commença-t-il.

Les cigarettes allaient bientôt dominer le marché, il en était persuadé. Beaucoup d'hommes chiquaient encore, certes, mais ils étaient de plus en plus nombreux à préférer rouler leurs cigarettes, Nate le savait de source sûre par les détaillants avec lesquels il traitait. Le comté d'Alamance était au cœur de la production du tabac, tout le monde en vivait, toutes les conversations tournaient autour de la prochaine récolte, du mauvais temps qui risquait de la compromettre, des variations des cours. Dans le Nord, les cigarettes supplantaient déjà le tabac à chiquer et celles qui étaient roulées gagnaient toujours plus de terrain sur le tabac en vrac. L'importance qu'avait prise la manufacture du major Ginter le prouvait bien : un des contremaîtres lui avait dit qu'ils fabriquaient et vendaient près de cinquante millions de cigarettes par an. Cinquante millions ! Et dans le Nord, les autres compagnies multipliaient ce chiffre par dix sans parvenir à satisfaire la demande. Pourquoi ? Parce qu'on manquait de rouleurs qualifiés. Alors, que Chess imagine une machine capable d'exécuter le travail de dix ouvriers, voire davantage ! Une machine qui tournerait jour et nuit sans se fatiguer ! L'oncle Lewis avait beau dire que les gens ne voudraient pas des cigarettes industrielles, il n'était quand même pas tombé de la dernière pluie. La preuve : après que son grand-père eut prétendu ne pas pouvoir réaliser sa machine, il avait offert une forte récompense au premier qui en inventerait une autre.

— Combien ? voulut savoir Chess.

— Soixante-quinze mille dollars.

L'énormité de la somme lui coupa le souffle. Si seulement elle l'avait su plus tôt !... Une bouffée de rage lui donna envie de tuer de ses mains Augustus Standish. Ses principes surannés les avaient maintenus dans la misère alors qu'ils auraient pu nager dans l'opulence ! Malgré le labeur écrasant sous lequel elle avait chancelé, sept jours par semaine et cinquante-deux semaines par an, les revenus annuels de la plantation n'avaient jamais dépassé quatre cents, cinq cents dollars. La plus grosse partie servait à régler les gages du valet et de la femme de chambre, sans compter les honoraires du médecin et les coûteuses potions au laudanum dont sa mère ne pouvait plus se passer. Avec un tel pactole, ils auraient pu engager une cuisinière, des servantes. Ils auraient eu les moyens de réparer le toit au lieu de fermer le dernier étage — et même de repeindre la maison, devenue plus lépreuse que les métairies.

Oui, mais si Augustus Standish avait vendu sa machine, Nathaniel Richardson ne lui serait jamais apparu dans un nuage de poussière sur la route de Richmond... Chess demanda pardon à Dieu d'avoir nourri de si mauvaises pensées envers son cher grand-père. Et que disait Nathan, pendant ce temps ?

Elle n'aurait pas dû laisser son esprit divaguer de la sorte. Elle ne devait, elle ne voulait plus perdre une seule de ses paroles.

Chess s'arracha à sa rêverie et tendit l'oreille. Nate parlait de sa rencontre avec Bonsack à Danville, lors d'une vente de tabac aux enchères.

— C'est là que j'ai entendu pour la première fois le nom de votre grand-père. Ce James Bonsack se vantait auprès d'un ami d'empocher à coup sûr la récompense. Il prétendait que la machine sur laquelle il travaillait depuis près de quatre ans était presque au point mais il s'inquiétait quand même des recherches du vieux M. Standish sur le même procédé. Alors, j'ai décidé sur-le-champ de trouver M. Standish et d'essayer de mettre la main sur sa machine avant que Bonsack n'ait terminé la sienne.

— Que comptiez-vous donc faire ?

— Le convaincre de me la céder. Ou bien je lui aurais offert une participation dans mon affaire.

— Vous n'auriez pas préféré empocher la récompense ?

Nate lui serra la main à la briser.

— Me contenter d'un trésor sans lendemain et laisser à Allen & Ginter le moyen d'en gagner mille fois plus ? Je vois plus loin que cela... Oh ! Grand dieu, je vous fais mal ! Pardonnez-moi, Chess, dit-il en lui lâchant la main.

— Mais non, vous ne me faites pas mal, mentit-elle en laissant sa main dans la sienne. Parlez-moi du tabac.

— Il n'y a rien de plus dur à cultiver. Le travail ne finit jamais, les récoltes sont à la merci des caprices du temps, des parasites, de tout. Et puis, c'est infect. Il en suinte une sorte de goudron qui vous colle aux vêtements, à la peau, aux cheveux. Celui qui est en contact avec le tabac ne se sent plus jamais propre. Vous vous demandez pourquoi on se donne le mal de le cultiver ? Tout simplement parce que le tabac rapporte davantage sur une seule acre que n'importe quelle autre culture sur cinquante. Une fois vos feuilles vertes engrangées dans le séchoir, vous les voyez se changer en or. Voilà ce que c'est, le tabac : de l'or végétal.

Chess trouva cette définition aussi poétique qu'une légende mythologique — tout à fait ce qui convenait à Nathan. Elle se tut quelques instants pour mieux savourer sa présence, le contact de sa main, la valeur du secret partagé. C'était cela, le bonheur : une perception plus aiguë du monde, de l'obscurité si douce, de la moiteur de l'air, de la respiration de Nathan dans le silence. Son bonheur consistait à respirer au même rythme que lui, à être proche de lui, à l'aimer. Quelle étrange merveille que l'amour…

Elle se tourna vers lui, le distingua à peine dans l'obscurité ambiante et voulut entendre le son de sa voix pour s'assurer qu'il était toujours là.

— Et maintenant, Nathan, qu'allez-vous faire de la machine de grand-père ? Quelle est la suite de votre secret ?

Nate eut un léger mouvement de surprise. Était-elle capable de lire dans sa tête ?

— J'y réfléchissais justement. Il faudra aller vite. Si je disposais de plus d'argent, je monterais une fabrique dès demain. Comme je n'en ai pas, mon secret doit rester bien gardé jusqu'à ce que je sois en état de passer aux actes. D'abord, trouver un terrain pour construire la fabrique, disposer de la force motrice pour actionner la machine. Au début, un moulin à eau serait sans doute la meilleure solution…

À sa voix de plus en plus sourde, Chess comprit qu'il suivait à haute voix le fil de ses réflexions. Il ne semblait même plus conscient de sa présence à côté de lui, de leurs mains jointes. Un frisson de regret lui échappa, qu'elle domina aussitôt. Qu'il le sache ou non, elle était là, près de lui, avec lui. Qu'il le veuille ou non, elle faisait partie intégrante de son avenir. Elle possédait ce brevet qui constituait entre eux un lien indissoluble. Sans elle, Nathan ne pourrait pas réaliser son rêve.

— Il faudrait que ce soit près de Durham, poursuivait Nate, à cause du chemin de fer pour les expéditions, des entrepôts et des ventes aux enchères pour les achats de feuilles brutes... Mais pas trop près non plus. Je ne veux pas avoir Duke ou Blackwell sur mon dos. Ils sont peut-être déjà en train de penser aux cigarettes et je ne suis pas encore prêt à me battre avec eux à armes égales...

Au bout d'un bref silence, il se tourna vers Chess :

— Ça marchera, Chess ! Il me faudra un peu de temps mais ça marchera. Vous me croyez ?

— Je vous crois, Nathan.

Elle n'avait pas besoin de connaître le détail de ses projets pour être persuadée de sa réussite.

— Ma tête est plus gonflée d'idées qu'il n'y a d'air dans un ballon. Elle éclaterait si je n'en lâchais pas un peu ! dit-il en riant. Jusqu'à présent, je n'avais personne à qui en parler... Mais je dois vous casser les oreilles avec tous mes bavardages.

— Au contraire, j'aime vous entendre. Continuez.

— Je n'ai plus grand-chose à dire.

— Si, encore un peu ! Tenez, parlez-moi de votre famille. Avez-vous des frères et sœurs ? Votre mère vit-elle encore, est-elle décédée comme votre père ?

Chess n'osa pas lui demander si elle leur plaisait. Elle avait déjà décidé de les aimer, quoi qu'il arrive.

— Mon père n'est pas mort, autant que je sache. Il a simplement pris le large il y a une dizaine d'années, quand j'ai eu l'âge de le remplacer. Maman est infatigable. Elle dirige la ferme et toutes les créatures qui y vivent, hommes et bêtes. Mon oncle Joshua Richardson, tout le monde l'appelle Josh, vit aussi sur la terre avec sa femme et ses enfants. Ils ont leur propre maison.

— Combien sont-ils ?

— Trois. Micah a treize ans, c'est déjà un homme. Susan, ma préférée, a bientôt dix ans. Et Sally, la petite dernière, aura deux ans à la fin de l'été.

— Comment s'appelle leur mère ?

— Alva. Vous vous entendrez bien avec Alva. Il

n'y a pas de femme plus douce et plus gentille sur terre… Je n'en dirais pas autant de ma mère, ajouta-t-il avec un soupir. Elle a un caractère… il faut s'y habituer.

Chess sentit son cœur se serrer.

— Oh! C'est une brave femme et une bonne chrétienne, reprit Nate, mais elle a des idées bien arrêtées et elle n'aime pas l'imprévu, voilà tout. Ne faites pas attention si elle a la langue un peu trop pointue avec vous. Elle ne pense pas la moitié de ce qu'elle dit.

De mal en pis, se dit Chess. Espérons que la tante prendra mon parti. À moins que…

— Avez-vous des sœurs, Nathan?

— Une seule. Elle s'appelle Mary, comme ma mère…

Le soulagement de Chess fut de courte durée.

— Elle a épousé un homme du comté voisin et ils sont partis s'installer dans l'Oregon. On a appris un an plus tard qu'ils étaient arrivés sains et saufs mais on n'a plus reçu aucune nouvelle depuis. Il n'y a plus que moi à la maison. Mon frère aîné Gideon est prédicateur ambulant, de ceux qui vont prêcher dans les villages trop petits pour avoir un pasteur. Un très bon prêcheur, d'après ce qu'on dit. Pour le moment, il sillonne paraît-il la Géorgie, tout en bas, au sud-ouest.

— À quelle Église appartenez-vous?

— Méthodiste, bien entendu. En Caroline du Nord, tout le monde est méthodiste, du moins dans notre coin…

Nate s'interrompit et lui serra doucement la main.

— C'est là qu'il risque d'y avoir un problème, Chess. Ma mère, par exemple, n'a pas son pareil pour craindre et révérer Dieu, elle connaît sa Bible par cœur mais elle s'imagine que les méthodistes sont les seuls chrétiens dignes de ce nom. Pour elle, tous les autres ne sont que des païens ou des papistes.

Chess se força à rire.

— Elle me rangera sans doute parmi les papistes.

Le rire de Nate ne fut pas plus convaincant.

— Cela vaut à peine mieux que les païens... En tout cas, je suis content que vous n'en soyez pas choquée.

— Bien sûr que non, c'est sans importance, mentit Chess. Mais parlez-moi de Gideon. Est-il marié ?

— Oui...

Nate tenta en vain de surmonter la douleur qui lui serrait soudain la gorge. Pourquoi fallait-il qu'elle lui pose cette question ? Pourquoi le faire penser à Lily, la femme de son frère, qu'il ne cessait de désirer au mépris des Commandements ? Et lui qui était marié à cette vieille fille alors que Gideon avait Lily dans son lit chaque fois qu'il revenait d'une tournée ! Une bouffée de haine sécha les larmes qui lui montaient aux yeux. Il haïssait la femme de son frère comme il haïssait son frère — moins cependant qu'il se haïssait lui-même pour sa honteuse faiblesse.

— Oui, reprit-il. Gideon a épousé la fille d'un pasteur. Dans la famille, on est très porté sur la religion.

Chess perçut l'angoisse qui lui étranglait la voix et crut en deviner la cause. Sa mère préférait sûrement son fils aîné, elle ne s'en cachait pas et Nathan en souffrait. Quelle horrible femme ! se dit-elle. Si au moins ils pouvaient rester ici à Weldon, ne jamais aller jusqu'à ce comté perdu, ne jamais devoir rencontrer cette mère indigne ! Je l'aimerais si fort qu'il ne serait jamais plus malheureux...

Au loin, un train siffla comme pour la narguer.

— Ah ! Voilà le train de Raleigh. Je vais vous aider à descendre de là, déclara Nate, trop heureux d'avoir enfin de quoi s'occuper pour s'empêcher de penser.

Il sautait à terre quand deux hommes débouchèrent de la grand-rue en courant et en se querellant :

— Je t'avais bien dit de surveiller l'heure, fainéant !

— Fainéant toi-même ! Où étais-tu ?

Les lampes à gaz illuminèrent la gare dont les portes s'ouvrirent juste avant que la locomotive ne stoppe le long du quai dans un concert de grincements et de jets de vapeur.

Nate et Chess montèrent dans un wagon à moitié

vide. Les voyageurs dormaient, couchés sur les banquettes. Les lampes étaient en veilleuse et les fenêtres ouvertes pour laisser pénétrer la fraîcheur de la nuit.

— Étendez-vous, mettez-vous à l'aise, dit Nate. Je vais vous faire un oreiller avec ma veste.

— Ne vous donnez pas cette peine, Nathan. Je ne suis pas si fatiguée…

— Chut! Reposez-vous, nous avons encore une longue route à faire.

Il roula sa veste en boule, sans que son expression trahisse son chagrin d'abîmer le plus luxueux vêtement qu'il eût jamais possédé. Revoir à la lumière le visage pâle et les traits sans grâce de sa femme, que leur conversation lui avait fait oublier, lui causa un choc qu'il maîtrisa à grand-peine. Elle le dévisageait avec une angoisse si évidente qu'il en fut attendri.

— Vous serez moins mal installée comme cela, dit-il en lui glissant sa veste sous la tête. Au fait, combien dois-je pour ce costume et à qui ? ajouta-t-il en souriant. J'avais oublié de vous le demander tout à l'heure et je vais sûrement regretter de vous avoir posé la question.

Chess se cala de son mieux et lui rendit son sourire.

— Disons que… c'est le cadeau de mariage d'oncle Lewis, répondit-elle. Avant de partir, je lui ai laissé la facture avec un mot de remerciement. Dieu merci, il ne se doute pas que vous comptez le ruiner !

Deux secondes plus tard, Chess dormait. Elle n'avait pas fermé l'œil la nuit précédente.

Seul éveillé dans la pénombre du wagon, Nate garda longtemps le sourire. Il allait de surprise en surprise avec elle et cela lui plaisait infiniment. Quand elle souriait comme elle venait de le faire, elle était loin de paraître aussi vieille. Elle devenait même presque belle.

Le train les déposa à Raleigh à une heure du matin. Malgré ses quelques heures de repos, Chess titubait de fatigue en suivant Nate vers le quai où ils devaient prendre leur dernière correspondance. Il était trois heures passées quand ils débarquèrent enfin à Hillsborough.

Pour la première fois de sa vie, Nate fit les frais d'un fiacre jusqu'à l'hôtel, pourtant proche de la gare. Il monta les bagages dans leur chambre avant de revenir aider Chess à gravir l'escalier en la soutenant par la taille. À tâtons, elle ouvrit sa valise, en sortit une chemise de nuit de sa mère dont la soie épaisse lui glissa entre les doigts et qu'elle faillit laisser échapper.

— Voulez-vous que je vous aide à dégrafer votre corset ? demanda Nate avec sollicitude.

Chess refusa d'un signe de tête. Le corset, qui avait aussi appartenu à sa mère, flottait sur son corps maigre. Malgré les lacets serrés à fond, elle pouvait sans peine en défaire seule les crochets.

Par discrétion, Nate se détourna. Il commença à se dévêtir, pendit soigneusement ses vêtements neufs. Après avoir fait sa toilette, il vida la cuvette, remplit le broc d'eau fraîche et se tourna vers Chess pour lui tendre sa serviette, mais elle était déjà couchée et endormie.

Avec un soupir résigné, Nate se glissa dans le lit à côté d'elle et la secoua doucement par l'épaule.

— Chess, Chess… Réveillez-vous. Vous souffrirez sans doute un peu, mais il vaut mieux que vous ne dormiez pas, sinon vous auriez peur d'avoir mal sans savoir pourquoi.

Au bout d'un moment, elle ouvrit les yeux et sourit de plaisir en voyant le visage de Nate tout près du sien.

— Tenez-moi par le cou, ma chérie, et serrez bien fort. Ce ne sera pas long.

Docile, Chess obéit. Elle eut vaguement conscience qu'il remontait sa chemise de nuit, lui écartait les jambes et se couchait sur elle. Une soudaine douleur au bas-ventre, comme un coup de poignard, lui fit pousser un cri.

— Chut ! C'est fini, ma chérie, c'est fini. Vous voilà maintenant une femme mariée. Rendormez-vous bien vite.

La douleur s'atténua et Chess sombra aussitôt dans le sommeil. Dans l'obscurité, Nate garda les yeux ouverts jusqu'à ce que la fatigue le terrasse à son tour et lui fasse oublier sa peine.

Elle dormit tard le lendemain matin. Nate la réveilla avec une tasse de café fumant après être descendu déjeuner. À demi assoupie, elle prit la tasse en clignant les yeux.

— Merci…, commença-t-elle.

Elle aurait voulu lui dire n'avoir jamais connu plus grand bonheur que d'être réveillée par lui, mais sa timidité lui noua la langue.

— Vous souvenez-vous de la nuit dernière, Chess ?

Elle hocha la tête, les yeux baissés.

— Rassurez-vous, le pire est passé. Dorénavant, ce sera beaucoup moins pénible. Finissez votre café et habillez-vous, nous devons prendre la route avant la grosse chaleur. Je vais essayer de trouver une voiture, je serai bientôt de retour.

Quand il referma la porte, elle cligna de nouveau les yeux — non pas, cette fois, pour chasser sa torpeur mais afin de retenir ses larmes. Pourquoi pleures-tu ? se reprocha-t-elle en enlevant sa chemise de nuit. De toute façon, à quoi d'autre t'attendais-tu ?

Dans sa valise en désordre, Chess rangea avec soin les quelques effets qu'elle y avait entassés à la hâte avant de partir : une robe de chambre de laine bleue, délavée et rapiécée, trois chemises, deux combinaisons, une robe d'indienne, une jupe sombre et un chemisier de lin blanc, des gants, des bas, un châle, des chaussures, un peigne et une brosse à monture d'argent. Avec les quelques ouvrages pris au hasard sur les rayons poussiéreux de la bibliothèque, elle trouva son livre de prières, à la reliure d'ivoire gravée de ses initiales en lettres d'or terni. Sur la page de garde, son père avait écrit : *À ma chère fille Francesca Augusta, en souvenir de sa confirmation.* Cela la rendait-elle païenne ou papiste ? Un rire amer lui échappa. Si seulement la mère de Nathan avait pris le large avec son mari...

Elle se lava et se sécha de la tête aux pieds. Elle n'avait presque plus mal entre les jambes. Tout compte fait, les mystères du mariage n'avaient rien de bien extraordinaire. Longtemps après avoir perdu tout espoir de le devenir, elle était désormais une femme mariée. Et mariée à Nathan, qu'elle aimait de tout son cœur. Peu importait, après tout, que l'acte sexuel n'ait pas constitué l'expérience exaltante qu'elle s'était imaginé ! L'amour le transcendait, voilà ce qui comptait ! À cette pensée, elle sentit son cœur battre plus vite.

Chess finit de s'habiller et boucla sa valise avec un joyeux empressement. Nathan n'allait pas tarder à revenir et son désir de le revoir était plus brûlant qu'aucun autre désir qu'elle eût jamais éprouvé dans sa vie.

6

— L'équipage que j'ai trouvé n'est pas bien fameux, déclara Nate d'un air penaud en sortant de l'hôtel.

C'était peu dire ! L'équipage en question, une vieille carriole penchant dangereusement sur la droite, était attelée à un cheval hors d'âge qui paraissait dormir debout.

Chess pouffa de rire, ravie : au moins, ils resteraient longtemps assis côte à côte sur le banc vermoulu.

— Parfait ! Une vraie aventure !

— Et je ne vous ai pas tout avoué, ajouta Nate en riant à son tour. Le cheval est borgne.

— Si c'est de l'œil gauche, cela compensera.

Nate riait encore en rentrant chercher leurs bagages et payer la note. Il devait lui rendre justice, elle n'était pas de ces pimbêches qui récriminent sur tout. Avec elle, il ne s'ennuyait pas, elle était pleine d'imprévu. Il s'étonnait aussi du plaisir qu'il éprouvait d'avoir enfin quelqu'un à qui parler, avec qui partager son secret. Quant à son âge et à son physique ingrat, ma foi, il n'en manquait pas de plus jeunes et de plus avenantes le long des routes qu'il empruntait. On se moquerait peut-être de lui derrière son dos, mais il avait d'autres soucis en tête que l'opinion d'autrui.

Hillsborough était une belle ville à l'ancienne, aux rues ombragées de grands arbres. Lorsqu'ils débouchèrent en plein soleil sur la route poussiéreuse, la chaleur étouffante de l'été finissant les cueillit comme un coup de poing au visage — et il était à peine huit heures du matin.

— J'ai pris du jambon, des galettes et un cruchon d'eau à l'hôtel, dit Nate. Ils sont dans le sac de toile, sous le siège. Servez-vous, vous n'avez pas déjeuné. Je boirai de l'eau tout à l'heure.

Chess s'étonna d'avoir faim. La compagnie de Nathan devait avoir sur elle un effet magique. La veille au soir, elle avait dévoré son souper alors que, depuis des années, elle se sentait toujours trop fatiguée — ou, peut-être, trop malheureuse — pour se donner la peine de manger. Le bonheur lui rendait l'appétit.

Le jambon et les galettes, tartinées de beurre et de miel, étaient savoureux. Comment fait-elle pour ingurgiter autant de choses et rester aussi maigre ? se demanda Nate avec effarement en la regardant manger.

— Un vrai festin, Nathan ! Vous n'en voulez pas ?

— Merci, j'en ai déjà avalé une douzaine ce matin.

Le cheval se traînait au pas sans que Nate cherche

à le faire changer d'allure. La pauvre bête en serait incapable et il n'était guère pressé d'affronter sa famille.

— Parlez-moi du moulin, Nathan.

Il sursauta, interloqué.

— Vous parliez tout seul hier soir. Pendant que nous attendions à la gare, précisa-t-elle.

— Une mauvaise habitude, grommela-t-il avec une grimace de dépit.

— Surtout pour quelqu'un qui veut garder ses secrets! Mais rassurez-vous, personne que moi ne vous a entendu. Alors, parlez-m'en. J'ai le droit de savoir, après tout, je suis votre... associée.

Chess se mordit les lèvres: elle avait failli dire *votre femme*, elle devrait se surveiller.

Nate se détendit.

— Vous avez raison. Eh bien, voilà. Puisqu'il faudra une force motrice pour la machine et que j'aurai besoin de gagner de l'argent jusqu'à ce que l'affaire démarre, je me suis dit qu'un moulin concilierait les deux. J'ai quelques économies qui devraient suffire à acheter un terrain au bord d'un cours d'eau rapide et à y bâtir un moulin. Le jour, je me ferai payer pour moudre du grain et la nuit, quand personne ne verra ce qui se passe, la roue du moulin actionnera ma machine. Avec un matelas dans le grenier, j'aurai même de quoi coucher.

Absorbé par son idée, il avait lâché les rênes et le cheval s'était arrêté.

— Vous oubliez une cheminée pour faire la cuisine, dit Chess en s'emparant des rênes.

Agacé, Nate les lui reprit et les fit claquer sur le dos du cheval, qui se remit en marche avec répugnance.

— Ne dites pas de sottises! Ce n'est pas une vie pour vous. Au début ce sera trop dur, vous resterez à la ferme. Quand je commencerai à gagner de l'argent, je construirai une vraie maison pour nous deux.

Chess maîtrisa une soudaine envie de pleurer.

— Non, déclara-t-elle.

— Que veut dire *non* ?

— *Non* signifie que je ne veux pas que vous me teniez à l'écart. De toute façon, personne ne peut s'occuper seul d'un moulin et il faut être au moins deux pour surveiller la machine. Sans compter que vous devrez quand même dormir de temps en temps.

La sueur qui lui coulait du front lui piquait les yeux mais Chess n'osa pas les essuyer de peur que Nate ne croie qu'elle pleurait.

— Vous avez raison, dit-il au bout d'un long silence. Je pensais engager un gamin pour m'aider au moulin, mais je ne peux pas me permettre de laisser quelqu'un voir la machine. Je monterai des cloisons dans le grenier pour y faire une vraie chambre. Vous vous y connaissez en meunerie ?

— Je n'en sais que ce que j'ai vu en entrant une fois dans un moulin. Et vous ?

— Un peu, mais cela ne doit pas être sorcier. Le meunier chez qui nous allons est plus bête qu'une oie.

Le silence retomba. Chess attendit.

— Il ne faut pas m'en vouloir, reprit-il enfin. J'ai tout fait seul si longtemps que je ne suis pas encore habitué à avoir un associé.

Chess retint de justesse un soupir de soulagement.

— Moi non plus. Je n'aurais pas dû vous prendre les rênes, ajouta-t-elle.

Nate lui décocha un large sourire.

— Les rênes ? Je ne m'en étais pas même rendu compte.

Prête à s'envoler de bonheur, Chess lui rendit son sourire.

— Un peu d'eau, monsieur Richardson ?

— Avec plaisir, madame Richardson. Parler donne soif.

Ils croisaient sur la route une incroyable quantité de véhicules et de cavaliers que Nate saluait de la main ou hélait parfois par leur nom.

— Vous les connaissez donc tous ? s'étonna Chess.

— Non, mais je les salue quand même parce que

je finirai tôt ou tard par faire leur connaissance. Notre partie du monde n'est guère peuplée.

— Je vois pourtant beaucoup de gens sur cette route.

— Hillsborough est le chef-lieu du comté d'Orange. À la moindre occasion, tout le monde y va. Quand nous aurons bifurqué vers Alamance, ce sera plus calme et je serai bien content de ne plus avaler la poussière des autres.

Chess s'en réjouit aussi. Le trafic soulevait une fine poussière qui semblait ne jamais devoir retomber. Un voile gris recouvrait déjà sa jupe. De sa vie, elle ne s'était sentie aussi loin de chez elle et, pour la première fois, elle souffrait du mal du pays.

Ils firent halte vers midi au bord d'un ruisseau à l'ombre d'une pinède. Après avoir abreuvé le cheval, ils burent dans le creux de leurs mains, se bassinèrent le visage et le cou. Nate alla ensuite s'étendre sur un matelas d'aiguilles de pin et Chess s'assit près de lui, adossée à un arbre, en s'éventant avec son chapeau.

— Nous sommes à peu près à mi-chemin, dit-il. Si nous avions eu un cheval convenable, nous serions déjà arrivés.

— Aucune importance. Qui aurait envie de se presser, par cette chaleur ?

Un instant plus tard, la respiration de Nate devint plus lente et plus profonde. Le voyant endormi, Chess se rapprocha sans bruit et l'observa, comme elle n'avait pas osé le faire jusqu'alors, d'un regard débordant d'amour. Il n'avait pourtant rien de remarquable ; ce n'était qu'un jeune paysan robuste, à la peau tannée, au visage criblé de taches de son sous le hâle. Ses paupières closes sur l'éclat de ses yeux bleus faisaient presque de lui un inconnu mais elle remarquait pour la première fois qu'il avait les cils assez longs et fournis pour rendre bien des femmes jalouses. Le contour de ses lèvres charnues éveilla en elle une envie si puissante d'y poser les siennes qu'elle décida à regret de se soustraire à la tentation et de regagner son arbre.

Nate s'éveilla aussi facilement qu'il s'était assoupi. En clignant les yeux, il regarda à travers les arbres la position du soleil.

— J'ai dormi trop longtemps, nous aurons le soleil en face tout le reste de la route. Euh... je vais faire quelques pas de ce côté-là, poursuivit-il d'un air soudain gêné. Voulez-vous aller... par ici ?

— Je me suis déjà... promenée pendant que vous dormiez, répondit Chess en feignant de concentrer son attention à la tâche de remettre ses gants.

Ils étaient sales mais elle avait pris la précaution d'en mettre une paire neuve dans sa poche afin d'en changer avant d'affronter la famille de Nathan. Elle en avait dans sa valise une dizaine de paires semblables, en chevreau souple comme de la soie, dérobées au fil des années dans la commode de sa mère qui en possédait des centaines et ne s'apercevait même pas de leur disparition. Chess était très fière de ses mains, fines et élégantes. Elle se savait trop grande, trop maigre, trop vieille, trop laide pour plaire aux hommes. Ses mains étaient sa seule consolation, sa seule vanité ; elle veillait toujours à les protéger quand elle devait exécuter des travaux salissants.

— Prête ? la héla Nate qui revenait de sa promenade hygiénique. Pendant que j'attelle le cheval de course, vous seriez gentille de remplir le cruchon d'eau.

Après avoir stoppé la carriole, Nate sauta à terre.

— Je vais ouvrir la barrière, vous passerez et je la refermerai ensuite. Attendez-moi.

Trop éblouie par le soleil bas pour rien distinguer de la ferme, Chess fit avancer le cheval, s'arrêta quelques pas plus loin. Quand Nate remonta sur le banc, elle lui rendit les rênes, mit une main en visière… et se hâta de baisser les yeux pour changer de gants.

Elle n'avait plus aucune envie de regarder.

La ferme Richardson n'était qu'un ramassis de baraques de bois, alignées au petit bonheur au bord d'un champ grisâtre et poussiéreux parsemé d'indéfinissables vestiges végétaux.

— Nous voilà chez nous, déclara Nate.

— Veux-tu me dire ce que je dois penser de tout cet embrouillamini, Nate Richardson ? cria sa mère d'une voix de crécelle. Tu prétends ne pas pouvoir venir à l'assemblée, où je te rappelle que ton propre frère officiait, parce que tu dois aller à Richmond en Virginie t'occuper d'affaires de tabac et je te vois revenir dans un costume qui coûte Dieu sait combien avec une personne que je n'ai jamais vue et que tu appelles ta femme ! Je ne sais pas ce qui me retient de vous jeter dehors tous les deux et de barricader la porte !

À l'évidence, l'accueil manquait de chaleur.

Chess était horrifiée. Par cette petite femme vociférante, plus ridée et plus malveillante qu'une sorcière de conte de fées, par cette masure sordide où elle allait devoir vivre et, plus encore, par les humbles efforts de Nate pour amadouer sa mère. Qu'était devenu l'homme plein d'autorité et de confiance en soi qui l'avait tant séduite ?

Elle se rendit compte qu'elle tremblait et se méprisa pour sa faiblesse. De qui, de quoi avait-elle peur ? Elle n'était plus une enfant, encore moins la première venue ! Une Standish de Harefields n'avait pas à trembler devant une paysanne, une rustre sans éducation. Se réfugiant d'instinct derrière les préjugés qui lui avaient été inculqués dans son enfance, elle se redressa de toute sa taille. Et lorsque Mary Richardson dirigea sur elle sa fureur, Chess la toisa de haut comme si elle était une domestique prise en faute.

— Quel âge avez-vous, ma fille ? s'enquit hargneusement sa belle-mère.

— Trente ans, répondit Chess avec un dédain glacé.

Sa réplique provoqua un sourire de triomphe chez la mère et une expression de stupeur sur le visage de Nate, qui s'était attendu à pire. Mary Richardson se tourna alors vers son fils, les poings sur les hanches.

— Sept ans ! jubila-t-elle. Sept ans plus vieille que toi ! Cela ne m'étonne pas de toi, mon garçon, tu n'as jamais su faire que des sottises.

Ulcérée, Chess vola à la rescousse.

— Votre fils est un homme d'affaires, madame. Il m'a épousée pour fonder une association, je l'ai épousé pour la même raison. Cela ne vous concerne en rien et personne, que je sache, ne vous a demandé votre avis, déclara-t-elle d'un ton où l'arrogance le disputait au mépris.

Mary Richardson en resta sans voix. Dans son univers, les mères exerçaient un pouvoir absolu que nul n'avait l'audace de contester — une bru moins que quiconque. Nate se crut obligé de prendre sa mère aux épaules pour la consoler.

— Vous comprenez, Maman, Chess est une aristocrate de Virginie et…

Mary n'était pas vaincue pour autant. Elle se dégagea avec brusquerie pour mieux affronter Chess.

— Êtes-vous chrétienne, au moins ?

C'était une accusation plutôt qu'une question.

— Bien entendu.

— Allez-vous à l'office ?

— Oui.

— Dans quel genre d'église ? insista Mary.

— Épiscopale.

— Ha !

Désormais sûre de sa victoire, Mary tourna les talons et se dirigea vers une chaise près de la porte ouverte où elle prit place comme une impératrice sur son trône.

— Va me chercher ce plat de haricots dont j'enlevais les fils quand tu es arrivé, mon garçon. J'ai du travail, moi. Je n'ai pas de temps à perdre avec toi et ta Chase.

— Chess, Maman, pas Chase…

— Pff! De toute façon, c'est un nom païen.

Chess allait répliquer vertement quand Nate lui fit un clin d'œil accompagné d'une mimique qui remettait les choses à leur juste place : sa mère se couvrait de ridicule, entrer dans son jeu serait lui faire trop d'honneur.

— Je vais montrer les lieux à Chess avant que la nuit tombe, déclara-t-il en tendant le plat à sa mère.

Sur quoi il sortit sans attendre et fit signe à Chess de le rejoindre dehors.

— Il faut aussi faire boire et manger le cheval, dit-il à haute voix en s'éloignant. Je veux surtout cacher la maquette en lieu sûr, ajouta-t-il à l'oreille de Chess.

Ces premières minutes donnaient le ton de la vie que Chess allait mener à la ferme. Nate seul la protégeait contre une situation intenable qui lui mettait les nerfs à vif. Tous les soirs, après le souper insipide préparé par sa mère, il entraînait Chess vers une paisible clairière au bord du ruisseau qui serpentait dans le petit bois derrière la maison. Nate taillait dans des branches mortes de petites roues à aubes qu'ils essayaient ensemble en pataugeant dans l'eau fraîche, ils parlaient de leurs projets secrets jusqu'à ce que le chant des grillons leur annonce que la nuit tombait et qu'il fallait rentrer. Chess ne supportait ces longues journées torrides de l'été finissant que parce qu'elle savait pouvoir compter sur les soirées. À tout autre point de vue, sa vie était un enfer.

Le premier soir, elle avait espéré l'amitié de la tante de Nate, Alva. Sa fille Susan jouait sur le pas de la porte avec sa petite sœur et les deux fillettes l'avaient accueillie avec un plaisir évident. Pas Alva. Elle avait félicité Nate avec froideur, embrassé Chess du bout des lèvres en lui jetant des regards hostiles, sans faire le moindre effort pour lui parler. Quant à Joshua et à son fils Micah, rentrés des champs quelques instants plus tard, ils l'avaient à peine saluée avant de se lancer dans une grande conversation avec Nate sur le toit de la grange qui avait besoin de réparations. Chess aurait aussi bien pu être invisible.

Elle était si peu la bienvenue dans la famille que Mary le lui avait signifié sans ambiguïté :

— Il n'y a pas de place ici pour vous, Chase. Vous feriez mieux de retourner d'où vous venez.

— C'est impossible et vous le savez fort bien, *Miss* Mary. Je suis l'épouse de votre fils. Vous n'avez pas oublié l'histoire de Ruth, je pense ?

Mary Richardson réveillait en elle ses pires instincts. Chess s'était vite rendu compte qu'il suffisait pour l'enrager de retourner contre elle son arme favorite en lui assenant des citations de la Bible. Chess exploitait aussi le faible de tous les Sudistes pour le culte des ancêtres et de la tradition en affectant de l'appeler Miss Mary, selon les vieilles habitudes aristocratiques du Sud. Mais c'étaient là les seules armes dont elle disposait.

Nathan se tenait prudemment à l'écart de ces batailles de dames. Le tabac occupait ses journées, il ne revenait à la maison que pour se laver et dîner à midi, se laver et souper à six heures du soir. Après le repas, il emmenait Chess à leur refuge au bord de la rivière et pansait ses blessures d'amour-propre. Jusqu'au lendemain.

Là n'était pas le plus grave : Mary Richardson avait raison. Chess était forcée de s'avouer qu'elle n'avait pas sa place à la ferme. Si elle savait diriger une plantation de dix mille acres, elle ignorait comment exploiter une ferme de quarante. Elle n'avait jamais eu l'occasion de traire une vache ou de baratter la crème pour faire du beurre, de nourrir des poulets ou de leur tordre le cou. À Harefields, la nourriture provenait pour l'essentiel des fermiers, qui payaient une partie de leur fermage en nature.

Chess était excellente cuisinière, mais Mary Richardson repoussait obstinément ses offres de se rendre utile au fourneau.

— Je ne vous laisserai jamais préparer un repas pour moi et mon garçon. Si vous êtes aussi habile que pour le reste, j'aurais trop peur d'être empoisonnée.

Avec un plaisir évident, Mary l'accablait sans cesse de critiques et de reproches qui, aux yeux de Chess, prenaient des proportions si monstrueuses qu'elle en était obsédée. Même la nuit, couchée avec Nate, Chess croyait entendre sa belle-mère grommeler des commentaires indignés derrière la fine cloison qui séparait leurs chambres. Sûre que Mary tendait l'oreille aux grincements de leur vieux lit de fer, elle se félicitait malgré elle de la célérité avec laquelle Nate remplissait ses devoirs conjugaux avant de rouler sur le côté et de s'endormir comme une souche.

Alors, la joue contre son dos nu, Chess se consolait de son mieux en pensant à leur secret et au moulin où ils vivraient un jour ensemble. Enfin seuls.

7

Trois semaines après leur arrivée, Nate revint à midi dîner comme à l'accoutumée. Néanmoins, au lieu de s'asseoir et de se précipiter selon son habitude sur le contenu de son assiette, il fit mine d'emboucher une trompette et réclama l'attention. Son sourire épanoui effaça la grisaille et la pluie persistante.

— Josh et moi avons fini le tri ce matin, annonça-t-il. J'emporterai demain à Danville quatre cents livres des plus belles feuilles qu'on ait jamais vues !

Préparez votre liste de commissions, Maman, et ne lésinez pas. Une pareille récolte vaut de l'or !

Chess ne se sentit plus de joie à l'idée d'échapper enfin à la ferme et aux brimades de sa belle-mère.

— Combien de temps y resterons-nous, Nathan ?

— Pas question que vous veniez, répondit-il en s'asseyant. Une vente de tabac n'est pas un endroit pour une dame.

Chess lui empoigna le bras.

— Je vous en prie, Nathan ! Je veux y aller. J'y tiens beaucoup. Cela me ferait tant plaisir.

— Vous entendez, Chase, ricana Mary qui posait une assiette pleine devant son fils. Vous n'êtes pas invitée. Servez-vous donc et mangez quelque chose au lieu de faire la fine bouche comme d'habitude.

Chess ne lui accorda pas même un regard.

— Nathan, je vous en prie ! Emmenez-moi.

Nate hésita.

— Bon, d'accord. Après tout, il faut bien que vous voyiez ce qui incite un planteur de tabac à subir une vie de fou. Mais je vous préviens, ce ne sera pas une partie de plaisir. On y va et on revient le plus vite possible.

Chess retrouva le sourire.

— Merci, Nathan.

Pour la première fois ce jour-là, Chess vit du tabac de près. Le lendemain de leur arrivée, Nate lui avait montré la grange de séchage. De grandes feuilles jaunes étaient pendues à de fines tiges de bois posées sur des traverses étagées jusqu'au toit. N'ayant jamais encore humé d'odeur aussi exotique, à la fois entêtante et sucrée, Chess avait voulu se plonger au cœur de cet étrange univers mais Nate l'avait retenue sur le seuil.

— C'est notre argent pour l'avenir. Ne cassez rien, les feuilles sèches sont fragiles.

D'elle-même, Chess avait reculé. Une dizaine de tas de braises, qui rougeoyaient dans la pénombre comme des yeux de monstres, faisaient régner à l'intérieur de la grange une chaleur de four. Le léger courant d'air passant par la porte ouverte agitait les feuilles qui bruissaient comme des ailes de chauves-souris. Chess n'avait eu que le temps d'y jeter un coup d'œil avant que Nate ne referme la porte.

Maintenant, fascinée par leur consistance élastique et fragile, elle palpait deux de ces mythiques feuilles d'or que son mari lui avait fièrement mises entre les mains.

— Qu'elles sont belles! s'exclama-t-elle. Souples et fines comme du cuir. Je pourrais m'en faire des gants.

— J'en doute, dit Nate d'un air narquois. Vous ne sentez pas que vos doigts sont déjà pleins de goudron?

Chess avait en effet les mains poisseuses et collantes. Elle se hâta de rendre les feuilles à Nate.

— Je vais me laver les mains.

— Attendez plutôt ce soir, nous allons tripoter du tabac tout l'après-midi.

— Pas Chase! intervint Mary qui s'était approchée entre-temps. Elle gardera la petite d'Alva, c'est à la portée du premier imbécile venu.

Ainsi mise à l'écart, Chess fut réduite à observer ce que faisaient les autres en tenant Sally sur ses genoux. Elle aurait pourtant voulu prouver à cette sorcière de Mary qu'elle se trompait!

Dans une grande pièce baptisée atelier, contiguë à la grange de stockage mais plus basse de plafond et pourvue d'une entrée séparée, Josh, Alva, Mary et Susan avaient pris place côte à côte sur un banc. Les trois fenêtres et la porte ouvertes dispensaient une vive lumière et entretenaient une agréable fraîcheur. La pluie avait cessé, laissant l'air purifié. Bien que, dans le Sud, le mois de septembre soit souvent le plus chaud de l'année, on aurait presque pu se croire au début de l'automne.

Ils travaillaient tous quatre sans effort inutile, avec une célérité et une sûreté de gestes que Chess ne pouvait s'empêcher d'admirer. Ils ramassaient par la tige cinq ou six des feuilles empilées devant eux pour former ce qu'ils appelaient une *main*. Puis, après avoir égalisé les tiges en les tapant sur un genou, ils prenaient une feuille sur un autre tas, l'aplatissaient et la repliaient en long entre leurs doigts pour lier les tiges en faisceau.

Chess s'avoua avec dépit qu'elle aurait été incapable d'en faire autant. Une fois de plus, Mary avait raison.

— Viens, Sally, sortons d'ici, murmura-t-elle.

Elle attendit toutefois dehors, curieuse de voir quel rôle jouait Nate dans ce ballet si bien réglé. Micah et lui apparurent peu après, porteurs d'une gaule sur laquelle les *mains* de tabac étaient disposées à cheval à intervalles réguliers. Ils placèrent avec précaution les bouts de la gaule dans les encoches d'un bâti qui occupait toute la longueur d'un grand chariot près de la porte. Une douzaine d'encoches attendaient encore leur chargement.

— Allons là-bas, Sally, je te lirai une histoire.

Les contes de fées lui convenaient mieux que les mystères du tabac, pour le moment du moins. Et tout en serrant la fillette sur sa poitrine, Chess se surprit à rêver qu'elle aurait un jour un enfant à elle. L'enfant de Nathan.

Il faisait encore nuit noire quand ils partirent pour Danville. Les étoiles scintillaient dans un ciel infini. Un mince croissant de lune donnait à la route l'aspect d'un ruban d'argent mat. Les grincements familiers du harnais et des roues faisaient un bruit de fond rassurant. Pour Chess, la chaleur de Nate auprès d'elle suffisait à chasser le froid pénétrant de l'aube. À l'abri de l'obscurité, aussi seuls au monde qu'ils l'avaient été à la gare de Weldon le soir de leurs noces, Chess pouvait donner libre cours à son amour pour cet homme, son mari. Elle se sentait légère comme un oiseau, si libre et si débordante de bonheur qu'un rire lui monta à la gorge et jaillit dans la nuit. Nate avait oublié ce rire auquel nul ne résistait et qui n'appartenait qu'à elle. À la ferme, il est vrai, elle n'avait pas souvent eu l'envie ni l'occasion de le laisser fuser.

Une grande bâche claire recouvrait le bâti pour protéger le tabac de la poussière.

— Notre chariot doit ressembler à un énorme fantôme, dit Chess en riant de plus belle. Un planteur matinal qui nous verrait de loin en mourrait de frayeur.

Nate rit à son tour.

— Il crèverait plutôt de rage de voir Nate Richardson aller vendre son tabac avec un mois d'avance sur lui.

— Est-ce bon d'être parmi les premiers?

— Oui, à condition d'avoir une marchandise comme celle-ci. Vous n'en verrez pas de pareille de sitôt. Les enchères vont crever le plafond!…

Ainsi lancé, Nate devint intarissable sur les merveilles qu'il transportait sous la bâche. Chess avait peine à suivre son flot de paroles.

Cette année, commença-t-il, à cause de la sécheresse en mai et juin, beaucoup de planteurs avaient perdu leur récolte. Mais pas eux: tous les jours, ils étaient allés puiser l'eau de la rivière pour arroser leurs plants, qui avaient poussé assez droits et vigoureux pour résister aux pluies de juillet. Chez des voisins imprévoyants, les plants desséchés et rabougris avaient été rabattus dans la boue par la pluie et faisaient peine à voir. Il y avait donc pénurie de bonnes feuilles sur le marché, on ne parlait que de cela depuis des mois — ce qui voulait dire que les acheteurs étaient prêts à payer au prix fort de la belle marchandise. Et ses feuilles étaient mieux que belles: exceptionnelles! Aussi parfaites que des feuilles de tabac l'avaient jamais été ou le seraient jamais! De qualité cape pour près d'un tiers — et cape citron, qui plus est!

Josh en savait davantage sur le traitement du tabac que quiconque dans toute la Caroline du Nord, Nate devait lui rendre justice. Bien sûr, il était exaspérant à toujours s'accrocher aux vieilles méthodes et refuser d'en essayer de nouvelles. Mais il fallait reconnaître que les vieilles méthodes restaient sans pareilles pour le séchage et que Josh les pratiquait avec tant de compétence que personne ne lui arrivait à la cheville. Tout reposait sur la précision de la température et son accroissement graduel, la durée de chaque étape, le degré exact d'humidité à maintenir. Certains prétendaient que le processus pouvait être défini une fois pour toutes, comme s'il s'agissait d'une science. Si c'était vrai, la cape citron ne serait pas une telle rareté! Non, la manière dont Josh savait régler le séchage au degré et à la minute près relevait bel et bien de la magie...

Chess profita de ce que Nate reprenait haleine pour glisser une question qui la tracassait depuis un moment:

— Pourquoi envelopper des citrons dans des capes?

Elle fut stupéfaite de sentir son bras la serrer contre lui et de l'entendre éclater de rire.

— Grand dieu, j'oubliais que vous en saviez si peu!

Son ton chaleureux et sa brève étreinte la firent presque défaillir de bonheur. Elle dut faire un effort pour prêter de nouveau attention aux explications qu'il dévidait à un rythme de plus en plus accéléré.

Le terme de *citron* définissait la couleur de la feuille, les autres étant par ordre décroissant *orange* et *acajou*. Le mot *cape* qualifiait les meilleures feuilles, celles qui servaient à envelopper les cigares ou les chiques. Chaque plant produisait dix-huit feuilles — c'était du moins le rendement auquel Josh et lui avaient décidé de se tenir. Certains planteurs laissaient monter leurs plants jusqu'à vingt-quatre feuilles, voire davantage; d'autres les limitaient à douze. Les feuilles du bas de la tige, poussiéreuses et dures, n'avaient pas grande valeur. Celles du haut non plus. C'étaient les feuilles intermédiaires, les plus tendres et les plus parfumées, qui constituaient l'essentiel de la récolte. Pour la plupart, elles finissaient hachées en tabac à fumer ; mais les quelques feuilles du milieu de la tige méritaient parfois l'honneur d'être classées en qualité cape. Un planteur pouvait s'estimer heureux s'il récoltait deux capes par plant, parce que la feuille devait être absolument intacte, sans déchirures ni trous de vers — ces maudites bestioles ravageaient une feuille plus vite qu'il ne fallait de temps à un homme pour la chiquer ou la fumer. Sans compter qu'au séchage une belle cape tournait souvent à l'orange ou à l'acajou. On comprenait, dans ces conditions, quel trésor représentait un plein chargement de capes citron...

Chess en avait appris plus qu'assez sur le tabac mais elle s'abstint de le dire — elle préférait garder le souvenir du bras de Nate sur son épaule. Elle l'aimait assez pour que tout ce qui touchait à sa vie la passionne, y compris ses commentaires sur les récoltes passées et à venir, la délicate sélection des graines de semence et leur conservation, voire ses discussions avec Josh sur un nouveau système de séchage dont on parlait beaucoup autour d'eux.

— La nouveauté, c'est le progrès, Chess ! affirmat-il avec enthousiasme. Voilà ce qui me plaît dans l'époque où nous vivons. Tous les jours on fait de nouvelles inventions, on a de nouvelles idées. Tenez, il paraît qu'il y aura une démonstration de l'électricité à la grande foire d'octobre — je vous parle de la vraie lumière électrique, pas d'un joujou quelconque tout juste bon à vous chatouiller les paumes. L'année dernière, j'ai parlé par le téléphone à un ami qui se tenait si loin que je ne le voyais même pas ! Et ça marchait, comme la lumière électrique marchera, j'en suis sûr ! Le monde a changé, il changera de plus en plus. Pensez donc ! On a déjà trouvé le moyen de mettre de la viande et des légumes dans des boîtes de fer, si bien qu'ils ne se gâtent pas et qu'on en profite en toute saison ! Qui sait si on ne réussira pas demain à conserver du lait ou du beurre ? Je vous le dis, Chess, c'est merveilleux de vivre à une époque comme la nôtre !

— Oh oui, Nathan ! répondit-elle du fond du cœur.

Oui, c'était bon, c'était merveilleux de vivre — surtout en cet instant et auprès de l'homme qu'elle aimait, son mari ! En prévision de la nuit qu'ils devaient passer à l'hôtel, elle s'était lavé la tête et avait mis dans sa valise sa chemise de nuit en soie. Si le tabac rapportait autant que Nathan l'espérait, elle lui demanderait de lui acheter un petit flacon d'eau de Cologne.

— Parlez-moi de Danville, Nathan.

— C'est une vraie ville ! répondit-il avec un regain d'enthousiasme. J'aime mieux aller à Danville que n'importe où ailleurs. On aurait pu l'appeler Tabacville : il s'y négocie davantage de tabac qu'à Richmond même. Mais je suis surpris que vous ne connaissiez pas Danville. Elle devrait vous plaire, elle est en Virginie. Vous voyez, Chess, ajouta-t-il en riant, je vous remmène chez vous.

Sur quoi, il entonna d'une belle voix de baryton :

— *Oh ! Remmène-moi...*

— *... dans ma chère Virginie...*, enchaîna Chess.

Mais comme ils ne connaissaient l'un et l'autre que le premier vers du refrain, ils le répétèrent interminablement à l'unisson, s'interrompant parfois pour céder au fou rire, tandis que le chariot avançait avec une majestueuse lenteur vers le soleil qui jetait devant eux ses premiers feux dans le ciel.

Ils firent halte à midi pour abreuver le cheval et manger les provisions dont Chess s'était munie. Ils avaient chaud sous le soleil écrasant ; la poussière de la route qui couvrait leurs vêtements leur desséchait la gorge.

— Plus que deux heures, promit Nate. Vous pouvez constater qu'on approche.

Près du champ où ils se reposaient, on voyait de grosses pierres badigeonnées de slogans aux couleurs criardes vantant les mérites des établissements de vente aux enchères. Le long de la route, Chess en avait déjà remarqué d'autres peints sur des pierres, des pignons de grange et même des maisons.

— Les criées se battent entre elles pour racoler les ventes, expliqua Nate. Je vais toujours chez Big Star, j'y suis connu. Prête à partir ? ajouta-t-il avec impatience.

— Prête. Mais promettez-moi que nous nous arrêterons encore une fois. Je veux faire un brin de toilette avant d'arriver en ville.

— Promis. Dépêchons-nous.

Ils trouvèrent un peu avant la ville un petit étang bordé de fleurs sauvages, de sorte que Chess put entrer à Danville coiffée d'un chapeau de paille orné d'une guirlande de fleurs jaunes du plus bel effet. Un chemisier blanc immaculé et une jupe sombre remplaçaient sa robe bleue poussiéreuse et elle était gantée de frais. Nate la gratifia d'un signe de tête approbateur.

— Vous êtes très élégante.

Elle rosit de plaisir et Nate constata que cela lui allait à ravir.

Sa découverte de Danville l'enchanta. C'était une ville ancienne, petite mais active, nichée au pied de la chaîne des Blue Ridge. Pour Chess qui ne connaissait de la Virginie que les plaines du Tidewater, sa région natale, ces collines représentaient une extraordinaire nouveauté.

Grâce au tabac, Danville n'avait pas souffert de la dépression économique qui plongeait le Sud dans le chaos depuis la fin de la guerre de Sécession. La rue principale était bordée d'imposantes demeures à la dernière mode et d'innombrables boutiques aux devantures regorgeant de marchandises. Partout, placards et banderoles proclamaient : *Bienvenue aux planteurs de tabac !* La ville entière baignait dans l'odeur entêtante du tabac brut.

Le ravissement de Chess fut à son comble lorsque le chariot déboucha près de la large rivière Dan. Dans la rue pavée qui longeait son cours impétueux, la douce odeur de l'eau vive parvenait même à combattre victorieusement les lourds relents du tabac. Les yeux clos, Chess humait avec délice ces senteurs qui lui rappelaient son enfance. Elle ne rouvrit les yeux qu'au moment où l'odeur du tabac supplanta celle de la rivière, lorsque Nate engagea le chariot dans l'allée couverte menant aux entrepôts de Big Star.

Nate pâlissait sous son hâle. Il était maintenant au pied du mur, il connaîtrait bientôt la valeur réelle de ce trésor dont dépendait son avenir. Lui seul savait à quel point étaient insignifiantes ses économies, accumulées sou par sou au long d'années de dur labeur. Les feuilles qu'il allait exposer au feu des enchères étaient exceptionnelles, il en était convaincu — Josh l'avait affirmé et Josh ne parlait pas à la légère. Mais peu d'hommes pouvaient se vanter d'avoir vu ou tenu, encore moins produit, un tabac d'une qualité aussi rare. La cape citron représentait un idéal quasi mythique auquel tous les planteurs aspiraient. Y était-il parvenu ou se berçait-il d'illusions?

Le chariot à peine arrêté, des magasiniers se précipitèrent pour le décharger.

— Voulez-vous des paniers? cria l'un d'eux à Nate. Dix *cents* de location par jour.

— Et comment! répondit Nate en sautant à terre. Mes feuilles sont trop précieuses pour toucher le sol du magasin. Attendez de les voir, les amis, vous m'en direz des nouvelles!

Ses mains tremblaient en dénouant les liens de la bâche sous les regards sceptiques des magasiniers. Mais quand il souleva la toile, les commentaires ironiques cessèrent d'un seul coup. C'était le plus bel hommage que pouvaient lui rendre ces hommes blasés, qui passaient leur vie à manipuler des feuilles de tabac.

Nonchalamment adossé au chariot, les mains dans les poches et le sourire aux lèvres, Nate ne tremblait plus. Jamais il n'avait éprouvé de plaisir plus intense. Réputés pour leur célérité, les magasiniers travaillaient avec une telle lenteur et un tel luxe de précautions qu'on aurait cru qu'ils maniaient des explosifs. Ils prenaient les *mains* de tabac une à une et les déposaient, les tiges à l'extérieur, dans de larges paniers plats.

Leur travail terminé, ils faisaient tous cercle autour des paniers et contemplaient dans un silence admiratif la montagne d'or à leurs pieds quand un homme s'approcha, une liasse d'étiquettes en carton à la main.

— Vous êtes Nate Richardson ?

— C'est bien moi.

— Voilà le ticket pour votre attelage, dit-il en déchirant la moitié d'une étiquette qu'il tendit à Nate en guise de reçu.

Il allait ficeler l'autre moitié au brancard quand il interrompit son geste en découvrant Chess assise sur le banc. Déconcerté, il souleva sa casquette, s'inclina.

— Euh... Bonsoir, madame.

— Bonsoir, monsieur. Auriez-vous l'obligeance de dire à M. Richardson que je suis prête à descendre ?

Bien qu'il l'ait vue quatre fois depuis le matin sauter lestement du chariot par ses propres moyens, Nate se hâta de venir l'aider à mettre pied à terre. L'éclair de gaieté dans les yeux de Chess l'emplit de joie. Bravo ! lui signifia-t-il du regard. Elle savait exactement comment s'y prendre pour se faire respecter.

— Des gens qui arrivent avec un plein chargement de cape citron ont droit à tous les égards, n'est-ce pas ? lui souffla-t-elle à l'oreille quand il lui prit la main.

L'homme aux tickets et les magasiniers ne surent jamais pourquoi Nate Richardson se trouva tout à coup en proie à une crise de fou rire.

L'odeur du tabac à l'intérieur de l'immense local était si forte que Chess crut suffoquer. Par les verrières du toit et les hautes fenêtres percées dans deux des murs, le soleil se déversait sur de longues piles de feuilles de tabac, la plupart entassées par terre sans bénéficier de la protection des paniers.

— Je ne me doutais pas qu'il y eût autant de tabac dans le monde, murmura Chess, honteuse de son ignorance.

— Il n'y a pourtant presque rien, ce n'est qu'à moitié plein. Attendez-moi là-bas pendant que je surveille la pesée et l'étiquetage. Je ferai ensuite un tour pour voir comment marchent les ventes. Je ne serai pas long.

Chess se retira dans un coin et observa la scène avec curiosité. Il n'y avait là que des hommes. Vers le milieu de l'entrepôt, un groupe se déplaçait lentement le long d'une rangée de feuilles pendant que l'un d'eux psalmodiait une sorte de mélopée dont elle ne comprenait pas un mot.

Nate revint quelques instants plus tard. Chess s'inquiéta de sa mine soucieuse.

— Le tabac à fumer part à douze et demi. Il était à quatorze l'année dernière, dit-il avant de s'éloigner de nouveau d'une allure beaucoup moins triomphante.

Chess fit un rapide calcul mental : même à dix *cents*, leur chargement de quatre cents livres représenterait plus de quarante dollars. Une somme énorme ! Avec cela, on pouvait meubler une maison entière — ou s'habiller comme une reine. Son chemisier et sa jupe lui avaient coûté à peine un dollar les deux ! Si les récoltes de Harefields avaient rapporté moitié moins, elle aurait été folle de joie. Pas étonnant que tant de gens veuillent cultiver le tabac ! Et cette drôle de grange à la ferme, bourrée de feuilles jusqu'au toit ! Sans le savoir, elle aurait donc épousé un homme riche ? Ma foi, se dit-elle, cela n'a rien de désagréable.

— De quoi diable souriez-vous ? voulut savoir Nate, qui revenait au comble de la nervosité.

L'entrée de ses paniers détourna son attention et dispensa Chess de répondre. Les porteurs les déposèrent dans un espace libre à côté de cinq piles de feuilles sans paniers. L'effet fut immédiat : les capes citron parurent concentrer toute la lumière et, par comparaison, les feuilles voisines prirent une vilaine couleur d'un brun terne.

— Eh bien, ça alors ! murmura Nate en retrouvant soudain le sourire. Eh bien, ça alors !...

Pendant l'heure qui suivit, la récolte de Nate attira une foule de plus en plus dense. Incrédules ou envieux, des planteurs barbus en salopette vinrent s'accroupir près des feuilles pour les palper ou les renifler. Un homme élégamment vêtu, chaussé de bottes vernies, se joignit bientôt à eux, puis un autre et un autre encore. Planteurs ou hommes d'affaires, ils voulaient tous parler à Nate. De son discret poste d'observation, Chess ne perdait rien de la scène. Nate avait l'air si heureux — si beau aussi, bien qu'il ne le soit pas vraiment. Et tellement plus soigné de sa personne que les autres ! Chess sentait encore l'odeur du savon avec lequel il s'était lavé dans l'étang où ils avaient fait halte avant d'arriver en ville. La joie d'aimer un tel homme lui faisait palpiter le cœur.

Elle comprenait maintenant la mélopée du crieur qui se rapprochait peu à peu. En fait, il chantait plutôt qu'il ne disait une litanie de chiffres : *Dix et dix un quart et dix et demi... J'ai dix et demi, j'attends onze... Onze ici, onze un quart, donnez-moi onze et demi... J'entends onze et demi... J'ai douze, je dis douze... Douze au fond... Douze et demi ? Non ? Je dis bien douze. AADD-jugé Blackwell !...*

Ses modulations, ponctuées par *l'adjugé* final dont il faisait exploser les consonnes, avaient quelque chose d'hypnotique et d'excitant à la fois. Mais il lui arrivait aussi d'interrompre sa mélopée pour signaler aux enchérisseurs les malheurs de Charlie Henderson dont la maison avait brûlé : un demi-cent de plus à la livre lui paierait un toit. Ou bien de rappeler que la qualité du tabac d'Untel était connue depuis tant d'années qu'il était inutile de défaire les *mains* pour la vérifier. Ou encore d'expliquer que Joe Wilson s'était cassé les deux jambes, que ses gamins avaient dû faire seuls la récolte et que Dieu bénirait les acheteurs pour leur générosité.

Chess bouillait d'impatience. Qu'attendait-il pour arriver enfin au lot de Nate? Allait-il encore longtemps dévider les faits divers locaux? Elle craignait surtout qu'à force d'avoir été tripotées par tant de gens, les feuilles soient abîmées au point de n'être plus vendables.

Dépêchez-vous donc! l'adjura-t-elle en silence. Je sens que je vais devenir folle.

8

Le crieur n'était plus qu'à trois lots de celui de Nate. Chess serrait si fort et depuis si longtemps ses mains jointes que ses gants en étaient trempés de sueur. Nate était invisible, noyé dans la foule qui ne cessait de grossir depuis son arrivée. Le bruit d'un événement historique sur le point de se produire s'étant répandu dans tout Danville, plus de cent hommes se pressaient maintenant dans l'entrepôt pour voir de leurs yeux la rarissime cape citron et être témoins de son adjudication.

— AADD-jugé!...

Le moment était enfin venu. Chess ne respirait plus.

— Et maintenant, mes amis, voici l'instant que nous attendions tous...

Ah, non! faillit-elle laisser échapper. De grâce, pas de discours! Je suis à bout de nerfs...

— Ces feuilles sont peut-être les plus belles que vous aurez jamais l'occasion de voir dans votre vie. En ce qui me concerne, je n'en ai pas vu d'aussi superbes depuis de longues années. Beaucoup d'entre vous connaissent déjà Nate Richardson et ceux qui ne le connaissent pas encore vont désormais entendre parler de lui. Une chose, en tout cas, que personne ne sait, je suis prêt à le parier, c'est que notre ami Nate a pris femme. Alors, messieurs, quand vous pousserez vos enchères, je vous demande de penser à vos épouses et aux joies sans nombre qu'elles vous procurent — sans parler des dépenses, bien sûr! C'est pourquoi vous aurez à cœur de vous surpasser pour notre ami Nate!

Dans le vacarme de l'énorme éclat de rire qui salua cette déclaration, Chess parvint à capter des bribes de la mélopée que le crieur dévidait sans même pouvoir reprendre haleine:... *j'ai quatorze et quatorze et demi et quinze et quinze et demi et seize...*

Quand ce fut terminé, le tonnerre des cris et des applaudissements fut tel qu'il affola les moineaux nichés dans la charpente. Piaillements et battements d'ailes ajoutèrent au tumulte: le lot de capes citron de Nate Richardson était adjugé au prix de quarante *cents* la livre. Un record sans précédent!

Les jambes flageolantes, Chess dut s'adosser au mur. Au cœur de la mêlée, Nate serrait des mains, remerciait pour les félicitations qui pleuvaient de toutes parts, vacillait sous les claques amicales qu'on lui assenait dans le dos. La vente s'interrompit près d'une demi-heure, au bout de laquelle Samuel Allen, le propriétaire, dut faire appel à tous ses employés afin de disperser la foule et de reprendre le cours normal de la séance.

Une fois l'ordre rétabli, il voulut être présenté à Chess et arriva devant elle avec Nate en suant à grosses gouttes, le chapeau à la main. À peine eut-il reconnu son accent aristocratique qu'il s'inclina très bas: son père, lui dit-il, avait eu l'honneur de servir dans l'armée de la Confédération sous les ordres du noble propriétaire de la plantation de Boxwood.

— Ah! Vous parlez sans doute de M. Archibald McIntosh? Un vieil ami et un voisin. Quand j'écrirai à ma famille, je demanderai qu'elle lui transmette votre souvenir.

Éperdu de gratitude, Allen exprima l'espoir que M. et Mme Richardson lui accorderaient le privilège de leur offrir une suite à l'hôtel des Planteurs pendant la durée de leur séjour à Danville. Ce serait lui causer une joie dont il leur serait profondément reconnaissant.

Nate accepta sans se faire prier. Allen s'empara de la valise posée aux pieds de Chess et insista pour la porter lui-même à son bureau, au bout du bâtiment. Une fois là, il chargea un employé de les escorter jusqu'à l'hôtel puis, avec une nouvelle courbette, il tendit à Nate le chèque du montant de sa vente.

— N'oubliez pas, monsieur Richardson, qu'en ce qui concerne la promptitude des règlements, Big Star est sans rival dans tout Danville.

Nate l'assura qu'il saurait s'en souvenir.

— Madame Richardson, je suis votre serviteur, ajouta-t-il en plongeant à nouveau dans une révérence de cour.

Avec l'aisance condescendante d'une reine, Chess lui tendit la main et le gratifia d'un sourire. Elle se sentait pleine de bienveillance envers cet homme qui, par deux fois, lui avait donné du *Madame* Richardson. Personne ne l'avait encore appelée ainsi et elle ne se lassait pas de l'entendre.

Bouleversé, Allen bredouilla ses remerciements.

Pendant qu'ils remontaient la rue principale, Nate et Chess furent constamment arrêtés par des inconnus tenant à féliciter Nate de son coup d'éclat. Chess eut à peine le temps de lui demander son eau de Cologne. Bien volontiers, lui dit-il. Il lui en offrirait même un litre si elle le voulait, il était riche. Mais il tenait d'abord à déposer le chèque à la banque, tant il avait peur que les chiffres ne changent d'eux-mêmes ou que l'encre ne s'efface. Cent soixante-deux dollars et cinq *cents*! Jamais de sa vie il n'avait vu une somme pareille — jamais d'un seul coup, en tout cas.

Le directeur de l'hôtel les accompagna en personne jusqu'à leur suite. C'était un véritable appartement de trois pièces, comprenant un salon pourvu de ce qui se faisait de plus élaboré en matière de meubles sculptés ; une chambre à coucher au lit d'acajou massif orné d'un couvre-lit de soie ; enfin, merveille des merveilles, une salle de bains dallée de marbre, avec une baignoire encastrée dans des panneaux d'acajou et équipée de robinets d'eau courante chaude et froide. Le directeur leur montra en détail le fonctionnement du chauffe-eau ainsi que le mécanisme de réglage des appliques au gaz d'éclairage.

Quand il se fut retiré, Nate se planta au milieu du salon, les bras écartés pour embrasser la pièce.

— Quiconque possède possédera ! déclara-t-il.

Chess et lui échangèrent un regard et éclatèrent de rire avec ensemble.

Seuls pour la première fois depuis la vente, ils se rattrapèrent de leur silence en jacassant comme des pies. Ils comparèrent leurs réactions à tel ou tel moment, se rappelèrent l'un l'autre ce que celui-ci avait dit, ce que cet autre avait fait. Ils revécurent chaque seconde de cet après-midi historique, ses angoisses et ses triomphes. Et quand ils furent enroués à force de parler et de rire, ils descendirent souper à la salle à manger de l'hôtel.

Ils terminaient à peine le potage quand un élégant jeune homme s'approcha de leur table. En qualité de reporter du *Richmond Dispatch*, il déclara vouloir interroger Nathan, pour l'édification de ses lecteurs, sur les méthodes qui lui avaient permis de récolter ce tabac d'exception dont toute la ville parlait.

— Vous voilà célèbre, le taquina Chess quand ils furent remontés dans leur chambre.

— Ce gamin n'a jamais mis les pieds dans un champ ! Je parie qu'il rapportera de travers tout ce que je lui ai dit.

Chess savait que, sous son air bougon, Nate était

111

enchanté de sa soudaine renommée. Elle aussi, à vrai dire : le reporter lui avait promis d'envoyer un numéro du journal à Harefields. Son grand-père en serait sûrement très heureux.

Moins qu'elle, en tout cas. Personne au monde ne pouvait être aussi heureux qu'elle. Cette journée et cette nuit surpassaient ses plus beaux rêves. Elle s'en souviendrait à l'avenir comme de sa vraie nuit de noces. Car c'était ainsi qu'elle aurait dû se dérouler, dans la magie d'un cadre luxueux, d'un succès grisant, de la gloire de partager les instants les plus exaltants de la vie de Nathan...

La vieille fille triste et solitaire avait à jamais disparu. Elle était désormais *Madame* Richardson. Mme Nathaniel Richardson.

Il était tard quand ils se couchèrent enfin. La baignoire avec ses robinets d'eau courante constituait pour eux deux une captivante nouveauté. Nate passa plus d'une demi-heure dans la salle de bains. Chess l'entendait ajouter sans arrêt de l'eau chaude si bien que lorsqu'il en sortit, drapé dans une des grandes serviettes fournies par l'hôtel, il avait la peau d'un rose vif tirant sur le rouge écrevisse.

— Un jour, déclara-t-il avec conviction, j'aurai un système comme celui-là. C'est mieux que le téléphone et la lumière électrique !

En se plongeant à son tour dans l'eau chaude, Chess comprit son enthousiasme. Elle avait assaisonné son bain d'une dose généreuse d'eau de Cologne et la vapeur parfumée qui en émanait lui chatouillait délicieusement les narines. Elle aurait voulu y rester des heures mais Nathan, son mari, l'attendait. Et cette nuit était celle de ses noces.

Elle défit son chignon, aspergea sa brosse d'eau de Cologne et se brossa les cheveux cinquante fois, dix de plus qu'à l'accoutumée, jusqu'à ce qu'ils soient aussi doux que de la soie. Sa chemise de nuit aussi était douce sur sa peau. Elle ouvrit la porte et, soudain intimidée, traversa la chambre vers le lit sur la pointe de ses pieds nus.

Nate était assis dans un fauteuil près de la fenêtre.

— Ça sent bon, dit-il distraitement.

— C'est bon d'avoir un riche mari, murmura Chess en se glissant entre les draps.

— Et savez-vous le plus beau de l'affaire, Chess? demanda Nate comme s'il poursuivait un dialogue intérieur.

— Non. Quoi?

— C'est Dibrell, le représentant de Liggett & Myers, qui a acheté mon tabac. Et celui qui s'est accroché le plus longtemps et a fait monter les enchères, c'était l'homme de Reynolds. Je lui en avais déjà vendu, mais Dibrell est cent fois plus pointilleux, parce que Liggett & Myers sont les plus gros et les meilleurs. Ils vendent leurs produits dans tout le pays, du nord au sud et de l'est à l'ouest, dans toutes les boutiques de toutes les villes et de tous les villages. Mon tabac finira peut-être en Californie! Hein? Qu'est-ce que vous dites de ça?

Et moi? s'abstint de répondre Chess. Qu'est-ce que vous dites de moi?

Nate se leva et commença à éteindre les lumières en jouant avec le mécanisme qui le fascinait.

— Venez vous coucher, Nathan… Il est tard, se hâta-t-elle d'ajouter de peur de se trahir.

Il se glissa à son tour dans le lit, lui remonta sa chemise, se coucha sur elle. Chess lui noua les bras autour du cou et lui caressa le dos, doux et chaud sous ses mains.

— Serrez bien fort, ma chérie, ce ne sera pas long.

Elle écarta les jambes pour mieux l'accueillir et le sentit entrer en elle. Ils étaient si proches, si étroitement unis qu'ils ne faisaient plus qu'un. Le besoin de nouer ses jambes autour de la taille de Nathan, de l'attirer au plus profond d'elle-même, de mouvoir son corps au même rythme que le sien et de se fondre en lui la tenaillait au point qu'elle allait y céder…

Nate s'écartait déjà. C'était fini. Prenez-moi dans

vos bras! se retint-elle de lui crier. C'était si bon quand vous m'avez serrée contre vous ce matin. Montrez-moi que vous m'aimez. Embrassez-moi! Aimez-moi! Je vous aime, moi...

Les bras croisés sur la poitrine, elle s'étreignit elle-même et se consola de son mieux. Ce qu'elle avait était déjà considérable. Elle était avec lui, près de lui. Elle était Mme Richardson, sa femme. Elle devrait — non, elle *devait* s'en contenter. Exiger davantage ne pourrait que le rebuter et le détourner d'elle. S'il se doutait de ses pensées, de ses désirs, il perdrait tout respect pour elle. À vrai dire, elle se faisait honte elle-même.

Il lui fallut un long moment pour s'endormir.

9

Avant de reprendre le chemin de la ferme, ils firent quelques achats, y compris des bonbons pour Alva et Mary.

— Il n'y a pas que les enfants qui aiment les douceurs! dit Nate en les goûtant avec gourmandise.

Lorsque l'épicier qui pesait leur farine se vanta de vendre la plus fraîche et la meilleure de la ville, parce qu'il allait toutes les semaines s'approvisionner directement au moulin, Chess et Nate échangèrent un regard entendu.

Leur tournée des boutiques dura plus longtemps que prévu. Nate était encore un personnage célèbre. Les passants l'arrêtaient dans la rue pour lui serrer la main, lui poser des questions, le prendre à témoin de leurs propres prouesses agricoles. Les commerçants sortaient sur le pas de leur porte pour les inciter à entrer.

— Nous ne serons pas de retour à la maison avant

la nuit, déclara Nate lorsqu'ils furent enfin sur la route.

— Aucune importance.

— Non, c'est vrai. Quelle journée !

— Oui, et quel tabac !

Il ne leur en fallut pas davantage pour retracer une fois de plus les péripéties de la vente.

— J'ai hâte d'aller à la prochaine, dit Chess. Même si elle n'est pas aussi spectaculaire, votre tabac sera toujours le meilleur. Et M. Allen nous offrira peut-être encore l'hôtel. Sans doute pas une suite, mais les chambres normales doivent être confortables elles aussi.

Nate la fit brutalement retomber sur terre : Allen percevait une commission de quatre pour cent sur les ventes. Il avait donc reçu de Nate plus du double de la valeur de la suite et sa prétendue générosité lui avait d'autant moins coûté qu'il était aussi le propriétaire de l'hôtel. De toute façon, ils ne retourneraient pas à Danville de sitôt.

— Nous ne vendons pas la récolte ordinaire. Pourquoi laisser Blackwell, Duke et les autres empocher les bénéfices de la fabrication ? Autant le faire nous-mêmes.

Nate entreprit de lui expliquer comment les feuilles, après un nouveau traitement qui les rendait propres à la consommation, étaient pulvérisées et empaquetées par les femmes dans des sachets de toile à leur marque.

— Les femmes ? demanda Chess avec angoisse.

— Naturellement. Josh et Micah doivent surveiller le séchage et le traitement. C'est eux aussi qui cultivent la terre. Il faut labourer les champs et répandre des engrais avant les gelées de l'hiver.

Chess serra les poings. Elle entendait déjà les aigres railleries de Mary sur son incompétence. Nathan n'avait pas besoin de lui préciser que les autres étaient expertes à ces opérations qu'elles pratiquaient depuis des années.

Il enfonça quand même le clou :

— Le métier est dur. Nous traitons plus de cinq mille livres de feuilles et il me faut au moins deux mille sachets par semaine pour mes ventes. Je dois couvrir le territoire de quatre comtés avant que le temps devienne trop mauvais pour circuler sur les routes.

— Vous êtes donc tout le temps parti?

C'était encore pire que ce qu'elle imaginait.

— Bien sûr, sinon comment gagnerais-je notre vie? C'est facile à comprendre: la cape est trop rare pour qu'on puisse compter dessus et le tout-venant ne dépasse jamais quatorze *cents* la livre — et encore, avec de la chance. Une livre que nous traitons nous-mêmes donne huit sachets de deux onces dont je tire trois *cents* pièce et que le détaillant revend à cinq. Voilà ce qu'on appelle faire des affaires.

Remarquant ses poings crispés, il ajouta:

— Mais vous n'avez pas besoin de vous inquiéter de ces choses-là, Chess. Vous aurez assez à faire avec la petite d'Alva, elle devient intenable.

Après avoir vu ses espoirs réduits en miettes les uns après les autres, le ton amical et condescendant dont Nate usait à son égard fut pour Chess la goutte d'eau qui fit déborder le vase. Si elle ne pouvait exiger qu'il l'aime, au moins avait-elle droit à son respect.

— Écoutez-moi bien, Nathan! dit-elle en tapant rageusement du poing sur son genou. J'en ai plus qu'assez que tout le monde se croie permis de me regarder de haut parce que je n'ai pas passé ma vie à apprendre ce qu'il faut faire sur une petite plantation de tabac de quarante acres! Je n'ai pas été élevée dans du coton, vous savez! Je ne suis pas une fleur de serre inutile et fragile! Vous n'êtes venu qu'une fois à Harefields, pour dîner et m'épouser, et vous vous imaginez tout savoir sur la maison et sur moi, sans même vous donner la peine de vous demander à quoi l'une et l'autre ressemblent en réalité! Eh bien, je vais vous le dire et je vous saurai gré de me prêter attention!

Cet éclat inattendu laissa Nate muet de stupeur.

— Je menais seule la plantation. Les dix mille acres de terre comme les trente-huit familles qui en vivent et ce n'était pas une sinécure, croyez-moi! Voulez-vous savoir avec quoi je le faisais? Avec ces deux mains-là! dit-elle en brandissant ses mains gantées. Qui, d'après vous, a cuisiné le dîner que vous avez mangé ce soir-là? Moi! Pendant des années, j'ai préparé chaque miette de nourriture qui se consommait dans cette maison! Je me levais à l'aube pour allumer le fourneau de la cuisine, je mettais le déjeuner en train et je faisais le ménage des pièces du bas pendant qu'il chauffait. Ma mère voulait son déjeuner servi sur un plateau, mon grand-père dans la salle à manger — avec le mien, parce que M. Augustus Standish exigeait une brillante conversation pendant qu'il se restaurait. Mais ce n'était pas tout: les serviteurs aussi devaient manger. Eh oui! Nous avions des serviteurs — deux, en tout et pour tout. La femme de chambre de ma mère et Marcus que vous avez vu, le valet de chambre de mon grand-père depuis des dizaines d'années. Marcus a les idées larges, il veut bien se déguiser en majordome pour servir le souper. Mais, le reste du temps, il a sa dignité et n'accepte d'assurer que le service personnel de mon grand-père, à condition que je lui fasse la cuisine. Quant à Diana, la femme de chambre de ma mère, elle est trop grande dame pour prendre ses repas avec Marcus. Elle aussi, je devais la servir trois fois par jour sur un plateau. Et qui, selon vous, devait ensuite monter chercher les plateaux vides, sortir les ordures à la décharge, trouver toutes les semaines l'argent pour payer leurs salaires et acheter leurs vêtements? Moi, toujours moi…

Chess s'interrompit pour reprendre haleine. Nate la dévisageait, bouche bée.

— Je n'en veux ni à Marcus ni à Diana. Ma mère et mon grand-père étaient aussi incapables de survivre seuls que je l'étais de jouer le jeu sans l'aide de leurs serviteurs. Vous avez vu ma mère, elle change de toilette quatre fois par jour et se fait recoiffer chaque fois. Dans sa tête, la guerre n'a jamais eu lieu, mon père et mes frères doivent rentrer à la maison demain ou après-demain. Elle s'arrange même pour ne pas remarquer que je ne suis plus une petite fille !... Il n'y avait que de vieux serviteurs dévoués pour accepter une situation pareille sans se soucier du salaire. Non, ce n'est pas à eux que j'en veux, mais à vous et à votre famille qui vous croyez meilleurs chrétiens, plus travailleurs et plus méritants que le monde entier !

Le silence retomba. Nate arrêta le chariot sur le bas-côté de la route.

— Continuez, dites-moi le reste. Avez-vous aussi travaillé dans les champs ?

Trop émue pour parler, Chess fit un signe de dénégation. Sa colère s'était évanouie : Nathan voulait l'écouter ! Pour la première fois de sa vie, elle pouvait s'exprimer librement, dire la vérité sur son existence passée. Devant les étrangers, et même avec son grand-père, elle avait toujours dû jouer la comédie. Seules comptaient les apparences, rien ne devait les compromettre ; tout allait pour le mieux, tout le monde était heureux...

Elle s'éclaircit la voix.

— Non, je ne travaillais pas dans les champs, je gérais la propriété. Tous les jours, je faisais la tournée de toutes les fermes, j'écoutais les doléances des fermiers et le récit de leurs ennuis. J'achetais et je distribuais les semences et les engrais. Je conservais et j'entretenais moi-même les charrues et le matériel agricole que je répartissais selon les travaux de chacun, je nourrissais et je soignais les mules, je changeais leurs litières, je sortais le fumier. Je surveillais l'état des cultures, je rappelais à l'ordre ceux qui n'exécutaient pas correctement leur travail. Au moment des récoltes, c'est moi qui marchandais pour les vendre aux meilleurs cours. C'est encore moi qui tenais les livres pour attribuer à chacun la part qui lui revenait, après déduction de ses paiements en nature. Trois fois par semaine, je faisais la classe aux enfants. S'il y avait un mariage, je prêtais le voile de dentelle et je fournissais les rafraîchissements pour toute la noce…

— Vous n'étiez pas obligée de prêter aux fermiers le voile de votre mère, objecta Nate, effaré.

— C'était celui de mon arrière-grand-mère… Mais ne faites pas cette tête-là, Nathan! poursuivit-elle en riant. J'ai toujours considéré que les gens de Harefields, ceux des fermes comme ceux de la maison, appartenaient à la même grande famille — ce qui, jadis, était d'ailleurs vrai en partie. Mon père et mon grand-père ont sans doute été responsables d'un bon nombre des naissances qui survenaient dans le quartier des esclaves. Maintenant, ces enfants ont grandi. Beaucoup d'entre eux sont devenus nos fermiers et vivent encore sur la terre de Harefields.

Nate la dévisageait, abasourdi. Une dame n'était pas censée savoir des choses pareilles, encore moins en parler!

— Fermez donc la bouche, Nathan, vous allez finir par gober des mouches! Vous devriez savoir qu'il n'y a pas de créature au monde plus curieuse qu'un enfant. J'ai entendu des choses que je n'aurais pas dû écouter, voilà tout. Quand j'étais petite, nous avions à la maison vingt serviteurs qui n'arrêtaient pas de bavarder entre eux.

L'expression de Nate était si comique que Chess se réjouit de l'avoir assez choqué pour retenir son attention. Elle se sentait mieux, aussi, d'avoir donné libre cours à sa mauvaise humeur. Si elle n'osait toujours pas lui dire qu'elle l'aimait, se mettre en colère contre lui quand il le méritait avait au moins le mérite de la soulager…

Le souvenir de sa belle-mère, toujours furieuse contre tout le monde, la ramena à la raison. Nathan avait déjà une sorcière en guise de mère, il ne fallait pas que son épouse en soit une elle aussi.

— Pardonnez-moi d'avoir élevé la voix, Nathan.

Ma conduite est inexcusable. J'en suis sincèrement désolée.

— Si, vous avez une excellente excuse, répondit Nate avec un large sourire. J'avais grand besoin d'être instruit. Et savez-vous ce que j'ai appris en vous écoutant ? Que vous savez faire tout ce que je ne sais pas, tenir des livres, commander des ouvriers. Quand notre affaire sera lancée, nous formerons une association idéale. Je me rends compte, voyez-vous, que j'ai eu la plus grande chance de ma vie le jour où je vous ai rencontrée.

Chess le remercia d'un sourire. Elle était moins touchée par les mots que par l'admiration et le respect qu'exprimait le regard de Nathan. Et elle avait besoin de son respect plus encore que de son amour.

Nate remit le cheval en marche. Tout en roulant, il lui parla de la vie à la ferme pendant les mois d'automne.

— Dans une quinzaine de jours, nous irons à Pleasant Grove pour la fête des moissons. Elle vous plaira, je crois. Bien sûr, ce n'est pas Danville, mais c'est une jolie petite ville. C'est là que nous prenons notre courrier, que nous allons chez le forgeron, le docteur. En octobre, il y aura la grande foire de Raleigh. Je meurs d'envie d'y voir cette lumière électrique dont on parle, mais je serai peut-être obligé de m'en priver. Cela dépendra des ventes… Et puis, je compte aussi profiter de ce que je serai sur les routes pour chercher l'endroit où établir le moulin. Gardez-le pour vous, surtout, je n'en parlerai aux autres qu'au dernier moment, quand nous serons prêts à partir. En tout cas, je serai de retour la première semaine de novembre. C'est en novembre que notre voisine, la Vieille Livvy Alderbrook, tue le cochon. Elle élève des porcs, elle vend les petits, tue un ou deux gros et tout le monde se réunit chez elle à cette occasion. Elle fait rôtir la viande dans un four en plein air avec une sauce dont elle garde la recette secrète. Il y a des violons, de la bière. On s'amuse beaucoup.

Chess était ravie. Depuis la guerre, il n'y avait plus aucune vie sociale à Harefields. La perspective de ces festivités lui fit presque oublier son appréhension de retrouver la ferme et le caractère acariâtre de Mary. Après tout, Nathan l'en délivrerait dès qu'il aurait découvert l'emplacement idéal. Il venait de gagner assez d'argent pour acheter le terrain et installer le moulin, sans compter les bénéfices des sachets de tabac qui lui rapporteraient largement de quoi construire la machine et faire démarrer l'affaire. Ils étaient bel et bien sur le chemin du succès...

Elle n'avait oublié que le reste de la famille.

Dès leur arrivée à la ferme, tous vinrent aider à décharger les provisions — et partager le produit de la vente aux enchères. Ce n'est que justice, pensa Chess. Josh mérite la moitié, c'est lui qui cultive la terre et qui connaît les secrets du séchage et du traitement. Lorsqu'elle vit ensuite Nate donner à sa mère la moitié de sa propre part, Chess tiqua mais jugea que le geste était somme toute équitable : il vivait chez elle, elle travaillait comme les autres et, de plus, elle était sa mère.

— C'est bien, Nate, dit Mary. Quand nous irons à la fête, je prendrai un mandat à la poste pour envoyer cet argent à Gideon. Ils attendent un autre enfant et son œuvre de missionnaire lui coûte cher.

Alors là, ce n'était plus équitable du tout ! Gideon ne participait en rien au travail du tabac. Et Chess vit Nathan accuser le coup comme si la vieille sorcière lui avait asséné un coup de pied dans les côtes.

Chess avait acheté à Danville du papier et des enveloppes afin d'écrire à son grand-père. En partant pour la fête des moissons, elle avait en poche une lettre pleine de pieux mensonges sur la vaste ferme de Nathan, sa belle maison ombragée par de grands arbres et l'accueil chaleureux que lui avait réservé sa sympathique famille. Augustus Standish aimait qu'elle soit toujours de bonne humeur.

Mary l'était — du moins autant que le lui permettait son caractère. Elle avait de l'argent à envoyer à son fils préféré et, parmi les attractions de la fête, il y aurait peut-être comme l'an passé un vrai service religieux avec des chœurs et un prédicateur.

Josh se montrait presque aimable, ce dont Chess l'avait cru définitivement incapable. Elle croyait même distinguer l'esquisse d'un sourire sous sa longue barbe biblique.

Micah et Susan étaient au comble de la surexcitation. Micah se vantait de terrasser tous les garçons de son âge à la lutte, car il avait grandi de trois pouces et pris du muscle depuis un an. Susan débitait les noms des douzaines d'amies qu'elle allait retrouver, sans parler des merveilles à admirer : une année, il y avait même eu un singe savant coiffé d'un chapeau rouge ! Quant à la parade, il n'y en avait pas de plus belle au monde. Alva et Nate étaient de son avis sur ce point : Pleasant Grove s'enorgueillissait d'un orphéon aux uniformes rutilants, mené par un tambour-major qui n'avait pas son pareil pour faire des moulinets avec sa canne d'un bout à l'autre de la ville.

Ils approchaient de leur destination quand la vue d'immenses pancartes vantant les mérites du tabac Blackwell assombrit l'humeur de Nate. Il se dérida seulement devant les réclames pour les productions de Duke, son concurrent, qui menait une vigoureuse contre-offensive.

— Je parie ce qu'on veut que Duke finira par battre Blackwell ! déclara-t-il en riant.

— Ne dis pas des choses pareilles, Nate ! le rabroua sa mère. Le jeu est un péché.

Derrière son dos, il fit à Chess une grimace et un clin d'œil complice. Chess se retint de justesse de rire sous cape. La journée s'annonçait sous les meilleurs auspices.

Une journée parfaite, se répétait Chess qui luttait contre le sommeil sur le chemin du retour. Elle s'était amusée autant que les autres le lui avaient prédit, elle avait trouvé à la poste une lettre de son grand-père. Mais ce n'était rien à côté des gens qu'elle avait rencontrés. Bien entendu, tout le monde savait qui elle était — à la campagne, les nouvelles vont vite. Certes, ses gants et ses perles avaient attiré tous les regards, mais par curiosité plus que par méchanceté. Tous, fermiers et citadins, avaient eu à cœur d'accueillir avec amitié leur nouvelle concitoyenne venue de sa lointaine Virginie.

Chess avait la tête remplie des noms de ses nouveaux amis, au premier rang desquels figurait celui de leur voisine que Nathan appelait la Vieille Livvy. Tous surnommaient ainsi Lavinia Alderbrook, mais uniquement derrière son dos. Elle ne s'était jamais inquiétée de son âge, avait-elle dit à Chess. Il n'y avait donc pas de raison qu'elle permette aux autres de le lui rappeler.

Elle avait l'air aussi antique que les collines, avec une figure et des mains plus tannées et ridées que la peau de pommes séchées; mais son corps restait droit, souple et ferme et son sourire réchauffait le cœur des plus moroses. Elle était persuadée d'avoir conservé des dents solides et bien plantées grâce à son habitude d'assaisonner généreusement son café du matin d'un vieux whiskey distillé dans son propre alambic. Et peut-être aussi grâce au fait qu'elle ne s'était jamais mariée et n'avait pas eu d'enfants.

— Je n'en avais pas besoin, avait-elle commenté, j'en ai mis au monde une bonne centaine et c'étaient les autres qui faisaient tout le travail.

La Vieille Livvy était en effet une sage-femme réputée.

Elle prit Chess sous son aile dès le premier instant.

— Je suis bien contente que Nate vous ait trouvée, déclara-t-elle après l'avoir examinée ouvertement de la tête aux pieds. J'ai toujours eu de l'affection pour ce garçon. Il lui fallait une femme forte qui l'aime comme il le mérite, pas une gamine incapable de tenir tête à Mary Richardson. Venez me voir quand vous aurez une indigestion de sa figure de carême, Chess. J'habite au bout du chemin, de l'autre côté de la rivière. C'est une jolie promenade à travers le bois, pas plus d'une demi-lieue.

La Vieille Livvy dédaignait les différences d'âge, avait une bonne opinion de Chess et n'aimait pas la mère de Nate : rien de plus naturel que Chess éprouve pour elle une vive sympathie. Elle se promit de lui rendre visite dès que la pluie aurait cessé. Car la seule ombre à la fête était survenue au crépuscule lorsque les nuages, qui avaient eu la bienveillance de voiler le soleil toute la journée, avaient soudain crevé en noyant le feu d'artifice qui devait clôturer les festivités. Ce n'était pas une simple averse d'orage mais une pluie froide et persistante. L'été semblait bel et bien fini. Et il était grand temps, se disait-on avec soulagement. La chaleur n'avait que trop duré cette année.

Nul ne prévoyait que cette averse marquait le début du pire des hivers qu'on ait connu de mémoire d'homme.

Le lendemain matin après son déjeuner, Nate alla à l'atelier avec sa mère. Il en revint seul, chargé de deux vieilles paires de fontes.

— J'ai là-dedans assez de sachets de tabac pour commencer la campagne de vente, dit-il à Chess. Voulez-vous me préparer un paquet de vos délicieux biscuits pendant que je fourre mon rasoir et mes affaires dans un sac ?

Chess savait qu'il devait partir mais son annonce la prit au dépourvu. Elle se hâta de confectionner la pâte, de la rouler, de la découper. Les biscuits étaient encore au four quand Nate sortit de leur chambre, les fontes sur l'épaule, son sac dans une main et un pistolet dans l'autre.

— Pourquoi emportez-vous cette arme ? s'étonna-t-elle. Je ne savais même pas que vous en aviez.

— Je le garde sous clef pour que les petits ne soient pas tentés de jouer avec. Je ne l'ai que dans mes tournées. Nul n'ignore que les voyageurs de commerce ont sur eux de l'argent liquide.

Chess eut aussitôt la vision sinistre d'une embuscade de brigands sur une route déserte. Mais Nate voyageait ainsi depuis des années, elle devait se forcer à croire qu'il savait ce qu'il faisait.

— C'est logique, se borna-t-elle à répondre.

— J'espère que vous avez prévu une bonne quantité de biscuits. Les vôtres sont les meilleurs que j'aie jamais mangés — comme tout ce que vous faites, d'ailleurs. Nous nous régalons depuis que vous avez pris la cuisine en main.

— Ne le dites surtout pas devant votre mère ! Elle ne m'aurait jamais permis de m'en occuper si elle n'avait pas dû travailler. Cela ne lui plaît pas du tout.

— À moi, si. Beaucoup !

Chess ouvrit le four, laissa la plaque de biscuits refroidir sur la porte rabattue. Elle n'osait pas se tourner vers Nate de peur de céder à l'inquiétude et de le supplier d'être prudent.

— On peut cuisiner autrement qu'en faisant tout bouillir à mort et en ajoutant du saindoux pour donner du goût, parvint-elle à déclarer d'un ton désinvolte.

Nate éclata de rire. Il lui annonça qu'il serait de retour huit ou dix jours plus tard, à moins que les détaillants ne soient plus coriaces que d'habitude et qu'il ne doive passer du temps à les convaincre.

— À moins aussi que je ne trouve l'emplacement pour le moulin, ajouta-t-il en baissant la voix. J'emporte de quoi verser un acompte si j'ai la chance de découvrir l'endroit.

Chess se hâta d'envelopper les biscuits. Elle était maintenant impatiente de le voir partir.

Il ne lui fallut pas longtemps pour regretter amèrement de ne pas l'avoir suivi, à pied si nécessaire. Jamais encore elle n'avait à ce point souffert de la solitude. L'isolement de Harefields n'avait rien de comparable à celui de cette petite ferme perdue dans le désert, au fin fond de la Caroline du Nord. À Harefields, elle avait au moins son grand-père et les fermiers à qui parler, de qui se soucier. Elle travaillait, elle tenait un rôle important. Chez les Richardson, elle n'était rien — pis encore : elle était une étrangère rejetée, méprisée, inutile.

Désemparée, Chess tuait le temps de son mieux. Elle lisait et relisait ses quelques livres. Elle cuisinait des repas de plus en plus élaborés. Elle s'entraînait à traire la vache, à tordre le cou des poulets. Et la nuit, elle pleurait dans son oreiller pour ne pas donner à Mary Richardson la satisfaction de constater combien elle était malheureuse.

10

Les sabots du cheval glissaient sur le verglas et plongeaient dans des flaques d'eau glacée en éclaboussant les jambes de Nate. Ses bottes détrempées ne le protégeaient plus, mais il n'y prêtait même pas attention. Trempé de la tête aux pieds par les paquets de pluie que le vent lui jetait à la figure, par l'eau qui lui dégoulinait dans le cou en tombant des branches d'arbre et des bords de son chapeau, il grelottait. Faute de trouver le plus vite possible un endroit où se sécher et se réchauffer, il aurait les pieds, les mains, la figure gelés. Il devait s'arrêter.

Il y avait un peu plus loin une ruine déserte, la maison Mullins. Tout le monde la connaissait et la croyait hantée. Longtemps auparavant, lorsque le père du père de Nate était encore un petit garçon, la famille entière avait disparu, dix personnes volatilisées nul ne savait au juste comment ni pourquoi. On disait que le repas était resté sur la table, les draps dans les lits, le fusil pendu au manteau de la cheminée. Un voisin s'était risqué à y aller voir : les seuls êtres vivants qu'il avait rencontrés étaient les souris qui grignotaient les dernières miettes de pain, plus dures que des cailloux. Certains prétendirent ensuite avoir vu des lumières se déplacer derrière les fenêtres et entendu des bruits bizarres. Depuis, personne n'osait plus s'en approcher et la terre en friche était retournée à l'état sauvage.

Nate claquait des dents — moins peut-être à cause du froid que par peur des fantômes — mais s'il ne s'abritait pas il risquait la mort à coup sûr. Il mit donc pied à terre et guida son cheval à travers le fourré qui cernait la maison. Il avait faim, il tremblait de froid et de peur. Dans son état normal, il aurait ri de ses terreurs et se serait traité de femmelette. Mais il était abattu et plus déprimé qu'il ne l'avait jamais été, même lorsque son père avait pris congé de la famille comme s'il partait pour la foire. Sûr de lui, Nate avait relevé le défi et assumé sa place de chef de famille. Il s'était toujours cru capable de faire tout ce qu'il devait et de le faire le mieux possible. Jusqu'à présent, il y avait réussi. Alors, depuis quand avait-il perdu confiance en lui-même ? Et pourquoi ?

En écartant les dernières ronces, Nate découvrit ce qui subsistait de la maison Mullins. Le toit était effondré à un bout mais l'autre partie paraissait solide et la cheminée se dressait encore, presque intacte. Il flatta l'encolure du cheval, aussi fourbu que lui. Avec un peu de chance, il trouverait à l'intérieur de quoi les abriter tous deux. La chaleur de l'animal compenserait le froid.

— Viens, Natchez.

Il avait encore plus de chance qu'il n'osait l'espérer, constata-t-il en découvrant une réserve de bois sec dans la partie ruinée. Quelques minutes plus tard, ses vêtements mouillés étalés devant le grand feu qui flambait dans la cheminée, Nate donna à Natchez un picotin d'avoine extrait d'une fonte de sa selle. Il y prit ensuite une miche de pain et un gobelet de fer émaillé qu'il alla au-dehors remplir d'eau de pluie. Puis, son repas terminé, il se coucha par terre, posa la tête sur sa selle et contempla les couleurs changeantes de ces flammes qui lui sauvaient la vie.

L'introspection, voire la simple rêverie lui étaient étrangères. Nate avait toujours été trop actif pour s'accorder le loisir de réfléchir à ses actes ou à leurs implications. Il n'avait pas non plus la vanité de penser à lui-même. Ce soir-là, pourtant, il était bien forcé de le faire car il devait nourrir le feu en permanence s'il voulait demeurer en vie. Céder au sommeil par ce froid l'exposait à ne pas se réveiller; il n'y avait donc pas pour lui d'autre moyen de tuer le temps sans s'endormir que de garder à tout prix son esprit en éveil.

Peut-être trouverait-il ainsi le moyen d'émerger de son incompréhensible accès de pessimisme, qui l'effrayait bien davantage que l'improbable rencontre de fantômes dans la maison en ruine. Comment, où, quand, pourquoi avait-il sombré dans le doute et le désespoir? Constatant bientôt que plus il cherchait, moins il entrevoyait de réponse et plus ses réflexions aggravaient son problème, il préféra songer à ses projets autour desquels, depuis longtemps, s'organisait son univers. Et s'ils échouaient? en vint-il à envisager. Cette simple question le replongea plus profondément encore dans ce qu'il appelait *ses misères* et il se força à réagir.

Le brevet. Oui, il possédait le brevet de la machine à fabriquer les cigarettes. Rien qu'à ce titre, il avait plus de chance que n'importe quel homme au monde. Il lui suffirait de se le répéter pour retrouver un moral de fer. Mais le brevet l'amena inévitablement à penser à Chess. La femme qu'il avait épousée alors qu'il n'était pas du tout prêt pour le mariage. L'épouse plus vieille que lui et qui le paraissait davantage encore. Une croix permanente pour sa mère et même pour lui : avec ses gants, ses grands airs et son accent de Virginie, elle était un fardeau, une gêne.

Et elle n'avait pas de cœur. Il avait accepté de lui donner des enfants, il accomplissait son devoir mais ce n'était un plaisir ni pour l'un ni pour l'autre. Pour elle, passe encore : chacun savait qu'une dame, une *lady*, subissait la chose bon gré mal gré. Lui, au contraire, il avait toujours aimé faire l'amour, donner, partager le plaisir. Il aimait les femmes, toutes les femmes. Il ne se lassait pas de leurs différences dans la manière de voir les choses, de penser, de parler. Il aimait leur rendre le bonheur qu'elles lui donnaient. Tout compte fait, il avait eu une vie heureuse.

Jusqu'à son mariage. Si seulement ce maudit brevet avait appartenu à une paysanne ordinaire ! Ou alors, si elle devait être aristocrate, elle aurait pu être plus jeune ! Il aurait au moins l'occasion de lui apprendre des choses qu'il n'oserait jamais suggérer à Chess.

Mais il s'était engagé et un homme digne de ce nom ne revient pas sur la parole donnée. Même son père. Il avait eu le courage de tout subir et de supporter sa mère jusqu'au jour où Nate avait été en âge de le remplacer. Pendant tout ce temps, il s'était imposé de rester à la ferme sans autre horizon que le tabac.

Le tabac, Nate le haïssait. Il n'en supportait pas l'odeur douceâtre, écœurante, le goudron poisseux qui en suintait et s'insinuait dans les pores de la peau, les cheveux, les vêtements. Le travail sans répit qui laissait toujours à la merci du mauvais temps et des insectes.

La fabrication, voilà la seule manière d'échapper à ce bagne. D'autres avaient réussi. Lui, il arrivait trop tard. Les commerçants n'acceptaient ses sachets que s'il cassait ses prix. Sans réclame, disaient-ils, il n'y a plus de demande. Ce serait sûrement pareil pour les cigarettes. Où prendrait-il l'argent pour faire de la réclame ?

Il ne pouvait pas espérer lutter contre des géants tels que Blackwell ou Allen & Ginter. Oncle Lewis ! Comment avait-il pu épouser une femme qui appelait *oncle* le plus gros industriel de Virginie ? Il aurait beau s'évertuer, il ne serait jamais du même monde que ces gens-là et si Chess y croyait, elle se préparait une belle désillusion... De toute façon, qu'attendait-elle de lui ? Qu'ils soient associés ! Associés dans quoi ? Il n'arriverait jamais à dénicher le terrain, à construire le moulin qu'il lui avait promis, encore moins à réussir...

Plus ses sombres réflexions tournaient dans sa tête, plus elles l'entraînaient dans un tourbillon de rage impuissante. Malgré tout, il continuait d'alimenter le feu sans céder à la dangereuse tentation de glisser dans un sommeil sans fin.

Lorsqu'il vit à travers les lézardes du mur le noir virer au gris, Nate ramassa ses vêtements secs mais les reposa aussitôt. Il était incapable de se rhabiller sans s'être lavé. Nu, ses seules bottes aux pieds, il sortit chercher de la glace à faire fondre pour sa toilette.

L'air glacial lui coupa le souffle. Au moins, la pluie et le vent avaient cessé. Dans le silence, il entendit alors un bruit d'eau vive — il pourrait donc échapper à la glace fondue. Glissant et trébuchant sur le sol gelé, Nate courut en direction du bruit et découvrit derrière la maison un cours d'eau étroit et profond, un torrent plutôt. L'eau était si froide qu'elle le brûla quand il s'en aspergea le visage et le corps. Plutôt brûler que rester sale : s'il ne se lavait pas, il avait l'impression d'être à jamais imprégné de l'odeur de tabac qui lui collait à la peau.

Il rentra en courant, jeta les dernières bûches sur le feu qui bondit en rugissant. La chaleur lui fit du bien, comme la laine de ses vêtements chauds. Mais la meilleure chaleur, celle qui redonnait vie à sa résolution et ranimait son courage, lui venait de l'eau glacée du torrent. Alors même qu'il était sur le point de se déclarer vaincu, ce que le hasard et la chance venaient de lui offrir était exactement ce qu'il cherchait en vain depuis des semaines : une maison et un terrain abandonnés dont personne ne voulait, un cours d'eau assez rapide pour ne jamais être pris par le gel.

— Merci, mon Dieu, dit-il du fond du cœur.

Ses *misères* envolées avec la fumée des dernières braises, son chemin se dessinait à nouveau claire-ment devant lui. La première partie de son plan était là, à sa portée. Il était prêt à la réaliser. Ensuite ? Eh bien, il ferait ce qu'il faudrait, il serait toujours temps d'aviser. Et s'il brûlait encore, c'était de l'im-patience de tout raconter à Chess — la seule à qui il pouvait en parler, la seule qui croyait en lui et à la réussite de ses projets.

Après tout, elle était son associée.

11

— Cesse de gigoter, sinon nous n'irons pas ! dit Chess à Sally d'un ton qu'elle croyait sévère.

Nullement impressionnée, la fillette se calma et se laissa envelopper dans un châle, car elle mourait d'envie d'aller jouer avec les petits cochons de Livvy Alderbrook, Il y en avait dix, autant que de doigts à ses deux mains lui avait appris Chess.

Chess allait rendre visite à Livvy aussi souvent que le lui permettait le mauvais temps, rarement plus de deux fois par semaine. Ainsi que le lui avait assuré la vieille dame, la promenade était facile. Le sous-bois abritait le chemin de la pluie, assez du moins pour qu'il ne s'y forme pas de trop grosses flaques de boue.

Livvy était toujours contente de les accueillir dans sa maisonnette. Sa personne même en réchauffait l'atmosphère douillette autant que la grosse cuisinière de fonte et les vives couleurs de ses tapis au crochet et de son couvre-lit en patchwork. Il suffisait à Chess d'en franchir le seuil pour se sentir réconfortée.

À peine entrée, Sally se précipita vers les deux minuscules porcelets noir et blanc endormis dans un panier près du fourneau.

— Comment saviez-vous que nous allions venir? s'étonna Chess.

— Rien de plus simple, la pluie s'est calmée il y a une heure, répondit Livvy sans interrompre son nouvel ouvrage au crochet. Servez-nous du café, voulez-vous?

Chess remplit deux gobelets à la cafetière qui mijotait sur un coin du fourneau, ajouta du lait et du sucre dans l'un, un jet de whiskey dans l'autre. Les gobelets chauds dans ses mains froides lui donnèrent un merveilleux sentiment de bien-être. Elle tendit à Livvy son gobelet et s'assit près d'elle en buvant le liquide brûlant à petites gorgées.

— Pas de nouvelles de Nate? demanda Livvy.

— Toujours pas.

Elle n'eut pas besoin d'en dire plus, Livvy savait combien cette absence prolongée l'inquiétait. Nate avait annoncé qu'il reviendrait au bout d'une dizaine de jours et il était parti depuis trois semaines. Plutôt que d'aggraver par des paroles creuses l'anxiété de Chess, la vieille dame préférait se taire. Seul le retour de Nate sain et sauf pourrait rassurer sa jeune amie.

— Vous devriez m'apprendre à faire du crochet, dit Chess. Je ne suis pas douée pour me tourner les pouces. À part la cuisine, je n'ai rien à faire et cette inaction me rendra folle. À la plantation, j'étais débordée de travail au point que je n'avais pas le temps de penser.

Sally s'approcha, un porcelet sous chaque bras. L'un d'eux se débattait en couinant. Elle s'accroupit pour les relâcher et brandit ses deux mains, les pouces repliés pour ne montrer que huit doigts.

— Les autres petits cochons!

De sa main libre, Livvy happa la fillette par la taille et l'attira contre elle.

— Ma parole, tu comptes comme une grande personne! dit-elle en riant. Contente-toi déjà de ceux-ci, la grosse truie se fâcherait si on lui prenait tous ses bébés. Quand tu seras prête à rentrer chez toi, nous les remettrons avec leurs petits frères et sœurs et tu pourras voir la portée au grand complet. D'accord?

Satisfaite, Sally hocha la tête et courut rejoindre les deux petits animaux.

— Eh bien, Chess, voilà une occupation toute trouvée, reprit Livvy. Faites la classe aux petites d'Alva. Micah y serait réfractaire mais je suis sûre que Susan plongerait dans la lecture et l'écriture comme un canard qui apprend à nager. Elle a une bonne nature et la tête bien faite.

— Voyons, Lavinia, Susan aura bientôt dix ans! Elle est sûrement déjà allée à l'école.

— Jamais. Josh s'oppose à l'instruction.

Chess en fut abasourdie. Comment pouvait-on *s'opposer* à l'instruction? À leur époque, c'était inconcevable! Si elle savait les enfants Richardson peu instruits, elle croyait qu'ils avaient au moins passé quelques années en classe et appris l'essentiel. Certes, il y avait loin de la ferme à Pleasant Grove mais elle était bien placée pour savoir qu'à la campagne les enfants sont habitués aux longs trajets. Nathan lui avait même raconté comment son frère et lui allaient à l'école montés à cru sur un cheval de labour.

Elle s'efforça avec tact de suggérer à Livvy qu'elle devait se tromper, mais Livvy n'en démordit pas.

— C'est précisément ce qui a braqué Josh, ce vieil imbécile! Il a vu à quoi l'instruction avait poussé son frère. Car c'est Gideon qui a chassé son père de chez lui. Gideon et ses études.

Chess sentit son cœur battre plus vite : enfin des révélations sur le mystérieux Gideon ! Mary le dépeignait comme un modèle de toutes les perfections alors que Nathan n'en parlait jamais. Quand Chess l'avait questionné sur son frère, il s'était borné à répondre qu'il n'avait rien de particulier à en dire. Gideon était pasteur méthodiste, il avait quitté la maison depuis cinq ans, cela n'allait pas plus loin. À la façon dont Nathan s'exprimait, elle avait subodoré qu'il y avait au contraire à en dire bien des choses — et qui allaient plus loin.

Elle attendit patiemment pendant que la vieille dame vidait sa tasse, enroulait un nouveau brin de laine autour de la grosse aiguille d'os qu'elle tenait de la main droite et prenait le cadre de la main gauche.

— Je comptais à rebours pour me rappeler les années, commença Livvy. Ezekiel Richardson et Mary Oakes se sont mariés il y a plus de trente ans, en 1846. Mary avait tout juste quinze ans. C'était un joli brin de fille, menue mais vive et rieuse, venue de Reidsville rendre visite à des cousins de Pleasant Grove. Pour elle, Zeke était un bon parti. Il avait sa ferme, son frère Josh l'aidait à la cultiver. Leurs parents étaient morts, ils étaient déjà des hommes. Zeke avait vingt-cinq ans, Josh cinq de moins et cependant marié depuis trois ans — un de ces mariages d'amour un peu précipités par un père armé d'un fusil, si vous voyez ce que je veux dire. Ellie, sa femme, avait un enfant et un autre en route. Mary n'a pas tardé à se trouver elle-même dans ce qu'on appelle une situation intéressante. Ellie et Mary venaient souvent jusqu'ici me montrer leurs ventres et me poser des questions sur l'accouchement. Ellie était au courant, bien sûr, mais elle ne voulait pas en parler à Mary de peur de l'effrayer. Son premier l'avait beaucoup fait souffrir.

Livvy s'interrompit le temps de compter ses points.

— Bien entendu, le deuxième est passé comme une lettre à la poste. Une belle petite fille aux cheveux blonds, fins comme de la soie, qui est arrivée pour la Noël. Mary a eu le sien en janvier, un gros garçon né en braillant comme un troupeau de mulets. Zeke n'en revenait pas. Il disait en riant qu'il n'avait jamais entendu un tel vacarme sous une tente d'assemblée religieuse. Mais ce n'est pas pour cela que Mary avait baptisé le petit John Wesley…

— Le fondateur de l'Église méthodiste ?

— Lui-même. Mary était pieuse, elle venait d'une famille pratiquante, il y avait un vrai temple à Reidsville… Bref, un petit Charles Wesley a rejoint son frère John l'an d'après. Ellie en a eu un autre elle aussi mais le pauvre être est venu mort-né. Ellie l'a suivi dans la tombe en décembre, juste avant Noël, faute d'avoir pu retrouver ses forces après la naissance. Mary a pris les deux enfants d'Ellie sous son aile. C'était une bonne mère, elle s'est autant dévouée pour les quatre premiers que pour ceux qui ont suivi : une fille, Mary ; Gideon, son troisième fils ; puis une autre fille, Lucinda. Avec sept petits, la maison craquait aux jointures, si bien que Zeke s'est vu obligé de l'agrandir. Mais avant même qu'il ait commencé les travaux, ce n'était plus la peine : la diphtérie était passée par là. Gideon a été le seul à en réchapper.

Chess ne put retenir un cri horrifié. Elle savait qu'une vie d'enfant est fragile, elle en avait vu mourir chez les fermiers de Harefields. Mais jamais six à la fois dans la même maison !

— Alors, poursuivit Livvy, Mary s'est tournée vers Dieu pour chercher la consolation. Vers Gideon, aussi : le bébé était tout le temps dans ses bras, elle ne le lâchait que pour dormir. Un an plus tard, elle donnait naissance à un autre garçon, baptisé John Wesley comme son premier-né, mais cette fois avec une intention particulière. C'était sa manière, disait-elle, d'exprimer sa gratitude envers l'Église méthodiste qui l'avait aidée à surmonter l'épreuve. Mary était encore jeune, à peine vingt ans. Et forte, avec cela. Menue comme elle était, elle abattait aux champs le travail d'un homme. Les quatre années suivantes, elle a mis au monde quatre enfants de plus, ce qui lui en faisait six, et la maison était de nouveau trop petite. Elle les aimait tous, bien sûr, mais son préféré, celui qu'elle choyait plus que les autres était toujours Gideon parce que c'était Dieu, disait-elle, qui lui en avait fait don.

Livvy s'interrompit pour fouiller dans son sac à ouvrage avant de poursuivre son récit.

— Quand la guerre a éclaté, il avait onze ans et Nate, le plus jeune, cinq ans. Naturellement, Zeke et Josh sont partis se battre. Cette année-là, Mary a rentré la récolte avec l'aide des voisins. Et puis, juste après le nouvel an, Nate est venu tambouriner à ma porte. Il m'a dit en pleurant que les enfants étaient tous malades et que sa mère restait assise dans un coin sans rien faire que prier. Il toussait, il suffoquait, j'ai tout de suite compris que c'était la coqueluche. Alors, je l'ai empoigné et j'ai couru jusque là-bas comme le vent — mes jambes étaient plus jeunes et plus vaillantes, à l'époque.

— Combien sont morts, cette fois-là ? murmura Chess.

— La moitié. Trois sur six. Gideon a failli y passer lui aussi mais il s'en est remis. Mary répétait que c'était un miracle, sans même se rendre compte que sa petite Mary et son plus jeune fils étaient encore en vie. Ces deux pauvres enfants ont ensuite vécu comme s'ils n'avaient plus de mère, jusqu'à ce que Josh se remarie avec Alva en revenant de la guerre à l'été 1865. Alva leur a donné tout l'amour dont ils étaient privés. Une brave fille, Alva. Elle avait à peine quinze ans, elle aussi. Si la guerre n'avait pas tué tant d'hommes, elle aurait pu prétendre à beaucoup mieux que Josh. Il en était revenu avec une jambe de moins et une si méchante blessure au ventre qu'on se demande encore comment il y a survécu. Depuis, il n'a pas arrêté d'en souffrir au point d'oublier ce qu'est la joie de vivre. Alva a vieilli plus vite que la nature l'aurait voulu. Elle avait quand même les enfants pour se consoler, les deux de Mary et les siens qui sont arrivés par la suite.

Il y eut un silence.

— Mais pour Ezekiel Richardson, reprit Livvy, il n'y avait aucun espoir de consolation. À son retour, il a trouvé Mary plongée dans la religion jusqu'à en perdre la raison. Rien ni personne ne comptait plus pour elle que son Gideon. Je me suis toujours demandé si elle ne l'avait pas rendu un peu timbré, lui aussi, à force de lui répéter que Dieu l'avait choisi entre tous les autres en le sauvant de la diphtérie et de la coqueluche. Bref, Gideon avait treize ans quand il a reçu l'Appel, comme on dit chez les méthodistes. Du moins le croyait-il. Pour Mary, c'était une certitude. Du moment que son fils était prédestiné, il ne fallait rien épargner pour lui donner l'instruction qui le mènerait à être ordonné pasteur de l'Église méthodiste. Jour après jour, il ne se passait pas une minute sans qu'elle harcèle Zeke pour qu'il plante, récolte, gagne toujours davantage afin de payer la pension de Gideon, ses livres, ses costumes et Dieu sait quoi encore, jusqu'au moment où Gideon a enfin été ordonné. Alors, Zeke s'en est allé. Après s'être tué au travail et saigné aux quatre veines pour donner à Mary ce qu'elle exigeait, il a laissé à Nate la seule chose qui lui restait, sa moitié de la ferme, et il est parti chercher un peu de bonheur avant de mourir.

— Qu'est-il devenu ?

— Personne n'en sait rien. J'espère pour lui qu'il a trouvé ce qu'il souhaitait. La petite Mary a fait comme son père, elle a quitté la maison dès qu'elle a pu dénicher un homme pour l'épouser et l'emmener le plus loin possible. Le fanatisme religieux de Mary empoisonnait tout, jusqu'à l'air qu'on respirait chez elle. C'est un miracle que Nate soit demeuré le garçon qu'il est, foncièrement bon et généreux. Pour cela, je dois rendre justice à Alva. Quant à Mary, elle me ferait pitié si on pouvait éprouver de la sympathie pour une femme pareille. Elle ferait perdre l'envie de pratiquer la religion tant la sienne est inhumaine, uniquement fondée sur les ordres et les interdits. Malgré ce que commandent les Écritures, je ne l'aime pas, je l'avoue, et je ne connais personne d'autre dont je puisse dire la même chose.

Livvy lança un coup d'œil par-dessus son épaule.

— Regardez donc ce joli tableau.

Chess suivit son regard. Sally et les petits cochons étaient endormis dans le panier.

— Vous feriez bien de remmener la petite, Chess. Le jour commence à baisser.

— Vous avez raison. Dites-moi seulement une dernière chose, Lavinia. Comment est la femme de Gideon ?

— Lily est belle comme un ange. Je ne l'ai vue que deux fois à des assemblées, je ne sais pas comment elle est en dedans. Son père est un fameux prédicateur, elle devrait donc faire une bonne épouse de pasteur. Elle chante aussi comme un ange… Mais je me suis rendu compte, ajouta Livvy avec un sourire malicieux, qu'elle ne se précipite pas pour rendre visite à Mary ni lui envoyer son cher Gideon. Alors, une vraie femme se cache peut-être sous ce visage et cette voix d'ange.

Chess embrassa la joue parcheminée de Livvy.

— Merci. Grâce à vous, j'ai oublié tout l'après-midi de m'inquiéter au sujet de Nathan.

— Revenez quand vous voudrez, ma chère petite.

Sur le chemin du retour, Sally dormit paisiblement dans les bras de Chess, qui en profita pour réfléchir à ce qu'elle venait d'apprendre. Elle avait été injuste dans ses jugements sur la famille de Nathan. Les drames qui avaient marqué leurs vies ramenaient les siens à des proportions insignifiantes. À l'avenir, elle devait se montrer plus tolérante, plus gentille. Surtout envers Mary — à qui elle ne pourrait cependant jamais pardonner la manière dont elle avait traité et dont elle continuait à traiter Nathan.

Le lendemain, pendant que Sally faisait la sieste, Chess se rendit à l'atelier où Alva et Susan travaillaient avec Mary. Connaissant le faible de Mary pour les douceurs, elle s'était munie d'un panier de biscuits au sucre, tout juste sortis du four et encore tièdes.

Elle formula sa proposition avec un luxe de précautions oratoires. Le soir, plutôt que de coudre des sachets chacun de leur côté, pourquoi ne pas se réunir chez Mary, avec Josh et Micah bien entendu, pour manger le souper qu'elle aurait préparé ? On se remettrait ensuite sans se déranger à la couture et au remplissage des sachets. Ainsi déchargées du soin de la cuisine, Alva et Susan auraient le temps de préparer davantage de sachets, ce dont toute la famille bénéficierait. Si l'expérience se révélait agréable à tous, on pourrait en faire une habitude.

Ce soir-là, après un délicieux ragoût de chevreuil pour lequel Micah, l'habile chasseur, reçut sa part d'éloges, la séance de couture chez Mary se déroula dans une atmosphère amicale et détendue. Chess alla coucher Sally dans son lit et revint de sa chambre avec un roman de la Table ronde.

— Je pourrais peut-être vous distraire en lisant à haute voix, suggéra-t-elle.

Alva et Susan acceptèrent d'enthousiasme.

— Des histoires de païens ? Je ne veux pas être mêlée à ce genre de choses, grommela Mary.

Elle se boucha les oreilles avec du coton. La semaine n'était pas terminée qu'elle suivait elle aussi avec passion les aventures des chevaliers du roi Arthur dans leur quête du Saint Graal. Quant à Susan, elle restait avec Chess une heure après le départ de sa mère et de Sally pour apprendre à lire elle-même de belles histoires.

Chess vouait à Livvy une vive reconnaissance pour ses bons conseils. La lecture à haute voix et l'instruction de Susan l'occupaient plusieurs heures par jour.

Mais ses loisirs, encore beaucoup trop nombreux,

nourrissaient ses inquiétudes qui croissaient de jour en jour. On était en novembre, il gelait à pierre fendre. Un voyageur surpris sur la route par la nuit risquait de mourir de froid.

À moins qu'un brigand ne l'ait déjà tué pour lui voler son cheval et ses bagages.

12

— Chess, où est Maman ?

— Oh, Nate ! Dieu soit loué, vous voilà sain et sauf ! Je mourais d'inquiétude…

— Où est Maman, Chess ?

Elle rougit de colère. Il était parti depuis plus d'un mois, elle était folle d'angoisse et c'était tout ce qu'il trouvait à lui dire !

— À l'atelier. Où voulez-vous qu'elle soit ?

— Tant mieux ! J'ai tant de choses à vous raconter que je ne sais pas par où commencer. Je vais rentrer Natchez à l'écurie et lui donner à manger. Pendant ce temps, ranimez le feu et faites chauffer du café. Je reviens tout de suite.

Chess s'assit, les jambes flageolantes. Il était là, plus énergique que jamais, plus excité qu'elle ne l'avait même vu à Danville. Et il voulait lui parler seul à seule ! Pourquoi s'était-elle mise en colère ?

Relevée d'un bond, elle s'affaira fébrilement. Nathan voulait du feu, du café, il devait mourir de faim. Elle coupa le pain en tranches épaisses, comme il les aimait. Il y avait un œuf au garde-manger — une poule qui avait oublié qu'on était en hiver. Voyons, quoi d'autre ? Un généreux reste de jambon sur l'os, du lard qu'elle ferait griller pendant qu'il commencerait à manger…

Quand Nate reparut, Chess oublia la poêle sur le feu et le lard se carbonisa sans qu'ils y prêtent attention. Nate voulait avant tout assouvir sa fringale de paroles.

— Après avoir visité sept endroits qui ne convenaient pas ou qui étaient beaucoup trop chers, j'étais complètement découragé, prêt à abandonner. Je reprenais le chemin de la maison quand la pluie, le gel et le vent me sont tombés dessus en même temps. Je savais que je gèlerais faute d'un abri quelconque mais le seul à des lieues à la ronde était une vieille maison en ruine qu'on disait hantée — vous ne croyez pas aux fantômes, au moins, Chess ? Non, bien sûr, avec votre instruction. Bref, c'était cela ou rien...

Elle aurait voulu se jeter dans ses bras, se serrer contre lui, sentir à son contact qu'il était vraiment de retour et content de la revoir mais elle l'invita à poursuivre. Après tout, c'était ce qu'il voulait.

— L'endroit idéal, Chess ! Et pour une bouchée de pain, à cause des fantômes ! J'ai acheté cent acres : trente autour de la maison et soixante-dix sur l'autre rive. Nous bâtirons le moulin là où la rivière fait un coude, avec des berges assez escarpées pour jeter sans difficulté une passerelle. La route mène directement à Durham, à peine plus de deux lieues — encore mieux que ce dont je rêvais ! C'est à Durham que tout se passe, Chess. La ville a grandi dix fois depuis dix ans et le chemin de fer y arrive. Certains disent que Winston grandit plus vite mais Winston est beaucoup plus à l'ouest et, à mon avis, mieux vaut rester au cœur du pays du tabac que s'établir à l'écart. On commencera par le moulin à farine, il n'y en a aucun d'assez proche pour nous faire de la concurrence. Il nous donnera de quoi vivre au début et la roue du moulin fournira la force motrice pour la machine à cigarettes. Mais dès que les ventes rapporteront assez, nous construirons une vraie usine, nous installerons d'autres machines. Et alors...

Ses yeux cernés par la fatigue s'emplirent soudain de larmes de joie.

— Oh, Chess ! Nous réussirons ! Nous avons déjà

fait les premiers pas! Je ne me sens pas capable de garder cela pour moi, j'ai envie de le crier au monde entier...

Il rejeta la tête en arrière, mit ses mains gercées en porte-voix. Chess le retint de justesse en riant si fort qu'elle pouvait à peine parler. Avant qu'elle ait compris ce qui lui arrivait, elle se sentit empoignée par la taille et soulevée en l'air. Nate la fit tournoyer si vite qu'elle tituba, étourdie, quand il la reposa enfin par terre.

— Maintenant, vous savez ce que j'éprouve, dit-il en riant. C'est mille fois meilleur que l'ivresse! Êtes-vous heureuse, Chess?

— Oui, Nathan! Oh, oui!

— Je le savais. J'ai forcé ce pauvre vieux cheval à marcher la nuit entière tant j'avais hâte de rentrer à la maison pour tout vous raconter. Mais c'est plus que jamais un secret, Chess, poursuivit-il en reprenant son sérieux. Maman et Josh seraient furieux et je n'ai aucune envie de me faire houspiller. Pas maintenant, en tout cas. Je ne suis pas d'humeur à ce qu'on me gâte mon plaisir et je suis trop fatigué pour lutter avec qui que ce soit. Mais il y a encore mieux! Devinez combien j'ai payé le terrain: cinquante *cents* l'acre, Chess! Faute d'héritiers, l'État en était devenu propriétaire sans même le savoir. Il m'a suffi de deux heures de démarches pour acheter l'ensemble. Vous rendez-vous compte? Un rêve réalisé pour cinquante...

Nate s'interrompit soudain en entendant des pas. La porte s'ouvrit. Mary Richardson apparut sur le seuil et renifla d'un air soupçonneux.

— Vous vous distrayez en brûlant le souper, Chase?

— Je suis de retour, Maman, intervint Nate.

— Il est bien temps! répliqua-t-elle avec un ricanement de mépris. Alva et moi nous sommes usé les yeux à coudre des sachets pour que tu aies de quoi vendre et tu ne t'es même pas donné la peine de venir les chercher. Tu préférais sans doute perdre ton temps à cette maudite foire.

142

— Non, Maman. Le verglas sur les routes m'a ralenti, voilà tout.

Chess aurait volontiers assommé sa belle-mère avec la poêle graisseuse.

— Nathan allait justement se coucher, Miss Mary. Je lui ai promis de le réveiller à temps pour le souper. Il y aura une tarte aux patates douces comme dessert, ajouta-t-elle de son ton le plus suave.

Mary ne se laissa pas attendrir. Elle se dérida lorsque Nate eut sorti de son sac le courrier qu'il avait pris à Pleasant Grove. Il y avait pour elle une lettre de Gideon : Lily et lui venaient passer les fêtes de Noël à la ferme avec leurs enfants. Chess remarqua que Nate était soudain devenu livide. L'épuisement, sans doute.

— Allez vite vous coucher, Nathan, lui dit-elle.

Le vieux Natchez étant trop fatigué pour reprendre la route, Nate sella la jument Missy et partit le surlendemain avec une pleine charge de tabac. Le dos rond, le col relevé et le chapeau rabattu contre le vent, il guidait sa monture au pas sur le bas-côté. L'herbe craquait sous le givre mais glissait moins que la chaussée verglacée.

Le choc avait été rude. En prenant le courrier à la poste, il avait reconnu l'écriture d'Augustus Standish sur l'enveloppe du dessus et cru que le reste était adressé à Chess, sans même penser à couper la ficelle pour regarder au milieu du paquet. De toute façon, cela n'aurait rien changé. Gideon allait venir pour Noël. Avec Lily et leurs enfants.

Non !... Il ne voulait, il ne *devait* plus y penser ! Il ferait mieux de songer à ses cent acres de bonne terre et à son futur moulin qui l'avaient rendu si heureux. Des jours durant, il en avait oublié Lily. Il devait — non, il *pouvait* à nouveau provoquer l'oubli au prix d'un effort de volonté...

Les yeux clos, Nate tentait désespérément de retrouver son allégresse quand la jument qu'il ne guidait plus revint d'elle-même au milieu de la route, glissa sur une plaque de verglas et se redressa en manquant de peu de le désarçonner.

Nate tira doucement sur les rênes.

— Tout doux, Missy. Calme-toi, ma fille, dit-il d'un ton apaisant en lui flattant l'encolure. Tu as eu plus de peur que de mal, tu n'as plus de raison de trembler. Allons, remets-toi en route, maintenant. Tout doux...

N'ayant pu parcourir plus de deux lieues à la tombée de la nuit, Nate alla demander l'hospitalité à un fermier de sa connaissance qui le logea à l'étable, dans la chaleur des vaches et des chevaux. Peu après minuit, il fut tiré de son sommeil par des caresses et des chuchotements. La fermière et lui firent l'amour avec une ardeur qui leur tira à tous deux des cris à réveiller le canton.

Et tant pis si le mari nous entend, pensa Nate au plus fort de l'action. Un coup de fusil me ferait moins souffrir que le souvenir de Lily.

Chess attendit que Nate soit parti avant de lire son courrier. Pour rien au monde, même des nouvelles de chez elle, elle n'aurait voulu gâcher une seconde du précieux temps qu'elle passait près de lui.

Dans le style élégant et ironique qu'elle connaissait si bien, Augustus Standish décrivait les étonnantes recettes de la cuisinière engagée pour la remplacer aux fourneaux. La lettre suivante, en réponse à ses éloges dithyrambiques de la ferme et de sa belle-famille, se limitait à deux mots : *Beau travail*. La félicitait-il d'avoir choisi un bon mari ou de savoir si bien mentir ?

Elle rangea ces deux missives avec la première, reçue à la poste de Pleasant Grove le jour de la fête des moissons. Cette belle journée chaude et joyeuse, qui lui paraissait si lointaine, ne datait que d'à peine plus d'un mois... Quelle chose étrange que le passage du temps ! Chess avait par moments l'impression d'avoir toujours vécu à la ferme, à d'autres celle de n'y faire qu'une courte étape dans un long voyage vers une destination encore inconnue. Je la connais désormais, se dit-elle. Notre but se trouve près de Durham, au bord d'un cours d'eau où s'élèvera bientôt un moulin équipé d'une machine à fabriquer des cigarettes...

Le souvenir du trop bref instant de bonheur éprouvé en tournoyant dans les bras de Nathan réveilla son désir pour lui. L'avenir lui réserverait d'autres moments semblables, elle en était sûre. Son cher époux ne s'était montré si distrait, si taciturne pendant ces deux jours que parce qu'il cédait à l'épuisement. Mon Dieu, pria-t-elle en silence, faites qu'il ne passe pas encore des nuits entières exposé aux intempéries. Faites-lui trouver de chauds abris sur sa route.

En cette première nuit, Chess ne se doutait pas que sa prière était déjà exaucée — et au-delà de ses vœux...

Dans le courant de novembre, Nate revint trois fois à la ferme. Pour Chess, son arrivée était toujours marquée par les mêmes phénomènes : les lourds nuages noirs disparaissaient du ciel et la masure où elle étouffait se métamorphosait en un nid douillet abritant leur intimité. Sa joie des premiers instants ne durait guère cependant. Nathan demeurait préoccupé, au point parfois de ne pas même entendre ce qu'elle lui disait. Et il ne mangeait presque rien, malgré ses efforts pour rendre appétissants les repas qu'elle préparait avec les maigres provisions de l'hiver.

— Tu chipotes comme ta femme, lui reprochait sa mère avec aigreur. Si tu continues, tu finiras par tomber malade et tu ne pourras t'en prendre qu'à toi.

C'était précisément ce que Chess redoutait par-dessus tout. Nathan avait toujours eu un robuste appétit, même pour des nourritures loin d'être aussi raffinées que les plats qu'elle lui mijotait. Elle avait peu d'appétit et, s'il lui arrivait en de rares occasions d'avoir faim, elle sautait des repas sans en souffrir le moins du monde. C'était normal en ce qui la concernait mais ce ne l'était pas du tout pour lui. Il avait besoin de prendre des forces pour ses longs voyages dans le froid de l'hiver.

Le cœur de Chess se serrait en le voyant charger ses gros sacs de tabac sur le cheval, mais elle se forçait à lui souhaiter bonne route avec un large sourire — le seul don qu'elle puisse lui faire.

En décembre, toutefois, elle n'y tint plus.

— Ne partez pas, le supplia-t-elle. Il n'y a pas de honte à rester. Nous n'avons jamais eu d'hiver aussi rigoureux, Livvy Alderbrook elle-même l'admet.

— Il n'y a peut-être pas de honte mais nous n'avons pas d'argent non plus. Il faut bien que je vende le tabac pour en gagner, répondit-il avec indifférence, comme s'il parlait à une étrangère.

Après son départ, elle sanglota dans son oreiller. Il neigeait d'abondance depuis le matin. Nate avait dû se munir d'une pelle pour dégager son passage dans les congères et marchait en tenant le cheval par la bride. Chess se demanda avec terreur si elle le reverrait jamais.

— Il a bien dit qu'il reviendrait pour Noël, n'est-ce pas ? la morigéna Livvy. Eh bien, il reviendra. Nate n'est pas homme à manquer à sa parole.

— Mais s'il était pris dans une tempête de neige ? S'il mourait de froid ?

— Nate Richardson est trop têtu pour se laisser mourir. Il sera de retour à temps, je vous le garantis.

Devant une congère qui barrait la route, Nate mit pied à terre, remplit d'avoine la musette qu'il fixa sous la bouche de la jument, détacha la pelle. Un brillant soleil lui chauffait les épaules. Ce nouveau retard ne l'incommodait pas, au contraire. Il n'avait aucune envie de rentrer à la ferme. On était l'avant-veille de Noël, Gideon et Lily étaient peut-être déjà arrivés.

Il aurait beau faire, se dit-il en plantant rageusement sa pelle dans le tas de neige immaculée, impossible d'y échapper : il devait affronter son frère — et la femme de son frère. Il en était capable : un homme qui ne trouve pas en lui la force de faire son devoir n'est pas un homme...

Sauf qu'il n'avait plus l'impression d'être un homme. Il était redevenu l'adolescent ébloui, le premier jour de l'assemblée, par la vision de la plus belle fille du monde. Pourquoi en gardait-il un souvenir si précis ? Pourquoi, Dieu tout-puissant, ses mains sentaient-elles encore le contact de ses seins si fermes, de sa taille si fine ? Un gémissement lui échappa. Ses lèvres le brûlaient comme elles l'avaient brûlé au contact des siennes.

Comment se tenir dans la même pièce sans céder au besoin de toucher, de serrer contre lui, de caresser le corps de cette femme — la femme de son frère ? Comment regarder Gideon dans les yeux en étant dévoré du désir de pécher contre lui ? Comment ne pas haïr son propre frère en voyant ses bras étreindre la taille de Lily ? Du fond du cœur, il prit Dieu à témoin qu'il ne voulait pas de son plein gré subir une telle torture ni nourrir de tels sentiments, plus puissants que sa volonté. Il était incapable de les refréner.

Nate pelleta la neige avec une force décuplée par le désespoir. Le passage enfin dégagé, il guida Missy à travers l'obstacle, défit la musette, rattacha la pelle et resta un long moment adossé au flanc tiède de la jument avant de se remettre en selle. Il ne pouvait plus reculer, il n'avait aucun moyen d'échapper à la confrontation. S'il avait réussi à éviter leur mariage et leur présence à une des dernières assemblées, il n'aurait cette fois aucune excuse pour ne pas rentrer chez lui à Noël. Son absence ne pourrait manquer de provoquer des questions, d'éveiller des soupçons.

Et si quiconque en devinait la véritable cause, il en mourrait de honte.

Lorsque Nate franchit le seuil de la ferme, il vit de dos un homme penché vers la cheminée. La vapeur qui émanait de ses vêtements détrempés brouillait sa silhouette. Croyant qu'il s'agissait de son frère, il parvint à sourire au prix d'un effort.

— Laisse-moi donc une place auprès du feu, Gid...

L'homme qui se retourna lui était inconnu.

Alertée par la voix de Nate, Chess arriva en courant.

— Enfin de retour, Nathan! Entrez vite, que je vous présente Jim Monroe. Mais enlevez d'abord votre manteau et votre chapeau, je les mettrai à sécher devant le fourneau. Vous aussi, monsieur Monroe, vous vous réchaufferez mieux.

Elle se rapprocha et poursuivit à voix basse :

— Votre mère s'est mise au lit et refuse d'entendre raison. M. Monroe est arrivé il y a quelques minutes, porteur d'un message de Gideon qui décommande sa visite à cause de l'état des routes. La pauvre! Depuis des jours, elle restait à la fenêtre et soufflait sur le givre pour voir si Gideon arrivait enfin, dit-elle en s'abstenant d'ajouter qu'elle avait fait de même pour lui. Serrez la main de notre hôte et allez vite voir votre mère, Nathan, reprit-elle à voix haute. J'ai mis du café à chauffer, je vous en apporterai une tasse dans sa chambre.

Nate s'exécuta avec empressement tant il avait hâte de s'asseoir, même au bord du lit de sa mère. Il lui fallait du temps pour reprendre contenance et dissimuler l'intensité de son soulagement en apprenant la défection de Gideon.

Jim Monroe resta à la ferme ce soir-là et le jour de Noël. Il prolongea son séjour en janvier pour aider aux travaux des champs. Veuf d'une quarantaine d'années, sans enfants, il était trop heureux, disait-il, de se rendre utile en échange d'une paillasse près

148

du feu, de la bonne cuisine de Mme Nate et des belles histoires qu'elle lisait à la veillée.

Le stock de tabac étant enfin ensaché, Alva et Mary purent s'attaquer à leur raccommodage en retard au lieu de coudre des sachets. Pendant que Chess lisait, Susan regardait par-dessus son épaule pour apprendre de nouveaux mots. De son côté, Nate continuait à sillonner le pays. Puisque Jim le déchargeait de sa part de travail, il pouvait se consacrer à la vente des deux mille derniers sachets.

— Je retournerai à l'emplacement du moulin, confia-t-il à Chess avant l'un de ses départs. Je veux savoir si la rivière gèle et si la route demeure praticable en hiver. Si on s'étonne de la longueur de mon absence, vous n'aurez qu'à parler de l'état des routes.

— Je n'en aurai même pas besoin. Tout le monde voit bien qu'elles sont pires que jamais.

Des pluies glaciales et du grésil recouvraient les neiges de décembre d'une couche de verglas. Le froid diminuait cependant peu à peu, de sorte que Chess s'inquiétait moins du sort de Nathan. La présence de Jim Monroe lui apportait aussi un certain réconfort. Son inépuisable répertoire de jurons en tous genres lui valait la sincère admiration de Nate et la sainte colère de Mary, qui lui reprochait avec véhémence d'invoquer en vain le nom du Seigneur. Jim promettait toujours de s'amender avant de recommencer de plus belle. Chess trouvait leurs démêlés fort distrayants.

Jim était un bon travailleur. Pendant les courtes et rudes journées de janvier, chaque fois que la pluie ou le grésil laissaient quelque répit, il partageait avec Josh et Micah le labeur épuisant de l'essouchement et du nivellement des surfaces destinées aux nouvelles plantations.

Le travail était presque terminé lorsque Nate revint à la fin de janvier. Il était d'excellente humeur :

— Les jours rallongent, les routes ne sont qu'une mare de boue mais presque entièrement dégelées et j'ai bien cru voir le premier rouge-gorge à la limite du comté.

Avec son aide, il ne fallut que deux jours de plus pour finir de préparer la terre. Ce soir-là, Nate rendit visite à Livvy Alderbrook; il en revint porteur d'un cruchon de son meilleur whiskey maison que les hommes, y compris Micah, liquidèrent avec entrain pour célébrer l'occasion.

À contrecœur, Jim déclara alors qu'il était sans doute temps pour lui de prendre congé — à moins, suggéra-t-il avec un regard plein d'espoir, que Nate et Josh aient besoin d'une foutue bonne paire de mains pour labourer la putain de terre gelée de leur champ de merde avant d'y semer leurs fichues graines. Il n'avait pas son pareil, jura-t-il en crachant par terre, pour mâter les plus rétifs des fils de putains de chevaux de labour et leur faire tracer des sillons plus droits que la queue du diable.

— Ce Jim est un don du Ciel, Chess! exulta Nate. S'il me remplace, je pourrai entamer tout de suite les travaux du moulin. J'y ai passé deux jours et deux nuits, j'ai arpenté les cent acres pouce par pouce. Il y a assez d'arbres pour bâtir une ville! La rivière s'engouffre dans la courbe aussi vite qu'un torrent, avec un bruit plus mélodieux que la plus belle des musiques! Les berges à cet endroit sont rocheuses, capables de supporter les fondations de cent maisons. On y creusera une cave et même une glacière. Les mains me démangent de commencer...

Il s'interrompit pour rire de plaisir.

— Alors, voilà. Je dirai d'abord à Maman que j'engage Jim, je resterai faire les semailles et j'annoncerai ensuite nos projets — sans tout dévoiler, bien entendu. La fabrication des cigarettes est notre secret. Je dirai simplement que je veux devenir meunier parce que je ne supporte plus de cultiver le tabac... C'est merveilleux, Chess! conclut-il avec un sourire de vrai bonheur. Je vais enfin voler de mes propres ailes comme j'en ai toujours eu envie!

13

— Engage ce Jim Monroe si cela te chante, Nate ! hurla Mary Richardson d'une voix frémissante de fureur. Mais moi, je ne vivrai pas sous le même toit qu'un blasphémateur. S'il reste, je pars. Ce sera lui ou moi, à toi de choisir !

Chess vit Nathan sortir de la maison, rouge de colère. Elle n'eut pas à lui en demander la cause, les vociférations de sa mère avaient traversé les murs comme s'ils étaient en papier. Quand elle voulut l'arrêter, il leva le bras pour l'écarter d'une bourrade et se retint de justesse de la bousculer sans ménagement.

— Laissez-moi passer, Chess. Je dois renvoyer Jim Monroe avant la nuit pour qu'il puisse s'en aller.

— Cinq minutes de plus ou de moins n'y changeront pas grand-chose, Nathan. Venez avec moi dans l'atelier. En y réfléchissant calmement, nous trouverons une solution.

Il leur fallut beaucoup plus de cinq minutes mais ils y parvinrent en effet.

Chess réussit à convaincre Nate que Susan et elle seraient capables d'abattre à elles deux le travail de Jim et que rien ne forçait donc Nate à rester. Une fois ce point admis, les détails se mirent d'eux-mêmes en place. Jim irait loger chez Livvy Alderbrook et se ferait oublier en attendant que Nate l'emmène travailler avec lui à la construction du moulin. Ensuite, Chess irait une fois par semaine à Pleasant Grove lui poster un rapport sur ce qui se passait à la ferme, de sorte que Nate ne reviendrait qu'en cas de besoin régler les problèmes qui se présenteraient.

— Et vous m'enverrez aussi des rapports réguliers sur l'avancement des travaux, ajouta-t-elle. Vous les mettrez à la poste en venant chercher les miens.

Sans grand enthousiasme, Nate finit par accepter.

À le voir, se disait Chess, on ne se douterait jamais de ce qu'il prépare. Après la scène que lui avait faite sa mère au sujet de Jim Monroe, Nathan aurait au moins dû éprouver quelque appréhension. Comment réagirait Mary quand il lui annoncerait son départ définitif? Les autres, Josh surtout, seraient également furieux contre lui. Pour l'heure, Nathan riait de bon cœur des efforts indignés de la petite Sally pour se dégager du harnais improvisé avec lequel on l'avait attachée à un arbre à côté du champ, mais pas trop près.

Il venait de terminer les semailles, que Chess avait observées avec intérêt. Comment des graines aussi minuscules pouvaient-elles donner des plants de tabac aussi hauts, avec des feuilles plus larges qu'une assiette? Une cuillerée de graines contenait dix mille plants lui avait dit Susan, très fière d'apprendre à son tour quelque chose à son mentor. Malgré sa jambe de bois, Josh avait parcouru le champ de long en large avec Nate. Comme s'ils exécutaient un ballet bien réglé, les deux hommes avaient jeté les graines par poignées, avec des gestes à la fois amples et précis.

Après quoi, tous alignés au bord du champ, ils l'avaient piétiné pas à pas avec un soin méticuleux afin d'enfoncer les graines dans la terre meuble. Les rires de Nathan avaient un peu allégé l'ennui de cette tâche fastidieuse. Épuisante, aussi: ses jambes prêtes à céder sous elle, Chess titubait le long du dernier sillon. Elle se serait volontiers laissée tomber assise dans l'herbe encore à demi gelée autour du champ, mais elle se força à rester debout pour ne pas démériter.

Elle se tourna vers Nate dans l'espoir d'un compliment. Ne venait-elle pas de lui prouver qu'elle était capable de travailler autant et aussi bien que les autres?

— Emmenez donc la petite et allez nous préparer

un grand pot de café, se borna-t-il à lui dire. Cela nous fera du bien quand nous aurons répandu l'engrais.

Josh et Alva étaient déjà en train d'endosser des sacs de jute pleins d'une matière malodorante.

Chess revint peu après avec la cafetière et les tasses sur un plateau, suivie de Sally chargée d'un panier de tartines beurrées saupoudrées de sucre. Mary, Alva, Susan, Josh et Nate arpentaient le champ en jetant des poignées de crottin de cheval desséché et pulvérisé. Tout en rattachant Sally à son arbre, elle se félicita d'avoir échappé à cette corvée. C'était moins l'odeur qui la gênait — Harefields en était empesté la moitié du temps — que le fait de devoir enfiler des gants et les laver ensuite...

Non, elle ne devait pas raisonner de la sorte ! Ne s'était-elle pas engagée envers Nathan à accomplir comme les autres sa part de travail ? Elle regagna la maison en courant et revint avec une vieille paire de gants.

— Puis-je vous aider ? cria-t-elle à la cantonade.

— Vous ne feriez que des bêtises, la rabroua Mary.

Dépitée, Chess alla s'asseoir à côté de Sally.

— Si elle est déjà de mauvaise humeur, dit-elle entre ses dents, qu'est-ce que ce sera lorsqu'elle entendra ce que Nathan compte lui dire...

Après qu'ils eurent tous avalé leur collation de grand appétit, Chess eut quand même besoin de ses gants. À part Sally, qui protestait avec énergie, la famille devait encore recouvrir le champ de branches mortes et de brindilles sèches étalées sur un pied d'épaisseur.

Devenue beaucoup plus amicale envers Chess depuis qu'elle enseignait la lecture à Susan, Alva lui expliqua :

— C'est pour protéger les semis des animaux. Les bois d'alentour grouillent de renards, de chevreuils, d'opossums qui rôdent partout la nuit et ravagent les cultures.

Finalement, les efforts de Chess n'avaient pas été

vains. Ce soir-là, une fois couché, Nate la félicita de son courage avec tant de sincérité que ses compliments lui allèrent droit au cœur. Et bien que l'exercice de son devoir conjugal ait été aussi bref que d'habitude, elle eut l'impression qu'il y mettait un peu plus d'entrain. Chess en garda le sourire longtemps après qu'il se fut endormi.

Il la réveilla avant l'aube. Elle sursauta, inquiète.

— Chut! Tout va bien, murmura-t-il. Je veux simplement que vous soyez témoin de ce que je vais faire. Couvrez-vous chaudement, sortez sur la pointe des pieds, je vous attendrai à la porte.

Ils traversèrent la cour jusqu'à l'atelier. Le froid était mordant, la lune à demi cachée par les nuages projetait une lumière irréelle. Une fois à l'intérieur, Nate alluma une lampe à pétrole et demanda à Chess de la tenir pendant qu'il tirait vers le milieu de la pièce une vieille malle cerclée de fer dissimulée dans le coin le plus sombre.

— Plus haut la lampe. Voilà...

La clef tourna en grinçant, Nate souleva le couvercle. Le coffret de bois verni qui contenait l'invention d'Augustus Standish apparut, luisant comme du vieil or sous la lumière de la lampe. Nate le caressa amoureusement avant de le sortir de la malle et de le poser par terre.

— Que c'est beau, murmura-t-il. Savoir que c'était là tout ce temps sans pouvoir le regarder... Par moments, j'avais peur de l'avoir imaginé, de ne plus le retrouver. J'en rêvais des nuits entières...

Nate défit les attaches qui retenaient le boîtier au socle. Penché sur la maquette, il soupira de plaisir si fort que son souffle entraîna un rouage qui actionna une bielle et mit en marche le mécanisme.

— C'est magique, murmura-t-il. Magique...

La flamme de la lampe se reflétait dans ses yeux où brillaient des larmes de joie. Chess l'observa, fascinée par son expression de bonheur intense. Pour elle, la maquette n'était rien de plus qu'une sorte de jouet perfectionné, la matérialisation d'une des tocades de son grand-père. Pour Nathan, elle représentait à l'évidence tout autre chose. Chess comprenait pourquoi il avait toujours voulu entourer ses projets d'un secret absolu et exigé qu'elle n'en soufflât mot à âme qui vive. Comment parler de magie à son oncle Josh, qui n'avait aucune confiance dans les idées de Nate et les qualifiait de saugrenues avant même de les écouter ? Les réactions des autres ne valaient pas mieux. Leurs esprits bornés ne se fiaient qu'à ce qu'ils savaient ou croyaient savoir. Incapables de comprendre sa vision de l'avenir, de *son* avenir, ils ne pouvaient que la considérer avec mépris ou dérision.

— Je veillerai dessus à votre place, Nathan.

Nate était si bien perdu dans son rêve que la voix de Chess le fit sursauter. Il allait se redresser quand il remarqua dans le boîtier un objet inconnu. Il y glissa la main avec précaution et en retira un étui de châtaignier verni, large et plat.

— Mais… c'est mon jeu d'échecs ! s'exclama Chess. Grand-père l'avait fabriqué pour moi. Tenez la lampe un instant, Nathan, je vais vous le montrer.

Une fois déployé, l'étui formait un échiquier en marqueterie. Chess en sortit les pièces et les présenta une par une sous la lampe.

— Regardez, le roi a le visage de mon père, commença-t-elle d'une voix étranglée par l'émotion. Ma mère est la reine. Les cavaliers sont mes frères et moi je suis là, dans la fenêtre de la tour. Je n'avais que dix ans quand il l'a sculpté exprès pour moi. Le fou représente le pasteur de notre église, celui qui nous a mariés… Je ne savais pas qu'il l'avait mis dans la boîte, je ne l'en ai même pas remercié. Mon cher vieux grand-père… Il faut que je lui écrive tout de suite, vous posterez la lettre…

— Suffit ! gronda Nate, agacé. Gardez votre jeu, je vais renfermer la maquette. Jurez-moi que personne, je dis bien personne, n'y jettera seulement les yeux. Compris ?

Dans son énervement, la clef de la malle lui échappa des doigts. Il la ramassa en grommelant. Comment Chess pouvait-elle se montrer si puérile ? Tout son avenir, tout *leur* avenir, avec ses promesses mais aussi ses dangers, dépendait de cette maquette et elle ne se souciait que de ce jeu absurde qui la reliait à un passé révolu ! Sa sentimentalité enfantine et son bavardage l'avaient arraché à ce rêve dont il tenait la réalisation entre ses mains. L'espace d'un instant, il fut près de la détester.

Il se ressaisit aussitôt : les sentiments ne devaient jamais se mettre en travers de l'action.

— Regardez bien où je cache la clef, reprit-il sèchement. J'ai aussi mis de l'argent dans la malle, en cas d'urgence.

Chess se força à regarder. Elle ne pouvait cependant s'arracher à l'évocation du monde oublié, quasi mythique, que la vue de l'échiquier ranimait dans sa mémoire. Du monde dont ses parents étaient le roi et la reine et ses frères de fringants chevaliers, montés sur l'un ou l'autre des quarante pur-sang de leurs écuries. D'un monde où elle était encore une petite fille aimée, choyée, à laquelle un grand-père indulgent apprenait à raisonner à l'aide des règles compliquées d'un jeu antique et vénérable.

Elle dut lutter contre l'accès de nostalgie qui lui serrait le cœur. Ce que tu regrettes n'existe plus depuis vingt ans, se dit-elle. Tu ne peux pas regretter d'avoir trimé comme une esclave dans une plantation décrépite. Le passé est mort, nul ne peut le faire revivre. Aujourd'hui, tu vis dans le présent avec l'homme que tu aimes, avec qui tu auras des milliers de lendemains...

— Soyez tranquille, Nathan, j'y veillerai, affirmat-elle en souriant. Vous pouvez compter sur moi.

Nate ne répondit pas. Elle se consola de sa déception en se disant qu'il pensait sans doute au scandale que ferait sa mère quand il lui apprendrait son départ.

Le départ de Nate ne souleva pas la tempête que Chess prévoyait. Foudroyée par l'imprévisible désertion de son chef, la famille resta muette, hors d'état de réagir.

Sa déclaration terminée, Nate s'en fut sans autre forme de procès, son baluchon sur le dos — et à pied, car Josh et Micah avaient besoin des chevaux pour la ferme.

Chess l'accompagna jusqu'à la route dans l'espoir de lui donner un baiser d'adieu si personne ne regardait. Mais Jim Monroe l'attendait et elle dut se contenter de saluer de la main les deux hommes qui s'éloignaient d'un bon pas.

On devinait une touche de vert pâle sur les haies de noisetiers qui bordaient la route. Il faisait encore froid mais l'hiver était bien fini.

14

Nate et Jim marchèrent jusqu'à Durham sans même faire étape à l'emplacement du futur moulin. Avant de commencer les travaux, ils avaient en effet besoin d'acheter des outils, une mule et une charrette.

Il leur fallut plus d'une semaine pour accomplir le trajet. Si le redoux était le bienvenu, il transformait les routes en bourbiers où l'on enfonçait parfois jusqu'aux genoux. Au début, ils s'étaient volontiers laissé véhiculer par des cochers complaisants. Mais après avoir dû, pour la cinquième fois, aider un de leurs bienfaiteurs à extirper sa charrette de merde d'une putain de fondrière, commenta Jim avec une grande sobriété de vocabulaire, ils décidèrent que la marche serait à la fois plus rapide et moins éprouvante.

Une sorte de rugissement terrifiant déchira soudain l'air. Affolé, Jim trébucha, glissa dans la boue et s'étala dans le fossé sous les éclats de rire de Nate.

— Relevez-vous, Jim! Ce bruit devrait vous réjouir, il signifie que nous sommes au bout de nos peines.

Quand ils arrivèrent enfin à destination, Nate montra à son compagnon la source du bruit : le Taureau de Durham. Haute de quinze pieds et longue de vingt-cinq, l'effigie en tôle de l'énorme animal, peinte d'un noir brillant avec des naseaux rouges et des yeux blancs, dominait le plus imposant bâtiment de la ville, l'usine de la Compagnie des Tabacs William T. Blackwell, et lui tenait lieu de sirène par ses mugissements assourdissants. Jim contempla le spectacle bouche bée, moins impressionné par le Taureau lui-même que par l'usine. Il n'avait jamais rien vu d'aussi monumental que cette structure de brique haute de cinq étages, occupant un immense terrain entièrement clos de murs en plein centre de la ville. L'emplacement était d'autant mieux choisi que Durham lui devait sa prospérité et sa croissance phénoménale.

L'usine Blackwell était la plus importante au monde pour la préparation du tabac à fumer. Ce que Nate et sa famille produisaient à la main dans leur petit appentis, le Taureau le multipliait par plusieurs dizaines de milliers de fois. Ses machines, servies par une armée d'ouvriers, traitaient et pulvérisaient le tabac, remplissaient les sachets et les enfournaient par lots dans des caisses que des convoyeurs mécaniques transportaient jusqu'aux quais de chargement de son propre embranchement ferroviaire. La marque *Bull Durham* était connue et fumée dans le monde entier. Tous les jours, à l'exception du dimanche, il sortait de la gigantesque fabrique plus de douze tonnes de tabac.

Portés à plus de quatre lieues à la ronde par la

puissance de la vapeur, les mugissements du Taureau réglaient matin, midi et soir la vie des quelque cinq cents ouvriers. Son cri sauvage et triomphal symbolisait aussi l'orgueil des citoyens de Durham. En dix ans à peine, la petite halte du chemin de fer où végétaient deux cent cinquante-huit âmes, l'unique rue boueuse bordée de quatre saloons, s'était transformée en une ville de plus de trois mille habitants, qui s'étendait sur plusieurs milliers d'acres. Usines, entrepôts, immeubles, magasins, églises s'y mêlaient aux opulentes résidences à la dernière mode, ornées de gâbles, de coupoles et de vérandas. Désormais au nombre de sept, les quatre modestes saloons des origines avaient accédé à la dignité de bars.

Cette évolution était typique de ce qui survenait alors dans toute l'Amérique, où le dynamisme économique était synonyme de progrès et le progrès, de fierté civique. Les vieilles cités côtières ne détenaient plus le monopole du commerce. Dans le Michigan, les flocons d'avoine d'un certain M. Kellogg rendaient célèbre la ville de Battle Creek. Dans l'Indiana, Indianapolis prospérait grâce aux laboratoires médicaux. Cleveland, Ohio, lançait sur le marché la peinture en boîtes prête a l'usage. Au Texas, San Antonio devenait le pionnier du fil de fer barbelé. Dans le Minnesota, Minneapolis troquait les meules de pierre de ses moulins contre les cylindres d'acier des minoteries de Charles Pillsbury, qui multipliait ainsi par cent sa production de farine. Partout, de jeunes hommes osaient prendre des risques, essayer de nouvelles méthodes, mettre au point de nouveaux produits. L'avenir s'ouvrait déjà sur des perspectives sans limites.

— Ma parole, mais c'est M. Cape Citron en personne ! Comment va, Nate ?

— À merveille, Buck. Content de te voir.

Bien que Buck Duke le mît toujours mal à l'aise, Nate sourit avec naturel au grand rouquin qui l'interpellait près du comptoir de la boutique. Leurs chemins se croisaient depuis des années, car ils vendaient aux mêmes détaillants le tabac de leurs familles respectives. Dès le début, Nate avait flairé en Buck un redoutable concurrent. Buck travaillait aussi dur que lui, avait des connaissances sur le tabac aussi approfondies que les siennes, était aussi bien reçu et considéré. L'un et l'autre conscients d'être dévorés de la même ambition, ils se ressemblaient trop pour ne pas se défier l'un de l'autre. Doué d'une vive intelligence, Buck avait de plus une longueur d'avance sur Nate : ayant depuis longtemps abandonné la culture du tabac, son père, son frère et lui dirigeaient une fabrique de taille respectable. Ce bel établissement de brique, situé dans la grand-rue, était pourvu de machines et d'ouvriers dont Nate estimait sombrement la production journalière à un bon millier de livres. Pis encore : Buck avait commencé à faire de la réclame ! Parmi la douzaine d'usines de traitement du tabac que comptait Durham, celle de Buck Duke était loin d'être la plus importante mais c'était celle qui tracassait le plus Nate — parce que Buck lui-même l'inquiétait.

— Combien de temps comptes-tu rester à Durham, Nate ? On pourrait dîner ou souper ensemble — tu ne t'es pas mis au régime sec, j'espère ?

Bon, je l'inquiète moi aussi, se dit Nate. Et puis non, je n'ai pas envie qu'il me surveille de trop près...

— Pas longtemps. Je suis venu acheter quelques fournitures et je m'en vais... Au fait, la nouvelle ne s'est pas encore répandue, mais j'abandonne le tabac. Je ne referai jamais d'aussi belle récolte que cette fameuse cape citron ; mieux vaut quitter la course quand on est en tête. En plus, je viens de me marier et ma femme n'aime pas trop me savoir sur la route.

Duke rit d'un air entendu. Il était bien placé pour savoir à quelles tentations on est soumis en voyage.

— Je vais me construire un moulin sur une pièce de terre que j'ai achetée pas loin d'ici, reprit Nate d'un ton désinvolte. Ce n'est qu'à deux lieues, je viendrai donc souvent. Ma femme est originaire de Richmond, elle préfère vivre à la ville.

Buck devait déjà être au courant de son mariage — les nouvelles vont vite dans le petit monde du tabac. Et tant mieux, pensa Nate, s'il croit que c'est Chess qui porte la culotte, cela calmera peut-être un peu sa curiosité...

Sur quoi les deux adversaires se séparèrent aussi cordialement qu'ils s'étaient abordés.

Nate se félicitait d'avoir si bien su berner Duke quand il apprit, moins d'une heure plus tard, que ce dernier s'était déjà lancé dans la production de cigarettes.

— Oui, mon brave, lui dit le maquignon avec lequel il marchandait une mule. La plus grande nouvelle qu'on ait entendue en ville depuis l'incendie qui a détruit la moitié de la grand-rue. Il a fait venir de New York une centaine de Juifs, des spécialistes à ce qu'on dit. Blancs comme des linges — on voit qu'ils ne sont jamais sortis des usines. À mon avis, ils ne dureront pas... Mais regardez-moi plutôt cette bête! Une beauté, non? Elle vous sortirait d'une fondrière de dix pieds de boue une charrette toute chargée...

Le cœur battant, Nate n'écoutait plus. Buck Duke ne se contenterait pas longtemps de rouler ses cigarettes à la main, il s'empresserait de s'approprier la machine de Bonsack dès que celle-ci fonctionnerait...

Nate paya la mule sans discuter et prit dans l'heure le chemin du moulin. Le temps comptait plus que l'argent.

— Bon Dieu, Nate, vous aviez dit qu'on passerait la nuit à Durham! fulmina Jim. J'aurais voulu entendre encore une fois ce maudit fils de pute de Taureau!

— Nous avons du pain sur la planche, Jim. Et si le vent souffle comme il faut, vous l'entendrez de làbas.

15

Chess replia en huit la lettre de Nate, comme s'il suffisait de réduire la taille des mauvaises nouvelles pour les amenuiser. J'aurais dû partir avec lui, se dit-elle en retenant ses larmes. Il ne devrait pas être seul, sans personne à qui parler. La compagnie de Jim était pire que la solitude pour Nathan, forcé de se comporter devant l'autre comme si de rien n'était. En remontant sur la jument, Chess voulut partir le rejoindre au lieu de rentrer à la ferme. Mais c'était impossible.

Non que les choses aillent mal à la ferme depuis son départ, au contraire. Comme elle l'avait écrit à Nathan, les remous soulevés par son départ s'étaient apaisés en quelques jours. Depuis, le calme régnait. Elle avait commencé à la veillée la lecture des *Trois Mousquetaires* et Mary semblait ravie de concentrer son fiel sur le cardinal de Richelieu, cet infâme papiste. Le printemps avançait, les arbres et les buissons se couvraient de bourgeons, le soleil faisait fondre la gelée blanche dès le début de la matinée. À l'exception des mauvaises herbes, que Josh et Micah arrachaient aussitôt mais qui s'obstinaient à repousser, on ne voyait encore aucune verdure apparaître dans le champ de tabac.

Chess ne comprenait pas que Nathan s'inquiète de ce qu'elle ait pris la place de Jim Monroe. Pour elle, le travail était moins une pénitence qu'une distraction. Quant à ses sorties hebdomadaires à Pleasant Grove pour chercher et poster le courrier, elle y prenait un réel plaisir. Elle aimait voir les bois revivre peu à peu et le trajet ne lui posait pas de problème : elle empruntait les bas-côtés de la route pour éviter la boue. Sociable de nature, elle avait toujours quelqu'un à voir en ville et elle allait presque quotidiennement rendre visite à Livvy Alderbrook.

Malgré l'absence de Nathan, Chess était finalement plus heureuse à la ferme qu'elle ne l'avait jamais été.

Le mois de mars débuta par une douceur exceptionnelle qui écartait le danger des gelées tardives mais n'apportait pas non plus de giboulées. Chaque jour, Chess et Alva durent remonter des seaux d'eau de la rivière pour arroser les semis, au stade le plus délicat de leur croissance. La sécheresse semblant vouloir se prolonger, tout le monde les aida, même les hommes. Lorsque le fragile tapis vert apparut enfin, Chess puisa dans ses réserves de sucre et confectionna un gâteau afin de fêter l'événement.

Le lendemain, une douce et abondante pluie de printemps vint prendre le relais. Chess profita de ce répit pour apprendre à écrire à Susan. Celle-ci fit des progrès si rapides que Chess la soupçonna de s'entraîner seule depuis plusieurs semaines.

— Je vais t'apprendre autre chose, lui dit-elle. C'est un très beau jeu, avec des rois, des reines et des chevaliers.

À la vue du jeu d'échecs, Susan poussa un cri d'enthousiasme et courut se laver les mains avant de toucher les pièces qu'elle admira longuement une à une.

— Je n'ai jamais rien vu de plus beau, murmura-t-elle enfin.

Chess la serra sur sa poitrine avec une sincère affection. Susan était attachante, elle avait une intelligence vive. Chess ne s'étonna donc pas que la fillette assimile en moins d'une heure les mouvements des pièces et les règles du jeu. Mais lorsque Susan la battit à plate couture trois jours plus tard, Chess en resta stupéfaite.

— Il m'a fallu cent fois plus longtemps pour jouer aussi bien ! s'écria-t-elle. Je suis ravie que nous puissions jouer souvent, j'ai grand besoin de m'exercer l'esprit.

Ce fut son corps qu'elle fut obligée d'exercer. En avril, les plants de tabac avaient six pouces de haut, le moment était venu de les repiquer.

Son calvaire commençait.

Pendant que Josh et Micah labouraient le champ en sillons croisés qui, à chaque intersection, formaient un petit monticule de terre meuble, les femmes remontèrent de la rivière des seaux d'eau qu'elles déposèrent à proximité. Elles rapportèrent ensuite de l'atelier de grands plateaux de bois où étaient étalés les plants dépiqués, abrités du soleil par un dais d'étoffe tendu sur des montants verticaux.

— Pas de précipitation, Chess, lui recommanda Alva. Prenez un seau d'eau et versez-en la valeur d'une ou deux louches sur chaque monticule où vous repiquerez un plant.

Le dos déjà endolori d'avoir charrié les seaux depuis la rivière, Chess étouffa un soupir. Courage, se dit-elle, cela deviendra moins dur quand tu t'y habitueras. Mais son seau se trouva vide au bout d'une vingtaine de monticules. Et il y en avait encore des centaines à garnir...

La journée n'était pas finie que Chess avait appris les gestes qu'il fallait faire, ceux qu'elle devait éviter. À la fin de la semaine, elle travaillait presque aussi vite que Susan. Ni l'une ni l'autre, cependant, n'égalaient Alva qui abattait sa besogne sans effort apparent, avec rapidité et précision — mais Alva avait commencé beaucoup plus jeune que Susan. Quant à Mary, à qui l'âge interdisait de rester le dos courbé, elle regagnait la maison après avoir rempli les seaux d'eau et relayait Chess à la cuisine.

Chess vivait dans un constant halo de douleur. En apprenant que les plants ne prendraient pas tous et qu'il faudrait arracher les morts et les malades afin de les remplacer, elle protesta en gémissant :

— Nous n'avons même pas fini de repiquer les premiers !

— Le processus peut durer de six à sept semaines, l'informa Alva. Et s'il ne pleut pas, il faudra les arroser.

Courbée en deux, Chess arracha un nouveau plant mort en se mordant les lèvres jusqu'au sang. Elle devait aller jusqu'au bout, elle l'avait promis à Nathan.

Le repiquage se passe très bien. Le printemps est superbe et c'est agréable de travailler au grand air, lui écrivit-elle ce soir-là en prenant soin de ne pas laisser tomber de larmes sur le papier. Les jeunes plants étant trop fragiles pour être manipulés avec des gants, elle avait les mains rouges, gercées, incrustées d'une poussière mêlée au goudron du tabac dont aucun lavage ne venait à bout. Elle se demandait si les lettres de Nathan contenaient autant de pieux mensonges que les siennes. Il avait fini de maçonner les fondations, lui écrivait-il, et les murs montaient aussi vite que la scierie de Durham lui fournissait des planches.

Mensonges ou pas, seules leurs lettres hebdomadaires donnaient à Chess la force de tout supporter. Elle s'était liée d'amitié avec la receveuse de la poste qui lui permettait de prendre et d'envoyer son courrier le dimanche, seul jour de la semaine où Mary interdisait le travail des champs.

— Dieu, que cela fait du bien! soupira Alva.

— Amen! approuva Chess.

Alva et elle avaient repiqué les derniers plants du plateau. Chess ôta son chapeau poussiéreux, leva son visage en sueur vers la pluie. Dieu merci, elles n'auraient pas à charrier des seaux d'eau! Son dos ne la faisait même plus souffrir tant elle s'était accoutumée à la douleur.

— Susan, dit Alva, va chercher de l'eau fraîche à la maison et apporte-la-nous sous l'arbre. Nous allons nous y abriter jusqu'à la fin de l'averse.

Loin de se calmer, la pluie redoubla. Elle balaierait sans doute les plants les plus récents, il faudrait encore les repiquer comme cela s'était déjà produit. Chess accepta avec résignation ce nouveau coup du sort. En attendant de reprendre leur travail, les deux femmes burent avec avidité. Il régnait une bienfaisante fraîcheur sous la ramure dense du sapin qui les protégeait de la pluie. On était en avril, mais il faisait presque aussi chaud qu'en plein été.

— Maman, puis-je rentrer à la maison lire jusqu'à ce que la pluie s'arrête ? demanda Susan.

Alva hocha la tête et Susan partit en courant. Chess se sentit fière de son élève.

— Regardez-la trotter ! soupira Alva. Les jeunes sont infatigables, c'est injuste. Mes jambes sont plus lourdes que des troncs d'arbres.

Elle se déchaussa, remonta sa jupe jusqu'aux genoux et versa de l'eau fraîche sur ses chevilles enflées. Chess s'empressa de l'imiter avec soulagement. Accompagnant la pluie, une brise s'était levée qui caressait par bouffées leurs visages et leurs cheveux poissés de sueur.

Chess se réjouissait de cet instant de répit et de la compagnie d'Alva. Les deux femmes avaient appris à se connaître et à s'apprécier, elles se parlaient désormais avec confiance quand elles travaillaient ensemble. Alva évoquait parfois ses souvenirs de Nate et de sa sœur lorsqu'ils étaient enfants mais ne disait jamais rien de Gideon.

— Ah ! le chouchou à sa maman ! avait-elle ricané quand Chess l'avait questionnée à son sujet. Dès qu'il a prétendu avoir reçu son fameux *Appel*, Mary l'a retiré des champs et il n'a plus rien fait de ses dix doigts que tourner les pages de sa Bible. Les autres garnements, c'est sur moi qu'elle s'est déchargée du mal de les élever !

Chess considérait Alva comme une amie. Sans qu'il y eût entre elles de véritable intimité, elles se sentaient unies par leurs longues heures de travail en commun et leur égale antipathie pour Mary Richardson. Si Chess s'efforçait à l'indulgence envers sa belle-mère, dont les épreuves lui inspiraient de la compassion, elle était incapable d'éprouver pour elle la moindre affection, encore moins de l'aimer.

Les branches du vieil arbre formaient au-dessus d'elles comme un toit, le rideau de pluie qui les cernait les isolait si bien de la ferme et du reste du monde qu'Alva s'enhardit :

— Pouvez-vous garder un secret, Chess ?

Chess réprima un sourire. Elle n'avait pas son pareil pour garder les secrets…

— Bien sûr.

Alva lui confia alors qu'elle avait décidé d'envoyer Susan à l'école de Pleasant Grove. Sally aussi, dès qu'elle serait en âge. Josh aurait beau dire et beau faire, elle lui tiendrait tête. Elle voulait que ses filles reçoivent une solide instruction. Depuis qu'elle savait lire, Susan était transformée. La voir si heureuse bouleversait Alva.

Chess ne sut d'abord que répondre. Les larmes aux yeux, Alva la regardait d'un air implorant.

— Vous avez pris une bonne décision, dit-elle enfin.

Sans doute était-ce la réponse qu'Alva souhaitait entendre, car elle déclencha un nouveau flot de confidences auxquelles Chess n'était nullement préparée.

— C'est étrange que vous soyez celle à qui je doive tant de joies, commença-t-elle. Pourtant, je n'étais pas du tout contente de vous voir arriver l'été dernier, je savais que vous alliez me priver de mes seuls plaisirs avec Nate… Il n'avait que neuf ans quand je suis moi-même venue à la ferme. C'était le plus adorable des petits garçons. Même quand il faisait des bêtises, il n'y mettait jamais de méchanceté. Et drôle, avec ça ! J'en riais parfois à m'en donner mal au ventre. J'avais six ans de plus que lui mais nous nous amusions comme des enfants. Sa sœur Mary se conduisait plus en adulte que moi, bien qu'elle ait quatre ans de moins. Bien entendu, je me surveillais en présence de Josh — il n'est pas question de rire ni de plaisanter devant lui, vous le connaissez...

Chess ne put qu'approuver d'un signe de tête.

— Vous auriez dû voir Nate quand il est devenu un homme! La puberté rend Micah odieux, il monte sur ses ergots pour un oui ou pour un non. Nate, lui, était toujours gentil. Quand je lui ai montré comment les choses se passent entre les hommes et les femmes, il était plus ravi que s'il avait découvert une mine d'or. Après lui avoir appris à donner du plaisir à une femme et à en prendre lui-même, j'ai eu moi aussi l'impression d'avoir trouvé de l'or, à vrai dire. Nous restions parfois deux ou trois heures dans les bois à le faire encore et encore... Il m'appelait *Ma chérie* ou *Ma toute belle*... L'homme qu'il est maintenant est aussi bon, aussi gentil que l'enfant qu'il était...

Rêveuse, Alva s'interrompit un instant sans remarquer que Chess avait pâli.

— Naturellement, cela le rendait fier comme un coq dans un poulailler et il prenait du bon temps sans se priver. Pourtant, il n'a jamais cessé de me réserver ma part de plaisir. Des années durant, j'attendais son retour — j'appelais ces jours-là mes jours de soleil. Alors, quand je l'ai vu revenir avec une femme, j'ai compris que ces beaux jours étaient finis. Maintenant, il ne me reste que Josh qui fait son devoir conjugal comme tous les maris, c'est-à-dire qu'il me saute dessus quand l'envie lui vient et s'endort en ronflant deux minutes plus tard... Comme je vous le disais, Chess, je vous en ai voulu de m'avoir enlevé Nate, mais ce que vous avez donné à ma Susan compte bien davantage. Une mère digne de ce nom s'intéresse plus à son enfant qu'à elle-même. Mais... qu'est-ce qui vous arrive, Chess?

Pliée en deux, Chess vomissait de la bile.

— Buvez un peu d'eau, cela vous fera du bien, lui dit Alva avec sollicitude.

D'un geste convulsif, Chess fit tomber de la main le verre qu'Alva lui tendait, se releva en trébuchant et partit en courant droit devant elle dans le bois jusqu'à ce que ses jambes la trahissent et qu'elle tombe d'épuisement.

Un épais matelas d'aiguilles de pin amortit sa chute. Elle avait eu l'impression de courir très longtemps et ne savait plus où elle était. Un long moment, elle resta ainsi, inerte, vidée de ses forces, jusqu'à ce que les émotions qu'elle avait cru pouvoir fuir la rattrapent. Alors, les bras en croix, elle hurla à en perdre la voix.

Chess avait déjà observé chez d'autres ou éprouvé par elle-même à peu près toutes les passions qui gouvernent la nature humaine : l'envie parfois, la colère trop souvent, le désespoir, la fierté, la honte, le bonheur aussi. Même l'amour, dont la puissance inattendue l'avait étonnée. Mais rien, dans son expérience, ne l'avait préparée à subir les épouvantables tourments de la jalousie.

Malgré son épuisement physique, la jalousie qui lui étreignait le cœur lui apportait l'illusion d'une force démesurée. Elle aurait voulu rouer Alva de coups, lui arracher les bras, lui piétiner la tête, lui remplir de terre les yeux, la bouche, la gorge pour étouffer sa voix et enterrer jusqu'à ses souvenirs. Serait-elle retournée sur-le-champ près d'Alva qu'elle l'aurait tuée sans hésiter. Parce que Nathan l'aimait. Parce qu'il lui donnait du plaisir alors qu'il se conduisait avec elle en mari. Comme Josh avec Alva…

Dans son esprit égaré, une pensée se glissa soudain à laquelle Chess se raccrocha sans y puiser de consolation : Nathan ne donnait plus de plaisir à Alva. Depuis leur mariage, il n'avait plus de rapports avec elle — de rapports intimes, du moins. Il restait fidèle à ses vœux conjugaux.

— Moi aussi je veux connaître le plaisir ! cria-t-elle au ciel pluvieux.

Rien ne sert de le vouloir, je ne l'aurai sans doute jamais, ajouta-t-elle en silence. Je dois me contenter de ce que j'ai. Et c'est déjà plus que ce que je pouvais espérer.

Le corps endolori, Chess se releva et constata avec effarement qu'elle avait les pieds nus. Elle avait sans doute aussi l'air d'une folle et cela, elle ne pouvait pas se le permettre. Quoi qu'il arrive, nul ne devait se douter de sa jalousie. Nul ne devait soupçonner son ménage de n'être pas idéalement heureux. Nul, au grand jamais, ne devait éprouver pour elle de la pitié. Elle ne tolérerait pas d'inspirer la pitié. Elle était une Standish et les Standish gardaient la tête haute. Ils ne geignaient pas, ils ne s'apitoyaient pas sur leur propre sort.

Tout en extrayant les aiguilles de pin piquées dans ses cheveux et en rajustant sa robe, Chess réfléchit à la manière dont elle devait se comporter. Elle s'était humiliée en vomissant comme un chien malade. Alva avait-elle fait le rapprochement entre ce soudain malaise et ses révélations ? Peut-être pas. J'en accuserai la cuisine graisseuse de Miss Mary, Alva ignore que je n'en ai pas avalé une miette ce matin. Je lui dirai que j'ai couru me cacher dans les bois pour vomir encore et que j'ai ensuite continué jusque chez Livvy pour lui demander ses herbes médicinales. La durée de mon absence n'étonnera personne, tout le monde sait que je passe des heures chez Livvy. Cela paraîtra normal...

Chess ne pouvait oublier les principes de son éducation : dans la vie, l'essentiel était toujours de sauver les apparences.

— Grand dieu, ma pauvre enfant, vous avez l'air d'un chat noyé ! Entrez vite vous sécher, dit Livvy Alderbrook en enveloppant Chess dans la couette de son lit. Trempée comme vous l'êtes, vous attraperiez la mort. Je vais vous préparer du café, il sera chaud dans une minute.

Chess se laissa dorloter avec soulagement. Ici, au moins, elle avait une véritable amie. Pas comme Alva... Non ! Elle ne devait plus y penser. Elle ferait ce qu'elle était venue faire et elle rentrerait à la ferme. Si la pluie cessait, elle aurait même encore le temps de repiquer les derniers plateaux avant la nuit.

— Buvez, lui dit Livvy en lui mettant un gobelet dans la main. Vous devez être épuisée, ces repiquages sont un vrai martyre. Est-ce bientôt fini ? Je ne vous vois plus depuis des semaines, votre compagnie me manquait. Je serais bien allée vous rendre visite, mais je sais qu'on n'est guère d'humeur sociable tant que le travail n'est pas terminé.

L'affection de sa vieille amie réchauffait Chess plus sûrement que son café brûlant.

— Vous me manquiez aussi, répondit-elle avec sincérité. Mais je ne suis pas venue aujourd'hui pour le seul plaisir de bavarder, Livvy, je suis aussi venue me faire soigner. Miss Mary abuse du gras dans sa cuisine. Ce que j'ai mangé ce matin m'a donné la nausée.

Livvy lui tâta le front de sa main noueuse.

— Pas de fièvre, elle ne vous a donc pas empoisonnée. Laissez-moi vous palper le ventre. Venez auprès du fourneau pour ne pas prendre froid.

Chess se soumit docilement à l'examen.

— Vous n'avez pas crié, ce n'est donc pas votre appendice, reprit Livvy. Tant mieux, je ne manie pas le bistouri. Quand avez-vous eu vos dernières menstruations ?

Chess resta interloquée. Personne ne lui avait jamais parlé de ce phénomène, dont elle ignorait qu'il survenait normalement chaque mois. Elle souffrait depuis si longtemps de malnutrition qu'elle n'avait jamais eu de cycle régulier.

— Je ne m'en souviens pas, balbutia-t-elle.

— Je m'en doutais ! Pour une fois, ma petite, ce n'est pas Mary la coupable. Sauf erreur, vous aurez votre bébé vers la fin novembre. Nate a dû vous quitter tout fier de lui, ajouta-t-elle avec un clin d'œil complice.

C'était trop beau pour être vrai !... Chess tâta son ventre plat, sans rien sentir qui révélât son état.

— En êtes-vous sûre, Livvy ? demanda-t-elle, incrédule.

— Longtemps avant votre naissance, ma petite, j'étais déjà sage-femme. S'il y a une chose que je connaisse au monde, c'est bien ce qui concerne les bébés.

Livvy lui prodigua alors des conseils que Chess écouta avec effarement. Elle devait sans tarder se forcer à manger copieusement, elle était beaucoup trop maigre. Elle devait aussi boire du lait à chaque repas, beaucoup de lait, de préférence mélangé à un œuf battu.

— Et ne marchez plus pieds nus, ordonna Livvy. Vous ne voudriez pas que l'enfant naisse avec les vers !

Chess fondit en larmes et tomba dans les bras de sa vieille amie.

— Je suis si heureuse, Livvy ! Si heureuse... Mais ne dites rien à personne, lui recommanda-t-elle pendant qu'elle prenait congé. Je veux que Nathan soit le premier à l'apprendre.

— Cela ne tardera plus à se voir.

— Peut-être, mais pas avant un moment, n'est-ce pas ? D'ici là, ce sera notre secret, Livvy. J'adore les secrets.

16

Quand la respiration égale de sa belle-mère signifia qu'elle était enfin endormie, Chess alla à pas de loup vers le garde-manger, y prit du lait et un œuf qu'elle mélangea dans un bol et sortit s'asseoir sur le banc près de la porte. La lune et les étoiles scintillaient dans un ciel pur. Chess resserra autour d'elle son châle de laine.

Le lendemain était un dimanche. Sa lettre pour

Nathan était déjà écrite mais elle ne lui parlait pas du bébé. Livvy s'était peut-être trompée. Chess ne parvenait pas à se convaincre de la réalité de sa grossesse. Elle se sentait inchangée et ne remarquait rien de différent en elle.

Elle dut s'y prendre à plusieurs reprises pour avaler la mixture qui lui soulevait le cœur. La prochaine fois, elle y mettrait du sucre, cela passerait mieux. Enceinte ou pas, elle était décidée à faire tout ce que Livvy recommandait. Si la vieille sage-femme avait raison, après tout?...

— Merci, murmura-t-elle à la voûte céleste.

Elle se demanda si Nathan était encore éveillé, s'il regardait le même ciel. Non, elle ne devait pas perdre son temps à de telles sornettes romanesques. Qu'elle se contente d'admirer les étoiles, d'aimer Nathan de tout son cœur et de savoir que son enfant croissait en elle. Demain, elle irait à la poste chercher son rapport sur l'avancement du moulin. S'il n'y avait ajouté qu'une seule planche, ce serait déjà une bonne nouvelle. Chaque jour qui s'écoulait la rapprochait de leur réunion. Chess elle aussi annonçait de bonnes nouvelles à Nathan : la pluie avait cessé dans l'après-midi, la terre humide était plus facile à travailler et le repiquage terminé.

Comme son travail en équipe avec Alva — mais cela, elle s'était abstenue de l'ajouter.

— Nous allons tous en ville, Chase ! lui dit Mary le lendemain matin, les joues rouges de plaisir. Pendant que vous bavardiez hier avec la Vieille Livvy Alderbrook, un homme est venu nous dire que le pasteur était de passage à Pleasant Grove et qu'il y aurait un service aujourd'hui.

Chess se sentit à son tour rosir de plaisir. Cela voulait dire qu'au lieu d'un aller-retour hâtif et solitaire, ils s'attarderaient en ville. Il y aurait du monde, de la musique, une atmosphère de fête...

Elle mit ses perles et sa plus belle robe.

Additionné de trois cuillers de sucre, le mélange de lait et d'œuf passa beaucoup mieux que la veille au soir.

— C'est un fortifiant que Livvy m'a prescrit, expliqua-t-elle à Mary. Elle me trouve anémiée.

— Elle est bien généreuse avec les provisions des autres, bougonna Mary.

Mais elle fredonnait déjà son hymne préféré et l'incident fut clos.

Ce soir-là, sur le chemin du retour, la famille chanta en chœur, Chess aussi fort que les autres, et Micah les accompagna à l'harmonica. Elle devait avouer que les hymnes méthodistes étaient plus faciles à chanter et plus agréables à entendre que ceux des épiscopaliens. Elle avait même eu la surprise de découvrir que l'office ne différait guère de ceux qu'elle connaissait et que les prières étaient à peu de chose près les mêmes que celles du livre dont elle se servait dans leur vieille église de Harefields. Elle ne verrait donc aucun inconvénient à élever son enfant dans l'Église méthodiste — à condition, bien sûr, qu'elle attende vraiment un enfant. Elle avait prié avec ferveur pour que Livvy ne se soit pas trompée.

Un plaisir n'arrivant jamais seul, la lettre de Nathan lui apprenait que la construction du moulin était terminée. Jim et lui s'attaquaient maintenant à celle de la roue.

Chess souleva la feuille, se pencha pour regarder la face inférieure. Pas de vers, Dieu merci...

Elle abominait ces insectes, plus longs que son majeur et plus gros que son pouce, avec des cornes sur la tête. La plupart du temps, immobiles sous la feuille qu'ils dévoraient, leur couleur verte les rendait presque invisibles et ils se confondaient avec une nervure. Leurs dizaines de petites pattes crochues s'agrippaient si bien aux feuilles qu'il fallait les tenir solidement pour les en arracher d'un seul coup, sinon les vers se cassaient et une moitié s'enfuyait. Pis encore, certains s'enroulaient autour du doigt ou de la main qu'ils mordaient comme s'il s'agissait d'une feuille! Les vers du tabac étaient réellement des monstres vomis par l'enfer.

La première fois qu'elle en avait vu un, Chess n'avait pu s'empêcher de hurler d'horreur. Maintenant, elle piétinait ceux qu'elle attrapait avec une haine exacerbée par la répulsion. Susan les écrasait elle aussi à coups de pied. Les autres, en revanche, les tuaient en les éventrant d'un coup d'ongle du pouce. La méthode était plus expéditive mais Chess se savait incapable de toucher un ver à mains nues. Ses gants noircis par le goudron du tabac la protégeaient au moins de ce répugnant contact.

Chess souleva la feuille suivante… Un ver! La gorge nouée par le dégoût, elle l'arracha, le piétina. Un peu devant elle, Susan en fit autant. Elles inspectaient chaque feuille de chaque plant d'une rangée. Dans la rangée voisine, Micah avait déjà plusieurs pas d'avance sur elles. À l'autre bout du champ, Josh et Alva sarclaient les mauvaises herbes.

Six jours par semaine, ils travaillaient tous quatre du matin au soir et se relayaient au sarclage et à la chasse aux vers sans jamais en voir la fin. Les dernières rangées à peine nettoyées, les premières étaient de nouveau envahies par les vers et les mauvaises herbes et il fallait tout recommencer. Il en serait ainsi jusqu'à ce que les dernières feuilles soient récoltées. En août. Et on n'était qu'à la fin mai…

Chess était maintenant certaine d'être enceinte. Son ventre restait plat mais ses seins gonflaient, sa taille s'arrondissait, ses hanches s'épanouissaient. Elle qui avait toujours eu la poitrine plate et une silhouette aussi peu féminine que possible, ces métamorphoses la ravissaient. Ce n'était peut-être que le résultat du régime lacté de Livvy mais elle préférait l'attribuer à sa grossesse.

Livvy lui avait dit qu'elle sentirait bientôt le bébé donner des coups de pied. La nuit, au lit, elle posait ses mains sur son ventre mais, malgré ses efforts pour rester éveillée, elle s'endormait presque aussitôt, écrasée de fatigue. Au premier signe, en tout cas, elle écrirait à Nathan pour lui apprendre la grande nouvelle.

Si seulement Dieu n'avait pas créé les vers du tabac, Chess aurait été la femme la plus heureuse au monde.

Au début de juin, Chess se réveilla en pleine nuit. Son ventre ondulait et se soulevait sous les paumes de ses mains. Enfin ! se dit-elle avec un sourire de triomphe. Le bébé est donc bien là.

Ces mouvements anarchiques se prolongèrent près d'une demi-heure sans que Chess, dans son ignorance, comprenne qu'il s'agissait de contractions. Elle ne se rendit compte du caractère anormal de la situation qu'en ressentant les coups de poignard d'une douleur si aiguë qu'elle hurla de terreur.

Après sa fausse couche, sa belle-mère manifesta de la bonté à son égard.

— Je sais ce que c'est de perdre un enfant. Dormez, Chess. Le sommeil vous fera oublier votre peine un moment.

Pour la première et dernière fois, Mary Richardson faisait preuve de sentiments humains envers sa bru. Pour la première et dernière fois, elle s'adressait à elle sans animosité et sans écorcher volontairement son prénom.

Si Chess n'avait pas été assommée par la douleur et le chagrin, elle l'aurait remarqué et y aurait répondu. Mais Chess n'avait plus conscience de rien ni de personne. Un mur de désespoir se dressait entre elle et le monde extérieur.

17

L'enfant mort-né fut enterré le lendemain. Josh lut les prières des morts.

Flanquée de Livvy Alderbrook et de Mary Richardson, Chess ne pouvait se résoudre à regarder la tombe. Elle fixait ses bottines poussiéreuses, l'esprit traversé de pensées décousues. Il faut vraiment me souvenir d'acheter des lacets... Les pois de senteur embaument, j'en mettrai dans un vase pour parfumer la maison... Grand-père doit croire que j'ai perdu mes bonnes manières, je ne lui ai pas écrit depuis si longtemps... Et ce geai qui bat des ailes, quel comédien !... Il fait si chaud, je donnerais n'importe quoi pour une crème glacée comme celles qu'on servait à mon anniversaire quand j'étais petite... Je suis inexcusable de ne pas avoir ciré mes bottines, je devrais avoir honte... Il faudra que je demande à Livvy quelle herbe elle utilise dans l'eau de rinçage de ses cheveux... Mais pourquoi se mettent-ils tous à chanter ? Je n'ai jamais entendu cet hymne-là...

Livvy la secoua doucement par le bras. Chess releva la tête, l'air absent.

— Voulez-vous choisir un nom pour votre fils, Chess ? Josh le gravera sur la croix.

— Quoi ? Un nom ?... Ah, oui... Je voudrais l'appeler comme mon père, Francis Standish. Non, plutôt Frank. Tout le monde l'appelait Frank. Il est mort, lui aussi.

Livvy et Mary Richardson échangèrent un regard. Elles pensaient toutes deux la même chose : Chess ne versait pas une larme, c'était malsain. Inquiétant.

— Aucun de nous ne se doutait qu'elle était enceinte, apprit Mary à Livvy quand elles furent seules. Elle aurait dû nous en avertir, on se serait arrangés pour ne pas la laisser travailler aux champs, au moins par les grosses chaleurs.

— Elle n'a rien dit non plus à Nate. Je vais lui écrire pour le mettre au courant. Dans des moments pareils, il devrait être auprès de sa femme. Ses larmes couleront peut-être quand elle sera dans les bras de son mari.

— Ce n'est pas un mariage normal, Livvy. Si j'ai bien compris, c'est plutôt une sorte d'association.

— Il lui a fait un enfant, oui ou non ? J'appelle cela un mariage tout ce qu'il y a de plus normal, moi !

Malgré l'opposition des autres, Chess insista pour reprendre le travail le plus vite possible.

— J'ai besoin de m'occuper ! cria-t-elle, excédée. Vous ne comprenez donc pas ?

Quand une charrette attelée d'une mule franchit la barrière, elle sarclait des mauvaises herbes et ne se donna même pas la peine de lever la tête. Elle n'éprouvait aucune curiosité. En fait, elle ne ressentait plus rien. Cette vacuité valait mieux que la souffrance.

Nate courut vers elle, le visage ruisselant de larmes.

— Chess ! Oh, Chess ! Vous ne devriez pas être là, en plein soleil ! s'écria-t-il.

Il la souleva dans ses bras et la porta jusqu'à la maison sans prêter attention aux appels de sa famille.

— Allez rendre visite à Livvy, Maman, lança-t-il à Mary. Et emmenez la petite Sally avec vous.

Il déposa Chess sur une chaise. Agenouillé devant elle, il lui prit le visage entre les mains et la regarda dans les yeux. Il était assez fort pour pleurer sans honte.

— Ce deuil est le nôtre, nous devons le partager. Il était notre fils à tous deux. Pleurez, Chess. Pleurons-le ensemble.

— Oh, Nathan…, murmura-t-elle.

Il la serra dans ses bras. Un frisson la secoua et ses larmes commencèrent enfin à couler.

178

— Qu'est-ce que vous regardez comme cela, ma fille ?

Mary était rentrée en annonçant que Livvy viendrait plus tard voir Nate et souper avec eux. Elle épluchait des pommes de terre en lançant des regards soupçonneux à Chess qui se tenait sur le seuil, raide comme une statue. Sally se pendait à ses jupes sans réussir à attirer son attention.

— Je me demande ce qu'ils font tous dans ce champ.

Nate gesticulait en parlant à Josh, Micah et Alva. À quelques pas de leur groupe, Susan sarclait des mauvaises herbes. Chess sentait renaître sa jalousie en voyant Alva rire à ce que disait Nate. Nu-tête, le chapeau retenu au cou par la bride, Alva paraissait beaucoup plus jeune. Elle était presque jolie quand elle riait.

— Arrête, Sally ! Laisse-moi tranquille, à la fin ! s'écria Chess, exaspérée.

La fillette fondit en larmes. Chess l'ignora.

— Je ne supporte pas de rester enfermée, reprit-elle avec mauvaise humeur. Je sors.

Elle n'admettait surtout pas d'être tenue à l'écart de ce qui semblait tant absorber les autres et distraire Alva. En la voyant approcher, Nate alla au-devant d'elle.

— Vous ne devriez pas être dehors, lui dit-il d'un ton de reproche.

Il préférait donc demeurer seul avec Alva ! Chess se retint à grand-peine de l'empoigner par le bras.

— Il ne fait plus aussi chaud, protesta-t-elle.

Elle lui en voulut de la mettre sur la défensive.

— Peu importe, je ne veux plus que vous vous mêliez du tabac. Je hais le tabac, vous devriez le haïr vous aussi.

— Alors, pourquoi restez-vous au milieu de ce champ ?

— Allons, Chess, soyez raisonnable. Comme d'habitude, Josh et moi ne sommes pas d'accord sur un point de détail, voilà tout. Rentrez, que diable !

— C'est ce *détail* que vous trouviez si drôle ?

Il était trop tard pour ravaler sa réplique. Pourquoi était-elle incapable de se dominer ?

— Est-ce que je sais ? s'exclama Nate, furieux. Quelle mouche vous pique, bon sang ?

Chess se ressaisit. Elle devait cesser de se ridiculiser de la sorte. Cette dispute était absurde, sans objet.

— Pardonnez-moi, parvint-elle à répondre. Je suis curieuse, rien de plus. Livvy vient souper avec nous ce soir. Je vais rentrer aider votre mère.

Les jambes flageolantes, elle s'éloigna en prenant bien soin de ne pas trébucher. Ne recommence jamais plus ce genre de scène, s'admonesta-t-elle. Tu l'indisposes avant même de l'avoir remercié d'être revenu te soutenir, te consoler. Rien d'autre n'aurait dû compter...

Quand même, lui chuchota une autre voix, il n'avait pas à te laisser seule dès l'instant où sa mère a reparu !

— Quel plaisir de vous voir ici, Livvy, dit Nate avec un large sourire.

Il la salua en levant son verre, encore à demi plein du whiskey maison dont elle avait apporté un cruchon. Sa bonne humeur était due à l'autre moitié, déjà dans son estomac. Mary le fusilla du regard. Elle condamnait avec énergie l'absorption des boissons alcoolisées.

Livvy leva son verre à son tour :

— Au moulin Richardson ! Quand la roue sera-t-elle prête à tourner, à votre avis ?

— Bientôt, très bientôt. Pouvez-vous préparer les bagages demain, Chess ? poursuivit Nate en se tournant vers elle. Je prendrai un des chevaux pour faire une tournée d'adieux aux voisins, nous partirons le jour d'après.

La famille au complet était réunie autour de la table. Chess résista à l'envie de regarder Alva.

— Je serai prête, répondit-elle.

Tout en installant un tendelet de toile au-dessus de la banquette de son chariot, Nate se reprocha d'avoir permis à Chess de travailler à la ferme. Il n'aurait pas dû oublier qu'une *lady* est délicate et doit être protégée.

Pour sa part, Chess ne se sentait pas de joie d'être enfin en route vers leur nouveau foyer. Elle avait trop longtemps aspiré à laisser derrière elle la solitude, le labeur épuisant, le goudron du tabac qui collait à la peau. Elle voulait surtout quitter la chambre où il aurait dû y avoir un berceau, oublier son obsession de cette vie précieuse qui avait trop vite déserté son corps, en y creusant un sentiment de vide qui l'étouffait chaque fois qu'elle en reprenait conscience. L'enfant était pour elle aussi réel que si elle l'avait porté jusqu'à son terme et tenu vivant dans ses bras. Elle redoutait même de ne plus pouvoir feindre d'être guérie de sa perte.

Frank... Elle regrettait maintenant de l'avoir nommé comme son père, car ce nom ravivait dans sa mémoire le terrible souvenir de sa mort et la douleur encore vivace de s'être sentie abandonnée. Jamais elle ne ferait le moindre mal ni ne causerait la moindre peine à un de ses propres enfants. Tous les jours, deux fois par jour, elle absorbait consciencieusement la potion de Livvy. Elle devait être solide et en bonne santé pour transmettre au prochain bébé la force dont il aurait besoin pour vivre.

Mais cela, c'était l'avenir, un avenir qu'elle s'apprêtait à aborder avec joie. Dans l'immédiat, son sens inné des responsabilités lui donnait mauvaise conscience. Il était contraire à ses principes de délaisser une tâche inachevée. Sans eux, demanda-t-elle à Nathan, qu'allaient devenir Josh et les autres ?

Il éclata de rire. Josh reprendrait avec autant de joie que de soulagement ses habitudes routinières et ses chères vieilles méthodes. Il vendrait la récolte aux enchères au lieu de la traiter sur place mais Chess n'avait pas de soucis à se faire pour eux. Josh avait toujours été un bon cultivateur et la famille aurait largement de quoi vivre : Nate avait cédé à Josh sa part de l'exploitation.

Et il faudrait avoir perdu la tête, ajouta-t-il, pour regretter de ne pas finir la saison. Une fois les plants étêtés pour stopper leur croissance et leur floraison, on devrait arracher les gourmands qui poussaient dans le bas de la tige au détriment des feuilles. Sans parler des vers qui continueraient à proliférer.

— Quelles horribles bêtes ! s'exclama Chess.

— Je parie que vous les écrasiez plutôt que de les éventrer, dit Nate en souriant.

Elle acquiesça avec un frisson de dégoût rétrospectif que Nate prit un malin plaisir à aggraver.

— Quand j'étais petit, on leur coupait la tête avec les dents pour prouver qu'on était un homme.

Elle laissa échapper un gémissement. Cette évocation lui donnait un haut-le-cœur. Mais son malaise ne dura pas. Elle avait tant d'autres choses auxquelles penser ! Le moulin, la machine. Et Durham, une vraie ville grouillante de vie. Leur bureau de poste serait là, désormais, à peine distant de quatre lieues par une bonne route. Elle avait déjà écrit à Augustus Standish la lettre qu'elle lui devait depuis si longtemps. C'est de Durham qu'elle la lui posterait.

Elle brûlait déjà de l'impatience d'y être.

Pendant les quatre jours du trajet, ils apprirent que le président Garfield, à peine entré en fonctions, venait d'être blessé dans un attentat.

Washington était loin, commenta Nate, cet événement ne les affectait en rien. L'agresseur était, semblait-il, un fonctionnaire dépité de n'avoir pas obtenu de la nouvelle administration l'avancement qu'il réclamait. Un propre-à-rien qui comptait sur la charité publique pour progresser dans la vie ne devait pas se permettre de tirer sur les autres, déclara Nate avec conviction. C'était sur lui qu'il fallait tirer. Et sans le rater !

18

— Voilà enfin de quoi se réjouir les yeux ! s'exclama Jim Monroe. Bienvenue dans le Trou du Diable, Chess ! C'est le nom que je donne à ce foutu moulin sur lequel votre sacré mari m'a fait trimer à en crever.

Informé de sa fausse couche, il aidait Chess à mettre pied à terre avec plus de prévenances que si elle avait été en porcelaine. Heureuse de revoir son visage amical et souriant, elle lui serra affectueusement la main.

— Merci, Jim. Moi aussi, je suis contente de vous retrouver. Vous nous manquiez à tous — sauf à Miss Mary, vous vous doutez pourquoi, dit-elle en souriant.

Si ce n'avait été incorrect, elle l'aurait volontiers embrassé — mais Jim était trop timide. Pourtant, quand elle découvrit le cadeau qu'il lui avait préparé, elle ne put résister à l'envie de lui appliquer sur les joues deux gros baisers qui le rendirent écarlate.

En l'absence de Nate, Jim avait réparé le toit et les murs de la vieille maison hantée. Les deux hommes y avaient logé pendant tous les travaux sans penser à la remettre en état, le moulin passant avant tout. Maintenant, la partie saine était close et étanche ; avec les matériaux récupérés dans la partie en ruine, Jim avait aussi aménagé une écurie pour les mules qui jusque-là partageaient le logement des hommes. Cette cohabitation ne les avait guère gênés ; mais Jim, estimant que Chess pourrait s'offusquer de l'odeur, avait nettoyé et astiqué le plancher et blanchi les murs à la chaux. Il avait également fabriqué un fauteuil de planches et de rondins qui trônait au coin de la cheminée.

— Reposez-vous donc, dit-il en lui montrant le siège.

— C'est superbe, Jim! mentit Chess. Un vrai palais!

L'ameublement comptait en tout et pour tout une table faite d'une planche posée sur deux tréteaux, deux tabourets aux pieds de rondins encore couverts d'écorce et deux tas de paille dissimulés sous des couvertures en guise de literie. Elle aurait fort à faire pour rendre le *palais* habitable...

Mais d'abord, Chess voulut voir le moulin.

La construction était si impressionnante qu'elle ne tarit pas d'éloges mérités. Sur de massives fondations de pierre se dressait un bâtiment rectangulaire en planches, percé de fenêtres munies de contrevents. Précédé d'un perron de pierre devant la porte d'entrée, il était flanqué d'une immense roue à aubes qui tournait avec une majestueuse lenteur en projetant une poussière de gouttelettes à laquelle les rayons du soleil donnaient des irisations d'arc-en-ciel.

— Quarante-huit pieds de diamètre! annonça Nate qui se rengorgeait. Et prête à recevoir ses meules dès que je pourrai mettre la main dessus.

— Ce ne sera pas long, ajouta Jim. Pas une foutue goutte de pluie depuis trois putains de semaines! Encore un peu et la pauvre andouille de meunier sur l'autre rivière y perdra sa chemise. Nate lui prendra ses meules pour une poignée de noisettes; Mais il faudra construire un traîneau sacrément costaud pour les amener jusqu'ici, il n'y a pas dans toute la Création de foutues paires de roues capables de supporter la charge de ces sacrées putains de meules.

Ne sachant ce qu'elle devait le plus admirer, de l'éloquence de Jim ou du sens des affaires de Nate, du large et robuste pont de bois jeté par les deux hommes au-dessus du cours d'eau pour le passage des charrettes de grain ou de leur projet de traîneau capable de résister au poids des meules de pierre, Chess hocha la tête avec componction.

— Vous méritez le meilleur souper que je sois

capable de préparer! Lequel de vous deux va tirer du gibier pendant que l'autre allume du feu dans la cheminée et remonte un seau d'eau de la rivière?

Le lendemain, ils allèrent à Durham acheter des provisions. Chess fronça d'abord le nez à l'odeur de tabac dont la ville était envahie mais la vue des maisons neuves bien alignées, aux jardinets entourés de barrières blanches, la ravit. Lorsque le Taureau mugit à midi, elle se boucha les oreilles avant de battre des mains. Durham lui plaisait infiniment. Ce n'était pas une grande ville comme Richmond, ce n'était pas même une vraie ville — du moins pas encore; mais il régnait dans ses rues poussiéreuses aux trottoirs en planches une animation à donner le vertige. Le propriétaire du grand bazar, homme courtois et serviable, vendait tout ce dont elle avait besoin pour la maison. Elle ne lui acheta que le strict nécessaire mais promit de revenir souvent. À la poste, en envoyant sa lettre à son grand-père, elle se présenta aux employés. Ceux-ci lui garantirent d'accorder dorénavant tous leurs soins au courrier adressé à M. ou Mme Richardson.

— Nous voilà résidents officiels, Nathan! Il ne nous manque plus qu'une vache, quelques poules et un coq. Dès que nous serons à la maison, dit-elle en s'attardant sur ce mot avec un plaisir évident, je planterai les semences que nous venons d'acheter. Nous aurons notre propre maïs à moudre dans notre propre moulin — et le meilleur pain du monde!

— J'aurai le temps de mourir de faim d'ici là, Chess! répondit Nate en riant. J'espère que vous avez pensé à acheter un peu de farine pour faire la soudure.

Ils regagnèrent le moulin sans Jim, qui avait lié connaissance avec une sympathique jeune femme, expliqua Nate à Chess qui s'étonnait de son absence. Nate s'abstint toutefois de préciser que la personne en question exerçait le métier d'*hôtesse* dans un saloon — pardon, un bar.

Jim ne reparut pas de trois jours. Son escapade

citadine l'avait si manifestement épuisé que Chess lui versa un grand bol de café fort, généreusement additionné de l'élixir maison offert par Livvy Alderbrook en cadeau d'adieu. Pendant qu'il avalait son cordial, elle lui tint compagnie en absorbant sa mixture habituelle de lait, d'œuf et de sucre.

Jour après jour, un soleil de plomb continuait de briller dans un ciel sans nuages. Nate se rendait tous les matins à l'aube près de l'autre moulin pour épier le niveau de sa rivière et annonçait à son retour, sourire aux lèvres, qu'elle avait encore baissé depuis la veille alors que leur torrent restait aussi profond et aussi impétueux.

À la mi-juillet, jugeant le moment propice, il se rendit dans la matinée chez l'infortuné meunier.

— Attelle les mules au traîneau, Jim! cria-t-il de loin quand il reparut peu après.

Il leur fallut deux voyages et le renfort de deux journaliers pour déménager les meules, chacune de quatre pieds de diamètre et de quatorze pouces d'épaisseur. Le soleil était bas sur l'horizon quand ils en vinrent à bout.

— Servez donc du remontant de Livvy à ces deux garçons, Chess, qu'ils aient la force de rentrer chez eux, dit Nate en riant. Il me reste un voyage à faire en charrette. J'ai acheté les barils du meunier. Nous les vendrons aux gens qui auront oublié de s'en munir pour remporter la farine.

À la nuit tombante, il rapporta en plus des barils une grande et belle table de sapin verni aux pieds tournés.

Chess caressa le plateau lisse et se pencha pour y poser les lèvres.

— Plus d'échardes dans la soupe. Quel bonheur!

Le lendemain matin, elle se lava les cheveux, repassa la camisole nettoyée la veille au soir et s'habilla avec un soin particulier pour aller travailler au moulin.

— Vous serez couverte de farine, l'avertit Nate.

— Aucune importance, je veux être belle pour l'inauguration. Répétez-moi ce qu'il faut faire, Nathan.

— Si vous y tenez... Le fermier arrive avec ses sacs de grain, Jim l'aide à décharger sa charrette. Du haut de la grande fenêtre, je descends la corde et Jim y accroche un sac que je hisse avec le palan. Une fois tous les sacs montés, Jim rentre manœuvrer le levier qui enclenche les engrenages et, pendant que les meules tournent, je verse le grain d'en haut par la trémie. Quand les sacs sont vides, Jim arrête les meules et vous, vous remplissez de farine le baril du fermier ou celui qu'on lui vendra s'il n'a pas pris le sien. Après, il n'y a plus qu'à peser la farine et encaisser l'argent. C'est simple, non ?

— Très simple, approuva Chess.

Elle traversa le pont en dansant presque. Lorsqu'elle le retraversa en sens inverse, ses pieds pesaient comme du plomb : pas un seul sac de grain à moudre. Nate, Jim et elle avaient attendu sans voir âme qui vive. Pour tuer le temps, ils avaient vérifié le mécanisme, nettoyé les meules déjà propres, balayé le parquet où il n'y avait pas un grain de poussière. Nate effectua un réglage des engrenages devant, selon lui, en améliorer le fonctionnement, ce qui entraîna de nouveaux essais. Pour Chess, cette journée avait duré cent heures.

Après le souper, Jim déclara qu'il irait volontiers faire un tour à Durham, histoire de se dégourdir les jambes, et il promit d'être de retour au lever du soleil.

— Croyez-vous vraiment qu'il rentrera, Nathan ? demanda Chess après son départ. La dernière fois, il est resté absent trois jours.

— Soyez tranquille, Jim est un homme de parole.

Pendant que Chess lavait la vaisselle, Nate sortit la maquette de sa cachette, l'installa sur la table et s'abîma dans sa contemplation. C'est trop injuste, se disait-elle, la gorge nouée. Tant d'efforts en pure perte ! Ce n'est pourtant pas sa faute. Il essaie de ne pas me le montrer mais il doit être découragé.

Avec l'espoir de lui remonter le moral, elle alla chercher dans sa valise, qui lui tenait lieu de commode, l'article relatant la vente record de la cape citron qui avait rendu Nate célèbre. Le papier journal, de mauvaise qualité, commençait à jaunir.

— Regardez ce que j'ai retrouvé en rangeant mes affaires, lui dit-elle d'un ton faussement désinvolte.

Nate leva les yeux. En voyant ce qu'elle lui tendait, il éclata de rire.

— Voudriez-vous me faire croire que vous regrettez la culture du tabac ? C'est l'époque de l'année où les vers prolifèrent plus que jamais.

— Pouah !

— Je m'en doutais... Ne vous tracassez pas pour moi, Chess. Une journée creuse ne signifie rien, sauf que je suis le roi des imbéciles. À notre arrivée, Jim et moi étions allés chez les fermiers d'alentour pour leur annoncer la construction du moulin et leur faire promettre de nous porter leur grain à moudre. Je ne me pardonne pas d'avoir été assez naïf pour croire que cela suffirait. On doit sans arrêt rappeler aux gens qui on est, quelle marchandise ou quel service on leur propose. Il faut leur enfoncer cela dans la tête de gré ou de force. Demain matin, dès que Jim sera de retour, nous irons vous et moi peindre des annonces sur les rochers et sur les murs le long des routes à dix lieues à la ronde. Si par hasard un client vient pendant ce temps, Jim sera capable de s'en occuper seul. Jetez donc ce vieux bout de papier, Chess. Il parle du passé et je ne m'intéresse qu'à l'avenir — c'est-à-dire à ceci, dit-il en actionnant du bout du doigt une bielle de la maquette.

Cette machine est géniale, dites-le de ma part à votre grand-père quand vous lui écrirez.

— Ce sera inutile, Augustus Standish n'a jamais douté une seconde qu'il était un génie.

— Regrettez-vous d'être si loin de chez vous, Chess ?

— De quoi parlez-vous, Nathan ? Chez moi, c'est ici.

— Vous avez pourtant été habituée à autre chose, répondit-il en regardant autour de lui. J'y pense souvent.

— Ne dites donc pas de sottises ! s'écria Chess. Vous me bâtirez un palais bien plus beau que Harefields quand vous serez le roi des cigarettes de Caroline du Nord !

Nate feignit l'indignation.

— De Caroline du Nord ? Vous manquez d'ambition, ma bonne dame ! Dites plutôt de toute l'Amérique ! Et je le serai, affirma-t-il sans plus plaisanter. Si Jim ne décide pas de lui-même de partir, ajouta-t-il, je lui donnerai son compte à la fin de la semaine.

— Renvoyer Jim ? Voyons, Nathan, il est votre ami !

Il la regarda avec autant d'incompréhension que si elle s'était adressée à lui dans une langue étrangère.

— Qu'est-ce que l'amitié a à voir avec les affaires ?

Déjà, il avait repris sa contemplation de la maquette. Chess l'observa un instant avant de détourner les yeux. Je ne le connais pas, se dit-elle. Je suis mariée avec lui, je l'aime mais il reste un inconnu. Le jour viendra-t-il où il cessera de m'étonner ? J'espère bien que non...

— J'ai décidé de m'installer en ville, annonça Jim quand il reparut le lendemain matin à l'heure dite.

— Vous nous manquerez, dit Chess en retenant un soupir de soulagement.

— Vous attendrez demain, déclara Nate. Nous devons nous absenter aujourd'hui, j'aurai besoin de vous au moulin.

— Demain fera aussi bien l'affaire. Je compte vous voir quand vous viendrez à Durham, Chess, ajouta Jim avec un sourire timide. Je travaillerai au grand bazar.

Et elle qui s'inquiétait de son sort si Nathan le renvoyait! Décidément, elle avait encore beaucoup à apprendre.

De la maison, ils entendaient les chariots s'engager sur le chemin du pont, ce qui leur donnait le temps d'aller les accueillir au moulin. Chaque nouvelle arrivée procurait à Chess un intense sentiment de soulagement car leurs économies avaient fondu à un rythme effrayant. En revanche, plus la clientèle croissait, plus Nate s'impatientait d'être dérangé dans le travail auquel il se livrait à la maison. Il avait en effet entrepris, avec une minutie extrême, de construire la machine d'Augustus Standish dont il reproduisait la maquette à une échelle quatre fois supérieure.

Chess aimait le regarder s'activer le soir, quand la lampe à pétrole soulignait d'ombres les traits de son visage. Sa concentration était telle qu'il n'avait pas même conscience d'être observé. Dans la pénombre, les copeaux de bois blond volaient comme des étoiles filantes. Le silence n'était rompu que par le doux frottement des outils et le crissement entêtant des cigales, parfois ponctué par le ululement d'une chouette. Ces moments d'intimité grisaient Chess plus sûrement que du champagne. Le lendemain matin, elle balayait les copeaux dont elle remplissait de grands sacs de jute. Lorsque Nate aurait terminé la machine, ils auraient ainsi de vrais matelas à la place de leurs vieilles paillasses. Elle lui dirait alors qu'elle voulait un autre enfant.

Contrairement à Nate, Chess courait avec joie au-devant des clients. Tout lui plaisait dans le moulin, son haut plafond, les grandes fenêtres qui rendaient l'espace lumineux et gai. Les meules la fascinaient; en tournant, les lourdes pierres faisaient vibrer le parquet sous ses pieds. La balle qui volait formait en retombant des dessins qui lui rappelaient les ondes de la rivière à Harefields. La farine, aussi douce que la soie, déposait sur le parquet une fine couche si blanche, si propre qu'elle la balayait le soir à regret. Encore marquée par la malpropreté et l'aigre odeur du moulin près de Harefields, où elle ne se rendait qu'avec répugnance, elle mettait son point d'honneur à maintenir les lieux dans une propreté rigoureuse à laquelle, elle en était sûre, ils devaient le constant accroissement de leur clientèle.

Certains fermiers attendaient dehors près de leurs chariots; d'autres, plus méfiants, voulaient entrer assister à l'opération afin de vérifier s'ils recevaient bien leur compte de farine. À tous, Chess prodiguait ses sourires et elle les engageait à amener leurs épouses la fois suivante pour lier connaissance.

Un jour d'octobre, elle se repentit de ses manières trop amicales en voyant son client, un homme grand et maigre, aux cheveux filasse et au long nez de travers, s'approcher pendant qu'elle remplissait son baril de farine.

L'inquiétude de Chess fut de courte durée.

— Veuillez m'excuser, madame, de prendre la liberté de vous demander si vous n'êtes pas originaire de Virginie. Votre accent semble l'indiquer.

Intriguée par son élocution distinguée, si différente du rude langage des paysans d'alentour, Chess leva les yeux.

— En effet, répondit-elle.

— Permettez-moi de me présenter, dit-il en s'inclinant. Henry Horton. Vous avez peut-être connu mon cousin Horton Barton?

— Mais oui, bien sûr! Je suis l'affreuse petite fille qui l'a poussé dans la rivière le jour de son sixième anniversaire... Qu'est-il devenu? s'enquit Chess, ravie d'évoquer ce vieux souvenir.

Le rire de Henry Horton l'étonna. Plus perçant qu'un sifflet de locomotive, il cessa aussi subitement qu'il avait commencé.

— Il va bien, je vous remercie. Mais il a gardé de

sa mésaventure une sainte horreur de l'eau, répondit-il avec un regard malicieux.

Chess devina sans peine que son cousin ne lui inspirait pas une grande affection.

— Enchantée de vous rencontrer, monsieur Horton, dit-elle en lui tendant sa main pleine de farine. Mais je suis impardonnable de ne pas m'être déjà présentée : Francesca Richardson. Francesca Standish, de mon nom de jeune fille.

Horton esquissa un baisemain dans les règles de l'art.

— Votre serviteur, madame Richardson. Quelle heureuse rencontre, en effet. Ma femme se fera une joie de vous rendre visite, si vous n'y voyez pas d'inconvénient. Nous avons une plantation dans le voisinage. J'espère que nous aurons très bientôt le plaisir de vous y accueillir, M. Richardson et vous-même.

— J'en serai ravie, cher monsieur, et je m'en réjouis d'avance, répondit Chess avec son plus beau sourire.

Horton avait à peine pris congé que Chess regretta sa réplique : elle n'avait rien à se mettre pour recevoir ou rendre des visites ! Certes, elle mourait d'envie d'avoir de nouvelles amies. Mais comment tiendrait-elle son rang auprès de ce genre de femmes ?

Pendant qu'elle brossait les meules et les préparait pour le client suivant, Nate descendit de l'étage.

— Encore un chariot qui arrive, bougonna-t-il. Pas moyen d'être tranquilles !

J'étais bien bête de me tracasser ! pensa Chess en souriant. Jamais Nathan ne délaisserait son travail pour perdre son temps à des mondanités... Oh, Seigneur ! J'ai oublié de donner sa farine à M. Horton !

— Bien sûr que nous irons si nous sommes invités, dit Nate quand Chess lui raconta sa rencontre de l'après-midi. J'ai entendu parler de lui. Il possède plus de dix mille acres, la plupart en blé et en maïs. À lui seul, il pourrait alimenter le moulin en permanence. Et puis, les propriétaires terriens de son importance ont des relations. Ce M. Horton a sûrement des amis bien placés au gouvernement, nous pourrions avoir besoin de lui un jour ou l'autre.

— Mais je ne pourrais jamais y aller, Nathan! Je n'ai pas une robe convenable.

— Eh bien, nous en achèterons une à Durham — non, deux. N'avez-vous pas dit que sa femme veut venir vous voir? Ah, je comprends! ajouta Nate en regardant autour de lui. Vous ne voulez pas qu'ils sachent comment nous vivons... Bien. Écrivez un mot pour expliquer que nous sommes débordés de travail, je le lui porterai en livrant sa farine.

— Vous n'y comprenez rien, Nathan! s'écria Chess, furieuse. Je me moque comme d'une guigne d'impressionner les Horton. Si elle vient chez moi, c'est à elle de me prendre comme je suis. Mais si nous allons chez eux, je dois m'habiller selon son train de maison à elle. Ce sont les règles du savoir-vivre, je n'y puis rien.

— Vous l'avez invitée à venir ici?

— Bien entendu. Je ferais mieux de faire le ménage, il y a une de ces poussières!

Nate secoua la tête, mi-amusé, mi-effaré.

— Chess, vous êtes une vraie grande dame...

Edith Horton ne l'était pas moins. Rien dans ses propos ni dans son comportement ne laissa soupçonner qu'elle jugeait inhabituel, voire inconvenant, de vivre dans une seule pièce et de servir le thé dans des timbales de fer étamé. Elle dit à Chess qu'elle adorait montrer sa roseraie à ses amis et qu'elle serait heureuse si les Richardson voulaient bien se joindre à quelques intimes pour un déjeuner qu'elle donnait le 18 octobre. Si le beau temps se maintenait, elle espérait même pouvoir servir au jardin.

Chess accepta l'invitation avec autant de bonne grâce qu'elle était présentée.

— Edith Horton, voilà une vraie grande dame!

dit-elle à Nate ce soir-là. Elle me laisse près de quinze jours pour trouver quelque chose à me mettre et elle nous invite à un déjeuner parce qu'elle a compris que s'il y a une chose dont je n'ai manifestement pas l'usage, c'est une robe du soir.

Nate éclata de rire.

— Je me félicite de n'avoir affaire qu'à des hommes ! Les plus roublards sont des modèles de simplicité par rapport à vous autres femmes.

— Pas de méchancetés gratuites ! répondit Chess en riant à son tour. Quand allons-nous à Durham ?

19

Le déjeuner chez les Horton bénéficia d'une belle journée lumineuse et tiède de l'été indien. La brise apportait par bouffées le parfum des roses dans leur deuxième floraison. Chess aurait voulu que le temps s'arrête.

Elle portait sa première robe coupée expressément pour elle et non retaillée dans une toilette de sa mère. Jim Monroe lui avait indiqué une couturière de Durham qui se procurait directement en Europe ses patrons et modèles. Chess ignorant tout de la mode, cette Miss MacKenzie avait dû l'éduquer. En observant les autres convives, Chess constata avec délice que son corset, un modèle long et ajusté du dernier cri, soulignait à ravir sa silhouette élancée alors qu'il rendait ridicules les femmes plus petites et plus dodues. Un nœud de dentelle blanche et de velours noir sur la tournure égayait sa robe de faille discrètement rayée de blanc et de gris, au décolleté souligné de velours noir. Ses bottines de veau glacé noir, boutonnées de jais et montées sur des talons aiguilles, étaient elles aussi à la toute dernière mode.

Avec les perles et le châle de sa grand-mère, Chess

se sentait comme une reine. Tout le monde, à vrai dire, la traitait en conséquence. La passion du Sud pour son passé et sa grandeur évanouie conférait aux vieilles familles de la Virginie le prestige d'une véritable aristocratie, la seule dont l'Amérique puisse se prévaloir. Chess était une vivante incarnation de ce mythe, donc un objet d'idolâtrie.

Elle espérait que Nathan s'en rendait compte et était fier de son épouse. Pour sa part, elle avait tout lieu d'être fière de lui. Son élégant complet de Richmond, cadeau de mariage involontaire de l'oncle Lewis Ginter, et sa coupe de cheveux réalisée par le meilleur barbier de Durham lui donnaient grande allure. En tout cas, il s'amusait beaucoup. Elle le voyait soutenir une conversation animée, ponctuée d'éclats de rire, avec trois hommes qui paraissaient insignifiants à côté de lui.

Y aurait-il du champagne au dessert? Chess l'espérait avec ferveur. Plus encore que la douceur du temps, le parfum des roses et l'agrément d'une compagnie raffinée, cette journée marquait en effet un événement très particulier: la veille, peu après minuit, Nathan avait achevé de construire la dernière pièce de sa machine. Il fallait au moins du champagne pour célébrer l'événement!

Son espoir ne fut pas déçu: le champagne vint couronner un extraordinaire repas de sept services. Dès la fin du troisième, Chess avait douloureusement pris conscience de son corset à la dernière mode qui l'étouffait comme un carcan. Elle l'avoua sur le chemin du retour à Nathan, qui chantonnait et se déclarait enchanté de sa journée — moins de la cuisine, dont il était incapable d'apprécier la finesse, que de la compagnie: il avait fait la connaissance de trois parlementaires et recueilli de précieux renseignements sur ce qui se tramait dans les coulisses des milieux d'affaires.

Il ne révéla à Chess son information essentielle qu'une fois chez eux, à l'abri des oreilles indiscrètes: James Bonsack avait modifié sa machine à fabriquer les cigarettes, déposé un nouveau brevet et fondé une compagnie pour la commercialiser.

— Cette fois, Chess, il me talonne de trop près. Allen & Ginter procèdent, paraît-il, à des essais...

— J'écrirai ce soir même à mon grand-père, l'interrompit-elle. Il saura ce qu'il en est par oncle Lewis.

— J'allais vous le demander. Mais supposons que la machine de Bonsack fonctionne. Il faut compter au moins quatre mois pour que la nôtre soit en état de produire. Et je ne parle pas des achats de tabac et de fournitures.

— N'y a-t-il pas de ventes de tabac à Durham ? Non, ma question est idiote, vous seriez immédiatement reconnu. Dans ce cas, nous pourrions peut-être...

Ils passèrent de longues heures à envisager des solutions, définir des programmes, estimer des prix de revient, prévoir les problèmes les plus vraisemblables et noter la liste des éléments qu'il leur faudrait éclaircir avant de pouvoir prendre des décisions définitives.

Les jours suivants, Nate scinda l'étage inférieur du moulin par une solide cloison percée d'une porte encore plus épaisse. Il ferma cette porte par un cadenas d'acier, dont il accrocha la clef à un lacet de cuir qu'il passa autour de son cou sous sa chemise. Il transporta ensuite au moulin la machine en pièces détachées et posa sur un socle la maquette devant lui servir de modèle pour l'assemblage. Pendant ce temps, Chess envoyait à des fournisseurs éventuels des demandes de prix et de renseignements concernant le papier en rouleaux et autres articles.

Il fallait maintenant monter la machine. Dans le plus grand secret et la nuit, puisque le moulin les accaparait toute la journée. Ils ne sauraient avec certitude si la machine était viable qu'à la fin de ce travail. La maquette fonctionnait, certes, mais sans tabac ni papier. Elle n'était encore que la représentation d'une idée et devait faire ses preuves de véritable engin industriel.

— C'en est assez, Nathan! Vous n'arriverez à rien en vous épuisant de la sorte.

Les yeux rouges et cernés, Chess vacillait.

— Tenez donc cette lampe correctement! gronda Nate. Comment voulez-vous que j'y voie?

· Malgré la fraîcheur de la nuit, l'effort de manipuler une lourde traverse le faisait suer à grosses gouttes.

— Justement, je ne veux pas!

Excédée, Chess posa la lampe par terre. Décontenancé, Nate lâcha la pièce qui tomba avec fracas.

— Attention! cria-t-il. J'aurais pu vous tuer.

— Dans l'état où je suis, vous m'auriez rendu service. De grâce, Nathan, cela suffit! Ce sera bientôt le jour et nous n'aurons encore pas dormi de la nuit.

— Vous avez raison, dit-il avec un soupir de lassitude. Allons nous coucher, je ne fais que des erreurs. Mais levez la lampe une minute de plus pendant que je mets cette pièce en lieu sûr... Bon sang, elle est plus lourde que je ne croyais! Je devrais peut-être la raboter un peu...

— Posez ce maudit morceau de bois et venez!

Tous deux à bout de nerfs, ils payaient le prix du rythme implacable qu'ils s'imposaient. Le problème venait moins d'une trop longue succession de nuits blanches que du besoin obsessionnel qu'avait Nate de raboter et de poncer chaque pièce jusqu'à obtenir un parfait ajustage. Depuis six semaines, il travaillait avec un acharnement maladif sans avoir progressé au-delà du bâti de la machine. On était en décembre: à l'évidence, il lui serait impossible de terminer le montage avant le printemps comme il l'avait prévu.

Entre-temps, ils voyaient proliférer au bord des routes sur les murs ou les arbres, affiches et pancartes vantant les mérites des cigarettes *Duke de*

Durham. Le bruit courait en ville que les rouleurs manuels engagés par Duke dans sa manufacture avaient déjà produit plus de neuf millions de cigarettes et qu'elles étaient toutes vendues.

Les seules bonnes nouvelles leur étaient parvenues d'Augustus Standish : la machine de Bonsack tombait en panne avec une fréquence telle qu'Allen & Ginter n'en voulaient plus. Ils considéraient le roulage manuel comme plus rapide et plus rentable à long terme.

Avec son humour bien particulier, le vieil inventeur avait ajouté une autre information intéressante :

Vous avez peut-être appris la triste mésaventure survenue à la première machine de Jimmy Bonsack. Au cours de son transport par chemin de fer aux ateliers de Lewis Ginter, elle a dû passer une nuit à la gare de triage de Lynchburg, en Virginie, où il semblerait que, par un étrange phénomène de combustion spontanée, elle ait été réduite en cendres.

Auriez-vous récemment relu Hans Christian Andersen, ma très chère Chess ? Il m'affligerait profondément d'imaginer ma petite-fille s'inspirant du personnage besogneux de la marchande d'allumettes plutôt que d'une touchante héroïne telle que la petite sirène...

— Que veut-il dire ? s'enquit Nate, étonné.

— Il se demande si c'est nous qui avons mis le feu à la machine de Bonsack... Oh, Nathan ! Vous n'auriez pas ?...

— Non. Si je l'avais su, je ne m'en serais pas privé, croyez-moi, mais je n'ai jamais mis les pieds à Lynchburg. De toute façon, cela n'a servi à rien. Bonsack en a reconstruit une autre et je ne peux pas en dire autant. Je n'arrive même pas à assembler la première !

Sans la moindre modestie, Augustus Standish avait en effet précisé que sa machine ne présentait dans sa conception aucun des défauts structurels qui affectaient celle de Bonsack et la rendaient si fragile.

— Les défauts viennent donc de moi, commenta Nate avec amertume. Mais je les corrigerai, même si je dois y laisser ma peau !

Le dimanche 11 décembre, le moulin pulvérisa ses records d'affluence. Les Richardson étaient les seuls de toute la région à ouvrir le jour du Seigneur, pratique qui soulevait les critiques des plus dévots mais permettait aux autres de tirer parti de leur seule journée de repos.

Sentant son sourire se figer au fil des heures, Chess salua avec soulagement le départ de la dernière charrette et l'arrivée du crépuscule. Ni Nate ni elle n'avaient eu le temps de manger quoi que ce soit depuis le lever du soleil et une violente migraine lui martelait les tempes. De retour à la maison, elle absorba consciencieusement son lait de poule et, en guise de souper, se contenta de réchauffer les restes de la veille. Nate ne se rendit même pas compte de cette entorse aux habitudes. Il rabotait et ponçait encore les pièces de sa machine longtemps après que Chess se fut couchée, épuisée. Quand il la rejoignit enfin, il tomba endormi avant même que sa tête n'ait touché l'oreiller.

Une demi-heure plus tard, il se redressa brusquement. Réveillée en sursaut, Chess allait lui demander ce qui se passait quand il la bâillonna d'une main.

— Chut ! Pas un bruit, lui souffla-t-il à l'oreille.

Dans l'obscurité, elle l'entendit enfiler son pantalon et prendre son revolver. Un bruit sourd et régulier qu'elle ne pouvait identifier semblait venir du moulin. Inquiète, Chess posa ses pieds nus sur le sol froid et voulut se lever à son tour.

Nate la força à se rasseoir.

— Prenez le fusil, chuchota-t-il en lui mettant l'arme dans les mains. Restez ici, pointez-le sur la porte et tirez sur quiconque la franchira. Si c'est moi, je crierai mon nom avant d'entrer.

Immobile, les nerfs tendus au point d'oublier de

respirer, Chess reprenait lentement son souffle en voyant des taches de couleur danser devant ses yeux quand quatre coups de feu claquèrent. Le fusil glissa entre ses mains moites. Comment pouvait-elle transpirer par ce froid ? Elle serra l'arme plus fort, tendit l'oreille. Rien. Le silence était retombé.

Elle entendit alors des pas sur les planches du pont. Des pas feutrés. Posément, Chess essuya sur sa chemise une main puis l'autre, affermit sa prise sur l'arme, épaula. J'ai horreur des fusils, pensa-t-elle en réprimant un fou rire nerveux, ils me font mal à l'épaule quand je tire…

— Chess ! C'est moi !

Elle sursauta si fort que son doigt crispé sur la détente faillit faire feu malgré elle.

Nate entra en hâte, jeta sur les braises une poignée de brindilles qui s'enflammèrent en crépitant avec bruit. Une gerbe d'étincelles jaillit quand il y posa une bûche.

— La prochaine fois que je poursuivrai des gens au milieu de la nuit, ayez la bonté de me rappeler de mettre mes bottes, dit-il en souriant.

Elle vit à la lumière des flammes que son sourire n'avait rien de naturel.

— Que s'est-il passé ? Êtes-vous blessé ?

— Posez ce fusil. Il y a trop d'armes, ici…

Il grimaça soudain de douleur. Chess lâcha le fusil sur le matelas et courut vers lui.

— Vous êtes blessé !…

Il l'arrêta d'un geste.

— Non, je n'ai rien, moi. Grand dieu… je ne leur ai pas laissé une chance, gémit-il comme s'il implorait la miséricorde divine. Ils étaient deux à forcer l'entrée de la pièce où j'ai mis la machine. L'un faisait sauter le cadenas à coups de hache, l'autre tenait une couverture pour amortir le bruit. Ils ne m'ont même pas vu arriver, Chess. Je les ai abattus par-derrière…

Les traits déformés par la honte, il la regardait comme s'il craignait qu'elle le juge et le condamne.

— Que vouliez-vous que je fasse ? Que je les provoque en duel ? Je les ai supprimés, comme des rats ou des putois. Parce qu'ils ne valaient pas mieux que des bêtes nuisibles. C'est la première fois de ma vie que j'ai dû tuer un homme...

Il se tut, le corps secoué de frissons. Envahie d'un calme étrange, Chess le prit dans ses bras, lui appuya la tête contre sa poitrine. Le courage modeste de cet homme accroissait l'amour qu'elle éprouvait pour lui. Les yeux clos, elle s'efforça de lui communiquer sa propre paix intérieure. Peu à peu, les tremblements de Nate se calmèrent et il essuya ses larmes sur sa jupe.

— Pardonnez-moi, murmura-t-il.

— Quoi, Nathan ? Je suis fière de vous, autant pour l'acte que vous avez accompli que pour les remords qu'il vous inspire. Qu'allons-nous faire de ces... individus ?

— Je les ai déjà jetés dans la rivière. Le courant les emportera jusqu'à Raleigh. Je laverai le plancher au jour, quand j'y verrai clair.

— Je vous aiderai.

Ils étaient désormais l'un et l'autre hors d'état de retrouver le sommeil. Chess fit du café et ils parlèrent jusqu'à la fin de la nuit.

Cette tentative d'effraction était des plus mystérieuses. Comment l'existence de la machine avait-elle été connue ? Car c'était elle à l'évidence qui intéressait les cambrioleurs : la caisse contenant la recette de la journée, que Chess avait oublié d'emporter à cause de sa fatigue et de sa migraine, était intacte. Second mystère : qui avait envoyé les malfaiteurs et pourquoi ? Pour voler la machine ? Pour la détruire ?

Nate mit fin à leurs spéculations oiseuses : ils ne sauraient sans doute jamais la vérité. Et le commanditaire de l'affaire, quel qu'ait été son mobile, ne saurait jamais lui non plus ce qu'étaient devenus ses hommes de main. Ce qui importait, en revanche, c'était que quelqu'un était au courant de l'existence de la machine et jugeait qu'elle valait la peine d'organiser une telle expédition nocturne.

— Rappelez-vous la machine de Bonsack qui a brûlé à Lynchburg, dit Chess.

— Oui, je sais. Il n'est pas impossible que ce soit la même personne… En tout cas, nous allons devoir redoubler de précautions. J'irai le plus tôt possible à Durham pour essayer d'apprendre quelque chose.

Un lavage à grande eau effaça les taches de sang. La mort des deux inconnus resterait un secret bien gardé. Mais, des semaines durant, les nuits de Chess furent troublées par un vieux rêve qui, croyait-elle, n'aurait pas dû revenir la tourmenter. Elle était jeune, le printemps faisait fleurir les arbres et les buissons. Dans l'herbe d'un vert tendre, une tache rouge répandue près d'un chapeau de feutre gris souillait un dolman aux boutons dorés et coulait jusqu'à une main inerte où brillait une chevalière d'or…

Le cauchemar de la mort de son père la hanta chaque nuit, mêlé à la vision de deux cadavres déchiquetés d'où s'écoulait un ruisseau de sang. Ce ruisseau enflait jusqu'à former un fleuve qui emportait les corps au loin et ne laissait derrière eux que l'odeur fade et écœurante du sang.

Par bonheur, Chess ne se rappelait rien de ses rêves le matin venu. Elle ne se sentait pas autant reposée qu'elle l'aurait souhaité, elle savait simplement qu'elle était heureuse d'être éveillée.

Nate informa Chess qu'il allait engager un homme pour travailler au moulin. Le plus grand et le plus fort qu'il trouverait avec, si possible, la mine la plus rébarbative.

— Il me remplacera le mardi et le mercredi. Cela me donnera le temps d'achever la finition des pièces et d'aller aux nouvelles à Durham.

Ils n'auraient pas de mal à lui payer ses gages. Le moulin leur rapportait même assez pour leur permettre de reconstituer leurs économies.

— Laissez-moi quand même le voir avant de l'engager, c'est moi qui passerai mes journées avec lui, répondit Chess. Et gardons-le un jour de plus, il vous aidera au moulin pendant que je resterai à la maison. J'ai besoin d'un peu de temps à moi, ne serait-ce que pour faire le ménage : cet endroit devient une véritable porcherie. Il va aussi falloir que je reçoive. Je connais maintenant beaucoup de fermières des environs et quatre des dames qui étaient au déjeuner d'Edith Horton m'ont déposé leurs cartes de visite.

— Pourquoi n'ont-elles pas traversé le pont pour venir vous voir au moulin ?

— Parce qu'il s'agissait de visites de courtoisie.

— Encore une de vos fameuses règles de savoir-vivre ?

— Ne vous encombrez pas la tête de ces futilités, Nathan. Choisissez seulement une journée pour être au moulin avec votre monstre et me laisser seule à la maison. Au fait, rapportez-moi de Durham du beau papier à lettres. Je dois prévenir les gens de mon jour de réception.

Chess usa désormais de ses jeudis pour aller rendre visite à ses voisines. Elle avait tant besoin d'une vie sociale normale que le froid ne l'arrêtait pas. Et c'est ainsi que, peu à peu, ses cauchemars cessèrent.

Nate se rendait à Durham le mardi parce que le journal local, un hebdomadaire, paraissait le lundi. Un des mystères de son cambriolage se trouva éclairci, partiellement du moins, dès son premier passage en ville.

Le receveur de la poste, Jack Burlington, l'accueillit avec une cordialité débordante.

— Salut, Nate ! Un revenant, ma parole ! On ne vous voyait plus depuis si longtemps qu'on vous croyait parti chercher de l'or en Californie.

Les yeux brillants de curiosité, Burlington approcha de Nate son visage rouge et bouffi. À dix heures du matin, il empestait le whiskey et le tabac à chiquer. Dissimulant son dégoût, Nate se força à rire de ce trait d'esprit dont l'auteur était seul à apprécier la finesse : nul, hormis les idiots de villages, n'ignorait que l'or de la Californie était épuisé depuis plus de vingt ans.

Nate enregistra l'insulte dans un coin de sa mémoire et se promit que le jour viendrait où Burlington n'oserait plus s'adresser à lui que chapeau bas en lui donnant du *Monsieur* Richardson long comme le bras.

— J'ai reçu du courrier pendant ma longue absence ? demanda-t-il quand il estima avoir assez ri.

Burlington posa devant lui sur le comptoir une pile d'enveloppes. Celle du dessus, dactylographiée, portait l'en-tête des Papeteries Ellansee.

— Auriez-vous des parents dans les cigarettes ? Blackwell reçoit un tas de colis de chez Ellansee depuis qu'il s'est mis à fabriquer ces tubes à la manque.

Sur quoi, Burlington lâcha dans un crachoir un jet de jus de chique censé symboliser le mépris des vrais hommes pour les femmelettes qui fumaient la cigarette.

— Oui, le mari de ma sœur, répondit Nate.

Même si Burlington croyait à son mensonge, hypothèse fort improbable, il était déjà trop tard pour empêcher les rumeurs de courir, le cambriolage avorté le prouvait assez clairement. Au moins, Nate en savait maintenant la raison. Il découvrait aussi que Blackwell, le Taureau, misait sur l'avenir des cigarettes. Il n'avait plus de temps à perdre.

Assommé par ce coup du sort, Nate n'en laissa rien voir et perdit de son précieux temps à échanger avec le receveur des banalités sur les mérites comparés de la meunerie et du tri postal. À la campagne en général et dans le Sud en particulier, la moindre transaction devait s'entourer d'interminables bavardages. Toute hâte était considérée comme suspecte et alimentait les rumeurs.

Quand il put enfin prendre le large, Nate fourra son courrier dans sa poche sans le lire. Cela pouvait attendre. Un entretien avec Jim Monroe, en revanche, s'imposait d'urgence car Jim était au courant de tout ce que le journal n'imprimait pas. Le grand bazar où il travaillait était un excellent endroit pour récolter des nouvelles inédites ; quant au Dixie, l'établissement où sa Dorena exerçait ses talents, il était encore plus précieux — d'autant que Dorena rapportait à Jim sur l'oreiller tout ce qu'elle savait.

Jim avait en effet entendu dire que Blackwell et Buck Duke étaient tous deux en rapport avec les émissaires de Bonsack. Il ne fit en revanche aucune allusion à l'absence inexpliquée de deux hommes du pays. Nate en déduisit qu'il ignorerait sans doute à jamais l'identité de ses victimes.

Les deux amis dévorèrent un copieux dîner que Dorena leur servit en personne dans la salle de bar. Nate eut avec elle un échange de vues d'une grande originalité sur le froid qui ouvrait l'appétit, Noël qui arrivait si vite qu'on se laissait toujours surprendre impréparé et la métamorphose de Jim, devenu un modèle d'élégance depuis qu'il côtoyait les citadins au bazar.

— Charmante personne, commenta Nate quand Dorena se fut retirée.

— Ah ça, on peut le dire ! approuva Jim avec chaleur. Au fait, Nate, ajouta-t-il sur le ton de la confidence, elle a une amie qui serait bougrement contente de rencontrer un ami à moi. Julie, elle s'appelle. Une foutue brave fille, mignonne comme un cœur et propre comme un sou neuf.

— Non merci, Jim, sans façons. C'est curieux, mais on oublie les femmes quand on travaille dur.

— Sacré bon dieu, Nate, de toute ma putain de vie c'est bien la chose la plus foutrement triste que j'aie jamais entendue ! protesta Jim dans une grande envolée lyrique.

— J'ai une femme, au cas où vous l'auriez oublié.

Jim piqua du nez dans son assiette en rougissant — Chess l'avait toujours fait rougir.

Nate perdit le sourire se disant qu'il négligeait

Chess de manière inexcusable. Il lui avait promis un autre enfant mais, depuis près de six mois, n'accomplissait rien pour tenir sa parole. Le repas fini, il alla lui acheter un cadeau au bazar, une superbe carte de Noël en bristol peinte à la main de vives couleurs — la dernière nouveauté en la matière, selon Jim.

— Mettez-la dans la boîte de bonbons, lui dit Nate. Celle qui est décorée avec la scène de la Crèche.

Cette nuit-là, il retroussa la chemise de nuit de Chess qui écarta les jambes, prête à l'accueillir.

— Tenez-moi par le cou, chérie. Vous vous rappelez, n'est-ce pas ? murmura Nate.

Chess le repoussa sans ménagement. Elle avait cru entendre la voix rêveuse d'Alva évoquer ses souvenirs.

— Ne m'appelez pas *chérie* ! hurla-t-elle. Jamais plus, vous entendez ? Je ne peux pas souffrir ce mot !

Nate en resta coi. La perte de Frank lui faisait-elle redouter une nouvelle grossesse ?

— Vous ne voulez plus d'enfant, Chess ? hasarda-t-il timidement.

Chess discerna l'inquiétude qui altérait sa voix et se radoucit aussitôt.

— Si, j'en veux, répondit-elle. Je préfère seulement que vous m'appeliez par mon nom.

— Bien sûr, Chess. Tenez-moi par le cou, Chess. Je ne vous ferai pas mal, je vous le promets.

Elle lui serra le cou en fermant les yeux pour mieux se sentir possédée et profiter des trop brefs instants de vraie intimité qu'il daignait lui accorder.

Le jour de Noël, elle lui fit la surprise du grand matelas bourré de copeaux de bois à la bonne odeur fraîche.

Il n'était rien qu'à eux, que pour eux. Il n'y avait plus de place dessus pour le fantôme d'Alva.

20

L'hercule engagé au moulin avait une épaisse barbe grise qui lui donnait une allure redoutable. Il s'appelait Bobby Fred Hamilton mais Nate le surnomma Soldat parce qu'il était un vétéran de l'armée confédérée. Ayant appris que Chess était la fille d'un officier de Robert E. Lee, il devint dès le premier jour son chevalier servant.

Bobby Fred avait lui-même servi sous le général Nathan Bedford Forrest. Sa voix, qui s'enrouait en évoquant le trépas de son chef, retrouvait l'éclat d'une fanfare pour revivre ses glorieuses charges de cavalerie contre les maudits Yankees dans les collines du Tennessee. Assise près de lui sur le perron de pierre, Chess l'écoutait des heures durant sous la pâle lumière du soleil hivernal. Les fêtes de fin d'année étant finies, les champs gelés et les routes verglacées trop périlleuses pour les chevaux, les charrettes de grain étaient rares à franchir le pont.

Bobby Fred, qui venait à pied de la ferme de son cousin à deux lieues de là, arrivait au moulin la barbe blanche de givre. Chess s'inquiétait à son sujet : il avait été blessé à la poitrine à la bataille de Vicksburg et ce n'était plus un jeune homme. De son côté, Bobby se tracassait pour Chess : une belle dame comme elle, dont le père avait été officier de maître Robert, ne devrait pas avoir à pelleter de la farine et balayer le plancher.

Il ne leur fallut pas longtemps pour se vouer une indéfectible amitié.

— Je donnerais ma vie pour Mme Richardson, Nate, lui dit un jour le vieux soldat.

Il refusait d'appeler Chess par son prénom mais n'avait pas le même scrupule envers Nate, dont le père ne s'était pas illustré pendant la guerre.

207

— Je vous crois volontiers, Soldat, et je vous en suis sincèrement reconnaissant.

Sa double réputation de terreur au corps à corps et de tireur d'élite consolait Nate de devoir le payer à se tourner les pouces. Sa seule présence suffisait à faire réfléchir quiconque aurait conçu de noirs desseins sur la propriété.

— Il effarouchera les clients qui viendront porter leur grain à moudre après le dégel, dit Chess en riant. Je les vois déjà tourner bride et fouetter leurs chevaux pour prendre plus vite la fuite !

— Ce sera sans importance, nous aurons commencé à fabriquer des cigarettes, répondit Nate, sûr de lui.

Chess pria pour qu'il ait raison. Son obsession de la machine prenait des proportions alarmantes.

À la mi-février, Nate put enfin procéder aux essais.

Il y eut d'emblée un problème majeur : l'arbre moteur, relié à la roue à aubes par un engrenage identique à celui qui entraînait les meules, tournait beaucoup trop lentement. Pourtant, même au ralenti, les bielles actionnaient les pignons qui s'engrenaient en souplesse, la trappe de la trémie s'ouvrait et se fermait en cadence, les galets du papier tournaient, le convoyeur de toile se déroulait sans à-coups sous la brosse du réservoir de colle tandis que la cisaille retombait régulièrement dans le vide.

Chess et Nate se dévisageaient, sidérés. La nature humaine est ainsi faite qu'il est normal de rester d'abord incrédule devant la réalisation d'un rêve. Seuls les très jeunes enfants croient qu'un miracle est naturel.

Nate alla jusqu'à Richmond chercher ses fournitures — la colle, les rouleaux de papier à cigarettes et de papier d'emballage, les caisses en carton. Il acheta son tabac en feuilles par petites quantités dans quatre entrepôts avec lesquels il n'avait jamais traité et paya chaque fois en liquide sous des noms d'emprunt différents. Il fit un détour pour éviter de passer près de la manufacture d'Allen & Ginter. Il était improbable que l'employé qui l'avait reçu le jour de son mariage le reconnaisse, mais maintenant qu'il touchait au but, aucune précaution ne lui paraissait superflue.

Pendant le long trajet de retour, il dormit dans son chariot, le revolver à la main. Pour la première fois de sa vie, il négligea plusieurs jours de se laver.

Au moulin, Chess fixait la route des yeux en écoutant distraitement les souvenirs de guerre de Bobby Fred.

Nate revint en pleine nuit afin de cacher son chargement à Bobby Fred. Celui-ci, embusqué dans les bois pour veiller sur Chess, faillit le tirer comme un lapin.

— Vous pouvez remercier le Seigneur qu'il y ait clair de lune, dit-il à Nate. Je vais vous aider à décharger.

Il eut beau lui donner sa parole de confédéré de ne révéler à âme qui vive ce qu'il avait vu, Nate resta soucieux. Mais Chess avait dans le vieux soldat une confiance aveugle et Nate dut convenir par la suite qu'elle avait raison.

Leurs préparatifs étaient loin d'être terminés : équeuter et pulvériser les feuilles de tabac, modifier les engrenages de liaison avec la roue à aubes, dénommer leur compagnie et l'enregistrer au tribunal.

— Nous la baptiserons la Compagnie des cigarettes Standish, en l'honneur de votre grand-père et de sa machine, déclara Nate à Chess. Mais fabriquons d'abord notre premier lot et vendons-le. Les registres sont publics, les vautours vont se précipiter. Nous attendrons la dernière minute.

Le 1er avril au matin, Soldat aida Nate à charger

dans le chariot cinq cents caisses contenant chacune cent paquets de dix cigarettes.

— Je vais à Durham, annonça Nate, le regard brillant de gaieté. C'est là que Buck et le Taureau se croient les plus forts. Je leur assènerai le premier coup avant qu'ils aient le temps de réagir.

Il croisa le premier chariot de grain à l'entrée du pont. Avec le printemps, les affaires du moulin prospéraient de jour en jour. Voilà au moins de quoi m'occuper, pensa Chess avec soulagement. Cela rendra l'attente moins pénible.

Elle remplissait un baril quand Nate apparut sur le pas de la porte. De saisissement, elle renversa la farine. Il n'était pas même parti une demi-journée...

— Nathan! Qu'y a-t-il? s'écria-t-elle, angoissée.

— Tout est vendu, Chess! Nos cinq cent mille petits tubes, tous vendus jusqu'au dernier! Nous avons déjà un avocat en train d'enregistrer la compagnie, un compte ouvert à la banque Morehead et un plein chargement de tabac prêt à rouler! Nouez les brides de votre chapeau, on s'envole!

Il s'aperçut alors de la présence du client, un fermier voisin, qui le dévisageait avec stupeur.

— Approchez, Alec, que je vous serre la main! Aujourd'hui, votre mouture est à mon compte. C'est mon jour de chance, je veux que vous en profitiez.

Alec se confondit en remerciements. Mais une fois de retour chez lui, il confia à sa femme que ce pauvre Richardson avait complètement perdu la boule.

Cette vente miraculeuse avait une raison fort simple : le prix. Buck Duke, Allen & Ginter et les autres fabricants vendaient aux détaillants leurs cigarettes roulées à la main cinq dollars les mille, alors que Nate ne demandait des siennes que trois dollars soixante-quinze.

— Je venais d'acheter les timbres taxes et j'allais demander à Jim de m'aider à les coller sur les paquets, raconta Nate à Chess, quand le voyageur de votre oncle Lewis est entré dans le magasin et m'a acheté tout le lot pour l'écouler au détail pendant sa tournée ! Il va sans doute revendre séparément les timbres et les cigarettes mais ça, ça ne me regarde pas. J'ai le reçu de l'administration, je suis paré. Jim était fou de rage, je devais lui en vendre un ou deux mille. Du coup, il en veut cinq mille…

Nate s'interrompit et alla au bas de l'échelle.

— Venez donc, Soldat ! Vous allez monter en grade !

Le colosse apparut. Nate lui assena une claque dans le dos, signe habituel de considération.

— Soldat, je m'apprête à embaucher un compagnon qui travaillera pour vous. À partir de maintenant, c'est vous le patron au moulin. Mme Richardson et moi serons trop occupés à construire une usine de cigarettes.

Il était parti avant que Chess ait pu lui poser une question. Elle échangea avec Bobby Fred un regard ahuri, eut un haussement d'épaules fataliste et ils éclatèrent de rire à l'unisson. Quand on se trouvait entraîné dans le tourbillon de Nate, nul n'avait le temps de s'ennuyer.

Le lendemain, la machine fonctionna entre les passages des clients au moulin. Après avoir dix fois débranché et rebranché à tour de rôle les meules et la machine, Nate se plaignit amèrement de la maigreur de sa production : pas plus de cinq mille cigarettes.

— C'est suffisant pour honorer la commande de Jim, Nathan, lui fit observer Chess. Et cela n'a pas demandé longtemps, compte tenu des interruptions.

— Vous ne comprenez donc pas ? Si la machine tournait en permanence, nous pourrions produire plus de cinquante mille cigarettes par jour. Cela représente un prix de vente de près de deux cents dollars qui nous laisserait, déduction faite des taxes, du tabac et des fournitures, un bénéfice net de cinquante dollars. Vous rendez-vous compte ? Cinquante dollars par jour, tous les jours ! À ce rythme-là, nous gagnerions davantage avant même la fin de la semaine que ce qu'ont rapporté mes feuilles de cape !

— Sans vouloir jouer les rabat-joie, Nathan, vous n'êtes pas sûr de pouvoir vendre cinquante mille cigarettes par mois, encore moins par jour, alors que le moulin nous rapporte régulièrement une vingtaine de dollars par mois. C'est déjà beaucoup d'argent.

— Il n'a jamais été question d'arrêter le moulin mais de construire une usine exclusivement réservée à la production de cigarettes. Nous avons plus de quatre cents dollars à la banque, Chess ! Pour ce prix-là, nous pourrions nous bâtir un palais si nous en avions envie.

Les jambes soudain flageolantes, Chess tomba assise par terre. Quatre cents dollars ? Une somme inimaginable ! Mais après tout, de quoi s'étonnait-elle ? Nathan et elle avaient tout calculé ensemble. Depuis, il est vrai, elle n'avait raisonné qu'en termes de prix au mille sans tenir compte de la valeur que représentait le demi-million de cigarettes chargées dans le chariot...

Elle reprit rapidement ses esprits et se releva d'un bond, à nouveau pleine d'énergie.

— Vous avez raison. Nous allons engager une équipe pour fabriquer au plus vite une roue à aubes. Jim et vous y aviez passé deux mois, c'est trop long. Je pense aussi que l'usine devra être construite en brique plutôt qu'en bois. Un incendie serait un désastre.

Son regard n'avait à ce moment-là rien à envier à celui de son mari. Il brillait de la même flamme.

Trois jours plus tard, le shérif du comté de Durham se présenta escorté de deux adjoints en armes. Tandis que ses hommes prenaient position à l'entrée du moulin, il remit à Nate une assignation en contrefaçon de brevet : la Compagnie Bonsack le poursuivait en dommages-intérêts pour la somme de cinquante mille dollars. Le shérif apposa les scellés sur la porte et commit un de ses subordonnés à sa surveillance.

— L'accès aux locaux est interdit jusqu'à la fin de la procédure, déclara-t-il. La machine que vous y entreposez est une pièce à conviction.

De son plus bel accent du Tennessee, Bobby Fred déclara alors qu'il se sentait d'humeur à rester dans les parages, en précisant :

— Je n'aime pas l'idée que ce soit le renard qui garde le poulailler. Ce petit gars-là, je l'aurai à l'œil.

— Attention à ce que vous dites ! protesta le jeune shérif adjoint.

Il défia Bobby Fred du regard, pâlit et se détourna en affectant de secouer la poignée de la porte comme pour vérifier qu'elle était bien fermée.

Nate entraîna Chess vers la maison.

— Retrouvez vite le brevet, nous allons voir Pete Bingham, l'avocat de Durham dont je vous ai parlé. Ce shérif ne m'inspire aucune confiance, il n'a rien à faire ici. Nous sommes dans le comté d'Orange, pas dans celui de Durham. Je vous avais dit que les vautours ne tarderaient pas à se ruer sur nous… Il y a des gens qui s'énervent, à Durham.

— L'assignation ne mentionne que Bonsack.

— Oui, mais Bonsack est loin. C'est donc sûrement quelqu'un d'ici qui lui en a donné l'idée. Votre grand-père a déposé son brevet avant lui, l'affaire est très simple, Pete la réglera en un tournemain.

— Peut-être pas si simple. Laissez-moi réfléchir…

Une minute plus tard, Chess exposa à Nate son raisonnement. La machine Bonsack tombait sans cesse en panne alors que celle d'Augustus Standish fonctionnait à la perfection. Leur conception était donc différente. Ils n'auraient pas de mal à prouver l'antériorité du brevet Standish et à obtenir un jugement déboutant Bonsack de sa plainte. Mais n'auraient-ils pas plutôt intérêt à ce que leurs concurrents continuent à utiliser la machine Bonsack avec ses défauts? S'ils plaidaient, la machine Standish serait produite à titre de preuve et l'adversaire aurait tout loisir de l'examiner en détail pour déterminer ce qui la différenciait de celle de Bonsack et la rendait plus fiable.

— Ne tenteriez-vous pas vous-même de faire passer un ingénieur pour un homme de loi, qui pourrait prendre autant de mesures et exécuter autant de dessins qu'il voudrait? Moi, si! Le mieux, à mon avis, serait de tenir les avocats en dehors de l'affaire, de traiter directement avec Bonsack et de lui proposer un compromis: nous nous en tiendrons là s'il s'engage à nous laisser tranquilles.

Nate se gratta la tête.

— Ma foi, vous avez raison. En attendant, il y a quand même un problème à régler. Nous devons nous assurer que ce shérif ne pourra pas mettre la main sur notre machine ou envoyer quelqu'un l'examiner de près. J'ai une idée…

Quelques instants plus tard, munie d'un pot de café frais à l'arôme tentateur, Chess sortit de la maison et s'approcha des deux hommes qui se regardaient en chiens de faïence, plantés de part et d'autre de l'entrée du moulin.

— Vous me faisiez pitié, mes pauvres amis! dit-elle avec son plus beau sourire. Voilà de quoi vous réchauffer…

Elle versa une pleine tasse au jeune shérif. Puis, en tendant la sienne à Bobby Fred, elle lui chuchota de refuser et d'aller rejoindre Nate près de la roue à aubes. Feignant la mauvaise humeur, le colosse s'exécuta avec un naturel digne d'un acteur consommé.

Tandis que Chess occupait le shérif en bavardant et en buvant du café avec lui, Nate et Bobby Fred s'introduisirent dans le moulin en s'aidant de la rotation de la roue jusqu'à une fenêtre de l'étage supérieur. Ils y fixèrent une corde le long de laquelle Nate se laissa glisser jusqu'à la fenêtre du local où se trouvait la machine. Il en démonta rapidement les pièces essentielles qu'il plaça dans des barils vides que Bobby Fred remontait au fur et à mesure.

Chess était enrouée à force de parler pour ne rien dire et de se contraindre à rire mais il ne subsistait de la machine que le bâti quand Nate se hissa le long de la corde afin de redescendre par la roue. Bobby Fred lui passa les barils à l'aide de la corde, regagna la terre ferme à son tour et les deux hommes allèrent dissimuler les précieux barils au plus profond des bois, sous des tas de feuilles mortes.

— Je ne m'étais pas aussi amusé depuis mes patrouilles de nuit dans l'armée! commenta Soldat avec un rire caverneux.

— Je crois savoir, monsieur Bonsack, que vous avez eu avec mon grand-père Augustus Standish, de la plantation de Harefields, certaines conversations, disons… techniques.

Pleine d'élégance et de dignité dans sa robe gris et blanc, Chess était coiffée d'une capeline de paille que Jim Monroe lui avait vendue à crédit, leur compte à la banque Morehead étant bloqué jusqu'à la fin du procès.

L'avocat de Bonsack voulut intervenir au nom de son client. Nate lui imposa silence :

— C'est ma femme qui parle, monsieur! Vous n'auriez pas, j'espère, la grossièreté de vouloir interrompre une dame? Je le considérerais comme une injure délibérée.

Mortifié, l'autre se tint coi. Affectant d'ignorer l'incident, Chess reprit de son ton le plus suave :

— Je devine à votre expression, monsieur Bonsack, que vous vous doutez déjà de ce que je m'apprête à vous dire. Vous n'avez cependant pas lieu d'être inquiet…

Moins d'une heure plus tard, l'accord était conclu.

Nate accompagna l'avocat au bureau du télégraphe.

— Je veux être certain que vous rappelez vos

chiens pour de bon, déclara-t-il à l'homme qui tentait de protester.

En réalité, c'était surtout l'identité desdits *chiens* qui l'intéressait.

— C'est bien ce que je pensais, rapporta-t-il ensuite à Chess. Il s'agissait de Buck Duke et du Taureau. Votre cher oncle Lewis faisait lui aussi partie de la bande.

— Oncle Lewis ? s'exclama Chess, stupéfaite. Mais il sait que vous êtes mon mari ! C'est un ami de mon grand-père !

— Je vous ai déjà avertie, Chess, il n'y a pas d'amitié dans les affaires, surtout dans le tabac. C'est chacun pour soi et tous les coups sont permis.

Nate recruta une douzaine de gardes pour patrouiller et surveiller les lieux en permanence sous le commandement de Bobby Fred. Il ne remonta la machine qu'une fois sa troupe en place et après avoir changé le cadenas et ajouté des verrous à la porte du local.

— Et maintenant, on va passer aux choses sérieuses ! annonça-t-il, les yeux pétillants de gaieté. Ces salauds ont essayé de nous intimider. À leur tour de trembler !

21

Les hommes du shérif ayant refoulé les clients du moulin jusqu'à ce que le retrait de la plainte de Bonsack mette fin à la procédure, Chess craignait que personne ne leur apporte plus de grain à moudre. Or, elle eut la surprise de recevoir tous les jours, de l'aube au crépuscule, une file quasi ininterrompue de charrettes. La foule faisait régner une atmosphère de carnaval et nul ne se formalisait de devoir attendre son tour parfois longtemps.

— Je suis morte de fatigue mais je ne le regrette pas, Nathan, dit Chess à la fin du deuxième jour. C'est si bon de voir tant de gens nous exprimer leur soutien !

— Dites plutôt qu'ils viennent par curiosité, Chess, répondit-il en riant de sa naïveté. Certains amènent même leur famille au complet. Ils ne savent pas au juste pourquoi ni comment mais nous avons battu les représentants de la Loi et cela fait de nous des héros. Les shérifs mettent leur nez dans les affaires des autres et personne n'aime cela à la campagne, surtout dans le Sud.

Pendant que Chess et Bobby Fred s'occupaient du moulin, Nate se rendait chaque jour à Durham sous prétexte de traiter ses affaires : une fois, il commanda les briques pour la future usine tout en les prétendant destinées à la maison qu'il voulait construire ; une autre, il livra à Jim Monroe sa commande de cinq mille cigarettes ; une autre encore, il distribua dans les magasins et les bars des boîtes de cent cigarettes à titre d'échantillons gratuits.

— Essayer ne coûte rien, disait-il aux commerçants. Fumez-en vous-même et faites-les goûter à vos clients. Quand vous passerez vos commandes fermes, vous gagnerez un *cent* et quart sur le paquet de dix revendu à cinq *cents*.

Il y allait en réalité pour se montrer, de préférence aux concurrents devant lesquels il paradait en vainqueur, plus souriant et sûr de lui que jamais. Il prit également soin d'aller *s'excuser* auprès d'Eugene Morehead, le président de la banque, des inconvénients que cette *regrettable erreur* aurait pu lui causer. Sur quoi le banquier s'empressa de lui présenter ses propres excuses pour la situation embarrassante dans laquelle, à son vif regret, il avait été contraint et forcé de mettre un client aussi estimable que M. Richardson.

Quand il sortit de la banque, Nate bombait le torse. Lui, Nate Richardson, le petit paysan du comté d'Alamance, reçu avec des courbettes par un prési-

dent de banque! Il en rêvait depuis si longtemps —
et ce n'était qu'un début...

— Hé, Nate! C'est bien toi?

Il se retourna et reconnut son frère Gideon.

— Gid! s'écria-t-il. Je suis bien content de te voir.
Que deviens-tu? Tu as une mine superbe!

Et c'était vrai. Mince, musclé, hâlé, vêtu d'un élégant complet au gilet barré d'une chaîne de montre
en or, Gideon respirait la prospérité. Comme moi,
se dit Nate. Chacun dans leur genre, les Richardson
sont des gagneurs!

Nate lui assena dans le dos une claque fraternelle
et l'invita à dîner, en se demandant toutefois s'il
serait convenable pour un pasteur de pénétrer dans
un lieu tel que le Dixie Bar. Gideon lui évita de
poser la question.

— Désolé, Nate, je vais prendre le train. Si j'avais
su que tu étais là, je me serais organisé autrement.
En tout cas, je suis enchanté de t'avoir vu. As-tu des
nouvelles de Maman et des autres? Je suis sur la
route depuis deux mois, j'ai un peu perdu le contact
avec la famille.

Gêné, Nate bredouilla qu'il était lui-même débordé
et n'avait jamais été très porté sur la correspondance.

— Je ne vaux guère mieux que toi. Dieu merci,
Lily sauve notre réputation, elle écrit régulièrement
tous les mois à notre mère.

Lily... Le cœur de Nate cessa de battre. Pris par
son travail, ses projets, la construction de la
machine, il avait réussi à la bannir de sa mémoire.
Voilà qu'elle y reparaissait d'un coup, avec ses cheveux d'or et le subtil parfum de sa peau, plus entêtant
que l'odeur de tabac qui empestait l'air autour de
lui. Incapable de réprimer une érection trop visible
malgré son pantalon ajusté, Nate rougit de honte.
Sa réaction bestiale allait-elle le trahir, faire découvrir à son frère le désir illicite que lui inspirait sa
femme? Il aurait volontiers roué Gideon de coups
pour le seul motif que Lily était à lui.

Par chance, Gideon n'avait rien remarqué.

— Il faut que je me dépêche. Le train ne m'attendra pas et je dois attraper une correspondance à Raleigh. Dieu te bénisse, Nate !

Après avoir suivi des yeux son frère qui s'éloignait, Nate prit d'un pas pesant le chemin du Dixie Bar.

— Nate ! Vous êtes célèbre en ville, j'espère que vous le savez ! s'exclama Dorena en le voyant entrer.

Peinte, parfumée, elle étalait ses charmes aux éventuels amateurs. De son côté, torturé par l'évocation de la fraîche et innocente beauté de Lily, Nate ne pouvait chasser le souvenir de ses seins si fermes, de sa taille si fine, de ses lèvres si douces…

— Où est votre amie Julie, Dorena ? J'aimerais bien faire sa connaissance.

Le jeudi, son *jour* de réception, Chess reçut Edith Horton. Réservant l'unique fauteuil à son invitée, elle servit le café avant de prendre place sur un tabouret.

— Voulez-vous du sucre, Edith ?

— Non, merci. J'ai horreur du café sans sucre mais je dois à tout prix perdre du poids. Vous avez bien de la chance, Chess, d'avoir gardé votre taille de jeune fille !

Au fil de leurs rencontres, Edith devenait l'amie que Chess avait rêvé de rencontrer, une femme avec qui elle pouvait aborder à cœur ouvert des questions personnelles.

— Si vous m'aviez vue il y a deux ans, Edith ! Un vrai manche à balai. Je me force à boire beaucoup de lait mais je n'ai jamais eu grand appétit… sauf depuis quelques semaines. Cela signifierait-il que je suis enceinte, à votre avis ?

— Quelle merveilleuse nouvelle, Chess ! Depuis combien de temps ?

— À vrai dire, je ne sais pas. J'ai toujours eu des règles très irrégulières.

— Il faut voir un médecin, Chess. J'allais chez le Dr Arthur Mason, le meilleur obstétricien de l'État. Mais il doit être très âgé, je lui écrirai dès demain pour savoir s'il pratique encore. Je ne suis plus très au courant. Vous comprenez, Jessie, ma plus jeune, a déjà douze ans. Mais dites-moi, souffrez-vous de nausées matinales ?

L'après-midi s'écoula gaiement en bavardages sur les enfants d'Edith, le Dr Mason, les prénoms des garçons et des filles. Chess n'avait jamais été aussi heureuse.

Sauf quand elle était avec Nathan, mais cela n'avait rien de comparable. Il irradiait tant d'énergie, il avait une telle soif de risque et d'aventure qu'elle se sentait à côté de lui vivre à bride abattue. Avec Edith, au contraire, tout était serein, familier, apaisant.

J'ai la chance unique au monde, se dit-elle, de pouvoir aussi bien profiter des deux.

La conduite de la machine était très simple. Nate remplissait la trémie, ajustait la tension du long ruban de papier et mettait le mécanisme en marche. Avec un concert assourdissant de claquements, grincements, frottements et autres bruits variés, la machine crachait les cigarettes dans une boîte disposée sous la cisaille. Chess égalisait la pile au fur et à mesure et remplaçait la boîte lorsqu'elle était pleine. Nate et elle inspectaient ensuite la production, rejetaient les cigarettes défectueuses et disposaient les autres par dix sur des carrés de bristol, placés au centre de feuilles de papier qu'ils repliaient pour former des paquets, eux-mêmes empilés par cent dans des caisses.

Ils les préparaient ce jeudi-là quand Chess annonça à Nate qu'elle croyait être enceinte.

— Grand dieu, Chess, vous ne devriez pas vous fatiguer ! s'écria-t-il. Rentrez tout de suite vous reposer à la maison, je finirai seul... Non, je vais d'abord vous accompagner et je reviendrai terminer le travail.

— Ne vous affolez donc pas pour si peu, Nathan ! répondit-elle, à la fois ravie et amusée de sa sollicitude. Quand je serai vraiment trop fatiguée pour travailler, vous serez le premier à le savoir, soyez tranquille.

Elle éclata de rire et Nate comprit que tout allait bien. Son rire avait toujours sur lui le même effet.

Augusta Mary Richardson vint au monde le 10 octobre 1882. Dans un vrai lit de plumes, dans une vraie chambre à coucher à l'étage d'une confortable maison de brique, dotée du confort le plus moderne et entourée d'un jardin clos de barrières blanches. Le Dr Arthur Mason Jr, fils et successeur du célèbre obstétricien, s'était déplacé en personne de Raleigh pour procéder à l'accouchement. Rien n'était trop bon pour Mme Nathaniel Richardson, épouse de l'éminent industriel dont la flatteuse réputation ne cessait de s'étendre.

Un vaste bâtiment de brique se dressait derrière la maison, près de la rivière. De larges baies vitrées protégées par des grilles de fer l'éclairaient sur trois côtés, le quatrième étant réservé à l'imposante roue à aubes, presque deux fois plus grande que celle du moulin sur l'autre rive. Se détachant en gigantesques lettres noires sur les murs de brique rose, une enseigne proclamait qu'il s'agissait de la COMPAGNIE DES CIGARETTES STANDISH.

À peu de distance de l'usine, un autre bâtiment de brique aux trois quarts achevé atteignait la hauteur de l'énorme montagne de charbon qui s'élevait non loin de là. Cette structure aux murs aveugles était destinée à abriter le matériel de production de gaz de charbon, car l'usine et la maison devaient être éclairées au gaz. En outre, les canalisations étaient déjà posées afin d'alimenter le rutilant chauffe-eau de cuivre qui trônait dans la somptueuse salle de bains en marbre, identique à celle de la suite royale de l'hôtel des Planteurs à Danville.

Chess avait travaillé avec Nate jusqu'à l'avant-dernière semaine précédant l'accouchement. Le

Dr Mason professait des idées très avancées pour l'époque : il avait interdit à sa patiente de porter un corset et lui avait même prescrit de faire de longues promenades à pied. Jamais de sa vie Chess ne s'était sentie mieux ni n'avait eu meilleure mine.

Non qu'elle fût vraiment belle, la nature en avait décidé autrement. Son teint était trop pâle, ses cheveux trop blonds et trop lisses en un temps où la mode exigeait des joues roses et des bouclettes. Son nez, d'une finesse tout aristocratique, était trop long et trop pointu pour satisfaire aux canons de la beauté. Entre ses cils et ses sourcils du même blond argenté que sa chevelure, ses yeux gris se voyaient à peine. Ses pommettes haut placées lui creusaient les joues, elle avait une bouche un rien trop large, des lèvres un peu trop minces. Mais son teint lumineux, ses cheveux, ses yeux mêmes irradiaient la santé et sa silhouette s'était étoffée. Le bonheur l'embellissait plus sûrement que tous les cosmétiques.

Les cigarettes Standish avaient elles aussi changé d'allure. La marque CASTLE, symbolisée par une tour de jeu d'échecs, figurait au-dessus du nom de la Compagnie Standish dont le C et le S étaient surmontés d'une couronne. Les mêmes motifs figuraient sur le papier à lettres, les formulaires de commandes, les factures et même les chèques. MM. McDowell & Co, grossistes à Philadelphie, assuraient la distribution des cigarettes Standish. Ils achetaient tout ce qu'ils pouvaient obtenir et en réclamaient toujours davantage.

Beaucoup d'événements étaient survenus au cours des six derniers mois. Bien d'autres encore étaient en gestation pour les six mois à venir. Plus que jamais, Nate débordait d'idées et d'énergie. Chess aurait aimé souffler un peu pour profiter de leur foudroyante réussite, mais la notion même de pause était si étrangère au tempérament de Nate qu'elle s'abstint d'y faire allusion. Au bout de deux ans de mariage, elle commençait à le connaître.

— Allez donc à la foire de Raleigh, Nathan, lui

dit-elle à la fin du mois. Vous avez manqué les deux dernières, inutile de vous priver de celle-ci. Augusta et moi n'avons rien à craindre, Bobby Fred et Bonnie veilleront sur nous.

Bobby Fred vivait maintenant dans leur vieille maison d'une pièce. Quant à Bonnie, la fermière voisine engagée pour aider aux soins du ménage, elle occupait une chambre d'amis jusqu'à ce que le Dr Mason déclare Chess en état de reprendre le cours de ses activités.

Chess avait eu un accouchement difficile, marqué par dix-neuf heures de labeur, mais ses souffrances s'étaient évanouies dès l'instant où elle avait pu tenir son enfant dans ses bras. Là où sa raison lui disait qu'Augusta n'était pas un beau bébé, son cœur ne voyait que perfection et elle était abasourdie de bénéficier d'un tel miracle. Les idées progressistes du Dr Mason lui inspiraient aussi une profonde gratitude : le père avait exigé une nourrice pour les enfants d'Edith Horton alors que le fils accordait à Chess le plaisir exquis de nourrir elle-même Augusta.

La ville entière de Raleigh disparaissait sous les banderoles et les drapeaux. La cohue était telle dans les rues que Nate dut jouer des coudes pour se frayer un chemin vers le bord du trottoir afin de voir la cavalcade. Vivrait-il cent ans qu'il ne se lasserait jamais de la musique entraînante des fanfares et du spectacle des chars.

Ils étaient assez beaux cette année-là mais n'avaient rien d'exceptionnel. L'un des mieux décorés, celui de Blackwell, exhibait un énorme taureau et une pyramide de carton-pâte flanquée d'un palmier en feuilles de tabac séchées. On disait que les représentants de Blackwell en Égypte avaient peint une réclame pour le Taureau sur une pyramide. Nate le croyait volontiers ; avec toute la Caroline du Nord, il était fier du Taureau de Durham — aussi longtemps du moins que Blackwell se bornerait à vanter les mérites de son tabac à fumer et ne s'inté-resserait pas à la production de cigarettes.

Un de ces jours, pensa-t-il, lui aussi ferait peut-être défiler un char. Chess aurait sûrement une bonne idée : c'était elle qui avait imaginé, en moins de temps qu'il ne fallait pour le dire, la marque CASTLE et le dessin de la tour. Pourquoi ne pas construire une grande tour en carton avec une petite fille au sommet, comme celle que son grand-père avait sculptée pour elle ?

Nate se réjouissait qu'elle ait enfin ce bébé tant désiré et le bonheur de Chess le remplissait d'aise. Elle ne s'était jamais plainte quand les choses allaient mal ; maintenant qu'elles allaient bien, il veillerait à ce qu'elle ait tout ce dont elle avait envie. À l'exposition, il découvrirait sans doute de nou-velles inventions, telle que l'essoreuse à manivelle qu'il lui avait achetée pour ses jours de lessive ou la machine à éplucher les pommes de terre.

Nate ne cessait d'admirer les merveilles sorties de l'imagination des hommes. Pour lui, l'exposition constituait la partie la plus passionnante de la foire. Il s'attarda des heures sous la tente réservée aux applications de l'électricité, allant sans se lasser des fers à repasser aux ventilateurs, des lampes et des lustres aux appareils à griller le pain en tranches ou à une bouilloire en cuivre pour chauffer l'eau. Nate connaissait le principe de l'électricité et avait lu des articles dans les journaux mais rien ne l'avait pré-paré à ce qu'il contemplait. Il faisait nuit noire quand il quitta enfin les ingénieurs qui supervisaient le fonctionnement du générateur de courant ani-mant toute cette féerie.

— Et la lumière, Chess ! On y voyait mieux qu'en plein jour. L'électricité est la huitième merveille du monde.

À peine revenu de la foire, Nate ne parlait de rien d'autre. À New York, des buildings entiers étaient déjà éclairés à l'électricité. On disait même qu'à Londres il y avait des lampadaires électriques dans les rues.

— Vous devriez aller à New York par le train pour voir cela par vous-même, Nathan, déclara Chess, amusée.

— Je ne veux pas seulement voir, je veux l'avoir. Et je l'aurai! Vous rendez-vous compte que l'usine pourrait tourner jour et nuit? L'électricité actionnerait les machines par dizaines, par centaines... Il est grand temps de nous développer. Qu'en dites-vous, Chess?

— Je dis que cela ne m'étonne pas de vous, Nathan, répliqua-t-elle en souriant.

Le lendemain, après la tétée de six heures du matin, Chess se leva au grand scandale de Bonnie: le docteur avait décrété qu'elle devait attendre six ou sept semaines après l'accouchement et il ne s'en était écoulé que trois.

— Si je reste un jour de plus sans rien faire, je deviendrai folle à lier, rétorqua-t-elle. Vous ne voudriez quand même pas qu'Augusta ait une mère folle, n'est-ce pas?

En réalité, elle voulait voir Nate avant qu'il ne parte pour l'usine, Durham ou quelque autre lieu au gré de sa fantaisie.

Ils parlèrent plus d'une heure ce matin-là. En parfaite communion d'idées, l'un commençant une phrase que l'autre terminait, ils décidèrent avec un égal enthousiasme de s'enraciner à Durham et d'investir jusqu'à leur dernier sou — et même au-delà — dans l'expansion de l'affaire.

Nate et Bobby Fred allaient reproduire en plâtre les pièces de la machine Standish qu'ils confieraient à divers forgerons et fondeurs, choisis dans des localités éloignées et dispersées, afin, dans un premier temps, de monter cinq machines indestructibles en acier. Pendant la fabrication de ces répliques, ils construiraient des logements destinés aux futurs ouvriers ainsi qu'un magasin où ceux-ci pourraient s'approvisionner en tout ce dont ils auraient besoin.

— Le magasin d'abord, décida Nate. Les fermiers qui viennent au moulin trouveront commode de meubler leur attente en achetant de la corde, des clous, un sac d'engrais...

— Ou un cent de cigarettes Castle, ajouta Chess. Il faudra aussi acheter des chariots pour transporter la production jusqu'au chemin de fer, construire des écuries, recruter des cochers, des palefreniers, des manutentionnaires...

— Cela attendra. Dans l'immédiat, je veux une vraie voiture. Nous ne pouvons pas nous montrer dans une carriole de ferme pour nous rendre le dimanche à l'église.

Tant pour l'avenir de la petite Augusta que pour la position de Nate, il était en effet essentiel de s'intégrer à l'Église méthodiste de Durham, fréquentée par l'élite de la société et des milieux politiques.

— Je ne demande pas mieux. J'allais tous les dimanches à l'église avec mon grand-père, j'ai des remords de manquer à mes devoirs. Et puis, il faut que je trouve de quoi m'habiller, plus rien ne me va... Pensons aussi au baptême d'Augusta : Edith m'a déjà promis d'être sa marraine. Qui voudriez-vous comme parrain ? Si nous demandions à votre frère ?

— Ah, non ! s'exclama Nate.

Il se ressaisit aussitôt pour expliquer que Gideon était toujours parti par monts et par vaux, à la merci des évêques. Bobby Fred serait peut-être plus disponible.

— Parfait ! approuva Chess. Parlez-lui-en donc tout de suite, Nathan. Nous devons nous avancer au maximum. On est bientôt en novembre, l'hiver ralentira tout.

— Quand Chess a quelque chose en tête, le monde n'a qu'à bien se tenir, commenta Nate à Bobby Fred. Je pars en ville chercher une belle voiture. Vous devriez monter sans tarder à la maison prendre vos ordres.

— Et dire bonjour à ma filleule, ajouta Bobby Fred avec un large sourire.

Nate ne put s'empêcher de remarquer que, pour un vétéran endurci de la cavalerie du glorieux général Forrest, il avait les yeux étrangement humides.

Sur le chemin de Durham, son esprit tourna à plein régime. Il avait en effet un programme chargé : parler aux entrepreneurs, se renseigner sur les fonderies, pressentir Jim Monroe pour diriger le futur magasin. Sans oublier une visite de principe à la banque et une autre, plus urgente, au cottage où il avait installé Julie. Il devait lui donner une enveloppe pleine d'argent et un billet de train pour quitter la ville, solution d'autant plus regrettable qu'il était bien commode d'avoir ainsi une maîtresse à portée de la main. Mais Julie manifestait un goût trop prononcé pour le whiskey, il ne pouvait plus se fier à elle. Elle était fort capable d'arriver à l'église au beau milieu d'un service et de lui faire une scène devant tout le monde. Mais bah ! Une de perdue, dix — non, cent de retrouvées…

Il rentra chez lui aux guides d'une superbe victoria noire à quatre places, avec une capote de cuir rabattable par beau temps. Juste avant d'arriver, il alluma les deux lanternes à pétrole en cuivre — une invention si récente, lui avait affirmé le vendeur, qu'il n'en existait pas d'autre exemplaire à dix lieues à la ronde, pour le moment du moins. D'ailleurs, la nuit qui commençait à tomber justifiait cette démonstration de munificence.

Le dimanche 19 novembre, un rang entier de l'église méthodiste de la Trinité était occupé par M. Henry et Mme Edith Horton, M. Bobby Fred Hamilton, M. Nathaniel et Mme Francesca Richardson ainsi que Mlle Augusta Richardson, leur fille, âgée de cinq semaines et quatre jours. Pendant toute la durée du service dominical, ponctué d'hymnes chantés par la nombreuse assemblée avec autant de ferveur que de bruit, la jeune Mlle Richardson dormit comme un petit ange.

À la fin du service, une heure et quarante minutes plus tard, le révérend Sanders invita les fidèles à souhaiter à cette nouvelle famille la bienvenue au sein de leur congrégation. Parmi ceux qui s'en firent un devoir ou un plaisir, figuraient la famille Duke au complet ainsi qu'un gentleman distingué à la chevelure argentée du nom de Jules Carr, associé de Blackwell. Nate dit par la suite à Chess qu'il sentait leurs regards plantés dans son dos comme autant de poignards.

Après la cérémonie du baptême, le révérend Sanders escorta la petite Augusta, entourée d'une cour de grandes personnes, jusqu'au porche du temple où sa digne épouse s'avisa de faire des risettes à la jeune chrétienne. Celle-ci, qui avait jusqu'alors observé une sagesse exemplaire, manifesta bruyamment son mécontentement. L'incident menaçait de tourner à la catastrophe quand Edith Horton sauva la situation en entraînant Mme Sanders vers l'autel afin de la complimenter sur les fleurs qui le décoraient.

Le calme rétabli, Chess répondit par des sourires et des remerciements polis aux félicitations qui pleuvaient de toutes parts pendant que Nate et Bobby Fred subissaient la même épreuve avec un égal stoïcisme. Il faisait un superbe temps d'automne, frais et ensoleillé, qui rendait presque supportable l'odeur omniprésente du tabac. Chess nageait dans le bonheur. Nathan et elle prenaient leur place au milieu de ces gens accueillants et sympathiques. Elle aurait désormais tout ce qu'elle avait toujours souhaité. Mieux encore, elle pourrait donner à Augusta l'existence la plus heureuse et la mieux remplie dont une petite fille puisse rêver. Celle qu'elle-même n'avait jamais pu mener.

Durham étant encore dépourvue d'hôtels et de restaurants, Edith et Henry Horton les reçurent à dîner dans une pension de famille à la cuisine particulièrement réputée. Chess se retira dans une chambre réservée à son intention le temps de nourrir et changer Augusta. Enfin, le repas terminé, ils se rendirent au studio d'un photographe ambulant, de passage à Durham pour une semaine.

L'homme de l'art réalisa d'abord le classique portrait de famille : Chess assise avec sa fille dans les bras et son mari debout derrière elle. Il immortalisa ensuite Edith et Henry Horton puis, devant l'insistance de Chess et malgré les protestations du parrain, Bobby Fred portant Augusta. Après quoi Edith et Chess se firent chacune tirer le portrait, destiné à orner les cartes de visite illustrées qui, selon Miss Mackenzie, faisaient déjà fureur à Raleigh et ne manqueraient pas de déferler avant peu sur Durham.

Miss Mackenzie avait aussi annoncé à ses clientes le retour en force des tournures, plus imposantes que jamais cette année-là. Non sans réticence, Chess s'était soumise à son diktat, mais elle surveillait avec inquiétude l'équilibre précaire de ce pesant échafaudage de métal qui menaçait de la faire basculer en arrière à chaque pas. Les dolmans à brandebourg, étroitement ajustés, ne lui posaient pas de plus grave problème que de devoir tirer sur leurs pointes de temps à autre. Les cols à jabot de dentelle lui plaisaient, en revanche, infiniment. D'ailleurs, afin d'en retenir les cascades bouillonnantes, Nathan lui avait offert une broche en filigrane d'or du plus bel effet.

Si elle affectait d'en rire, Chess adorait en réalité le luxe de ses nouvelles toilettes, la frivolité de la mode, les plaisirs jusqu'alors inconnus qu'apporte la richesse. Si les corsets trop serrés et les tournures encombrantes en constituaient le prix, se disait-elle, c'était somme toute un modeste tribut à payer.

22

L'hiver vint tard, cette année-là. En novembre et décembre, la gelée blanche couvrait le sol tous les matins mais les journées étaient ensoleillées, aussi douces qu'en automne. Chess profita pleinement de ce sursis inespéré.

Elle se pliait avec joie à l'obligation de nourrir Augusta à heures fixes, ce qui lui interdisait de s'éloigner de la maison. Découvrant le luxe inconnu des loisirs, elle regardait sortir de terre la nouvelle cité ouvrière, elle établissait les listes d'articles qu'elle demanderait à Jim Monroe de commander pour le magasin, elle parlait d'Augusta dans de longues lettres qu'elle envoyait, avec des copies de photographies, à sa belle-mère et à son grand-père. Elle jouait avec sa fille, la baignait, l'habillait, caressait avec une brosse d'argent son fin duvet blond.

Luxe suprême, elle avait enfin le temps de lire. Elle commandait des livres, des magazines, des journaux qu'elle dévorait de la première à la dernière ligne. Le salon en fut bientôt tellement encombré qu'elle dut, afin de ranger ses trésors, faire confectionner par un des charpentiers du chantier des rayons de bibliothèque qui couvrirent les murs de la chambre d'amis. Bonnie venait encore tous les matins faire le ménage mais elle n'y restait plus la nuit.

L'éclairage au gaz permettait de lire tard le soir. Nathan s'absorbait dans des magazines scientifiques et des revues professionnelles pendant que Chess se délectait de l'humour de Mark Twain. Le silence n'était troublé que par le froissement des pages, le chuintement des lampes et le murmure des braises dans la cheminée. De temps à autre, Chess marquait du doigt la page de son livre et fermait les yeux pour mieux savourer ces instants de paisible bonheur.

Quand Nate et Chess allaient à l'église le dimanche

matin, Bobby Fred gardait Augusta. C'était pour Chess un autre genre de plaisir. Elle aimait la musique, les chants, l'ambiance amicale des rencontres sur le parvis à la fin du service. Elle apprenait de nouveaux noms, découvrait les personnalités mentionnées dans le journal local, décidait lesquelles méritaient de devenir des amis, lesquelles pourraient se montrer utiles à son mari — ou dangereuses.

Sur le chemin du retour, Nate et Chess chantaient, comparaient leurs impressions, parlaient inlassablement de leur avenir. Nate manifestait une impatience toujours aussi vive. *Quand* les nouvelles machines seront prêtes, disait-il, *quand* les maisons seront bâties, *quand* le magasin ouvrira... Le mot *si* n'existait pas plus dans son vocabulaire que le doute n'avait place dans ses raisonnements.

Il avait engagé un jeune garçon pour remplacer Chess au tri et à l'emballage des cigarettes. Il en expédiait désormais deux cent mille par semaine, pour un bénéfice net de près de deux cents dollars. Un homme ordinaire se serait contenté d'une telle somme, mais Nate n'était pas un homme ordinaire : il en dépensait deux cent cinquante pour financer son expansion. Chess n'en ignorait rien, c'était elle qui tenait les livres. Leur compte en banque fondait plus vite que du beurre dans une poêle.

Le mercredi après Noël, Chess plumait un poulet à la cuisine en chantonnant une ritournelle à Augusta, couchée dans son moïse posé sur une chaise, quand le bruit de la porte et d'une voix d'homme qui la saluait la fit sursauter au point de lâcher son poulet.

— Que faites-vous ici ? s'écria-t-elle en fusillant l'intrus du regard.

— J'ai pourtant frappé, s'excusa-t-il. Vous chantiez, vous ne m'entendiez sans doute pas. Puis-je entrer ?

Honteuse de sa réaction inhospitalière, Chess se força à sourire.

— Bien sûr, entrez, répondit-elle.

Il était de si haute taille qu'il dut baisser la tête pour franchir la porte. Il s'assit sur une chaise, ramassa le poulet et entreprit de le plumer.

— Je suis Buck Duke, annonça-t-il avec un sourire charmeur.

— Je sais, je vous ai déjà vu à l'église. Vous pouvez me rendre ce poulet, monsieur Duke.

— J'aimerais autant continuer à le plumer pendant que vous irez chercher votre mari. Quelque chose me dit qu'il ne serait pas très content de me voir faire irruption dans son usine, déclara-t-il avec un nouveau sourire.

Chess admit qu'il avait raison.

— J'y vais.

— Voulez-vous aussi que je chante pour la petite ? Je ne chante pas très juste mais je me débrouille.

— Allez-y, elle n'a pas encore l'oreille très fine.

Nate et Chess revinrent quelques minutes plus tard. Duke cessa de chanter et se leva. Le poulet était plumé.

— Félicitations, Nate, vous avez une charmante famille. Je suis venu vous parler affaires. Où pouvons-nous aller ?

— Restons ici, Buck. Ma femme est aussi mon associée. Prenez un siège.

Duke leva un sourcil, lança en direction de Chess un regard admiratif et s'assit. Nate et Chess en firent autant.

— En deux mots, voilà ce qui m'amène, commença-t-il. Le bruit court que vous avez vu un peu trop grand. Pour vous sortir de ce mauvais pas, je vous propose donc soit de vous acheter votre machine, soit de nous associer. À vous de choisir ce qui vous conviendra le mieux.

Il parlait aimablement, posément, sans élever la voix, mais la menace sous-jacente dans ses paroles était évidente. Affectant une mine nonchalante, Nate arborait un large sourire.

— Votre intention me touche, Buck, mais vous ne devriez pas prêter l'oreille aux rumeurs. Les gens parlent à tort et à travers. Tenez, je ne sais quel imbécile m'a même raconté l'autre jour que vos rouleurs de cigarettes ont tellement le mal du pays qu'ils se préparent à vous lâcher pour rentrer chez eux à New York.

Chess croyait entendre le cliquetis des lances. Les deux adversaires étaient bien de la même trempe. On devinait derrière leurs sourires la même volonté de gagner par tous les moyens, y compris les moins avouables.

— Je pourrais me montrer très généreux, Nate. Je préférerais d'ailleurs ne pas attendre que vous soyez ruiné, je serais obligé de payer vos dettes.

— Vous attendriez longtemps, Buck, parce que ce jour-là l'enfer sera pris par les glaces.

Duke haussa les épaules, se leva.

— Justement, le gel est en retard cette année, mais il ne devrait plus tarder… Ravi de vous avoir revue, madame Richardson. À un de ces jours, Nate.

Nate écouta le galop de son cheval s'estomper au loin, puis s'accouda à la table, la tête entre les mains.

— J'ai peut-être vu trop grand, c'est vrai. Je suis inquiet, Chess.

Elle attendit pour répondre d'avoir retrouvé le rythme régulier de sa respiration.

— Ne dites pas de sottises, Nathan. Vous gagnerez, j'en suis sûre, affirma-t-elle avec conviction.

— Cette année, Buck a vendu neuf millions de ses cigarettes roulées à la main.

— Nous vendrons vingt millions des nôtres l'an prochain.

Étonné, Nate releva les yeux, hésita.

— Vous êtes diablement persuasive, partenaire! dit-il en riant.

Il se leva, s'étira, alla pomper de l'eau sur l'évier et se lava longuement les mains.

— Un jour, gronda-t-il, je n'aurai jamais plus besoin de toucher cette saleté de goudron...

Il s'essuya, pensif. Un instant plus tard, le rire lui revint, un rire lent, profond.

— Je m'en veux d'avoir manqué cette occasion de faire vraiment peur à Buck! J'avais à peine mis le pied dans la cuisine que mon estomac a crié famine, de sorte que, pendant toute notre discussion, je ne pensais qu'à l'empêcher de gargouiller!

Ce 18 février 1883, écrivit Chess dans son journal, mise en service de deux machines en acier. Quatre familles noires occupent les cottages. Ouverture du magasin général dirigé par Jim Monroe et sa femme Dorena. Production journalière : cent mille cigarettes. L'étape décisive est franchie.

Le cahier était presque rempli, il ne restait qu'une page vierge. Chess décida d'en acheter des neufs, un pour chaque activité : le moulin, l'usine, le magasin, les loyers des cottages. Celui-ci, le premier, demeurerait cependant son préféré. Elle revint en arrière jusqu'à la première page.

17 juillet 1881 : ouverture du moulin. Aucun client.
18 juillet : peinture des réclames.
19 juillet : bénéfice net quatorze cents.
20 juillet : bénéfice net vingt-deux cents.

Tout cela lui paraissait maintenant si lointain!

Elle poursuivit sa lecture en souriant lorsqu'elle y retrouvait certains événements : l'engagement de Bobby Fred, les premiers essais de la machine Standish, le choix des noms de la compagnie et de la marque des cigarettes, la construction de la maison, le baptême d'Augusta... Oui, ce journal était décidément le plus précieux. Elle le conserverait en lieu sûr pour le léguer plus tard à Augusta.

Chess négligea cependant de noter dans son nouveau journal une autre étape décisive : le sevrage d'Augusta, qui lui permettait de s'absenter une journée entière si elle le souhaitait. Bonnie était ravie de cette occasion de gagner le prix d'heures de travail supplémentaires.

Chess sortit ses cartes de visite de leur boîte et surveilla le temps avec intérêt. Quand il faisait beau, elle conduisait la victoria pour aller rendre visite à la demi-douzaine de plantations des alentours. Edith étant sa plus proche voisine, elle commençait toujours par elle et Edith l'accompagnait souvent dans sa tournée.

Un lien particulier unissait ces femmes. Toutes âgées de plus de trente ou de quarante ans, elles avaient vécu avant la guerre de Sécession et s'évertuaient, dans leurs grandes demeures décrépies, à maintenir l'élégance d'un mode de vie suranné. Leurs conversations dégénéraient trop souvent en jérémiades sur le bon vieux temps, en récriminations sur le présent, les nouveaux riches vulgaires qui les spoliaient et se croyaient tout permis. Face à ces allusions par trop transparentes — Nathan n'était autre qu'un de ces nouveaux riches ! —, Chess devenait plus hautaine que jamais. Oser comparer la Caroline du Nord à sa Virginie natale !...

Elle se sentait quand même à son aise avec Darcy Andrews, Louella Simms, Harriet Truelove ou Beth Fielding. Mais Edith Horton demeurait sa meilleure et sa seule véritable amie.

C'est cette *mentalité des plantations* qui provoqua la première vraie querelle entre Chess et Nate.

Jim Monroe en fut le prétexte bien involontaire.

— Dorena a décoré ce foutu appartement là-haut, c'est à ne pas croire ! déclara-t-il fièrement à Nate qui venait voir le nouveau magasin. De toute ma foutue chienne de vie, je n'ai jamais vu tant de passementeries et de fanfreluches. Amenez donc Chess et la petite souper ce soir et jeter un coup d'œil.

— Il n'est pas question que j'y mette les pieds !

déclara Chess quand Nate lui rapporta l'invitation. Comment avez-vous pu perdre la tête au point d'accepter sans me consulter ? Peu m'importe que Jim vous ait aidé à construire le moulin, qu'il ait réparé la vieille maison pour moi et qu'il pleure jusqu'à la fin de ses jours si nous n'allons pas chez lui, sa Dorena est une moins-que-rien ! Si nous acceptons, nous devrons les inviter à notre tour et je refuse de recevoir cette créature sous mon toit.

Nate répliqua sur le même ton. Il savait avoir commis une erreur en acceptant sans réfléchir mais le mal était fait, il ne reviendrait pas sur sa parole et un simple souper ne tirait pas à conséquence. Chess n'était pas obligée de rendre la politesse, il en expliquerait la raison à Jim.

— En vous excusant de mes manières, sans doute ?

— Je n'y avais pas pensé mais, puisque que vous me le dites, je le ferai peut-être. Pas pour Dorena. Elle n'est pas une relation convenable, vous avez raison, mais parce que vous poussez trop loin vos manières de grande dame, Chess ! J'ai trop d'excuses à présenter à cause de vous.

— Vous excuser à cause de *moi* ? Et auprès de qui, je vous prie ?

— Auprès de qui, je vous prie ? répéta-t-il en l'imitant. Auprès de *mes* ouvriers, voilà auprès de qui ! poursuivit-il d'une voix tonnante. Avec votre manie d'aller à tout bout de champ vous mêler de leurs affaires en leur tapotant la joue d'un air supérieur, vous me faites honte, puisque vous voulez le savoir !

— Comment osez-vous ?... Je prenais soin de nos fermiers noirs quand vous marchiez encore pieds nus derrière une mule dans votre carré de tabac ! Qui donc vous croyez-vous, pour avoir honte de moi ?

— Ne prenez pas vos grands airs avec moi, Chess, et ne vous avisez plus jamais de me regarder de haut, comme si j'étais de la boue ! Vous et les vôtres, vous avez eu votre temps. Il est fini et bien fini depuis plus de vingt ans. Et vous aurez beau faire,

236

vous, Edith Horton et vos beaux amis, rien ne le ramènera jamais !

La vérité était trop cruelle. Malgré ses efforts pour conserver sa dignité, Chess fondit en larmes.

— Bon Dieu, cette fois c'en est trop ! s'exclama Nate. Je vais chez Jim.

Terrifiée par ces cris — les siens autant que ceux de Nate —, Chess le laissa partir en pleurant de plus belle.

Profondément troublé par les larmes de Chess, qu'il n'avait encore jamais vue pleurer et qu'il découvrait sous un jour nouveau, Nate ne se rendit pas chez Jim mais alla se calmer en marchant dans les bois. S'il admettait avoir eu tort en ce qui concernait Dorena, il était sûr d'avoir raison au sujet des Noirs. Chess était non moins convaincue de son bon droit. En fait, ils avaient tous deux tort et raison.

Les Noirs en question étaient d'anciens esclaves ou fils d'esclaves de Fairlawn, la plus grande plantation de la Caroline du Nord. Élevée dans la tradition paternaliste des plantations sudistes, Chess s'en considérait responsable et les traitait comme des enfants. Nate, pur produit de la vie rurale, n'avait connu que des fermiers noirs affranchis, ses voisins, qui luttaient contre les mêmes ennemis que lui, le mauvais temps, les mouches, les vers. Blancs ou Noirs, les uns gagnaient la bataille, les autres non. Nate respectait les vainqueurs, oubliait les vaincus et ne se sentait aucune obligation envers les uns ou les autres. Il logeait *ses* ouvriers dans *ses* cottages ; ceux qui ne travaillaient pas étaient congédiés, ceux qui ne payaient pas leur loyer, expulsés. C'était aussi simple que cela.

Chess se souciait de leur bien-être sans penser à leur fierté alors que Nate respectait la fierté d'un bon travailleur sans s'intéresser à ses autres sentiments. Quant aux Noirs eux-mêmes, ils étaient unis par les liens indissolubles du sang et de la servitude partagée au fil des générations. Certains, regrettant la sécurité d'être déchargés de tout souci, acceptaient l'attitude de Chess. D'autres accordaient plus de prix à leur liberté qu'à des facilités matérielles et rejetaient son humiliante sollicitude. Mais sur le reste, ils étaient unanimes : conscients d'avoir été réduits en esclavage par les Blancs, ils savaient que d'autres Blancs leur avaient promis la liberté, que d'autres encore trahissaient cette promesse et perpétuaient leur servitude en leur réservant les emplois les plus pénibles et les moins bien payés.

Face à ce monde antagoniste, ils usaient donc des ruses acquises au long de leurs années d'esclavage. Adoptant vis-à-vis des Blancs les réactions auxquelles ceux-ci s'attendaient, les Noirs ne dévoilaient qu'entre eux leur véritable personnalité et gardaient leurs secrets pour eux-mêmes. En aucun cas, ils ne se fiaient à leurs adversaires naturels, leurs patrons.

Nate et Chess s'étaient donc querellés pour des gens dont, l'un comme l'autre, ils ignoraient tout.

— Pardonnez-moi, dit Chess à Nate quand il revint. Je n'aurais pas dû vous dire des choses pareilles.

— Moi aussi, je suis désolé. Je sais que Dorena n'est pas fréquentable.

Ils s'abstinrent l'un et l'autre d'aborder à nouveau le sujet épineux des Noirs.

Par la suite, Chess espaça ses visites de bienfaisance aux logements ouvriers sans cependant y mettre fin. De son côté, Nate achetait ses briques à un entrepreneur noir parce que celui-ci vendait les meilleurs matériaux de construction aux meilleurs prix. Mais quand il parlait de ses ouvriers à Jim ou à Bobby Fred, c'était le mot *nègres* qui lui venait le plus naturellement du monde à la bouche.

238

Lorsque Augusta eut six mois, Chess décida de l'emmener à Harefields.

— L'écriture de grand-père est de plus en plus tremblée ces derniers temps, Nathan. Il a beau protester, il décline. À son âge, cela lui ferait sûrement un grand plaisir de voir son arrière-petite-fille. Et s'il approche vraiment de sa fin, poursuivit-elle avec tristesse, il faudra prendre des mesures en ce qui concerne ma mère et la gestion de la plantation. Maître Perry, le notaire de mon grand-père, sera de bon conseil... Cela ne me plaît guère, croyez-moi, ajouta-t-elle en soupirant.

Nate approuva et l'engagea à ne pas attendre.

— Nous irons par le train et nous emmènerons Bonnie pour vous aider avec la petite. Je serai très content de revoir votre grand-père, Dieu sait quelle reconnaissance je lui dois! J'ai hâte aussi de découvrir ses nouvelles inventions. Nous en profiterons pour passer quelques jours à Richmond. Un grossiste de là-bas m'a fait des propositions, j'aimerais discuter avec lui avant de me décider à lui confier la distribution de nos cigarettes.

— Richmond? Quelle joie! C'est une vraie ville, au moins, avec des magasins superbes! Je n'avais jamais de quoi m'acheter ce que je voyais dans les vitrines.

— Les choses ont un peu changé.

— Un peu? Dites plutôt beaucoup! Nous sommes riches, Nathan, vous le savez aussi bien que moi.

— Bah! pas si riches que cela...

— Si! Nous sommes d'ignobles nouveaux riches et j'en suis enchantée. Richmond sera un vrai paradis.

23

— Regarde, Augusta, c'est là que ton papa et ta maman ont été mariés, dans cette jolie petite église.

Chess tenait le bébé contre la vitre de la voiture. Nate avait loué un élégant coupé, mené par un vieux et digne cocher noir en livrée vert bouteille et chapeau de castor.

— Et regarde là, ma chérie, les deux gros lapins de pierre. C'est l'entrée de Harefields. Nous sommes chez nous.

Elle ne s'attendait pas à éprouver une telle émotion. *Chez nous* était la jolie petite maison de brique de Caroline du Nord. Pourtant, dès qu'elle avait humé l'odeur du fleuve dans le train qui approchait de Richmond, elle avait ressenti dans sa chair l'appel de Harefields. Les images de son enfance dans un monde harmonieux et paisible revenaient l'assaillir — une balançoire pendue à la branche d'un chêne, ses thés de poupées sur la pelouse, ses livres d'histoires aux belles images qu'elle lisait dans la véranda. Et la musique qui émanait de la salle de bal, les jolies dames couvertes de bijoux qui montaient l'escalier au bras de beaux messieurs, qu'elle regardait par sa porte entrebâillée alors qu'elle aurait dû être au lit... La glycine est en fleur à cette époque, se dit-elle. Et la marée monte, elle apporte l'odeur du sel jusqu'ici. Son cœur battait de plus en plus fort.

Elle revenait chez elle.

Le coupé avait à peine franchi la grille que des dizaines de silhouettes accoururent à sa rencontre : les fermiers de Harefields, hommes, femmes, enfants, venus des champs et des maisons en criant son nom pour lui souhaiter la bienvenue. Elle ne pouvait pas passer devant eux sans s'arrêter, elle était trop heureuse de les revoir.

— Arrêtez ! cria-t-elle au cocher.

Elle posa Augusta sur les genoux de Bonnie, ouvrit la portière, descendit de voiture dans l'avenue envahie de mauvaises herbes.

— Je suis là, je suis de retour ! Scylla ! cria-t-elle en reconnaissant la cuisinière. C'est moi, Miss Chess ! Mais qu'y a-t-il ? Un accident ?...

Elle vit avec stupeur qu'ils pleuraient tous. Le visage ruisselant de larmes, Scylla la prit dans ses bras.

— Pauvre petite, dit-elle d'une voix entrecoupée de sanglots. Pauvre orpheline... Ils sont partis. Le vieux Monsieur Augustus et ta maman aussi. Le pasteur ne savait pas où te trouver. Ils sont en terre, Miss Chess. Depuis trois jours...

Serrée sur l'ample poitrine de la cuisinière, Chess poussa un cri de douleur qui se noya dans les lamentations suraiguës des femmes, les gémissements graves des hommes, les sanglots des enfants. Effrayée, Augusta se mit à son tour à pleurer dans la voiture.

— Je suis le mari de Miss Chess. Dites-moi ce qui s'est passé, demanda Nate à Scylla.

Il empoigna fermement Chess aux épaules et l'attira contre lui.

— Le feu, gémit Scylla. La maison a flambé toute la nuit. On y voyait comme en plein midi...

De nouveaux sanglots l'interrompirent et elle se cacha la tête dans son tablier.

Chess se dégagea de l'étreinte de Nate.

— Il faut que je voie, dit-elle d'une voix sans timbre. Il faut que je voie... Fouettez vos chevaux, cria-t-elle au cocher en montant sur le marchepied, emmenez-moi chez moi. Il faut que je voie.

Nate poussa Chess à l'intérieur, bondit sur le siège du cocher et lui arracha les rênes des mains.

— Dégagez le chemin ! ordonna-t-il à la foule en pleurs.

Le fouet claqua comme un coup de pistolet.

Nate ne se doutait pas que la maison avait été aussi immense : les ruines calcinées couvraient presque une demi-acre ! Telles de funèbres stèles, six cheminées de brique noircie se détachaient contre le ciel. Soulevés par le vent, de petits nuages de cendres grises tourbillonnaient comme dans une danse macabre.

Inerte, les mains jointes, plus livide que ses gants blancs, Chess contemplait en silence son passé anéanti. Elle n'avait pas plus conscience des cendres qui retombaient comme un suaire sur sa tête et ses épaules que des pleurs de son enfant et de la présence de son mari.

Au bout d'un long moment, elle se retourna. Son regard croisa celui de Nate. Elle avait les yeux secs.

— Maintenant, j'ai vu, dit-elle lentement. Jamais je ne me pardonnerai d'avoir attendu si longtemps pour revenir. Je n'ai plus rien à faire ici. Allons à Richmond, Nathan. Je dois parler à maître Perry.

24

Chess s'étant refusée à séjourner chez les Ginter malgré leur insistance, Lewis Ginter leur réserva un étage entier de l'hôtel dont il était propriétaire et donna au personnel la consigne de soigner particulièrement le service de M. et Mme Richardson. La couturière de Mme Ginter vint prendre les mesures de Chess pour ses robes de deuil. En attendant, Chess se rendit en tenue de voyage chez maître Perry avec Nate, qui écouta en silence la lecture du testament et les explications du notaire.

En contrepartie de leurs fournitures régulières de victuailles, Augustus Standish léguait à ses fermiers la terre et les bâtiments qu'ils exploitaient. Il stipulait que sa bru serait hébergée sa vie durant au Foyer confédéré des veuves de guerre à Richmond. Quant à ce qui subsistait de Harefields, la maison et son parc, ils revenaient à Francesca Standish Richardson, sa petite-fille.

Les taxes foncières y afférentes, précisa le notaire, n'avaient pas été payées en 1881 et 1882.

— Que l'État saisisse, dit Chess.

Nate allait objecter que la somme était insignifiante et qu'il la paierait volontiers quand elle le prit de vitesse.

— Il ne reste là-bas rien que je veuille garder.

Chess examina ensuite des modèles de pierres tombales et choisit de sobres dalles de granit.

— J'ignore les dates de naissance de Diana, la femme de chambre de ma mère, et de Marcus, le majordome de mon grand-père. Nous devrons nous contenter de leur date de décès. Je veux que leurs cercueils soient déplacés. Ces deux fidèles doivent reposer avec la famille.

— Les rubis de votre mère ont peut-être résisté à l'incendie, intervint Nate. Si on les retrouvait dans les ruines, nous pourrions les remonter.

— Inutile, ils sont faux. Les vrais ont été vendus pendant la guerre. Ma mère n'en a jamais rien su.

Elle formula alors un souhait surprenant :

— Je veux faire planter des arbres dans le cimetière, De vrais marronniers. Faites-les acheter en Europe s'il le faut, maître Perry, mais j'y tiens. Est-il exact que le propriétaire du terrain, quel qu'il soit à l'avenir, aura l'obligation de préserver et d'entretenir le cimetière ?

— En effet. Mais ces arbres...

— J'y tiens absolument, maître, et je n'y reviendrai pas. Calculez vos honoraires en conséquence.

Nate ne découvrit la raison de cet étrange caprice que dans la nuit du lendemain.

Augusta se réveilla en pleurs et appela sa maman. Chess courut à son chevet. Un instant plus tard, Nate la suivit pour parer à toute éventualité. Du seuil de la chambre, à la lumière de la lune, il vit sans être vu

Chess prendre la petite fille dans ses bras et lui caresser les cheveux en lui parlant à voix basse sur un ton apaisant.

— Chut, chut, ma chérie, n'aie pas peur, ta maman est là… Tu es si belle, mon petit ange. Tes cheveux ont la couleur du clair de lune. Ta grand-mère avait les mêmes que toi. J'adorais les toucher, ils étaient si fins, si soyeux. Elle me laissait quelque-fois les lui brosser et me racontait de belles histoires. Quand mon père et elle étaient jeunes, ils allaient en Europe sur de grands navires. À Paris, ils dan-saient sur les quais de la Seine sous les marronniers en fleur… Et puis, elle s'est retirée du monde pour vivre avec ses histoires… Elle m'a abandonnée quand j'avais le plus besoin d'elle, Augusta. Moi, je ne te laisserai jamais seule. Jamais. Je t'aimerai et je te protégerai toujours. Tu ne seras jamais seule comme je l'étais, tu n'auras jamais peur comme j'avais peur… Je l'aimais tant, vois-tu. Et mainte-nant, elle est partie…

Jusqu'à cette nuit-là, Chess avait été hors d'état de pleurer l'anéantissement de Harefields. Sa confes-sion secrète l'avait-elle libérée? À la froide lumière du clair de lune qui jetait sur son visage des reflets d'argent, Nate voyait des larmes silencieuses ruisse-ler enfin sur ses joues. Ému de cette douleur qu'elle ne pouvait partager avec personne au monde, il se retira sur la pointe des pieds.

— Je nage complètement, Chess. Voulez-vous m'aider?

Elle l'écouta d'abord d'une oreille distraite puis, à mesure qu'il lui exposait le problème, son intérêt s'éveilla.

Nate avait passé sa journée à discuter avec MM. Joseph Barker & Sons, distributeurs en gros de produits du tabac. Barker voulait obtenir l'exclusi-vité des cigarettes Castle mais à condition que Nate le soutienne par un vigoureux programme de promotion et de publicité pour sa marque.

— Selon lui, c'est ce qui fera toute la différence entre le succès et l'échec. Les bas prix ne suffisent plus pour stimuler les ventes. Le fumeur doit désirer une certaine marque de cigarettes et pas une autre, vos concurrents le savent tous, m'a-t-il dit.

Nate tendit à Chess une liasse de documents que Barker lui avait remis.

— Le Taureau mugit plus fort que jamais depuis que Blackwell a vendu sa compagnie à Jules Carr, poursuivit-il. Ils mettent maintenant un cahier de papier à cigarettes dans chaque paquet, afin que l'acheteur ait le choix de rouler ses cigarettes lui-même ou de fumer le tabac dans sa pipe. Et la marque Bull Durham ne cesse de vanter ses propres mérites d'un bout à l'autre de la Terre.

Chess feuilleta les coupures de journaux glanées dans la presse américaine. Les gigantesques panneaux publicitaires à l'emblème du Taureau surgissaient à La Nouvelle-Orléans comme au Mexique, de Seattle et San Francisco sur le Pacifique jusqu'à Boston et Québec sur l'Atlantique. Le mufle du Taureau ornait des pleines pages dans les magazines et les quotidiens de toutes les grandes villes des États-Unis.

— Ce Jules Carr doit dépenser une fortune! dit-elle, impressionnée.

— Plus encore, mais les ventes lui rapportent le double et les concurrents se bousculent pour ne pas se laisser distancer. Regardez: Liggett & Myers s'offre une page entière dans le *Chicago Tribune*, Ginter dans le *Saturday Evening Post*. Nous ne pouvons pas rester en dehors de la course. Voulez-vous vous y mettre? Vous avez inventé la marque Castle, le dessin et le reste. C'est dans vos cordes.

— Il me faudrait de l'aide. J'ignore quelles villes ont leurs propres journaux et il doit exister au moins une centaine de revues et de magazines. Quel travail! Bien sûr que je le ferai — du moins, j'essaierai.

— C'est tout ce que je voulais savoir. Je dirai à Barker que nous marchons et je lui demanderai de nous recommander quelqu'un qui connaisse les ficelles du métier.

Chess se replongea dans la lecture des coupures de presse. Peu à peu, ses joues reprirent des couleurs, son regard retrouva de l'éclat. Le goût de l'action guérissait la blessure du drame de Harefields.

— Madame Richardson? Doctor Fitzgerald. Bonjour!

Ébahie, Chess toisa le grand jeune homme dégingandé qui se tenait sur le seuil et lui tendait la main.

— Vous avez dû vous tromper d'étage, docteur. Nous sommes tous en excellente santé, Dieu merci.

— Ah! Voici la meilleure preuve, chère madame, du pouvoir de l'association d'idées! s'exclama-t-il en éclatant de rire. Bien loin d'appartenir à la profession médicale, je suis le directeur de publicité dont vous avez, m'a-t-on dit, le plus pressant besoin. Doctor est le prénom, peu courant je l'avoue, dont mes parents m'ont affublé et non le titre que vous m'avez accordé d'instinct. Bien des personnes, à vrai dire, s'empressent de me parler de leur lumbago ou de me tirer la langue. Mais puis-je entrer? Nous avons beaucoup de travail devant nous.

Étourdie par ce flot de paroles et l'aplomb de son visiteur, Chess n'eut que le temps de s'effacer pour lui laisser le passage. Elle découvrait, en effet, le secret de l'efficacité dans la promotion des ventes, Doctor Fitzgerald jouant à la fois le rôle du promoteur et du produit promu.

— J'ai dit à la réception de nous faire monter du café et quelques petites choses à grignoter, reprit-il. Pendant que nous déjeunerons, je vous dirai tout ce que vous désirez apprendre sur mon compte et vous m'informerez de tout ce que je dois savoir de votre Compagnie des cigarettes Standish. Où nous installerons-nous? Ce charmant petit salon me semble

246

fort approprié. Je vous en prie, chère madame, conclut-il en indiquant un siège, faites comme chez vous.

— Je me suis assise, que vouliez-vous que je fasse ? raconta-t-elle à Nate. J'étais subjuguée ! Et, en guise de *quelques petites choses* avec le café, on nous a servi des œufs au jambon, des saucisses, des crêpes — de quoi nourrir un régiment ! Quand vous le verrez manger, Nathan, vous n'en croirez pas vos yeux. Je vous jure qu'il ne mâche pas plus qu'il n'avale. La nourriture disparaît dans sa bouche sans qu'il arrête une seconde de parler. C'est hallucinant !…

Chess dut s'interrompre pour rire à son aise.

— Il est originaire du comté de Highland en Virginie et il est le septième fils d'un homme lui-même septième fils de son père, c'est pourquoi ses parents l'ont baptisé Doctor sous prétexte que le chiffre sept confère des pouvoirs magiques comme celui de seconde vue. S'il possède un don, c'est plutôt celui de la parole : il pourrait réduire les murs de Jéricho en poussière sans recourir à une trompette ! Quand j'ai réussi à placer un mot, je l'ai questionné sur ses qualifications, ses diplômes, son expérience et il a entonné un hymne de deux ou trois cents couplets à sa propre louange. Le fait qu'il ait étudié la littérature classique à l'université de Virginie m'inquiétait plutôt, mais quand il m'a dit s'en être fait renvoyer pour avoir été surpris à tricher aux cartes, j'ai compris qu'il était exactement l'homme qu'il nous fallait pour notre publicité…

Un nouveau fou rire l'interrompit. Son rire pétillant, inimitable, fit comprendre à Nate qu'elle était sur la voie de la guérison. Rien que pour avoir réussi à faire rire Chess, Nate décida sur-le-champ d'engager Doctor Fitzgerald.

— Je lui ai dit de revenir demain matin se présenter à vous, conclut Chess sans pouvoir vaincre son hilarité. Et maintenant, allons nous coucher.

Vous aurez besoin d'une bonne nuit de sommeil pour avoir la force de l'affronter!

— Fichtre! s'exclama Bobby Fred. Ce Doctor est tuant! Je ne connais pas d'homme capable de lui résister.

— C'est bien pourquoi je le loge chez vous, dit Chess en pouffant de rire. Quand je l'ai vu monter l'escalier pour s'installer d'autorité dans la chambre d'amis, je n'ai eu que le temps de recouvrer mes esprits. Mais ne vous inquiétez pas, il ne restera pas longtemps. Il entame demain une tournée des principaux distributeurs de cigarettes, sa maison sera prête quand il reviendra.

Un constant vacarme de roues de charrettes, de scies, de coups de marteaux et de jurons retentissait du lever au coucher du soleil. Nate se développait dans trois directions à la fois: l'usine numéro deux de la Compagnie des cigarettes Standish prenait tournure en aval, la scierie Richardson était presque achevée en amont et dix bûcherons abattaient des arbres derrière le moulin pour dégager le tracé d'une voie carrossable devant relier le pont à la grand-route. Une fois encore, l'argent sortait plus vite qu'il ne rentrait.

— C'est le style de ton papa, ma chérie, murmurait Chess à Augusta qui ouvrait de grands yeux sans comprendre. Mais tout se calmera bientôt... pour un petit moment.

Le vieux pont de bois échappait encore à cette frénésie rénovatrice. Chess avait craint que Nate n'ait de grandioses projets à son égard car il débordait d'enthousiasme au sujet d'un pont métallique suspendu, récemment mis en service entre New York et Brooklyn. Une semaine auparavant, il avait même pris le train afin de voir de ses yeux cette prouesse technique. Ne sachant quand elle le reverrait, Chess espérait que la date imminente de la grande foire de Raleigh le ramènerait au bercail. Elle avait elle-même grande envie de s'y rendre. La foule et le spectacle des nouveautés l'épuiseraient moins que la compagnie de Doctor Fitzgerald.

Ils se félicitaient pourtant que les dirigeants de la firme Barker, excédés par sa faconde, se soient débarrassés de lui en le leur expédiant. Déjà, il avait constitué une collection complète de la presse américaine ainsi que des tarifs publicitaires de toutes les publications. Cette montagne de papier allait envahir la salle à manger jusqu'à la mise en service de la nouvelle usine où Doctor devait disposer d'un bureau. Nate y aurait aussi le sien, bien entendu, mais il était peu probable qu'il y séjournerait souvent. Il n'était à l'aise que sur le terrain afin de veiller lui-même à l'avancement de ses projets — et en imaginer de nouveaux.

Ainsi, quand Chess lui avait demandé pourquoi il voulait se doter d'une scierie, il avait réagi comme si elle avait proféré une énormité.

— Pour fabriquer des planches et des solives, voyons ! Les dix maisons ouvrières m'ont coûté chacune plus de cinq cents dollars, dont près de la moitié en achat de bois. Si j'utilise mon propre bois, je pourrai en construire deux fois plus, c'est évident.

Chess préféra ne pas lui demander à qui seraient destinées ces futures maisons. Doctor aurait besoin d'un logement, certes. Mais qui d'autre ?

Elle eut bientôt la réponse. Peu avant Noël, Nate la conduisit avec Augusta par la nouvelle route jusqu'à une imposante maison blanche, qui ressemblait à une pièce montée admirée dans une pâtisserie de Richmond.

Élevée de deux étages sur rez-de-chaussée, elle était flanquée d'une tourelle ronde et surmontée d'un toit mansardé aux lucarnes couronnées de gâbles pointus. Du haut en bas, une véritable dentelle de bois découpé décorait les façades, y compris les balustrades de la véranda et les bacs à fleurs disposés sous chaque fenêtre.

— Quelle splendeur, Nathan ! s'exclama Chess. Pourquoi ne m'en avez-vous rien dit ? Nous aurions pu y recevoir à Noël. Je vois déjà des guirlandes sur ces portes sculptées et je suis sûre qu'on pourra mettre un grand arbre dans le hall. Entrons vite voir !

— Euh... non, pas encore. Je veux dire oui... Enfin, j'aimerais savoir ce que vous en pensez mais les vitraux ne sont pas encore livrés et c'est ouvert à tous les vents...

— Il y a une autre raison, n'est-ce pas ? demanda-t-elle en feignant un air soupçonneux.

— Ma foi, puisque vous en parlez... J'ai prévu d'y installer l'électricité mais ce ne sera pas prêt avant l'été prochain. Le générateur est en cours de fabrication à New York, il sera livré par le train...

— Je vois ! dit-elle en éclatant de rire. De grâce, jurez-moi qu'on ne vous expédie pas en plus le pont de Brooklyn. Je vous en crois capable.

— Rassurez-vous, je ne me suis pas laissé faire. Cette fois-ci, du moins...

Le palais inachevé fut le clou de la grande réception que Chess et Nate donnèrent à Noël. Un buffet permanent était dressé dans le salon et la salle à manger de la maison de brique, qui ne désemplit pas de l'après-midi. Les invités — familles des plantations voisines, fermiers clients du moulin et du magasin général, ouvriers de l'usine et des chantiers, sans oublier Dorena venue avec Jim — liaient connaissance et plaisantaient dans une atmosphère pleine de cordialité. Bobby Fred et Doctor se relayaient afin de les conduire à la nouvelle maison dans un chariot de l'usine, équipé de bancs pour la circonstance. Chacun remerciait Chess en se retirant et lui présentait ses félicitations.

Tout se passa à merveille jusqu'au départ de Jim et de Dorena. Trop occupé à la salle à manger avec Augusta qui dévorait des caramels, Nate ne put que les saluer de la main. Dorena empoigna Chess par le bras dans la véranda. Chess se rendit compte que Dorena avait abusé du punch et voulut se dégager. Gêné, Jim s'excusa et tenta de faire lâcher prise à sa femme.

— Tiens-toi, nom de Dieu ! gronda-t-il.

Peine perdue. Dorena secouait Chess de plus belle.

— Jim m'a dit de vous remercier, dit-elle d'une voix pâteuse, mais moi je n'aime pas qu'on me mélange aux Nègres.

— J'en suis désolée pour vous, madame Monroe, répondit Chess en se forçant à garder son calme. Ma famille a toujours offert l'hospitalité à ses fermiers au moment des fêtes.

Personne n'avait besoin de savoir que l'hospitalité de Harefields était plus que spartiate et qu'il y avait bien peu de convives en dehors desdits fermiers.

— Parlons-en ! répliqua Dorena avec un ricanement. C'est tout ce que vous savez offrir, hein ? L'hospitalité ? Pas étonnant que votre mari se soit mis en ménage avec Julie.

— Vas-tu fermer ta gueule, nom de Dieu ? gronda Jim en lui assenant une paire de gifles. Elle a trop bu, Chess, elle ne sait même pas ce qu'elle dit...

— J'sais pas ce que j'dis, moi ? rugit Dorena. Cette garce a forcé Nate à chasser cette pauvre Julie qui meurt de consomption dans un trou à rats. Elle ne serait pas dans cet état si elle était restée au Dixie !

— Lâchez mon bras ou je vous tue, dit Chess d'un ton si glacial que Dorena, effrayée, recula.

Elle trébucha, faillit s'étaler. Jim bredouilla des excuses et se hâta de la pousser en bas des marches et de la traîner vers la route.

Chess dut s'appuyer à un pilier pour ne pas tomber. Je ne peux pas respirer, se dit-elle, mon corset est trop serré, je vais être malade... Son esprit refusait encore d'assimiler ce qu'elle venait d'entendre mais son corps réagissait au choc de l'horrible scène qu'elle venait de subir. Elle n'eut que le temps de se pencher par-dessus la balustrade pour éviter de vomir sur elle.

Son malaise passé, elle s'essuya les lèvres avec son mouchoir, rentra, se força à sourire. Elle avait encore des invités à la maison.

— Maman ! gazouilla Augusta en la voyant.

Chess fut incapable de regarder le visage heureux et souriant de sa fille — du moins, pas tant qu'elle serait sur les genoux de son père.

Je dois sourire et bavarder comme si de rien n'était, se répéta Chess qui réprimait à grand-peine son tremblement nerveux. Je dois garder ma dignité. Même si cela doit me tuer. Même si je préfère mourir.

25

Chess avait oublié à quel point la jalousie l'avait torturée quand Alva, d'une voix caressante et rêveuse, lui avait révélé que Nate lui *donnait du plaisir*. D'un seul coup, la souffrance revint l'assaillir, plus cruelle encore. De même que son amie Dorena, cette Julie n'était qu'une putain de bas étage. Comment Nathan avait-il pu toucher cette créature méprisable ? Lui donnait-il du plaisir, à elle aussi ? Grand dieu, se dit-elle, suis-je si repoussante qu'il doive aller chercher l'oubli auprès de filles pareilles ? Je la hais, je lui souhaite de mourir de consomption, étouffée par son propre sang. Moi, j'étouffe de douleur et de honte !

Nathan, son mari qu'elle aimait, l'avait trahie. Si Chess s'était résignée à ses rapports avec Alva qui dataient d'avant leur mariage, cette trahison délibérée était cent fois, mille fois pire. Les invités se pressaient encore autour d'elle. Pourquoi ne rentraient-ils pas chez eux ? Ne se rendaient-ils pas compte qu'elle souffrait comme une damnée ? Non — et cela valait mieux, car leur indifférence lui laissait au moins sa fierté intacte.

Se contraignant à sourire, à parler, à remplir les verres de punch, à serrer des mains, elle maintint les apparences jusqu'au départ du dernier. Elle parvint à prolonger l'effort pendant le repas et le bain d'Augusta; elle trouva encore la force de lui lire une histoire et de l'embrasser. Alors seulement, épuisée, elle descendit l'escalier pas à pas, la main crispée sur la rampe pour ne pas tomber.

Avec un large sourire, Nate la héla du bas des marches.

— Belle réception, Chess! Avez-vous vu comme tout le monde écarquillait les yeux devant la nouvelle maison?

Elle redevint soudain calme et froide.

— Oui, j'ai vu. Dites-moi, Nathan, avez-vous aussi construit une maison pour Julie ou vous êtes-vous contenté de lui en acheter une?

Le sourire de Nate disparut mais revint aussitôt.

— De quoi diable parlez-vous?

Sa fureur mal contenue balaya son calme précaire.

— Pour l'amour du Ciel, Nathan, pas de mensonges! cria-t-elle. L'adultère devrait vous suffire. Ne devenez pas menteur par-dessus le marché!

Le sourire de Nate s'effaça pour de bon.

— Je vois, Dorena n'a pas pu tenir sa langue, grommela-t-il avec un haussement d'épaules. Vous aviez raison, nous ne les inviterons plus, Jim et elle. Je regrette.

— *Vous regrettez*? Et c'est tout ce que vous trouvez à dire? Cela suffit peut-être comme excuse pour une assiette cassée ou un retard au souper, Nathan, mais sûrement pas pour ce que vous avez fait!

— Grand dieu, Chess, ce n'est quand même pas un drame! Vous n'êtes plus une enfant, vous devriez savoir que les hommes ont des besoins... physiques — je veux dire, de ceux qu'une dame n'est pas censée connaître. Je ne suis pas le seul dans ce cas, les hommes sont tous pareils. Vous m'avez vous-même parlé de votre père et de ses esclaves! Je ne comprends vraiment pas pourquoi vous vous mettez dans un tel état pour une brouille.

Nate n'était pas en colère, à peine agacé. Devant les réactions illogiques et incompréhensibles de la nature féminine, un homme devait faire preuve de patience, les tempêtes finissaient toujours par retomber. Certes, il déplorait la gaffe de Dorena — comme il regrettait, d'ailleurs, que Jim ait commis l'erreur de l'épouser, leur mariage causait trop de problèmes depuis le début. Mais ce n'était pas sa faute à lui, que diable! Il refusait de se sentir coupable simplement parce qu'il était un homme.

De son côté, Chess n'éprouvait plus qu'une immense lassitude. Que répondre à cela? Que son père avait eu tort, lui aussi? Que sa mère avait dû subir les mêmes souffrances, qu'elle avait été assez aveugle ou égoïste à l'époque pour ne pas s'en être rendu compte? À quoi bon? Il ne se souciait sans doute pas plus d'elle que de ses parents.

Elle voulut au moins tenter de lui faire comprendre, sinon partager son point de vue.

— Vous n'êtes pas mon père, Nathan. Vous êtes mon mari et vous m'avez blessée.

Sa réponse ne réussit qu'à le mettre en colère.

— Moi, vous blesser, Chess? Comment osez-vous me lancer une telle accusation? Ce que je fais avec ce genre de filles ne vous concerne en rien. Vous êtes ma femme, je vous honore comme un mari doit honorer son épouse. De plus, je vous admire et je vous respecte, ce dont la plupart des hommes ne peuvent pas se vanter. Nous ne sommes pas seulement mari et femme, bon sang, nous sommes associés! Et puis, j'en ai assez! Je vais à l'usine voir où en sont les stocks. À mon retour, j'espère que vous aurez retrouvé la raison.

Il sortit en claquant la porte et Chess se laissa tomber sur un canapé. Il avait parlé d'honneur, de respect, d'admiration, pas une seule fois d'amour. Certes, elle savait depuis le début qu'il ne l'aimait pas. Alors, pourquoi en souffrir autant ? Avait-elle eu tort de croire qu'il leur suffisait d'être heureux ensemble pour que Nate finisse par l'aimer ? Non, elle ne s'était pas leurrée à ce point. Elle se souvenait trop bien de tout ce bonheur partagé depuis des mois, des fous rires, des projets, des paisibles soirées de lecture. Oui, Nathan était heureux. Il ne l'aimait pas. La belle affaire ! Cela ne l'avait pas empêchée d'être heureuse, elle. Il ne lui restait donc qu'à effacer une bonne fois Alva et Julie de sa mémoire et à reprendre le cours de sa vie. Elle avait été heureuse en sachant qu'elle n'était pas aimée, elle le redeviendrait. Cela ne dépendait que d'elle.

Le lendemain, malgré une mauvaise nuit, Chess avait affermi sa résolution. Mon bonheur dépend de moi seule, se dit-elle. Je suis faible en plus d'être sotte. Il faut être une chiffe sans cervelle ni volonté pour se raccrocher au nombre de sourires qu'on lui octroie, aux paroles qu'on lui adresse ou aux compliments dont on lui fait l'aumône. Je voulais que Nathan me respecte ? J'ai trop bien réussi, c'est l'unique sentiment que je lui inspire ! Et d'abord, pourquoi me respecterait-il puisque je ne me respecte pas moi-même ? Si je mendie son attention ou celle des autres, je ne vaux pas mieux qu'un chien qui mendie des miettes.

J'ai déjà tout ce que j'attendais de la vie et même davantage.

Je voulais un mari, un enfant, une maison bien à moi ? Je les ai et, de plus, nous sommes riches, ce que je n'avais jamais songé à désirer. Depuis l'âge de quatorze ans j'ai appris à me dispenser de l'argent, aujourd'hui je peux obtenir tout ce dont j'ai envie pour mon enfant, pour ma maison, pour moi-même. L'amour, les sentiments n'existent que dans les romans, pas dans la vie réelle. J'ai perdu trop de temps à y croire, à rêver de décrocher la lune. Ce que je possède vaut cent fois, mille fois mieux.

Nathan a raison : nous ne sommes pas seulement mari et femme, nous sommes associés pour bâtir ensemble une affaire solide, nous créer une existence enrichissante. C'est bien plus que ce qu'auront jamais la plupart des femmes, qui estiment normal d'être soumises à un mari, de lui obéir sans discuter et de lui faire la cuisine quand il a faim. De quoi ai-je lieu de me plaindre, grand dieu? J'ai honte de moi! Je dois me ressaisir. Immédiatement. J'ai mieux à faire de mon temps que me lamenter sur mon sort.

Edith Horton accepta très volontiers d'aller passer dix jours avec Chess à Raleigh, où les deux amies écumèrent les plus luxueux établissements de la capitale.

Chess sélectionna sur catalogue ou sur échantillons tous les vases et bibelots qui lui plaisaient. Elle commanda des rideaux pour les fenêtres, des tapis, des meubles, des tableaux et des miroirs aux cadres dorés. Sur les conseils et avec les encouragements d'Edith, elle choisit quatre services de porcelaine aux décors différents et autant de ménagères d'argenterie pour vingt-quatre couverts, sans compter les services à dessert, à thé, à café, à cocktail et leurs accessoires. Elle acheta dix douzaines de draps, de nappes, de serviettes et autre linge de maison.

— Nathan sera furieux! s'inquiéta Edith.

— Pas le moins du monde. Il est bien trop absorbé par sa centrale électrique pour s'en soucier. Je compte meubler la maison dès maintenant, de sorte que nous n'ayons plus qu'à nous y installer quand l'électricité sera branchée.

Edith poussa un soupir d'envie.

— Henry veut toujours savoir au sou près ce que je dépense. Rien ne lui échappe, pas même les bougies neuves dans les candélabres Vous avez bien de la chance, Chess!

— Je sais. Et j'en remercie le Ciel tous les jours.

Car cela me rend heureuse, ajouta-t-elle en son for intérieur. Il est bien agréable d'être riche.

Cinq machines Standish produisaient maintenant deux cent cinquante mille cigarettes par jour six jours par semaine. Du lundi au samedi, parfois même le dimanche pour certains clients, le moulin tournait sans discontinuer du lever au coucher du soleil. La clientèle du magasin général croissait au point que Jim dut engager un commis et rester ouvert jusqu'à huit heures du soir. L'argent rentrait aussi vite que les Richardson le dépensaient.

Dans l'Amérique entière, quiconque faisait des affaires vivait une époque prodigieuse. Telle une machine tournant à plein régime, l'économie créait une prospérité sans précédent dont bénéficiaient toutes les couches de la société. Les chemins de fer irriguaient les régions les plus reculées du pays. Les inventions submergeaient l'Office des brevets, de nouveaux produits rendaient la vie quotidienne plus facile, plus raffinée, plus distrayante. Les usines poussaient comme des champignons, faisant surgir des villes là où il n'y avait qu'un carrefour en rase campagne. Des jeunes gens entreprenants se bâtissaient en peu de temps des fortunes considérables. Nate Richardson n'en était qu'un exemple parmi des milliers.

L'argent qui coulait à flots accélérait un progrès dont on s'assurait sa part grâce au travail et à la hardiesse. Du monde entier, les hommes affluaient vers cette Amérique : on en disait les rues pavées d'or. Dans tous les domaines, population, richesse, perspectives d'avenir, la croissance continue ouvrait des horizons sans limites. Les hommes d'affaires constituaient une nouvelle aristocratie dont les magnats de l'industrie, tels les Vanderbilt, étaient les rois. Moins d'une génération auparavant, un Vanderbilt cultivait des légumes dans une île près de New York. Hier, son fils et sa bru avaient englouti un quart de million de dollars dans un bal...

En 1884, l'Amérique était le paradis des audacieux, car la fortune leur souriait à coup sûr.

26

Le 30 avril, Buck Duke équipa sa manufacture de Durham d'une machine Bonsack. S'il allait, pour les six années à venir, s'imposer de manière incontournable dans l'univers de Chess et de Nate Richardson, cette constante rivalité ne les empêcherait pas de vivre, au contraire.

Peu après la mise en service de la machine Bonsack par son ennemi juré, Nate inaugura sa centrale électrique. La renommée s'en répandit au point que, pendant tout l'été, on vint de loin admirer les illuminations de l'usine, du moulin, du magasin général. Le spectacle devint bientôt une attraction si populaire que des marchands ambulants de sandwiches, de rafraîchissements, de pacotille ou de produits fermiers installèrent leurs stands au bord de la route et le long de la rivière pour profiter de l'affluence. Des charlatans vantaient aux badauds leurs élixirs miraculeux ; des musiciens et des jongleurs s'exhibaient et faisaient la quête après les représentations.

Devenus la coqueluche de la bonne société de Durham, les Richardson recevaient chaque semaine dans leur palais illuminé. Nate fut intronisé au Commonwealth Club, bastion des plus puissants hommes d'affaires de la région, Chess élue membre de la Société littéraire de Durham. Ils avaient désormais leur loge réservée à la tribune d'honneur du champ de courses de Blackwell Park.

Pendant ce temps, leur village ne cessait de grandir. Un quincaillier s'y était établi ainsi qu'un maréchal-ferrant loueur de chevaux. Devant l'intérêt manifesté par d'autres commerçants pour ses locaux équipés de l'électricité, Nate s'empressa d'agrandir la scierie et construisit peu après une filature de coton. Deux ans plus tard, il fonda une banque offrant aux résidents, toujours plus nombreux et plus actifs, une gamme complète de services, y compris les prêts hypothécaires et le crédit commercial. Quand il fallut percer de nouvelles rues dans les bois derrière le moulin, Nate baptisa la plus large avenue Richardson.

Lorsque la population dépassa le chiffre de mille, ce qui entraîna la création d'un bureau de poste, la ville nouvelle prit officiellement le nom de Standish. On y dénombrait déjà l'usine de cigarettes numéro trois, un immeuble de bureaux pour la direction des diverses fabriques et usines ainsi qu'un ensemble d'entrepôts, d'écuries et de remises pour les voitures et les fourgons. La centrale électrique avait dû être doublée.

Pour marquer le passage du temps, Chess préférait se reporter à la croissance d'Augusta plutôt qu'à celle de la ville. À quatre ans, Augusta découvrit le plaisir d'éprouver des émotions fortes en chevauchant avec Bobby Fred dans d'héroïques charges de cavalerie contre les Yankees déguisés en buissons. Son parrain ne l'appelait que par le diminutif de Gussie, que la fillette adopta d'enthousiasme au lieu de son vrai prénom. Nate déclara qu'il lui convenait à la perfection et Chess finit par l'employer à son tour. Gussie subissant son lot normal de maladies infantiles, de bosses, d'écorchures et autres genoux couronnés, Chess fut grandement soulagée de voir un médecin s'établir enfin à Standish.

Nate avait persuadé sa famille de quitter le comté d'Alamance pour venir s'installer à Standish. Gussie fut ainsi dotée d'un seul coup d'une grand-mère et de deux cousines dont l'une n'avait que quatre ans de plus qu'elle. Aussi, lorsque vint pour elle le moment d'aller à l'école de filles de Durham, elle y retrouva à la fois Sally, qui lui facilita ses premiers contacts avec la vie scolaire, et Susan qui enseignait... la lecture et l'écriture. Enchantée de revoir Susan, devenue une jeune fille accomplie, Chess était fière d'avoir inspiré sa vocation d'institutrice.

Chess aurait rêvé d'une fille gracieuse comme une

poupée, avec des bouclettes bien coiffées et de belles robes en dentelle. Pourtant, elle adorait chaque jour davantage la vraie Gussie, turbulent garçon manqué aux joues criblées de taches de son et aux tresses continuellement à demi défaites. Nate n'était pas moins béat devant sa fille. Elle avait à peine cinq ans quand il lui donna une charrette attelée à une chèvre et lui apprit à la conduire. Deux ans plus tard, devant le succès populaire remporté par la bicyclette, il en acheta deux, une pour elle et une pour lui. Ils apprirent ensemble à chevaucher leurs machines par la méthode, empirique mais efficace, consistant à accumuler les chutes.

Aux yeux de leurs amis et relations, les Richardson formaient une famille comblée de tous les bienfaits que la Providence puisse répandre sur les plus heureux des mortels. En réalité, derrière les portes sculptées de leur luxueuse demeure, ils devaient lutter sans trêve pour leur survie dans le monde impitoyable du tabac.

— La machine Bonsack est un fiasco! claironna Nate. Allen & Ginter n'en ont jamais rien tiré. Quant à Buck, il s'est laissé blouser comme un novice. Savez-vous que Bonsack ne lui a pas vendu sa machine mais qu'il la lui loue, avec le mécanicien qui la fait fonctionner? Buck doit donc payer un salaire en plus de la location de ce tas de ferraille!

— Cela ne change rien à ce que je vous disais, répondit Doctor Fitzgerald. Duke fabrique chaque jour plus de deux cent mille cigarettes roulées à la main — et il les vend. Vendre, tout est là! Son vendeur a beau s'appeler Small, il voit grand, le bougre! Ce type est un génie, je le sais d'autant mieux que j'en suis un moi-même.

Small avait apporté un progrès décisif aux techniques de promotion des ventes: délaissant les réclames simplistes peintes sur des murs de granges, il introduisait dans la publicité la notion d'image de marque par l'utilisation raisonnée du scandale et du bouche à oreille. L'idée lui en était venue à Atlanta lors d'une tournée de vente. La ville était en émoi en raison d'un vaudeville particulièrement osé, dont la vedette féminine arborait un décolleté ne laissant rien ou presque à l'imagination des spectateurs. Small persuada la dame de lui céder les droits de son affiche et la reproduisit — à un détail près : l'héroïne à demi dénudée tendait d'un air langoureux un paquet de cigarettes *Duke of Durham* à la vedette masculine. Du jour au lendemain, l'affiche fit fureur au point d'orner la devanture de toutes les boutiques d'Atlanta et de paraître en pleine page dans un journal local. Les prudes s'en scandalisèrent mais les autres, l'immense majorité, s'arrachèrent les *Duke of Durham* et ne voulurent plus rien fumer d'autre.

— Il doit y avoir d'autres actrices du même genre, dit Nate. Où et comment peut-on en dénicher, Doctor ?

— Non ! intervint Chess. Si nous nous contentons de copier Duke, nous ne gagnerons jamais la course. Nous devons avoir des idées différentes. Meilleures que les siennes.

— Quoi, par exemple ? s'enquit Doctor.

— Eh bien… je ne sais pas, admit Chess.

Une semaine durant, ils examinèrent le problème sous tous les angles jusqu'à ce que Nate trouve la solution.

— L'idée de Small est bonne mais vulgaire. La classe, voilà ce qu'il nous faut ! Les hommes qui fument des cigarettes toute faites plutôt que de les rouler eux-mêmes sont surtout des citadins. Et la majorité des citadins, comme moi ou comme Buck, sortent à peine de leur campagne. Ils aimeraient se croire distingués mais ils ont toujours peur d'avoir encore des brins de paille derrière les oreilles. Il faut donc les convaincre qu'en fumant des cigarettes Standish ils passeront pour des gentlemen et des modèles de raffinement.

— Voilà! s'exclama Doctor, le cerveau déjà en ébullition. Nous allons commencer par…

Nate le calma d'un geste.

— Chess s'y connaît mieux que nous. C'est une vraie *lady*, elle. Suivez ses conseils.

— L'idée de Nathan me plaît, dit Chess comme si elle réfléchissait à haute voix. Il ne faudra quand même pas négliger le sex appeal.

Un cri scandalisé échappa aux deux hommes. Une dame de sa classe n'était pas censée connaître le mot, encore moins le prononcer.

La première affiche des cigarettes *Castle* représentait un homme en tenue de soirée sur le perron du château Vanderbilt, connu de tous les Américains qui l'avaient vu maintes fois reproduit dans les journaux et magazines. Une femme en robe du soir, aux épaules nues et à la silhouette voluptueuse, le regardait amoureusement en lui tendant un paquet de *Castle* de sa main gantée de blanc jusqu'au coude.

— N'oubliez pas vos *Castle*, cher Standish, disait la légende imprimée. Elles rendent un homme si séduisant!

Le format de l'affiche était notablement supérieur à celui adopté par Duke dans tout le pays. Nate n'était pas le premier à contre-attaquer: d'autres fabricants de cigarettes avaient déjà pris l'habitude d'arracher ou de recouvrir les placards des concurrents pour poser les leurs.

L'irrésistible Standish apparut ensuite dans des situations variées — sur son yacht, aux courses, aux guides d'un élégant cabriolet — mais toujours en compagnie d'une femme affriolante. Le nom en vint peu à peu à symboliser l'idéal masculin. On baptisa Standish des nouveau-nés et des héros de romans; la mode se répandit bientôt chez les filles, au point que Standish devint un adjectif ou un nom commun pour qualifier les jeunes et séduisants célibataires.

Six mois après la mise en service à Durham de sa machine Bonsack, Buck Duke s'installa à New York.

— Nous lui avons fait peur ! jubila Chess.

— Ne vous illusionnez pas, rétorqua Nate, Buck n'est pas du genre à lâcher prise. Il aime jouer gros jeu et tous les gros joueurs sont maintenant à Wall Street.

La semaine suivante, une nouvelle inouïe secoua le Commonwealth Club : les déficiences de la machine Bonsack avaient à l'évidence été corrigées car elle produisait cent mille cigarettes par jour. Duke avait ouvert un bureau et construit une usine à New York pour couvrir les marchés du Nord et de l'Ouest. Plusieurs machines Bonsack étaient en commande pour Durham et New York.

Baptisées *Cross Cuts*, les cigarettes de fabrication Bonsack offraient avec chaque paquet une carte souvenir exhibant les charmes voluptueux de l'actrice Lillian Russell. Cette première illustration constituait le début d'une collection à suivre.

— Il nous faut une équipe de représentants, déclara Doctor. Les grossistes sont incapables d'effectuer correctement le travail. Je ne peux pas coller moi-même toutes les affiches et visiter tous les détaillants.

— Et où allons-nous trouver l'argent pour les payer ? demanda Nate.

— Lançons une nouvelle marque à cinq *cents* le paquet, comme tout le monde, suggéra Chess.

La marque *Knight* se distingua par un paquet cartonné à glissière qui remplaçait l'emballage habituel en papier. Le cavalier du jeu d'échecs figurait à l'extérieur mais c'était la *Vénus de Milo* qui ornait l'intérieur du tiroir, où sa nudité ne pouvait choquer les plus sourcilleux.

À quelque temps de là, Nate renvoya un employé surpris à recopier au milieu de la nuit des chiffres sur le registre des ventes et des noms du fichier clients. Chess congédia sur-le-champ une femme de chambre que Gussie avait surprise l'oreille collée à la porte de la bibliothèque où se tenaient leurs réunions confidentielles — après quoi Chess gourmanda Gussie qui aurait dû être au lit à cette heure-là. De son côté, Doctor cessa à regret ses visites à une jeune femme un peu trop curieuse, dont la compagnie lui avait pourtant réservé de bien doux moments quand ses tournées l'amenaient à Saint Louis.

Ces incidents n'avaient pas de quoi les choquer ou les alarmer outre mesure. L'industrie du tabac avait toujours connu l'espionnage, les manipulations, les balances truquées et les agissements les moins avouables issus de l'imagination humaine. Nate lui-même soudoyait des espions dans les usines et les bureaux de Buck Duke, d'Allen & Ginter et de ses principaux concurrents. Leurs rapports, qui lui parvenaient avec une grande régularité, étaient payés rubis sur l'ongle sous vingt-quatre heures. Il ne s'agissait là que d'une pratique courante et tout à fait normale.

Au fil des semaines, des mois, des années, la guerre se poursuivit, entrecoupée de flambées et de brèves accalmies. Chez les uns et les autres, de nouvelles usines sortaient de terre pour abriter toujours davantage de machines. Au gré des ristournes plus ou moins occultes accordées aux détaillants, les ventes montaient en flèche ou s'effondraient avant d'atteindre de nouveaux sommets. La consommation de cigarettes aux États-Unis croissait à un rythme vertigineux. Incapables de suivre ce train d'enfer, les petits fabricants se voyaient condamnés à disparaître.

Le premier, Duke eut l'idée des primes en nature : le détaillant qui commandait mille paquets de *Cross Cuts* avait droit à une chaise pliante en bois.

— Un de ces infâmes objets m'a pincé à un

264

endroit que la décence m'interdit de nommer en présence d'une dame, rapporta Doctor.

En conséquence, les sièges Standish furent pourvus d'assises capitonnées.

Duke réagit en glissant un coupon dans chaque paquet de cigarettes. Les détaillants remettaient aux acheteurs des cahiers pour y coller leurs coupons. Les cahiers pleins donnaient droit à un cadeau, allant du sempiternel siège pliant à une montre — voire, pour cinq cents cahiers, à une horloge. Ne voulant pas être en reste, Standish ajouta à son catalogue des services à thé en porcelaine, des verres en cristal et d'autres articles ménagers.

Chess approuva sans réserve cette initiative :

— Les épouses et les mères encourageront leurs hommes à fumer au lieu d'expédier ces malheureux dehors par tous les temps dès qu'ils font mine d'allumer une cigarette !

Cette lutte continuelle, à laquelle Chess prenait un réel plaisir, développait en elle une combativité dont elle ne s'était pas crue capable. Ses vieux livres de comptes avaient depuis longtemps cédé la place à la comptabilité en partie double, désormais pratiquée par une armée de spécialistes ; toutefois, elle tenait à en vérifier elle-même les chiffres qui, mieux que n'importe quoi, illustraient l'ampleur de la réussite dont Nate et elle pouvaient s'enorgueillir. Le coût gigantesque des batailles commerciales aiguisait sa passion pour les stratégies à mettre en œuvre. Doctor et elle assumaient d'ailleurs l'essentiel des responsabilités, car Nate s'absorbait déjà dans un autre projet grandiose : la construction entre Standish et Durham d'une voie ferrée destinée à faciliter les expéditions.

— Et un peu aussi pour jouer avec ! le taquina-t-elle.

Il l'admit volontiers, avec ce sourire juvénile qui réussissait toujours à faire battre plus vite le cœur de Chess. Elle se demandait parfois pourquoi elle y restait aussi sensible. Mais la raison justifie-t-elle l'amour ? Nate la traitait en homme et en camarade plutôt qu'en femme — sauf au lit, où il exerçait avec une telle conscience ses devoirs conjugaux qu'elle se désespérait de n'avoir pas de nouveau conçu. Il ne l'aimait pas, il ne l'embrassait jamais, il n'avait pour elle que de l'amitié. Pourquoi, dans ces conditions, était-elle toujours aussi amoureuse de lui ? Elle ne pouvait se l'expliquer, mais c'était un fait.

Les cartes illustrées firent bientôt fureur au point que les gens achetaient certaines marques de cigarettes à seule fin de collectionner telle ou telle série de cartes.

Chess avait réagi à l'initiative de Duke en opposant Sarah Bernhardt à Lillian Russell. Quand elle eut repris l'avantage grâce à la sublime Eleonora Duse, Duke contra aussitôt avec Lilly Langtry, suivie de sept actrices de renommée internationale. Le public comptait les coups et s'arrachait les portraits de vedettes.

Doctor était inconsolable de n'en avoir pas eu l'idée le premier. Chess le rabroua sèchement :

— Cessez donc de vous lamenter, vous m'empêchez de penser ! Nous serons bientôt à court d'actrices célèbres et je refuse de les remplacer par des femmes nues sans talent. Essayons autre chose. Puisque les gens veulent collectionner, trouvons des séries d'au moins dix personnages ou objets. Une série complète donnera droit à un bel album.

Une avalanche de séries s'abattit alors sur le pays : présidents des États-Unis, rois et reines d'Angleterre, grands compositeurs, écrivains illustres, véhicules de toutes sortes, fleuves célèbres, fleurs, chiens, chevaux, oiseaux, les fabricants de cigarettes faisaient flèche de tout bois.

Lorsque Jack l'Éventreur fut à la une de tous les journaux, Doctor triompha avec le lancement des Grands Criminels de l'Histoire, y compris Caïn trucidant son frère Abel à coups de silex et Brutus poignardant Jules César sur les marches du Sénat. De l'Antiquité à l'époque moderne, la série promettait d'être infinie…

Le Moyen Âge était à peine abordé quand Buck Duke rendit sa seconde visite à Nate.

De même que la première fois, il se présenta à la maison plutôt qu'au bureau. Il salua Chess avec la plus grande courtoisie et se répandit en compliments sur sa charmante jeune fille, presque dans les mêmes termes que lorsque Augusta était un bébé dans son moïse.

Là s'arrêtèrent les similitudes. Duke arborait un complet à la dernière mode, acheté à l'évidence chez le meilleur tailleur de New York. Quant à l'assurance que Chess avait naguère sentie sous ses dehors amicaux, elle était devenue de l'arrogance.

— J'ai envoyé un de mes hommes prévenir Nate, déclara Duke. Il serait bien avisé, je crois, de tenir compte de ce que j'ai à lui dire.

— Entrez à la bibliothèque, monsieur Duke, dit Chess calmement. Mon mari et moi y tenons nos réunions d'affaires. Augusta, ajouta-t-elle, va demander à Bobby Fred de te faire faire une promenade en poney.

Duke resta debout jusqu'à l'arrivée de Nate. Chess nota avec indignation qu'il alla à sa rencontre comme s'il le recevait chez lui. Les deux hommes se serrèrent la main en affectant la plus grande cordialité. Les effets de la civilisation sont étranges, se dit-elle. Il aurait été plus naturel qu'ils se jettent à la gorge l'un de l'autre. Tout compte fait, l'interdiction des duels ne constituait peut-être pas un progrès…

— Asseyez-vous donc, Buck, dit Nate d'un ton qui rétablissait sa position de maître de maison et faisait comprendre à son visiteur qu'il n'était pas un invité mais un intrus.

Nate prit place dans son fauteuil préféré, Chess tira le sien à côté de lui. Souriant, détendu, Buck affecta de ne pas remarquer qu'ils ne lui laissaient ainsi qu'un canapé de crin, dur et inconfortable.

— Permettez-moi d'abord de vous féliciter pour votre série des Grands Criminels, commença-t-il. Pendant une bonne quinzaine de jours, les ventes de vos *Castle* ont atteint le double de celles de mes *Cross Cuts*. Votre ami Doctor a bien fait courir mes hommes, ils s'arrachaient les cheveux.

Sans mot dire, Nate attendit la suite.

— À mon avis, ce genre de plaisanteries tire quand même à sa fin. Cela nous coûte trop cher à tous, nous pourrions utiliser notre argent de manière plus utile.

Et qui a commencé, hypocrite ? songea Chess.

— C'est moi qui ai commencé, poursuivit Buck comme s'il avait lu dans sa tête. Je voulais donner de la notoriété à mes marques et éliminer les amateurs. De ce point de vue, c'est gagné. Nous ne sommes plus que six en course, six qui comptons, du moins. Vous et moi, nous sommes les outsiders. Pendant qu'ils se moquaient de nous, on a rattrapé et dépassé les favoris, Kinney, Goodwin, Kimball et même Allen & Ginter. Nous, les petits paysans du Sud, nous avons montré aux New-Yorkais que nous pouvions gagner la guerre de nos pères...

— Je ne voudrais pas que vous vous déboîtiez l'épaule à force de vous passer la main dans le dos, Buck, l'interrompit Nate en souriant. Où voulez-vous en venir ?

— Bien joué, Nate, répondit Duke avec un sourire non moins éclatant. Vous avez compris que j'essayais de vous dorer la pilule. J'ai eu tort d'oublier que vous battiez la campagne vous aussi pour vendre votre marchandise.

Prudence, Nathan ! voulut lui crier Chess. Il abuse un peu trop de la pommade.

— Venons-en au fait, reprit Duke. J'ai pour objectif de regrouper nos forces. Je ne pense ni à une absorption ni même à une fusion mais à une simple association destinée à ne plus nous ruiner en nous égorgeant les uns les autres. À nous six, nous contrôlons le marché des cigarettes. Nous serons en mesure de fixer les prix aux niveaux qui nous conviendront, tant pour les ventes au détail que pour les achats de tabac. Nous pourrons diminuer graduellement les primes et le reste pour redonner aux clients leur seul et véritable rôle : acheter nos cigarettes et les fumer.

— Excellente idée, opina Nate avec une moue admirative. Mais dites-moi, Buck, qui dirigera cette association ?

— Chacun participera aux décisions en fonction de ses apports, de sa capitalisation et de ses ventes.

Nate sourit de plus belle.

— Bien, très bien. Je vous admire, Buck. Sincèrement. Voilà pour la carotte, car je suppose qu'il y a aussi un bâton. De quoi menacerez-vous ceux qui ne voudront pas entrer dans votre jeu ?

— Je n'ai pas besoin de menacer. Ils savent tous que, s'ils refusent, ils couleront. Voyez Kinney : il a déjà dû fermer son usine de Baltimore dont les ventes ne couvraient même plus les salaires des ouvriers. Il n'a plus que celle de New York alors qu'il était le numéro un il y a cinq ans à peine.

Sans perdre le sourire, Nate se leva.

— Voyez-vous, Buck, dit-il en exagérant son accent campagnard, votre projet d'association ne me plaît guère plus que la peur de la faillite. D'un autre côté, je ne crois pas que vous perdriez votre peine à vouloir me casser les reins à tout prix. Vous aurez déjà assez fort à faire pour absorber vos associés, cela devrait vous prendre un bon bout de temps. J'étais moi-même très occupé, voyez-vous, quand votre garçon de courses a surgi dans mon bureau comme s'il avait le feu au derrière sous prétexte que vous aviez des choses importantes à me dire. Je retourne donc à mes affaires et je vous souhaite le bonjour.

Nate lui tendit la main, Buck Duke la lui serra. Il salua Chess d'un signe de tête, se dirigea vers la porte et se retourna sur le seuil.

— Voyez-vous, Nate, si un homme trace une ligne

par terre et me met au défi de la franchir, je m'en voudrais de le désobliger.

— Je suis exactement comme vous, Buck. Sauf que moi, voyez-vous, j'ai un prix de revient au mille qui est la moitié du vôtre. Cela me laisse une marge de manœuvre.

— À votre place, Nate, je surveillerais quand même mes arrières.

Duke parti, le silence retomba dans la pièce. On entendit la porte d'entrée se refermer.

— Peut-il vraiment faire ce qu'il dit? demanda Chess.

— Me couler? Bien entendu, mais il ne le sait pas. De toute façon, cela lui prendrait du temps et c'est la seule chose dont Buck Duke ne dispose pas. Il aime frapper fort et gagner vite. Pour lui, comme je le lui ai dit, le jeu n'en vaudrait pas la chandelle. Nous en sommes au stade où nous nous observons sans avoir encore dégainé. Cela durera ce que cela durera.

— Au fond, Nathan, vous vous amusez bien.

— Oh, oui! À force de nous bagarrer par personnes interposées, j'avais presque oublié le plaisir qu'on prend à un bon corps à corps. Cela donne du piment à la vie.

Le 31 janvier 1890, l'American Tobacco Company fut officiellement constituée sous les lois bienveillantes de l'État du New Jersey. Le conseil d'administration procéda sans tarder à l'élection de son président, James Buchanan Duke, plus connu de ses pairs sous le diminutif de Buck.

Le même jour, la Compagnie des cigarettes Standish lança une nouvelle marque, qui se distinguait de ses concurrentes par l'originalité de son emballage cartonné incorporant une boîte d'allumettes. Le paquet représentait les cases d'un échiquier sur lequel se détachait en rouge vif le mot *Check*, abrégé de l'expression *Échec au roi*. Les acheteurs furent avisés qu'ils recevraient gratuitement, contre la remise de dix paquets vides, un jeu d'échecs complet, réalisé de manière artistique et accompagné d'une brochure détaillant les règles du jeu.

27

Ciseaux brandis, Chess attendit qu'un coup de cymbales ait conclu la prestation de l'orphéon avant de couper le large ruban rouge sous les applaudissements de la foule. La gare de Standish était officiellement ouverte.

Le gracieux petit bâtiment octogonal ressemblait à un kiosque à musique dont le toit en pagode formait un auvent. Des bacs de pélargoniums en décoraient les angles et des bancs de fer forgé flanquaient la porte d'entrée. Chess avait participé à la conception de l'ouvrage ; malgré le charme qui s'en dégageait, elle ne pouvait dominer une certaine mélancolie en le voyant se dresser, si neuf et si pimpant, à l'emplacement exact de la vieille maison hantée.

Tant d'événements s'étaient succédé depuis que Nate et elle avaient établi leurs pénates dans cette unique pièce balayée par les courants d'air ! Cela lui paraissait remonter à mille ans, alors qu'il s'en était à peine écoulé dix. Doctor Fitzgerald les avait abandonnés, cédant au chant de sirènes d'une affaire d'un genre tout nouveau qui se baptisait pompeusement Agence de publicité. Jim Monroe avait lui aussi quitté la scène. Bobby Fred accusait son âge — comme le moulin, d'ailleurs, qu'il faudrait bientôt remplacer.

Depuis quand, se demanda Chess tout à coup, ai-je cessé de fréquenter les fermières et de les traiter en amies ? Elles avaient pris l'habitude d'attendre que leur grain soit moulu en buvant le café avec moi à la maison hantée. À la maison de brique aussi, mais je n'en suis pas si sûre. Au fait, je ne sais plus quand j'ai moi-même pris le café dans ma propre cuisine pour la dernière fois...

Chess sourit pour l'objectif du photographe dépêché par le journal de Durham. Il préparait un grand reportage sur le chemin de fer de M. Richardson et le luxueux wagon spécial construit exprès pour lui. Nathan et ses jouets! pensa Chess avec un nouveau sourire. Il était plus ravi qu'un enfant d'avoir *son* train — il en rêvait depuis toujours! —, *son* orphéon et *son* bureau du télégraphe, inauguré la semaine précédente. Ensuite, il voudra le téléphone, c'est certain! Quand il a une idée en tête, on est bien inspiré de ne pas s'y opposer.

— Merci, madame Richardson, dit le photographe qui émergea de sous son voile noir.

— Merci à vous, monsieur. J'espère que vous vous joindrez à nous pour le pique-nique.

— Avec plaisir, madame.

Chess se mêla à la foule qui lui prodigua saluts et félicitations. La croissance de Standish lui avait peu à peu conféré le statut d'une reine. On lui manifestait le respect craintif dû à l'épouse du propriétaire des industries dont vivait la ville entière. Cette révérence obséquieuse lui donnait parfois l'impression d'être très vieille; elle y prenait aussi un certain plaisir, même si elle refusait de le reconnaître ouvertement. On lui avait inculqué dès l'enfance qu'elle appartenait à une élite aristocratique, supérieure par essence au commun des mortels. L'admiration, l'envie des moins privilégiés lui semblaient donc naturelles et elle y réagissait comme on le lui avait enseigné, avec une bonne grâce légèrement condescendante.

Avec l'aide empressée du directeur de la banque, elle monta en tilbury pour aller rejoindre Nate et le reste de la famille au parc Richardson, où devait se dérouler le pique-nique. Derrière elle, en tête du cortège des piétons, l'orphéon attaqua une marche entraînante. Il donnerait un concert dans l'après-midi, comme il le faisait déjà les jeudis et les dimanches d'avril à octobre.

Car on vivait bien, à Standish. Son artère principale, l'avenue Richardson, avait une chaussée pavée et des trottoirs de brique, abrités du soleil pendant l'été par les auvents des boutiques. Un vaste terrain de jeux gazonné flanquait l'école élémentaire. Les deux églises baptistes — la plus grande pour les Noirs — étaient presque achevées et la première pierre de l'église méthodiste avait été posée quelques semaines auparavant. Chess souhaitait en secret que cette dernière ne soit jamais terminée. Avec le train, aller à Durham le dimanche devenait un plaisir, d'autant que tous leurs amis se réunissaient à l'église de la Trinité. Elle serait quand même obligée de fréquenter celle de Standish le moment venu. Gussie, en revanche, n'y verrait aucun inconvénient, Ellie Wilson, sa meilleure amie, habitait Standish...

Grand dieu ! Où Nathan avait-il la tête de laisser Gussie badigeonner de sauce la viande du barbecue ? Elle risquait de tomber sur les braises ! Chess sauta à terre, tendit les rênes à la première paire de mains qui se présenta et vola au secours de son enfant.

— Elle était furieuse, bien entendu ! dit-elle à Edith quelques instants plus tard. Vous connaissez Gussie, elle aimerait mieux se tuer que de se sentir protégée.

— Allons, allons, Chess, elle n'est pas morte. Son esprit d'indépendance n'est pas si condamnable, après tout.

— J'ai horreur que vous soyez raisonnable, Edith ! Vous devriez être toujours d'accord avec moi.

— Nos conversations seraient bien plates...

— Préféreriez-vous parler du pedigree des chevaux ?

— C'est de la méchanceté pure, Chess ! répliqua

Edith en riant. N'avez-vous pas de cœur pour blesser aussi cruellement une malheureuse créature sans défense?

Depuis qu'il avait vendu à Nate la plus grande partie de ses terres quatre ans auparavant, Henry Horton élevait et entraînait des chevaux de course. Absorbé par sa nouvelle passion, il était devenu un raseur de première grandeur pour tous ses interlocuteurs, à l'exception des cavaliers. Edith s'en plaignait souvent devant Chess, qui lui rétorquait que les passions de Nate, si elles se renouvelaient, n'étaient pas moins pénibles à supporter par son entourage. Sa *période ferroviaire* avait été particulièrement éprouvante. Nate connaissait par cœur le nom de toutes les lignes d'Amérique, avec celui des principales gares et la distance qui les séparait. Il avait donné à Gussie un modèle réduit des locomotives utilisées par chaque compagnie et ils passaient des heures à jouer ensemble sur le plancher de la véranda, en imitant le bruit des machines. Un martyre pour les oreilles!

Chess lança un coup d'œil au père et à la fille. Ils distribuaient les assiettes aux pique-niqueurs qui paraissaient s'amuser beaucoup. Pour une raison qu'elle ne s'expliquait pas, Nathan n'intimidait personne, lui...

— Pouvons-nous monter dans votre wagon spécial quand nous irons aux courses? demanda Edith. Je meurs d'envie de me vautrer sur le grand lit!

— Le trajet ne dure qu'un quart d'heure, répondit Chess en riant. Notre ligne n'a rien du *Northern Pacific*!

— Je pourrais au moins m'imaginer dans l'*Orient-Express*... Nathan compte-t-il accrocher son wagon aux trains qui vont dans des endroits extraordinaires, la Floride, la Californie? Ou même Saratoga? Ces derniers temps, Henry ne cesse de me rebattre les oreilles de Saratoga.

— Ce serait amusant, en effet. J'en parlerai à Nathan.

274

— Mais pas de wagon spécial pour aller aux courses de Durham, si je comprends bien?

— Peut-être. Henry y engage-t-il un cheval?

— Qui sait? J'ai trop peur de le lui demander. Il en profiterait pour me réciter la généalogie complète des étalons et des juments en remontant jusqu'au couple que chevauchaient Adam et Eve dans leur fuite du Paradis terrestre!

Finalement, les Horton et les Richardson se rendirent à Durham en wagon spécial pour les dernières courses de la saison à l'hippodrome de Blackwell Park. Si Edith n'eut pas le temps de se vautrer sur le grand lit de la chambre à coucher aménagée à l'arrière, elle prit un plaisir enfantin à tournoyer sur les moelleux fauteuils pivotants du salon.

Ils s'amusèrent tous beaucoup. Comme toujours, il régnait dans la tribune d'honneur une ambiance de fête.

Une annonce au porte-voix avant la dernière course brisa l'euphorie générale : cette course serait non seulement la dernière de la saison mais la dernière sur l'hippodrome. M. Jules Carr, mécène bien connu pour son amour des arts et sa passion du progrès, faisait généreusement don du parc et du champ de courses adjacent au Trinity College, le plus prestigieux des établissements d'enseignement supérieur de notre belle région, annonça l'orateur, afin de lui permettre une expansion indispensable à la poursuite de sa noble mission, celle d'ouvrir à la jeunesse les champs illimités du savoir. L'honorable assistance aurait maintenant le privilège d'entendre M. Jules Carr en personne lui adresser quelques mots.

— J'ai trop souvent écouté ce vieux forban débiter ses boniments, grommela Nate. Je vais me promener.

Accablés, Chess et les Horton ne se rendirent même pas compte de son départ. Le champ de courses fermé! Tout le programme d'élevage et d'entraînement de Henry réduit à néant! Ils vont devoir s'installer à Saratoga, se dit Chess. Que vais-je devenir sans Edith? Depuis mon arrivée ici, elle est ma seule véritable amie. Aucune autre ne pourra jamais la remplacer...

— Henry, dit Edith, ne m'aviez-vous pas recommandé un outsider dans la dernière course? Soyez gentil, allez placer un pari sur lui. Pour moi et pour Chess.

Elle parlait avec la désinvolture qui sied à une dame bien née affectant de s'encanailler dans un jeu de hasard. Rien dans son comportement ne trahissait son désarroi devant l'écroulement de son univers. Chess lui serra discrètement la main, en hommage à son calme et à son sang-froid.

À la fin de la course, selon leur habitude, les deux couples firent le tour du pesage et déambulèrent dans les allées du parc. Edith et Chess tenaient leurs ombrelles d'une main ferme, souriaient, échangeaient quelques mots avec les uns et les autres. Chacun convenait que la présence d'une université à Durham était une chance pour la ville et rehausserait de façon significative son niveau intellectuel. Pendant que les dames bavardaient, Nate entraîna Henry dans un coin discret derrière le club-house afin de se remonter le moral à l'aide de la flasque de whiskey dont il avait fait l'acquisition au cours de sa petite promenade.

Mais, une fois de retour dans le wagon spécial, il ne fut plus nécessaire de sauver les apparences. La tête sur l'épaule de Chess, Edith sanglota sans retenue et Henry entreprit consciencieusement de s'enivrer en silence.

— Non, mais, regardez-moi cela! s'exclama Nate au bout de cinq minutes. Ma femme et mes chers voisins devraient me féliciter de mon coup de chance au lieu de se lamenter! Je me creusais la tête pour trouver le moyen de rentabiliser mon chemin de fer et voilà la solution qui me tombe dans les bras. Je vais même être obligé d'acheter d'autres wagons de voyageurs, les deux dont je dispose ne suffiront jamais à transporter tous les gens de Durham jusqu'au champ de courses que je vais créer à Standish.

L'éclat de rire chevalin de Henry creva les tympans des trois autres. Chess lança un regard soupçonneux à Nate, qui affectait une mine aussi béate qu'innocente.

Quand ils furent seuls ce soir-là, elle le remercia de sa folle générosité envers Edith et Henry.

— Il n'est pas question de générosité! protesta-t-il. Je suis un homme d'affaires, pas un philanthrope. Amenez ici les gens de Durham, montrez-leur combien le trajet est court et facile, faites-leur respirer notre bon air pur et ils viendront s'installer chez nous plus vite qu'il ne faut pour le dire. Mieux encore, ils ne seront plus assourdis trois fois par jour par les mugissements du Taureau de Jules Carr. Je vendrai des terrains, des matériaux de construction et des prêts hypothécaires du matin au soir et du soir au matin!

Le raisonnement avait beau être sans faille, Chess ne fut pas entièrement convaincue.

Nate remonta sa montre, la glissa dans son gousset, endossa sa veste et l'ajusta devant le miroir.

— Vous êtes très élégant, dit Chess. Où allez-vous, dans votre beau costume neuf?

— Je retournerai chez ce nouveau tailleur de Raleigh, sa coupe me plaît. Pour le moment, je vais simplement voir ma mère. Quand elle apprendra le projet de champ de courses, elle fera un scandale. Autant en finir tout de suite.

— Bonne chance, Nathan!

— Il n'existe sûrement pas dans le monde entier assez de chance pour me tirer de ce mauvais pas.

Chess rit sous cape. Pauvre Nathan! Miss Mary ne s'était pas adoucie le moins du monde depuis que son fils l'avait dotée d'une belle maison moderne, d'une servante et d'une voiture avec cocher. Elle était aussi grincheuse et acerbe que lorsqu'elle trimait du matin au soir dans sa vieille ferme croulante au fin fond de la campagne.

Au moins, elle ne s'en prenait plus à Chess. À part quelques critiques sur l'éducation de Gussie et son manque de discipline, elle ne lui adressait que rarement la parole. Elle réservait le plus clair de son énergie, toujours aussi redoutable, à fustiger les iniquités dont Nate se rendait coupable, en premier lieu ses gaspillages. La maison et les serviteurs de sa mère, qu'il payait de sa poche, en représentaient un excellent exemple, se retenait de lui dire Chess. Nate restait vis-à-vis de sa mère si docile et si déférent que Chess avait parfois envie de le gifler.

Certes, elle n'avait plus lieu de se plaindre de sa belle-famille. Ils allaient tous ensemble le dimanche à Durham et dînaient ensuite dans une pension de famille dont la cuisine insipide était au goût de Mary. En dehors de ces réunions hebdomadaires, Chess ne les voyait pour ainsi dire jamais. Alva s'était rapidement constitué un cercle d'amies, Susan et Sally aussi. Quant à Josh et Micah, ils contrôlaient les ouvriers agricoles travaillant sur les terres achetées par Nate afin d'y cultiver le tabac destiné à ses fabrications.

Redevenus pour elle des étrangers, ils lui étaient indifférents. Avec le recul, sa jalousie envers Alva lui paraissait aussi ridicule qu'une réaction puérile d'adolescente inexpérimentée, elle n'en gardait d'ailleurs qu'un vague souvenir. Sa position d'épouse était désormais inattaquable. Elle se doutait de l'existence d'une ou plusieurs femmes dans la vie de Nathan, sans doute à Raleigh où il se rendait souvent afin de rencontrer des hommes politiques, mais elle refusait d'y accorder de l'importance.

Elle préférait penser à un secret bien à elle qui la comblait de bonheur. La fin des hostilités avec Duke l'avait d'abord condamnée à une semi-oisiveté déprimante mais cette période était bien finie. Plus d'accès de mélancolie, plus de regrets de se sentir inutile. Tout allait bien — mieux que bien : à merveille !

Chess prit seule le train de Raleigh, conduite fort inconvenante pour une dame de son rang mais elle n'en avait cure. Elle détenait un secret qu'elle ne pouvait partager avec personne. Pas même avec Nathan — du moins pas encore : elle voulait en effet consulter le Dr Arthur Mason. Après tant d'années d'espoirs déçus, elle allait enfin avoir un autre enfant !

Elle sourit à son image reflétée par la vitre charbonneuse du compartiment et s'en détourna aussitôt. Être mère, à son âge ! Gussie en serait *mortifiée* — elle n'avait que ce mot-là à la bouche, Dieu sait où elle l'avait appris. Depuis quelques semaines, tout la *mortifiait*...

Il faisait un temps idéal. Le ciel bleu était parsemé de petits nuages blancs, une brise rafraîchissait l'air. Chess décida d'aller à pied de la gare au cabinet du médecin. Elle prenait le risque de se présenter sans avoir demandé rendez-vous par écrit, de peur d'être trahie par son écriture trop connue des postiers de Standish. Mais par une si belle journée, rien ne pouvait mal se passer.

Elle n'avait pas eu ses règles depuis deux mois jour pour jour, ce qui signifiait, selon ses calculs, que Gussie aurait un petit frère ou une petite sœur pour Pâques de l'année suivante.

— Désolé, madame Richardson, mais vous n'attendez pas d'enfant, dit le Dr Mason d'un ton compatissant.

— C'est impossible, voyons ! Mes règles ont longtemps été très irrégulières, c'est vrai, mais depuis la naissance d'Augusta, je suis réglée comme du papier à musique.

— Auriez-vous récemment souffert de crampes, de migraines, d'étourdissements, d'insomnies ?

— Non, docteur. Je me porte comme un charme, je vous assure ! Je suis enceinte, voilà tout. Si je reviens le mois prochain, vous pourrez sûrement le constater.

Au bout de vingt minutes, le médecin finit par lui faire admettre qu'elle abordait sa... ménopause.

— C'est incroyable ! J'ai eu quarante ans en juillet dernier. Aucune femme n'a son retour d'âge à quarante ans.

Il lui affirma que si c'était vrai pour certaines, ce ne l'était pas pour d'autres. Il se montra si persuasif que Chess dut finir par le croire. La compassion qu'il lui manifestait constituait d'ailleurs son argument le plus convaincant.

— Je vous laisse seule quelques instants, madame. Les vieux remèdes de bonne femme sont souvent meilleurs que toute notre science moderne. Pleurez un bon coup, vous vous sentirez mieux, dit-il en posant devant elle sur son bureau un grand mouchoir blanc fraîchement repassé.

Mais Chess fut incapable de verser une larme. Face à une telle catastrophe, pleurer aurait été futile. Sa vie de femme prenait fin dix ans à peine après avoir débuté. Nul ne s'en doutait encore, Dieu merci...

Elle avait prévu de rentrer les bras chargés de cadeaux pour Nathan et Gussie afin de célébrer l'événement. Faute de bonne nouvelle, elle pouvait quand même rapporter des cadeaux. Pour elle aussi, après tout. Elle avait grand besoin de se remonter le moral par n'importe quel moyen.

28

Dans le train du retour, Chess ressassa son chagrin dont elle rendit Nathan entièrement responsable. S'il n'était pas si souvent parti… s'il ne se surmenait pas au point d'affaiblir sa semence… s'il n'abusait pas de ses forces viriles avec des gourgandines… Dans sa profonde ignorance des réalités de la vie, elle inventa mille mauvaises raisons au désastre qui l'affligeait. Elle n'aurait plus jamais d'enfants. Elle était trop vieille.

En arrivant à la maison, elle trouva Nate et Gussie en train de se poursuivre à bicyclette sur la pelouse. Le gazon serait zébré de vilains sillons d'herbe morte au printemps. Encore la faute de Nathan ! Tout était sa faute…

Elle monta l'escalier en courant et commença à vider sur le lit les tiroirs de sa commode. Les robes, les chaussures suivirent le même chemin. Je ne dois pas pleurer, se répétait-elle. Je ne pleurerai pas.

— Bon sang, Chess, que faites-vous là ? Un grand nettoyage de printemps au mois de septembre ?

Debout sur le seuil, les yeux écarquillés et le sourire aux lèvres, Nate était en bras de chemise, la veste sur l'épaule tenue négligemment d'un doigt. On aurait dit un jeune homme. C'était trop injuste !

— Je déménage mes affaires dans la chambre du fond, répondit-elle, fière de se dominer si bien. J'ai passé aujourd'hui un examen médical, le docteur m'a dit que je ne pouvais plus avoir d'enfants.

Le sourire de Nate s'évanouit.

— Je ne comprends pas…

— Vous souvenez-vous de nos accords ? En échange du brevet, vous deviez m'épouser et me faire des enfants. Vous avez tenu parole, nous avons Gussie. Puisqu'il ne peut plus y en avoir d'autres, il est inutile de continuer à partager le même lit.

Le plaisir de s'endormir et de se réveiller côte à côte dans une paisible intimité était devenu si familier à Nate qu'il ne s'était jamais demandé ce que Chess en pensait. Il comprenait maintenant qu'elle n'avait subi cette cohabitation qu'à contrecœur, à seule fin d'avoir des enfants. Il avait eu grand tort de l'oublier...

— Vous avez trop d'affaires pour déménager vous-même, grommela-t-il. Laissez donc les servantes s'en occuper.

Elle en avait beaucoup trop, en effet. Pis encore, constata Chess après avoir passé sa garde-robe en revue, tout était démodé. Selon les derniers magazines, la tournure ne se portait plus. Seules, les femmes de Caroline du Nord semblaient ne pas s'en être rendu compte — mais qu'attendre d'autre de cette province rétrograde où l'on considérait que Durham était à la pointe du progrès parce que les rues avaient des réverbères et des trottoirs en planches! Chess alla donc à Richmond, ville pourvue de rues pavées et de magasins luxueux, et se lança dans une orgie d'achats dont elle sortit épuisée, déprimée et encombrée d'un nouveau monceau d'effets à la dernière mode. Puis, dans l'espoir de meubler ses loisirs de plus en plus pesants, elle entreprit d'embellir son cadre de vie. Elle orna le salon de plumes de paon dans des vases et de fleurs de cire sous des globes de verre. Elle décora la table de la salle à manger d'un surtout rempli de fruits en marbre polychrome. Elle changea le mobilier de sa chambre pour un ensemble en bois de rose, doré et sculpté de lierre. Un assortiment de brosses, de peignes, de pots, de flacons et de nécessaires à manucure, le tout doré et gravé de feuilles de lierre, s'étalait sur sa nouvelle coiffeuse.

Au nouvel an, elle persuada James Dike, le libraire de Durham, de s'installer à Standish. Ainsi que Nate l'avait prédit, la ville croissait à une telle rapidité qu'une librairie y serait désormais rentable. Chess admirait James Dike pour sa vaste culture mais il l'intimidait au point qu'elle hésitait à en faire un ami. Il avait quitté Boston pour le Sud quelques années auparavant afin d'échapper aux hivers de la Nouvelle-Angleterre, trop rudes pour sa santé délicate. De toute façon, Chess préférait les hommes solides et virils — comme Nathan. Elle s'affligeait de la distance qui semblait se creuser entre elle et lui. Sans qu'elle pût dire exactement ce qui avait changé, elle sentait que leurs rapports s'étaient altérés mais elle ne savait que faire. Affairés chacun de leur côté, ils se voyaient à peine.

Dike ayant été la cheville ouvrière de la Société littéraire de Durham, Chess en organisa une autre sur le même modèle à Standish. Bientôt, dix, quinze puis une vingtaine de femmes se réunirent chaque semaine dans son salon pour échanger des idées et comparer leurs points de vue sur leurs lectures communes.

L'hippodrome de Nathan fut inauguré cet été-là. Henry Horton, sacré président du Club hippique, en ayant conçu le parcours et les installations, ce fut Edith qui eut cette fois l'honneur de couper le ruban.

Entre le prolongement de l'avenue Richardson, le percement de nouvelles rues dans les bois, la construction de maisons et de magasins pour accommoder une population en expansion continue, Standish subissait depuis des mois un enfer de bruits et de travaux.

À l'automne, Standish se dota d'une municipalité élue, d'une prison et d'une Société d'art dramatique, qui donna des représentations de pièces classiques dans le grand salon de Chess aménagé en théâtre. Le public y avait accès — du moins un public choisi car, depuis l'arrivée du chemin de fer, la ville était coupée en deux. Les maisons ouvrières, le vieux magasin général et les autres bâtiments à l'origine de l'agglomération se trouvaient relégués dans ce que l'on considérait désormais comme le *mauvais* côté des voies, le quartier pauvre, tandis que le *bon* côté prospérait à vue d'œil. Chess était la reine de cette ruche. Elle se mêlait à toutes les activités, recevait souvent, parlait et riait sans trêve — à seule fin de se prouver à elle-même qu'elle n'était ni vieille ni inutile.

La fête donnée par les Richardson à la Noël de 1891 fut l'événement mondain le plus fabuleux auquel les invités aient jamais assisté. Gussie et sa meilleure amie Ellie en restèrent verdâtres des jours durant pour s'être gorgées de bonbons, de gâteaux et de champagne clandestin. Nate offrit à Chess une somptueuse parure de perles et de camées, qu'elle reçut avec des transports de joie comme si Edith et elle ne l'avaient pas choisie ensemble. Chess apprécia beaucoup le cadeau de James Dike, un abonnement au *Strand Magazine*, le célèbre mensuel anglais. Elle y découvrit une passionnante nouvelle d'un jeune médecin devenu écrivain, le Dr Arthur Conan Doyle, dont le héros était un certain Sherlock Holmes.

— Il y en aura une dans chaque numéro, la rassura James Dike. Holmes fait, paraît-il, fureur en Angleterre.

— Je le comprends! L'intrigue est tellement ingénieuse que mon mari lui-même, qui ne s'intéresse pourtant qu'aux revues techniques ou économiques, s'en régalera.

— Je vous commanderai de nouveaux livres. Avez-vous déjà entendu parler d'un auteur français, Jules Verne?

Tout compte fait, Chess jugeait le libraire de plus en plus sympathique. Il n'était pas aussi intellectuel qu'elle l'avait craint et la perspective d'un hiver de lectures nouvelles la remplissait d'aise.

— Chess, il faut que je vous parle, déclara Nate quelques jours plus tard.

Allait-il lui reprocher ses dépenses inconsidérées,

ses réceptions continuelles? Eh bien, qu'il se plaigne! se dit-elle, agacée. La maison m'appartient aussi…

Il était question de tout autre chose :

— Buck Duke sort son artillerie lourde.

Chess se hâta de fermer la porte de la bibliothèque.

Depuis la création de l'American Tobacco Co, deux ans s'étaient écoulés au cours desquels ses espions avaient informé Nate de la mésentente et des conflits entre les associés. Duke en était toujours sorti vainqueur. Il avait procédé à des regroupements au prix de féroces compressions de personnel. Les services commerciaux, administratifs et financiers étaient désormais réunis sous sa seule autorité. En outre, comme Nate et Chess l'avaient constaté, la pratique des primes et des ristournes avait été peu à peu réduite jusqu'à son abandon définitif.

— Maintenant, Buck passe à l'offensive. Il s'apprête à lancer à son réseau de vente l'ultimatum suivant : ceux qui vendront quelque marque de cigarettes que ce soit à des prix inférieurs à ceux d'American seront immédiatement placés sur une liste noire. American ne leur livrera plus rien.

— Les seules cigarettes moins chères sont nos *Castle*. Notre plus gros chiffre d'affaires !

— Exactement. Nous devons trouver la parade. Et vite.

Chess aurait dû se sentir troublée, voire bouleversée par cette menace pesant sur ce qu'ils s'étaient donné tant de mal à bâtir. Elle en éprouvait au contraire une joie profonde : Nathan avait besoin d'elle. Leur association tenait bon, elle était aussi forte que jamais.

Ils discutèrent jusque tard dans la nuit, puis toute la journée du lendemain et une partie de la nuit suivante. Créer une nouvelle marque? Non, les *Castle* marchaient trop bien. Augmenter le prix de vente? Non plus. Les clients seraient furieux à bon droit et s'en détourneraient.

À la fin, tant d'heures s'étaient écoulées, tant d'idées avaient été soulevées, examinées, rejetées, reprises et modifiées qu'ils ne surent même plus, lorsque la solution leur apparut, dans l'esprit duquel des deux elle avait germé en premier. La marque *Check* se distinguait par un paquet surdimensionné. Pourquoi ne pas appliquer la même idée aux *Castle* ? Les faire plus longues sans en changer le nom, les vendre au même prix que la concurrence et axer la publicité sur le thème du roi du jeu d'échecs ? La cigarette des rois. La reine des cigarettes... *King Size !*

Ils éclatèrent de rire à l'unisson. Cela ne leur était pas arrivé depuis si longtemps que Chess en pleura de joie. Et son rire inimitable donna à Nate un plaisir si intense qu'il s'en étonna.

Les machines Standish ne nécessiteraient que de légères modifications mais le papier poserait problème. Comment trouver un nouveau fabricant ? Le secret était essentiel, sinon leur riposte à la menace de Duke serait éventée avant d'être lancée. Seule solution : fabriquer eux-mêmes leur papier. Mais le temps pressait, il n'était pas question de construire une papeterie. Nate en chercherait donc une à vendre, sans aucun lien passé ou présent avec l'industrie du tabac, et pourvue de machines susceptibles d'une adaptation rapide aux impératifs de leurs spécifications.

— J'achèterai sans marchander... Mais au fait, pourquoi pas une usine de papier journal ? ajouta-t-il avec un sourire épanoui. Hein, Chess, qu'en dites-vous ? Après tout, Standish mérite bien d'avoir enfin son propre journal.

Elle sentit renaître son amour pour lui avec tant de force qu'elle crut que son cœur allait éclater.

Quand Nate avait une idée en tête, il fallait que tout aille vite. Le 1er mai 1892, l'Amérique entière découvrit des affiches et des placards de presse qui proclamaient, littéralement à son de trompe, l'avènement des cigarettes *King Size* : le dessin représentait un héraut embouchant une trompette ornée d'une bannière à l'effigie du nouveau paquet. Dans les villes principales, des musiciens en costumes moyenâgeux parcouraient les rues en jouant des fanfares tandis que de gentes damoiselles en hennin distribuaient des échantillons aux passants.

Doctor Fitzgerald se fendit d'un télégramme :

INCROYABLE SUCCÈS STOP MÊME SANS MOI
STOP BRAVO STOP
BIEN JOUÉ STOP VOUS REGRETTE STOP DOCTOR

Chess le remercia par une longue lettre affectueuse, à laquelle elle joignit un exemplaire du premier numéro du tout nouveau *Courrier* de Standish. *Ce n'est encore qu'un hebdomadaire de quatre pages mais vous connaissez Nathan, cela ne durera pas*, griffonna-t-elle dans la marge au-dessus de l'ours. *Revenez vite et soyez notre James Gordon Bennett — en mieux, bien entendu.*

La réponse ne se fit pas attendre :

TUEZ VEAU GRAS STOP ARRIVE 2 JUIN STOP DOCTOR

Sous la manchette : *EN GRÈVE ? RENVOI IMMÉDIAT !*, le premier numéro du *Courrier* paru sous la houlette de Doctor Fitzgerald publia le texte in extenso d'un discours prononcé par Nate devant l'ensemble du personnel de ses usines, réuni pour la circonstance dans les tribunes de l'hippodrome.

L'allocution débutait par une description apocalyptique des méfaits du syndicalisme, dont les dirigeants sans scrupules rançonnaient de naïfs travailleurs pour mieux les réduire en servitude. Elle se poursuivait par un acte de foi en l'intelligence de ses compatriotes, issus comme lui de la bonne terre du Sud, qui sauraient reconnaître leurs vrais intérêts en restant fidèles à leur patron. Elle se concluait sur cet avertissement tout paternel : *Je joue cartes sur table avant qu'il y ait de malentendus entre nous. C'est tout ce que j'avais à vous dire. Ceux qui ne seraient pas d'accord pourront toujours venir m'en parler, on s'expliquera.*

Cette loyale invitation n'attira aucun volontaire...

— Vous devenez aussi bavard que Jules Carr, Nate! se plaignit Doctor. Je comptais faire un bel article à la une avec renvoi en page trois sur le jeune et dynamique rédacteur en chef et votre discours m'a pris toute la place.

— Je vous connais, Doc! répondit Nate en riant. Un numéro entier ne vous aurait pas suffi pour chanter vos propres louanges.

— En tout cas, nous sommes contents que vous soyez revenu, dit Chess. Mais j'ai une mauvaise nouvelle à vous annoncer: Gussie a décidé qu'elle serait journaliste.

— Pas possible! Je croyais qu'elle voulait conduire des locomotives?

— Vous n'êtes plus à la page, Doc. Il y a eu entre-temps sa période jockey. Elle a aussi envisagé de battre le record du tour du monde en quatre-vingts jours et de devenir la première femme président des États-Unis.

— J'en tremble! Et où se trouve l'intrépide Mlle Richardson, en ce moment?

— Chez son amie Ellie, à la montagne. Les Wilson y ont un chalet de vacances.

— Elle y rencontrera peut-être George Vanderbilt et le terrorisera pour le forcer à l'épouser.

On ne parlait que de la dernière en date et de la plus grandiose des extravagances Vanderbilt. Encore célibataire à trente ans, George avait acquis, dans les montagnes à l'ouest de la Caroline du Nord, des milliers d'acres où il projetait de bâtir une demeure dont la rumeur disait qu'elle serait la plus vaste jamais édifiée à la surface de la Terre.

— Pauvre George, que le Ciel lui vienne en aide! dit Nate, qui estimait cependant qu'aucun Vanderbilt ne serait jamais digne de sa fille.

Lorsque Gussie revint de chez son amie pour les

courses, le concert et les feux d'artifice du 4 juillet, elle n'avait pas prononcé trois mots qu'il était déjà question de George Vanderbilt. Ses parents n'eurent besoin d'échanger qu'un regard avant d'éclater de rire. Mortellement vexée, Gussie grimpa l'escalier quatre à quatre et alla s'enfermer dans sa chambre.

— Je vais négocier la paix, dit Chess qui riait autant de la réaction de sa fille que de la mine de Nate.

Gussie avait en effet parlé des énormes engins qui édifiaient à une vitesse vertigineuse une véritable ville pour loger les ouvriers du chantier Vanderbilt. Je parie, se dit Chess, que Nathan n'attendra pas plus tard qu'après-demain pour prendre le chemin d'Asheville et satisfaire sa curiosité.

Elle se trompait de vingt-quatre heures : Nate partit le lendemain matin.

Cet après-midi-là, assise dans la véranda, Chess écoutait Doctor protester contre l'obligation, qu'elle voulait lui imposer, de rendre compte deux fois par semaine des représentations de la troupe théâtrale. Un appel angoissé de Gussie les interrompit : livide, le visage couvert de sueur, elle traversait le jardin en titubant.

Chess se leva d'un bond.

— Ma chérie ! Qu'y a-t-il ?

Avec un gémissement de douleur, Gussie tomba à genoux au pied du perron en vomissant des flots de bile verdâtre.

— Doctor, aidez-moi ! hurla Chess, affolée. Qu'on aille chercher le Dr Campbell ! Vite, vite !

29

Sa fille dans ses bras, Chess monta l'escalier du mieux qu'elle put. À dix ans, Gussie était lourde. Des vomissements spasmodiques la secouaient sans arrêt.

— Pardon, maman..., parvint-elle à murmurer entre deux suffocations.

— Chut! Calme-toi, mon ange. Maman va te soigner.

Chess la déposa sur son lit, lui tâta le front. Elle s'attendait à le trouver brûlant : il était glacé.

— Maman!...

— Oui, ma chérie, maman est là. Le Dr Campbell va arriver dans une minute, il te donnera des médicaments.

Gussie fut prise de nouveaux vomissements. Chess se mordit les lèvres. Elle devait rester calme, apaiser la terreur de son enfant. Que faire, mon Dieu? La baigner? Tenter de la réchauffer? Chess la serra dans ses bras mais Gussie la repoussa faiblement en gémissant. Chess humecta d'eau une serviette pour lui laver le visage souillé de vomissures. Cette fois, Gussie se laissa faire. Elle lui lançait des regards si pleins de frayeur et de gratitude que Chess en avait le cœur serré.

— N'aie pas peur, ma chérie, tout ira bien je te le promets, murmura-t-elle en priant Dieu de venir à son secours.

Elle entendit dans l'escalier les pas précipités du Dr Campbell. Doctor Fitzgerald arriva peu après mais l'affreuse odeur de la maladie l'arrêta sur le pas de la porte. Le médecin se penchait sur Gussie. Chess, livide, parvenait quand même à sourire pour tenter de réconforter sa fille.

— As-tu mal là, Gussie? s'enquit le médecin. As-tu soif?

La fillette répondit par un gémissement.

— De l'eau, ordonna le médecin. Dans une cuiller.

Chess tremblait si fort qu'elle dut tenir la cuiller à deux mains pour l'approcher des lèvres de Gussie. La fillette avala avidement une, deux, puis trois gorgées qu'elle rendit aussitôt avec un flot de bile.

— Il me faudrait de l'eau chaude, madame Richardson, dit le Dr Campbell. Je vais la baigner.

— Je le ferai moi-même. Doctor! ordonna Chess

qui le voyait immobile devant la porte, prévenez les domestiques.

Dieu me pardonne, pensa Doctor, mais je suis soulagé de m'éloigner de cette pénible scène...

En bas, il ne vit personne. Où sont les domestiques ? Que dois-je faire ? se demanda-t-il. Paralysé par la panique, il restait planté au pied de l'escalier quand une voix forte et des pas lourds retentirent derrière la maison. Bobby Fred apparut dans le vestibule, le poussa sans ménagement, monta l'escalier quatre à quatre. Malgré lui, Doctor sourit de l'allure comique du vieil homme qui s'efforçait de marcher sur la pointe des pieds malgré ses grosses bottes de travail.

Sa panique dissipée, il se hâta d'aller à la cuisine transmettre les ordres du médecin.

Les efforts maladroits du Dr Campbell aggravaient l'angoisse de Chess au lieu de la réconforter.

— La soudaineté de l'attaque laisse croire qu'il s'agit du choléra. Elle en présente les symptômes mais je ne suis pas certain... Si tel est le cas, la maladie suit un cours rapide, généralement quarante-huit heures...

Il s'interrompit, conscient de la brutalité de son diagnostic. Chess avait déjà compris : dans deux jours, sa fille serait morte.

— Laissez-moi voir ma filleule !

La voix de Bobby Fred les fit sursauter. Le vieux soldat entra, jaugea d'un regard méprisant le jeune médecin, écarta Chess et s'agenouilla au chevet de Gussie.

— Eh bien, soldat, on a un vilain mal de ventre ? dit-il en prenant la main de la fillette entre ses pattes calleuses. C'est dur, je sais. Mon vieux général Nathan Bedford répétait qu'il préférait une bonne volée de mitraille... La petite a le choléra, poursuivit-il en se tournant vers Chess, j'ai vu assez de cas pendant la guerre pour être sûr de ne pas me tromper. Ce n'est que le début, la colique va suivre d'une minute à l'autre. Préparez des draps, des serviettes. On la tirera de là vous et moi, j'en réponds.

Le Dr Campbell voulut intervenir :

— La diarrhée constitue en effet un symptôme secondaire...

D'un regard, Bobby Fred le fit taire.

— Avez-vous au moins apporté de l'opium ?

Sans mot dire, le médecin fouilla dans sa trousse.

— Bon. Donnez une poignée de pilules et de sachets de poudre à Mme Richardson et filez, lui dit Bobby Fred d'un ton sans réplique. Allez vous changer, madame Richardson, ajouta-t-il d'une voix adoucie. Mettez une belle robe, que Gussie ait du plaisir à vous regarder.

Sur quoi il ne s'occupa plus que de la petite malade. Il lui souleva la tête et les épaules afin de lui faire boire des cuillerées d'eau qu'il approchait de ses lèvres d'une main qui ne tremblait pas.

Chess revint cinq minutes plus tard, vêtue d'une robe de chambre en soie rose que Gussie admirait. Elle ne portait en dessous qu'une combinaison et s'était débarrassée de son corset pour garder sa liberté de mouvement.

— J'ai tout préparé dans ma chambre, annonça-t-elle. Le lit est plus haut, nous serons mieux à même de la soigner.

Bobby Fred approuva d'un signe. Chess était calme, maîtresse d'elle-même, prête pour la bataille.

Toute une nuit, tout un jour, prenant à peine le temps de dérober çà et là quelques instants de sommeil, Chess et Bobby Fred luttèrent ensemble contre la mort, contre la douleur que la drogue était impuissante à calmer. Après la diarrhée vinrent les crampes et ils se relayèrent pour masser les jambes aux muscles tordus et contractés.

Des heures durant, Gussie gémit comme un animal blessé jusqu'au moment où ses plaintes cessèrent tout à fait. Elle est morte, pensa Chess. Ses mains s'obstinèrent pourtant à masser la jambe inerte de Gussie comme si elles pouvaient y ramener la chaleur et la vie.

— Vous pouvez arrêter, dit Bobby Fred à mi-voix.

— Non! Non, je ne veux pas…

Il lui prit les poignets, lui écarta les mains.

— Inutile, elle dort. Elle est sauvée. Allez chercher un édredon, il ne faut pas qu'elle ait froid.

Incrédule, Chess tâta le visage et les bras de Gussie. Elle dut se rendre à l'évidence : sa poitrine se soulevait et s'abaissait régulièrement, paisiblement. Gussie dormait.

— Oh, Bobby Fred…

Serrée contre lui, la tête posée sur sa poitrine, elle se libéra par un flot de larmes de sa terreur et de son épuisement.

— Merci, mon cher vieil ami, dit-elle enfin en levant vers lui un regard chargé de gratitude.

Écrasé de lassitude mais rayonnant du bonheur d'être victorieux, Bobby Fred lui sourit.

— Couvrez vite la petite et allez vous rafraîchir, mon enfant. Pendant ce temps, je vais me chercher un bon coup de whiskey à boire, j'en ai grand besoin.

Revenu le lendemain d'Asheville, la tête pleine des prodiges techniques dont il avait été témoin, Nathan fut horrifié d'apprendre ce qui s'était passé en son absence.

— Jamais plus je ne quitterai Gussie, pas même une heure! déclara-t-il.

— Vous oubliez trop vite comment elle est en bonne santé, dit Chess en riant. Elle vous épuiserait en moins d'une demi-journée.

Chess pouvait désormais rire sans arrière-pensée. L'état de Gussie s'améliorait d'heure en heure mais elle était encore très affaiblie : elle ne pouvait absorber que des purées et des laitages que Chess lui préparait de ses mains, elle se fatiguait très vite des visites et passait le plus clair de son temps à dormir.

Trop lasse pour lire, elle préférait qu'on lui fasse la lecture quand elle s'éveillait. Mais Gussie adorait par-dessus tout que Chess lui raconte les histoires de sa propre enfance à Harefields.

— Maman, parlez-moi encore du temps où vous étiez une petite fille ! demandait-elle sans cesse.

Et Chess s'asseyait à son chevet pendant que Gussie, avec un soupir d'aise, se calait contre ses oreillers.

— Quand j'étais une petite fille, commençait-elle, je vivais dans une grande maison blanche près d'une belle et large rivière. Il y avait une balançoire accrochée à la branche d'un gros chêne où se drapait une glycine...

— Comme la mienne.

— Oui, ma chérie, comme la tienne. Et je me balançais des heures à l'ombre du grand arbre, ou bien j'invitais mes poupées à prendre le thé sur la pelouse...

— Des poupées ? Pff ! disait Gussie avec dédain.

Chess souriait. En dépit de sa faiblesse, Gussie n'avait décidément pas changé.

— Je préparais des sandwiches et des petits gâteaux que les oiseaux venaient picorer et je faisais comme si les poupées les avaient mangés...

— C'était plutôt bêta.

— Bien sûr, j'étais très sotte mais très heureuse aussi. J'aimais monter dans la grande salle de bal et là, je tournoyais sur le parquet ciré en riant comme une folle. Et puis, si personne ne me voyait, je me laissais glisser jusqu'en bas sur la rampe de l'escalier.

— Parlez-moi de l'escalier.

— Je l'appelais l'escalier suspendu, parce que les marches n'étaient tenues que du côté du mur. L'autre côté, celui de la rampe, avait l'air suspendu dans le vide et montait d'une seule volée en décrivant un grand cercle qui donnait le vertige quand on le regardait d'en bas. Et tout en haut, il y avait dans le toit une grande fenêtre ovale aux vitres taillées en biseau, si bien que le soleil brillait à travers en faisant des arcs-en-ciel...

— Comme les fleurs sur nos vitraux ?

— Non, ma chérie, ce n'était pas pareil, il n'y avait pas de fleurs. Quelle fleur de nos vitraux préfères-tu ?

Gussie disait toujours l'iris et Chess lui répondait chaque fois qu'Iris était la déesse des arcs-en-ciel.

Ce jour-là, une fois Gussie rendormie, Chess écarta une mèche de cheveux de son front encore pâle, posa un baiser sur sa main qui avait retrouvé sa tiédeur. Puis, après avoir longuement contemplé ce qu'elle avait de plus cher au monde, sa fille, elle sortit sur la pointe des pieds. Dehors, une douce pluie rafraîchissait l'air, la brise faisait voleter les rideaux des fenêtres. Tout était paisible.

Chess descendit à pas lents l'escalier au décor surchargé et entra au salon. Il y a trop de choses, ici ! se dit-elle avec colère. Pas étonnant qu'il fasse toujours si étouffant, on n'a pas la place de se retourner... Elle ouvrit une fenêtre, aux vantaux alourdis par le plomb des vitraux. Un gland de soie du rideau, en lui heurtant l'épaule, lui rappela ses longues discussions avec le tapissier pour obtenir les passementeries d'une certaine nuance de vert qu'il n'avait pas en magasin. Que de temps perdu ! Comment avait-elle cru à l'importance des choses au point d'en accumuler autant ?

Nate entra à ce moment-là.

— Comment va-t-elle ?

— Bien. Elle dort, le sommeil est son meilleur remède. Et elle a mangé presque toute sa crème.

— Je vais monter lui tenir compagnie au cas où elle se réveillerait.

— Je comprends, Nathan.

Ils avaient autant besoin l'un que l'autre de se rassurer en restant près de Gussie le plus souvent possible.

En proie à une inquiétude irraisonnée, Nate regardait sa fille endormie. Pour la première fois de sa vie, il prenait conscience de sa propre vulnérabilité. Peu enclin jusqu'alors à l'introspection, il découvrait en lui-même des émotions si troublantes qu'il se forçait à les ignorer. Il aurait voulu serrer Gussie dans ses bras, la protéger, s'interposer entre elle et les périls dont il la croyait menacée de toutes parts, mais une force inconnue l'empêchait de céder à son instinct.

Sa famille avait toujours proscrit les contacts physiques, signes de faiblesse morale. Il n'avait lui-même connu la douceur des caresses, des baisers, des gestes de tendresse les plus simples qu'avec l'arrivée d'Alva à la ferme. Son besoin de toucher sa fille le troublait donc autant qu'il le rendait perplexe. Les baisers de Gussie l'avaient enchanté, certes, mais sans qu'il y eût jamais vu autre chose que les élans désordonnés d'un jeune chien. Maintenant, il commençait seulement à entrevoir que sa fille lui faisait ainsi don de trésors plus précieux que toutes ses richesses matérielles.

Son esprit ignorait le véritable sens du mot amour. Il n'en connaissait que les acceptions les plus triviales — on *aimait* les pêches, les fleurs, une chanson. Trop pragmatique pour concevoir le pouvoir du verbe, il ne savait pas nommer ce qu'il éprouvait. Impuissant contre les puissances maléfiques qui avaient failli lui prendre son enfant, il savait simplement qu'il sacrifierait sans hésiter sa propre vie si par malheur elles se manifestaient à nouveau.

Malgré lui, il tendit la main, effleura d'un doigt la paume ouverte de sa fille. Sans se réveiller, Gussie le lui serra comme elle le faisait quand elle était bébé et sourit dans son sommeil. La gorge soudain nouée, Nate sentit de grosses larmes ruisseler sur ses joues.

30

Avec l'incroyable vitalité de la jeunesse, Gussie redevint en moins de quinze jours le bruyant tourbillon d'énergie qu'elle avait toujours été jusqu'à sa maladie. Ses parents s'en réjouirent, et la bienfaisante amnésie qui protège des méfaits de la mémoire estompa peu à peu leurs terreurs. Chess n'oubliait cependant pas les histoires que Gussie avait si souvent tenu à lui faire répéter. Les souvenirs de son enfance heureuse ainsi ravivés, Harefields lui paraissait plus proche et plus réel que lorsqu'elle y vivait.

Vers la fin d'une belle journée d'automne, embaumée par l'odeur mélancolique des feuilles mortes qui brûlaient, elle alla rejoindre Nate dans la véranda où il lisait l'éditorial de Doctor dans le dernier numéro du *Courrier*.

— Avez-vous vu? demanda-t-il à Chess en riant. Cet imbécile lance une campagne pour paver les rues de Standish! Il prétend que la propreté des chaussures est une marque de civilisation et que nous sommes des sauvages!

Chess sourit. Elle n'avait pas pardonné à Doctor sa fuite le jour de la maladie de Gussie. Il avait eu beau se confondre en excuses et se fustiger lui-même de sa lâcheté, celle-ci avait laissé des traces dans l'esprit de Chess.

— Écoutez-moi, Nathan. Je voudrais rebâtir Harefields ici, pour y vivre. J'ai toujours regretté que Gussie n'ait pas eu la chance de voir la maison au moins une fois.

Si Nate comprenait mal les raisons de Chess, il lui suffisait qu'elle en ait exprimé le désir. Le lendemain même, ils foulèrent le tapis doré des feuilles mortes dans les bois encore intacts autour de Standish et choisirent un emplacement au sommet d'une légère éminence. Gussie courait devant eux, les harcelait pour leur faire presser le pas. Elle brûlait d'impatience de se griser, à son tour, de longues glissades sur la rampe de l'escalier suspendu.

Mary Richardson avait elle aussi un souhait à exprimer, qu'elle présenta au cours du rituel repas dominical.

Les voyages hebdomadaires à Durham n'étaient plus qu'un souvenir, car la famille assistait désormais aux offices de l'église méthodiste de Standish. Ils se réunissaient ensuite chez Mary, bien que sa salle à manger fût moins spacieuse et sa table moins bien garnie que celle de Nate.

— C'est une vieille femme, avait répondu Nate aux protestations de Chess. Elle aime faire les choses à son idée et cela lui donne de quoi s'occuper.

Elle-même incapable de rester oisive, Chess s'était inclinée et se forçait, bon gré mal gré, à ingurgiter la cuisine insipide de sa belle-mère. Quant à Gussie, Chess devait la soudoyer par des promesses de glaces et de bonbons pour qu'elle n'arbore pas de mine renfrognée pendant ces ennuyeuses agapes.

Ce dimanche-là, Josh avait à peine dit le bénédicité que Miss Mary déclara :

— Je suis obligée de te demander quelque chose, Nate, parce que j'en ai assez d'attendre que tu accomplisses ton devoir de toi-même.

— Quoi donc, Maman ?

— Je veux que tu offres un clocher à l'église. Une église normale doit montrer la direction du Ciel.

— Voyons, Mary, intervint Alva, Nate a déjà fait don de l'orgue...

Mary balaya l'objection d'un geste péremptoire.

— Tu es un homme riche, Nate, mais tu es un pécheur. Avec tes courses de chevaux et tes saloons qui vendent de l'alcool, tu devrais implorer à genoux la miséricorde de Dieu. Sans ton frère qui prie à ta place, tu brûlerais éternellement dans les flammes de l'enfer. Tu vas donc te racheter par le don d'un clocher, avec des cloches pour appeler les gens aux offices. Et ce n'est pas tout : tu feras le nécessaire afin que Gideon soit nommé notre pasteur.

Jusque-là, Nate avait réagi comme à son habitude. Quand sa mère lui parlait, les mots entraient par une oreille et sortaient par l'autre. Il ne pouvait cependant ignorer ses dernières paroles : Mary exigeait de faire venir Gideon. Donc, Lily. Tout en lui le poussait à crier NON ! mais c'eût été trop risqué. Il fallait temporiser.

— Je verrai ce que je peux faire, Maman, mais vous savez que cela ne dépend pas de moi, répondit-il évasivement. Y a-t-il encore de ces délicieuses patates douces ?

Nate s'attendait à tout sauf à ce que Chess prenne fait et cause pour sa mère. Il se retint à grand-peine de lui crier de se taire quand elle entreprit, dès leur retour chez eux, de chanter à Gussie les louanges de ses cousines inconnues. Gideon et Lily avaient en effet deux filles, Mary et Martha, dont la photo trônait à la place d'honneur dans le salon de leur grand-mère, à côté de la Bible.

— Enfin, Nathan, n'avez-vous pas même la curiosité de revoir votre frère ? lui demanda-t-elle, indignée de sa mine maussade. Depuis combien de temps êtes-vous séparés ?

— Je n'en sais rien, grommela-t-il. Il y a quatre ou cinq ans, je l'ai rencontré par hasard à Durham.

Il se rappelait fort bien, en revanche, n'avoir pas revu Lily depuis dix-sept ans. Le chiffre le fit sursauter : il ne s'était jamais donné la peine de calculer...

Chess s'étonna de le voir soudain éclater de rire.

— Je pense au clocher, expliqua-t-il. J'espère que vous serez capable d'empêcher Gussie d'y grimper.

Son mensonge ne lui causa aucun remords tant sa découverte le soulageait. Pourquoi avait-il eu si longtemps peur de retrouver une fraîche jeune fille de seize ans ? Lily était sûrement devenue une grosse dame d'âge mûr !

Chess frémit. Le rapprochement de Gussie et du clocher avait en effet de quoi effrayer les plus intrépides.

— Vouloir vivre dans de grandes pièces inchauffables et pleines de courants d'air quand on a une belle maison neuve et confortable... Quelle idée! s'exclama Edith Horton, stupéfaite que Chess désire rebâtir Harefields à l'identique.

La plantation Horton représentait pour Chess un atout inestimable. De même que Harefields, la maison n'avait pas changé depuis la guerre de Sécession faute d'argent pour la moderniser. Depuis trente ans, la peinture s'écaillait, les soies, les velours s'élimaient et se fanaient, les fuites du toit laissaient des traînées de moisissure sur les murs et pourrissaient les planchers des étages supérieurs. Tout y ressemblait tellement à Harefields que Chess y reconnaissait jusqu'au style des meubles au milieu desquels s'était écoulée son enfance. N'y ayant jamais prêté attention à l'époque, elle avoua son ignorance à Edith qui lui enseigna ce qu'elle savait des grands ébénistes anglais, Sheraton, Chippendale, Hepplewhite. La librairie de James Dike regorgeait d'ouvrages de référence sur l'architecture du XVIIIe siècle et la décoration intérieure. Dike connaissait même un architecte de Boston spécialiste de la restauration des maisons anciennes.

Chess était en train de lui écrire quand Nate revint un jour de son bureau accompagné d'un visiteur.

— Chess, je vous présente Dick Reynolds. Allons à la bibliothèque, vous devez participer à nos conversations.

Chess les suivit volontiers. Nate lui avait maintes fois parlé de Reynolds ; quant aux dames de Durham dont les maris étaient en contact avec l'industrie du tabac, elles étaient intarissables sur son compte.

Magnat incontesté du tabac à chiquer, Richard Joshua Reynolds avait, à l'instar de Nate Richard-

300

son et de Buck Duke, bâti sa fortune en prenant des risques insensés. À vingt-quatre ans, il vivait dans une chambre au-dessus d'une minuscule fabrique bâtie de ses mains. Huit ans plus tard, au prix d'un travail acharné, et poussé par une ambition sans limites, il pouvait s'enorgueillir d'avoir atteint le pinacle. Entraîné par sa réussite, son village de Winston était devenu une ville en pleine expansion dont l'immense usine Reynolds, haute de six étages, constituait le fleuron. Mais en 1892, en butte aux attaques de l'American Tobacco de Buck Duke, Reynolds venait demander conseil à Nate.

— Vous avez réussi à le battre, Nate. J'aimerais que vous me disiez comment vous vous y êtes pris.

Chess ne pouvait détourner les yeux de ce fascinant personnage. Il avait une longue barbe effilée qui bougeait bizarrement quand il parlait. Quant à sa réputation…! Célibataire, on lui attribuait cependant d'innombrables paternités. Il ne comptait plus ses maîtresses, dont on prétendait qu'il donnait leurs noms à ses marques de tabac. Joueur impénitent, ses enjeux au poker étaient tellement énormes que les joueurs les plus réputés arrivaient de tout le Sud et jusque de La Nouvelle-Orléans afin de se mesurer à lui. Ils repartaient la plupart du temps les poches vides.

— Moi qui ne jurais que par la chique, je vous prenais tous pour des imbéciles de gaspiller autant d'argent sur de la réclame et des chaises pliantes. À mon tour d'être dans la mélasse jusqu'au cou… En deux mots, Buck veut ma peau et j'espère qu'il n'est pas trop tard pour réagir. Il a acheté une grosse fabrique de Louisville en février dernier, puis deux autres à Baltimore en avril. Ensuite, il a cassé le marché en vendant au-dessous de son prix de revient et maintenant il menace ses grossistes de ne plus leur livrer une cigarette s'ils ne lui prennent pas ses marques de tabac à chiquer à l'exclusion de toutes les autres.

Nate déboucha une bouteille de whiskey.

— Vous resterez coucher ici, Dick, on a beaucoup de choses à se dire. Il paraît que l'alcool ne vous effraie pas. Autant commencer tout de suite, vous en aurez besoin.

Chess se leva. Elle savait ce qu'elle devait faire.

— J'envoie chercher Doctor.

Le lendemain, Doctor Fitzgerald partit avec Reynolds lancer la contre-offensive contre Buck Duke.

— Croyez-vous qu'il gagnera, Nathan? demanda Chess.

— Je ne sais pas. Dick aime la bagarre, Doctor n'a pas peur des mauvais coups, mais Buck est... Buck. En tout cas, je suis content que les chiqueurs l'occupent un moment, je vais pouvoir faire autre chose sans me sentir obligé de regarder toutes les cinq minutes par-dessus mon épaule.

— Si je ne me trompe, dit Chess en souriant, cela veut dire que nous aurons bientôt le téléphone.

— Vous me connaissez trop bien, Chess! répondit-il en riant à son tour. Eh oui. Les brevets Bell expirent le 3 mars prochain. Si je me remue un peu, nous devrions être prêts à brancher nos lignes le 4 à minuit une minute.

Le 1er mars, sous le regard de ses parents pleins de fierté, Gussie creusa la première pelletée de terre des fondations de Harefields.

Le 4, elle inaugura le téléphone par une longue conversation avec son amie Ellie Wilson.

Le 7, trop excitée pour se rendre compte que son père était pâle comme la mort, elle rencontra pour la première fois son oncle, sa tante et ses cousines.

Lorsque le train entra en gare, un nuage de vapeur dissimula d'abord le convoi. Nate attendait sur le quai, un large sourire de bienvenue aux lèvres.

Le nuage une fois dissipé, Lily apparut à la portière ouverte, vêtue de blanc de la tête aux pieds. En un clin d'œil, Nate redevint l'adolescent de dix-huit ans plein de gaucherie et de timidité devant la plus belle fille du monde, le ver de terre éperdument amoureux d'une étoile qu'il voyait briller d'un éclat aussi éblouissant que dans ses souvenirs.

— Bonjour, Nathaniel, dit Lily de sa douce voix en lui tendant la main. M'aiderez-vous à descendre?

31

— Elle est ennuyeuse comme la pluie, maman! gémit Gussie. Faut-il vraiment que j'y aille?

— Oui, ma chérie. Martha est ta cousine germaine, elle vient d'arriver et n'a pas encore eu le temps de se faire des amies. Elle est timide, donne-lui sa chance.

— Pff! Elle ne sait rien faire que jouer aux dames ou à des jeux aussi rasants qu'elle!

Chess ne pouvait s'empêcher de lui donner raison. Ils suaient tous l'ennui: Gideon ne pensait qu'à rameuter de nouvelles ouailles pour sa paroisse, la douceur mielleuse de Lily l'écœurait, Martha rougissait pour un oui ou pour un non et Mary, l'aînée âgée de quinze ans, était fade au point d'être inexistante.

Seule Miss Mary était au septième ciel d'avoir enfin son fils préféré sous la main. Pour sa part, Nathan ignorait la famille en bloc. On ne se serait jamais douté à son comportement que son propre frère vivait à quelques centaines de pas de chez lui.

Quelques jours plus tard au presbytère, assis près de Lily sur l'incommode canapé en velours du salon, Nate souffrait les tourments d'un damné.

— J'ai si peur que vous ne me jugiez mal de vous avoir écrit ce billet, dit Lily d'une voix tremblante.

Elle tourna vers lui ses grands yeux gentiane, que des larmes mal contenues rendaient encore plus lumineux.

— Mais non, pas du tout, bredouilla-t-il. De quoi vouliez-vous me parler?

La bouche sèche, il était hors d'état de la regarder en face. Jamais elle ne lui avait paru plus belle. Ses cheveux d'or, modestement couverts par un bonnet de dentelle, retombaient en boucles sur ses tempes et sa nuque. Un parfum de rose émanait de toute sa personne.

— Je suis profondément peinée que vous nous évitiez, Nathaniel. Chess et Gussie nous rendent visite mais vous ne venez jamais. Vous aurais-je offensé? Me fuyez-vous?

Ne pouvant faire autrement que de lever les yeux, il la revit telle qu'elle était la première fois et resta aveugle aux légères griffures dont l'âge lui avait marqué le visage. Il lutta désespérément contre le besoin de caresser sa peau laiteuse et se haïssait pour son envie impie de profaner tant de pureté par le contact de ses mains moites. Aucun son ne sortit de sa gorge nouée.

Lily posa une main sur la sienne. Le bras de Nate se rétracta comme sous l'effet d'une décharge électrique.

— Jurez-moi que vous ne me détestez pas, Nathaniel. Cela me rendrait plus malheureuse que je ne le suis déjà.

Une grosse larme apparut au coin de son œil droit. Hypnotisé, dominant à grand-peine le désir d'en savourer le goût salé sur sa langue, Nate la regarda couler lentement sur sa joue.

— Je ne vous déteste pas, Lily, au contraire, parvint-il à articuler. Je ne veux pas vous rendre malheureuse.

Un sanglot étouffé souleva la poitrine de Lily sous son jabot de dentelle.

— Vous n'y êtes pour rien, Nathaniel, je suis seule responsable. Je ne vous ai pas écouté quand vous vouliez m'ouvrir les yeux. Au lieu d'épouser Gideon, j'aurais dû vous attendre. Vous étiez mon préféré. Vous rappelez-vous que je vous l'avais dit? demanda-t-elle en le regardant dans les yeux. Vous souvenez-vous de nos trop brefs instants ensemble? Moi, je ne les ai jamais oubliés. Depuis, j'y pense sans arrêt…

Tout en parlant, sa main remontait lentement sous la manchette, serrait le poignet de Nate là où son pouls battait le plus fort. Sur les derniers mots, comme emportée par un irrésistible élan, elle se pencha vers lui, frôlant presque sa bouche de ses lèvres entrouvertes.

Nate ne se domina plus. Il l'étreignit, lui écrasa les lèvres sous les siennes en un baiser sauvage. La moiteur de sa bouche et de sa langue offertes fit exploser en lui une passion trop longtemps réprimée. Sa bouche descendit vers le cou, s'attarda sur sa gorge où palpitaient ses veines. La main de Lily lui serra la nuque, agrippa une mèche de cheveux.

— Oui! Oh, oui! murmura-t-elle, haletante. J'ignorais depuis si longtemps ce que je désirais. Maintenant je le sais. C'était toi que j'attendais, Nathaniel, toi que je désirais chaque jour de ma vie…

La main de Nate descendit le long de l'épaule, se referma sur un sein, caressa la pointe durcie sous la fine étoffe de la robe. Avec un gémissement de plaisir, Lily lui lâcha le cou, déboutonna prestement son corsage. Des deux mains, elle lui tendit ses seins comme une offrande.

— Embrasse-moi là, Nathaniel. Oui, encore… Jamais je n'avais connu pareille extase… Jamais aucun homme ne m'a fait éprouver… Je brûle. Dévore-moi, mon bien-aimé, mords-moi, imprime ta marque dans ma chair parce que je suis à toi, je l'ai toujours été…

Fou de luxure, Nate lui encerclait la taille quand elle lui prit la tête entre les mains, le redressa pour le forcer à la regarder dans les yeux.

— Me désires-tu ? chuchota-t-elle d'une voix rauque.

— Oh, oui ! Dieu me pardonne, mais je te désire plus que tout au monde.

Elle lui taquina les lèvres du bout de la langue, lui donna un léger baiser, s'écarta à regret.

— C'est de la folie, Nathaniel, murmura-t-elle. On pourrait entrer, je serais déshonorée. Il faut nous rencontrer ailleurs… Mais peu m'importe le déshonneur, murmura-t-elle en se serrant à nouveau contre lui dans un élan de passion. Je n'ai jamais éprouvé un tel bonheur, je ne peux plus, je ne veux plus m'en passer…

Ses paroles traversèrent l'épais brouillard dans lequel se noyait l'esprit de Nate qui recula, horrifié. En dépit de son amour, de son désir, il devait à tout prix protéger Lily de ce déshonneur dont elle semblait faire si peu de cas. Il essaya de refermer le corsage, dont les minuscules boutons échappaient à ses doigts malhabiles. Les yeux mi-clos, les lèvres entrouvertes, Lily haletait. Nate lui lança un regard implorant mais elle semblait trop perdue dans son extase pour prendre conscience de la réalité.

Au prix d'un effort surhumain, il se détourna et se leva d'un bond. Jamais il n'avait mis sa volonté à si rude épreuve mais il le devait. Pour Lily.

— Il faut que je parte, bredouilla-t-il.

Elle rouvrit les yeux, reboutonna son corsage, se leva à son tour et resta devant lui, à moins d'un pas.

— Y a-t-il un endroit où nous pourrions nous retrouver ? Si je ne te revoyais plus, j'en mourrais.

I.a tête entre les mains, Nate s'efforça de remettre un peu d'ordre dans l'indescriptible chaos de ses pensées.

— Le Club hippique, dit-il enfin. Il n'ouvre que les jours de courses.

— Nous nous rencontrerons donc dans le parc. Près du kiosque à musique.

— Oui, bonne idée. Nous pourrons toujours dire que je te fais visiter la ville.

— Demain ?

— Oui, demain…

Il était déchiré entre le devoir de se retirer et le désir de rester. La présence de Lily, toute proche, le brûlait comme un fer rouge. Il n'osait même plus lever les yeux sur elle de peur de perdre le fragile contrôle qu'il avait réussi à reprendre sur lui-même et de céder à son instinct de la posséder là, sur-le-champ.

Il se dirigeait vers la porte quand Lily l'arrêta en lui posant les mains sur les épaules.

— Vous ne pouvez pas vous en aller comme cela, vous êtes tout en désordre, dit-elle avec un petit rire espiègle.

Et tandis qu'elle lui lissait les revers de sa veste, redressait son nœud de cravate et rajustait son gilet, sa cuisse lui frôla le sexe. Soudain cramoisi, Nate sentit son sperme jaillir et ruisseler dans son pantalon.

L'architecte de Harefields s'appelait Lancelot O'Brien. La première fois que James Dike lui en avait parlé, Chess avait déclaré qu'elle serait incapable de traiter avec un homme affublé d'un prénom pareil sans craindre de lui rire au nez. Elle changea toutefois en voyant les photographies de ses réalisations néo-classiques. Depuis, ils se rencontraient presque chaque jour, soit à Durham où il s'était aménagé un atelier dans une suite du tout nouvel hôtel des Deux-Carolines, soit chez elle. Chess avait transformé une des chambres d'amis en cabinet de travail réservé à la construction de Harefields, avec des rayons de bibliothèque croulant sous les livres et les documentations et une table à dessin pour l'architecte.

Le projet l'absorbait entièrement. Elle passait ses journées à examiner les plans préparés par O'Brien selon ses descriptions de l'ancienne maison, elle en rêvait la nuit et se relevait pour noter les détails de ses rêves.

Plusieurs semaines s'écoulèrent avant qu'elle ne

prenne conscience de la métamorphose de Nathan, qui sombrait dans une sorte d'apathie. Sa pâleur, son air égaré évoquaient cruellement pour Chess la maladie de Gussie.

— Mais non, je n'ai rien, je me porte très bien, répondait-il avec agacement à ses questions inquiètes.

En réalité, il vivait un véritable enfer. Chaque fois que Gussie l'embrassait ou que Chess lui disait combien la nouvelle maison la rendait heureuse, un accès de honte et de remords le rongeait comme un cancer.

Nate ne s'était jamais embarrassé de scrupules à cet égard ; il aurait même qualifié la fidélité conjugale de travers ridicule s'il lui était arrivé d'y penser, ce qui n'était pas le cas. Il avait une maîtresse attitrée à Raleigh et une autre à Georgetown, en Caroline du Sud, où était implantée son usine à papier — sans compter les passades au hasard de ses voyages. Aucune de ces femmes, néanmoins, ne vivait près de Standish ni ne s'immisçait dans sa vie familiale et professionnelle, alors que sa folle liaison avec Lily risquait, s'ils étaient démasqués, de jeter l'opprobre sur lui-même et d'humilier sa famille entière. Il n'avait pas le droit de les exposer à cela, il avait honte de lui.

Au printemps précédent, le petit monde du tabac avait fait des gorges chaudes des mésaventures de Buck Duke, tombé sous la coupe d'une trop séduisante divorcée new-yorkaise, une certaine Mme Lillian Fletcher McCredy. Ses collaborateurs rapportaient même qu'il lui arrivait de quitter d'importantes réunions d'affaires quand Mme McCredy l'appelait au téléphone. Voir Buck le prédateur transformé en humble toutou avait de quoi provoquer l'hilarité des membres du Commonwealth Club et alimenter de grasses plaisanteries.

Nate savait qu'il ne valait pas mieux. Lily envahissait son existence, dominait ses pensées, emplissait ses rêves jusqu'à l'obsession. Il ne vivait plus que pour leurs rendez-vous clandestins, désormais quasi quotidiens.

Il éveillait en elle des désirs choquants, inavouables, lui affirmait-elle ; la honte la dévorait de se savoir capable de tels débordements. Mais quand elle était dans ses bras, ses dernières traces de raison s'évanouissaient devant le besoin impérieux de lui appartenir corps et âme, de se donner à lui jusque dans les parties les plus incongrues de son anatomie. C'est ainsi qu'elle l'incitait à posséder sa chair pulpeuse de mille et une manières, plus scandaleuses les unes que les autres.

Nate avait de l'amour physique une expérience longue et variée. Il en avait exploré, croyait-il, toutes les facettes avec toutes sortes de partenaires, langoureuses, passionnées, mutines, inventives. Il aimait autant donner du plaisir aux femmes qu'en prendre lui-même. Mais jamais encore il ne s'était servi d'un corps féminin à des fins perverses, ainsi que Lily le suppliait d'user du sien. Jamais encore il n'avait été tenté par la jouissance suprême de faire souffrir ou d'avilir. Jamais encore il n'avait osé déchaîner les instincts bestiaux tapis dans les profondeurs les plus noires de l'esprit humain.

Il se méprisait, il se faisait horreur. Mais il en redemandait.

PANIQUE À WALL STREET ! proclamèrent en caractères d'affiche tous les journaux du 27 juin. La Bourse venait en effet d'effectuer un plongeon sans précédent, anéantissant des milliers de fortunes.

— Qu'est-ce que cela signifie, Nathan ? s'inquiéta Chess. Le journal prétend que les banques, les compagnies ferroviaires, les usines sont menacées. Le sommes-nous ?

— Non, pas nous, seulement ceux qui ont cru au papier. J'ai mis notre argent dans des briques et des machines, il ne risque rien. Il y aura une ruée sur les banques — quand les gens ont peur de perdre leurs économies, ils veulent les tenir entre leurs mains — mais j'ai dit à mes garçons de payer nos déposants avec le sourire. La panique retombera vite et ils reviendront nous confier leur argent.

— Faut-il suspendre les travaux de Harefields ?

Elle craignait que la mine lugubre de Nathan, ces derniers temps, ne s'explique par des soucis financiers.

— Au contraire. Construisez votre maison, Chess. Encore plus grande si vous voulez. Je suis prêt à parier que les prix des matériaux ne tarderont pas à baisser.

— Êtes-vous sûr que nous ne risquons rien, Nathan ?

Il lui fit un sourire dans lequel, l'espace d'un instant, elle reconnut l'ancien Nate.

— Plus les gens ont peur, plus ils fument. Leurs terreurs nous enrichiront.

Les prédictions de Nathan se vérifièrent point par point. Les clients de la banque de Standish se ruèrent pour retirer leur argent et le rapportèrent moins de quinze jours plus tard. Mais dans le reste du pays, plus de six cents banques fermèrent définitivement leurs portes, laissant les déposants sans aucun espoir de récupérer leurs économies. Soixante-quatorze compagnies ferroviaires, y compris des géantes telles que Union Pacific et Santa Fe, furent mises en liquidation judiciaire. Plus de quinze mille entreprises grandes et petites seraient déclarées en faillite avant la fin de l'année. Il ne se passait pas de semaine sans que les journaux des grandes villes annoncent le suicide d'au moins une personnalité de l'industrie ou de la finance.

Pendant ce temps, Chess voyait Nate maigrir et s'assombrir de jour en jour. Un samedi après-midi, n'y tenant plus, elle alla au bureau étudier les registres comptables dans l'espoir d'y découvrir la cause de son abattement. Déroutée par les complexités de la comptabilité en partie double, elle se perdit dans le labyrinthe des participations croisées entre les diverses entreprises de Nate et n'y découvrit rien qui eût pu l'éclairer.

Devant son anxiété croissante, Edith Horton la rabroua gentiment : elle n'aurait lieu de se faire du mauvais sang que si Nate cessait d'avoir l'air inquiet.

— Prenez Henry : il n'a pas suffisamment de bon sens pour se tourmenter, lui. S'il achète encore un poulain à entraîner, je le tue ! Il ne s'est même pas donné la peine de se demander si les gens assez fortunés jusqu'à présent pour acquérir des chevaux de course ont encore de l'argent.

Bobby Fred, dont le regard plein de sagesse voyait plus clair que celui de la plupart des gens, conseilla lui aussi à Chess de ne pas s'inquiéter. Autant qu'il se tracasse pour eux deux, estimait-il. Puisqu'elle ne savait rien, tout rentrerait dans l'ordre avant qu'elle en ait souffert.

— Je n'ai personne que toi vers qui me tourner, Nathaniel. Peux-tu m'aider ? J'essaie d'économiser sur l'argent du ménage mais Gideon ne se rend pas compte de ce que cela coûte, avec deux enfants en pleine croissance. Martha meurt d'envie de prendre des leçons de piano. Elle est si douée pour la musique que ce serait un crime d'étouffer son talent. Je ne sais pas comment m'en sortir, il n'y a même pas de piano dans cette maison.

Le lendemain de cette prière, Nate remit à Lily mille dollars dans une enveloppe. Il ignorait, bien sûr, qu'un paroissien avait déjà promis d'offrir un piano aux filles de son bien-aimé pasteur et qu'un professeur de musique s'était déclaré très honoré de leur donner des leçons gratuites.

Lily prit l'enveloppe pour l'enfermer dans un tiroir de son élégant secrétaire. Quand elle regarda à l'intérieur, une moue de dépit tordit ses jolies lèvres. Son livret d'épargne sur une banque de Savannah ne valait même plus le prix du papier. La banque avait fermé ses portes, son pécule de neuf mille cent vingt-sept dollars et quarante *cents* était

311

envolé. Les furtifs *cadeaux* extorqués aux fidèles paroissiens, partout où Gideon avait au fil des ans prêché la bonne parole, tout était perdu à jamais. Volatilisé.

En réalité, Lily ne souffrait guère de cette perte. Pour elle, ce n'était pas l'argent par lui-même qui comptait. Qu'en aurait-elle fait? Une épouse de pasteur est jalousement épiée; les bonnes âmes de la paroisse auraient immédiatement remarqué la moindre extravagance de sa part, la moindre dépense excessive. Cet argent n'était que le symbole de son pouvoir sur les imbéciles qui le lui avaient donné, la preuve tangible qu'ils lui étaient soumis, prêts à céder à toutes ses exigences, à satisfaire tous ses caprices.

Il en allait autrement avec Nathaniel. Il était mille fois plus riche que le plus riche des autres et il ne lui avait pas encore complètement cédé. Quel triomphe si elle parvenait à lui faire tromper sa femme et trahir son frère au grand jour! Ils en seraient tous blessés à mort.

Lily reprit l'enveloppe. Elle allait la lui rendre en prétextant qu'elle venait de recevoir des offres généreuses pour le piano et les leçons de musique. Il ne s'imaginait quand même pas s'en tirer avec une poignée de dollars! Ce serait bien trop facile.

— M. O'Brien m'a parlé aujourd'hui d'une chose extraordinaire, Nathan, dit Chess en s'efforçant de prendre un ton joyeux. M. Vanderbilt installe, paraît-il, dans sa maison d'Asheville un appareil capable de la chauffer en hiver et de la rafraîchir en été. Vous n'avez pas vu cet appareil la dernière fois que vous y étiez, n'est-ce pas? Y aurait-il moyen de se renseigner? Ce serait merveilleux d'en avoir un semblable à Harefields.

Hors d'état de regarder Nate en face, Chess gardait les yeux baissés sur la broderie qu'elle massacrait allégrement. Incapable de feindre, elle craignait que son expression ne la trahisse car elle tentait une manœuvre quasi désespérée pour raviver chez Nate sa soif de nouveauté. Il ne s'était pas écoulé une semaine jusqu'alors sans qu'il se passionne pour quelque projet. Or, depuis plusieurs mois, il ne s'intéressait à rien. Il fallait l'amener à réagir.

— Je ne vois vraiment pas comment fonctionnerait une machine de ce genre, répondit-il.

Croyant discerner de la curiosité dans sa voix, Chess se hasarda à lever les yeux. Nate avait le regard dans le vague, les sourcils froncés. Chess croisa les doigts.

— Si j'y vais, je ferais mieux de partir dès demain, grommela-t-il comme s'il se parlait à lui-même. Il neigera bientôt dans les montagnes, si ce n'est déjà commencé.

En fait, il aspirait soudain à retrouver la neige immaculée, purificatrice, le froid vivifiant qui brûlait la peau et redonnait aux hommes le goût de l'effort et de la lutte. Le spectacle des immenses espaces, du ciel infini, des forêts à perte de vue offrait un sentiment de liberté qu'on n'éprouvait nulle part ailleurs. De libération, aussi.

Exactement ce dont il avait besoin.

Chess guida Gussie à travers les pièces de Harefields ou, plutôt, entre les bois de charpente formant l'ossature de la future maison.

— Ici, vois-tu, ce sera la petite salle à manger du matin parce qu'elle sera exposée au soleil levant. Nous déjeunerons là, sur une table juste assez grande pour nous trois, pas comme celle de la grande salle à manger qui devra recevoir beaucoup d'invités… Et là, ce sera le jardin d'hiver. Ma mère y gardait des orangers et des citronniers pour avoir toujours du jus frais. Des fleurs aussi, pendant l'hiver. Tu verras : le parfum du jasmin quand il gèle dehors, c'est un délice ! Par ici, nous aurons…

— Quand vont-ils poser l'escalier ? Je serai bientôt trop vieille pour glisser sur la rampe.

— Trop vieille ? Il n'y a pas d'âge pour glisser sur

une rampe, voyons! C'est la première chose que je ferai.

— Vous, maman? Vous voulez rire!

— Pas le moins du monde, je te le jure.

Gussie se jeta dans ses bras.

— Vous êtes impayable, maman! Je vous adore.

— Moi aussi je t'adore, ma chérie.

Chess se mordit les lèvres. Pourvu qu'elle ne se rompe pas le cou en ratant sa première glissade! Quelle folie l'avait saisie de lancer un pareil défi? Elle ne s'était pas sentie aussi heureuse depuis longtemps: Nathan était parti depuis plus d'une semaine. Les machines de M. Vanderbilt devaient l'avoir réellement captivé. À son retour, il serait de nouveau luimême.

Au même moment, Lily se rongeait les ongles. La tournure prise par les événements lui déplaisait et l'inquiétait. Combien de fois s'était-elle dérobée à un homme assez longtemps pour exacerber sa passion, le rendre fou et le faire ramper à ses pieds! Aucun n'avait encore eu l'audace de lui infliger le même traitement. Nathaniel se révélait beaucoup plus coriace qu'elle ne s'y attendait — mais son triomphe sur lui n'en serait que plus délectable.

Le sourire de Nate illuminait son visage tanné par le soleil et le froid.

— Je constate avec joie que vous avez bien profité de votre voyage, lui dit Chess.

— Mieux que bien! George Vanderbilt est un drôle d'oiseau mais, au fond, c'est un brave garçon — et il s'y connaît en technique, le bougre! Le système hydraulique qu'il est en train d'installer...

Chess ne tarda pas à apprendre tout ce qu'il fallait savoir sur un certain nombre de dispositifs dont elle ne soupçonnait pas même l'existence. Les équipements de Harefields seraient notablement plus perfectionnés que Lancelot O'Brien, pourtant doué d'une imagination débordante, ne les avait prévus.

Nate prit ensuite une profonde inspiration.

— J'ai un peu réfléchi, là-haut sur les montagnes…, commença-t-il.

Au son de sa voix, à l'éclair malicieux de son regard, Chess comprit qu'il était fort content du résultat de ses réflexions et elle se mit sans peine au diapason. Quelle joie de le voir de retour, enfin redevenu lui-même !

— Je me suis dit, poursuivit-il en ménageant ses effets, je me suis dit que nous pourrions nous trois — vous, Gussie et moi — faire un petit voyage l'été prochain, histoire de nous changer les idées. Cela vous plairait, par exemple, d'aller à… Londres ? Hein ? Qu'en diriez-vous ?

Bouche bée, Chess resta d'abord muette de stupeur.

— Londres ? LONDRES ? explosa-t-elle enfin. Oh, Nathan ! Je vendrais mon âme pour aller à Londres — et je donnerais même la vôtre par-dessus le marché !

32

L'idée qui poussait Nate à se rendre à Londres était hardie, mais elle obéissait à une logique très simple. Ses confrères anglais importaient leur tabac de Virginie et de Caroline du Nord pour fabriquer des cigarettes destinées en grande partie aux marchés d'exportation. En s'associant à lui, ils élimineraient deux des étapes les plus coûteuses. D'une part, ils bénéficieraient du fait que Nate produisait son propre tabac alors que leurs représentants devaient lutter contre la concurrence ; d'autre part, le transfert de la fabrication à la source même des approvisionnements supprimerait le transport des matières premières. Même si les produits finis devaient ensuite être expédiés vers de lointaines destinations, le réseau ferroviaire américain leur ouvrait un accès direct au Pacifique, clef des principaux débouchés britanniques en Asie et en Extrême-Orient.

— Depuis le début, je suis sans cesse obligé de tenir Buck Duke en respect. Eh bien, je ne veux plus me contenter de ne pas perdre, je veux gagner ! Si les Anglais et moi joignons nos forces, American Tobacco sera écrasé.

— Croyez-vous les convaincre, Nathan ? Personne à Londres ne doit savoir où se trouve la Caroline du Nord.

— Les gens du tabac le savent. Les Anglais sont comme des sardines dans leur île ; ils se bousculeront pour venir ici lorsqu'ils apprendront qu'il y a de la place, vous verrez.

Si l'idée était simple, sa réalisation l'était moins. Avant de contacter les Britanniques, Nate devait acheter des terres afin d'étendre ses cultures, étudier et comparer les prix de revient, prévoir les clauses des contrats en fonction des différences de législation et des accords commerciaux existant entre les deux pays. Électrisé par cette surcharge de travail, il retrouva sa belle humeur.

Chess flottait sur un nuage. Londres ! Tout la fascinait dans cette ville, ses lectures, les souvenirs de sa mère, son lignage même. Maintenant, elle pourrait enfin la voir, marcher dans des rues jadis arpentées par Shakespeare — et Sherlock Holmes ! La construction de Harefields devant être achevée à l'été, elle reprendrait la tradition des premiers Standish, qui avaient importé d'Angleterre tout le mobilier de Harefields quand la maison avait été bâtie en 1780.

Elle avait donc elle aussi fort à faire — et à rêver. Oubliant la triste froidure de l'hiver, elle se revoyait dans les vastes salons de Harefields. La brise printanière faisait danser les rideaux des portes-fenêtres ouvertes sur la véranda, les ombres et la lumière étaient douces sur les murs bleu ciel. Tout cela revivrait bientôt, elle mènerait de nouveau une existence paisible dans un cadre harmonieux. Quel plus beau cadeau à offrir à Gussie que cette vie idéale, promesse de merveilleux souvenirs?

Comme toujours, la fin de l'année donna lieu à d'innombrables festivités : réceptions chez les uns et les autres à Durham comme à Standish, distributions de vivres et de secours aux pauvres, offices religieux de Noël.

Deux événements marquèrent ce tourbillon quotidien. Susan annonça en rougissant ses fiançailles avec un jeune professeur de la nouvelle université de Durham. Gussie chassa impitoyablement Ellie Wilson de son rang de meilleure amie au profit de Barbara Beaufort, espiègle rouquine âgée comme elle de onze ans. Walter Beaufort, son père, s'était récemment installé à Standish où il avait ouvert une agence d'assurances. Sa femme Frances et lui descendaient de vieilles familles de Wilmington, naguère le plus grand port de Caroline du Nord. Célèbre dans tout le Sud, le grand-père Beaufort s'était illustré pendant la guerre de Sécession par ses exploits légendaires de forceur de blocus.

Une quinzaine s'était à peine écoulée quand Nate supplia Chess d'intervenir pour mettre un frein à cette envahissante amitié.

— Le téléphone est occupé chaque fois que je veux vous appeler! fulmina-t-il. Et, quand je suis à la maison, je tombe sur Barbara comme si elle y prenait pension. Les rires continuels de ces deux gamines sont exaspérants à un point!

— Selon Frances, Walter a le même problème, Nathan. Gussie passe autant de temps chez eux que Barbara chez nous.

— Alors, que diable peuvent-elles encore avoir à se raconter pour bloquer aussi longtemps le téléphone?

— Je ne crois même pas qu'elles se parlent. D'après ce qu'il m'arrive d'entendre, elles se contentent de glousser.

Les yeux au ciel, Nate poussa un soupir excédé.

— Seigneur, il en faut une patience !

— Que voulez-vous, Nathan, notre petite fille grandit, répliqua Chess en riant. N'avez-vous pas rencontré dernièrement à l'église l'autre rejeton des Beaufort, leur fils, qui étalait la splendeur de son uniforme ? Il est cadet à l'Académie militaire de Wilmington.

— Le petit soldat de plomb aux boutons dorés ?

— Lui-même. C'est un vieux monsieur de treize ans. Les filles le surnomment Beau. J'avoue qu'il est charmant.

— Quoi ? s'écria Nate, rouge de fureur et d'indignation. Vous ne voulez quand même pas dire que Gussie ?...

Chess se borna à répondre par un sourire.

Au plus vif déplaisir de Lily, Nate s'absenta souvent après le nouvel an pour ses achats de terrains et les autres démarches liées à ses projets.

Trois semaines après son retour de chez Vanderbilt, elle l'avait rencontré par hasard dans le train de Durham et ils s'étaient retrouvés, mais pas par hasard, dans un hôtel près de la gare. Nate était à nouveau ensorcelé — ou, du moins l'avait-elle d'abord cru, car il s'était révélé par la suite beaucoup plus absorbé par ses affaires que par elle. Cet humiliant échec lui était resté en travers de la gorge.

Un après-midi, elle frappa à la porte du cabinet de travail de Gideon qui rédigeait un sermon.

— Mon bien-aimé, je viens d'apprendre une si bonne nouvelle que je n'ai pas voulu attendre pour vous faire partager ma joie. Le médecin m'a dit que je puis de nouveau avoir un enfant sans plus courir de danger. Voulez-vous, mon bien-aimé, redevenir mon… mari? conclut-elle en rougissant avec une touchante modestie.

Gideon se leva d'un bond, l'étreignit passionnément et l'entraîna séance tenante dans leur chambre à coucher, où il exerça ses devoirs conjugaux avec d'autant plus de fougue que, depuis des années, il se languissait d'elle. Certes, Lily ne le fit pas bénéficier des pratiques inventives grâce auxquelles elle tenait Nate sous sa coupe. Elle sut cependant le combler d'un bonheur dont il ne se savait pas si digne.

Le même jour, elle cessa d'absorber la mixture amère, mais efficace, qu'elle tenait d'une femme de La Nouvelle-Orléans. Cette précaution prise, elle convoqua Nate au Club hippique presque tous les après-midi. Il s'y rendit aussi souvent que ses occupations le lui permettaient.

Lily croyait avoir remporté la victoire quand elle apprit le projet de voyage de Nate et de Chess en Angleterre. La nouvelle lui causa un dépit si violent qu'elle s'en arracha une poignée de cheveux. La douleur la calma — pour un moment du moins.

James Dike, le libraire, se faisait une joie de procurer à Chess tous les ouvrages qu'elle souhaitait afin de préparer comme il convenait son séjour à Londres. Il lui avait permis de découvrir un auteur anglais encore peu connu, Oscar Wilde, dont le dernier roman, *Le Portrait de Dorian Gray*, l'avait à la fois fascinée et scandalisée. Mais, de toutes ses lectures, celle du guide Baedecker de Londres restait de loin sa préférée. Elle en cornait les pages, elle en apprenait par cœur des passages entiers et ne s'en séparait pour ainsi dire jamais.

— Ma chère Chess, lui dit un jour Edith, vous devenez la femme la plus ennuyeuse du comté. Dieu sait si je vous aime et si je me réjouis de vous voir heureuse. Mais si je vous entends une seule fois encore prononcer le mot Londres, je vous étouffe en vous fourrant votre Baedecker au fond de la gorge!

Et maintenant, pour changer, parlons de choses intéressantes. Combien y aura-t-il de chasses d'eau dans votre nouvelle maison ? J'ai la ferme intention d'enfourcher le cheval le plus rapide des écuries de Henry pour venir satisfaire chez vous les appels de la nature.

Chess lui tira la langue en éclatant de rire.

— Il y en aura quatre et j'ai la ferme intention, moi, de les fermer à clef. Vous êtes abominable, Edith ! Mais vous me manquerez, ajouta-t-elle en reprenant son sérieux.

Puisqu'il fallait changer de sujet, elles se rabattirent d'un commun accord sur le dernier scandale dont tous les journaux se faisaient l'écho : Mme Vanderbilt demandait le divorce contre M. Vanderbilt.

Dans leur milieu, le divorce était une chose inouïe, impensable. Le seul dont elles aient entendu parler était celui du roi Henry VIII — mais au moins, selon leurs vagues souvenirs scolaires, la raison d'État y était mêlée. Dans la vie courante, les gens comme il faut ne divorçaient pas. Ce qui les intriguait surtout, c'était la personnalité de cette dame Vanderbilt. Laquelle était-ce ? Celle du bal qui avait coûté un demi-million de dollars ? Celle qui avait un yacht avec soixante-dix hommes d'équipage ? Ou celle qui possédait une vaisselle d'or massif de deux cents couverts avec une salle à manger assez vaste pour les servir ensemble ?

— Quel dommage que Nathan soit un homme ! soupira Edith. Penser qu'il est resté si longtemps chez le Vanderbilt d'Asheville sans en rapporter le moindre potin !

Pour des raisons moins futiles, l'architecte Lancelot O'Brien déplorait lui aussi que Nate ait passé autant de temps en compagnie de George Vanderbilt. Les modifications qu'il était contraint d'apporter aux plans de Harefields lui vaudraient peut-être un coquet supplément d'honoraires mais elles lui imposaient un écrasant surcroît de travail.

Les derniers essayages de la garde-robe londonienne de Chess et de Gussie eurent lieu le 4 avril.
Le reste était déjà prêt. Les billets et la réservation
de leur suite sur le steamer de la Compagnie Cunard
étaient dans le coffre de la banque avec les lettres de
change ; l'engagement d'une femme de chambre
personnelle pour Chess à bord du paquebot puis au
Savoy de Londres pour la durée de leur séjour avait
été confirmé de part et d'autre.

— Les grosses malles voyageront dans la cale du
navire, expliqua Chess à Gussie pour la dixième fois.
Tu devras donc t'assurer que tes robes préférées
sont dans les bagages que nous garderons en cabine.
Nous devrons nous habiller tous les soirs, comme
Cendrillon pour aller au bal.

Gussie s'efforça de sourire, mais son sourire se mua
en une grimace de douleur et elle fondit en larmes.

— Qu'y a-t-il, ma chérie ? demanda Chess, affolée. Tu ne te sens pas bien ? Tu n'es pas malade, au
moins ?

Ses pleurs se muèrent en sanglots et elle s'enfouit
le visage dans les jupes de sa mère.

— Je ne veux pas aller à Londres ! Je veux rester
à la maison. Bonnie s'occupera de moi.

— Tu ne veux pas aller à Londres ? Mais pourquoi,
ma chérie, pourquoi ? s'enquit Chess, stupéfaite.

Elle lui tâta le front, constata qu'elle n'avait pas
de fièvre. Sa perplexité ne fit que croître. Finalement, dans un flot de larmes entrecoupé de hoquets,
Gussie dévoila ce qui lui brisait le cœur. Elle n'éprouvait aucun attrait pour les musées, les églises et les
parcs, elle mourrait d'ennui si on la forçait à visiter
tout ce qu'il y avait dans le guide. Elle ne pouvait se
résoudre à quitter l'école un mois avant la représentation du *Songe d'une nuit d'été* où elle devait tenir
un des rôles principaux, elle ne voulait pas renoncer
à être demoiselle d'honneur au mariage de Susan
prévu pour le mois de juin. Et puis, elle tenait absolument à aller à Wilmington avec Barbara et sa

mère. Elles étaient toutes trois invitées chez la grand-mère de Barbara, dans une grande maison sur une plage au bord de l'océan où elles se baigneraient tous les jours.

Chess n'eut pas de mal à deviner la cause réelle de ce déchirant accès de douleur.

— Beau y sera sans doute aussi, n'est-ce pas ?

Gussie rougit, pâlit, renifla.

— Je ne sais pas, mentit-elle. Mais je veux voir la mer, je n'y suis jamais allée ! Il y a des crabes qui pincent les doigts de pied mais si on les attrape, on les plonge dans l'eau bouillante et il paraît que c'est délicieux...

Allons, ma petite fille n'est pas encore aussi grande que je le croyais, songea Chess, mi-amusée, mi-attendrie.

— J'en parlerai à ton père, nous verrons ce qu'il en pense, déclara-t-elle en feignant une mine sévère.

Chess savait d'avance ce qu'en dirait Nate. Il avait lui aussi reculé d'horreur devant la perspective des visites de musées et de monuments, mais Chess ne voulait pas laisser croire à Gussie qu'il lui suffirait à l'avenir de pleurer pour obtenir tout ce qu'elle voulait.

Gussie se releva d'un bond, se jeta dans ses bras.

— Oh, merci, maman ! Merci !

Elle savait fort bien, elle aussi, comment son père réagirait. Au moins, les apparences étaient sauves...

Chess attendit la fin du repas pour parler à Nathan. Lorsqu'ils n'avaient pas d'invités, Gussie soupait avec eux à table et Chess était hors d'état de subir une nouvelle crise de larmes. Elle affecta donc d'ignorer les regards lourds de sous-entendus que sa fille lui lançait et mangea lentement en feignant la sérénité.

— Monte dans ta chambre, ma chérie, dit-elle à Gussie une fois le dessert terminé. Je voudrais parler à ton père.

Elle précéda Nate dans la bibliothèque. Quand il fut entré, elle ferma la porte à clef.

— Quel luxe de précautions! dit-il en souriant. Auriez-vous imaginé un nouveau bon tour contre Buck Duke?

— Non. Simplement, je ne veux pas que Gussie fasse irruption au beau milieu de la conversation. Asseyez-vous, que je vous raconte ce qui s'est passé cet après-midi.

Comme Chess et Gussie s'y attendaient, Nate prit fait et cause pour sa fille.

— J'ai toujours rêvé moi aussi d'aller au bord de la mer. Nous pourrions peut-être y séjourner l'année prochaine.

— Soit, Gussie ne viendra pas à Londres avec nous. Mais ce n'est pas tout, Nathan. Il s'est passé autre chose cet après-midi. Lily est venue me voir pour me conseiller de demander le divorce. Elle prétend que vous êtes follement amoureux d'elle. Elle déraille, la pauvre! À moins qu'elle ne prenne ses désirs pour des réalités.

Chess avait répété son petit speech, y compris son ton mi-amusé, mi-sarcastique. Nathan ne manquerait pas d'en rire lui aussi, en ajoutant sans doute que le terme *dérailler* lui semblait un peu faible. Elle eut la surprise de le voir tour à tour rougir et pâlir.

— Je lui tordrai le cou! s'exclama-t-il.

Chess prit le temps de s'étudier elle-même et s'étonna de constater qu'elle n'avait pas le cœur brisé. En elle, il n'y avait rien — rien qu'un grand vide très noir.

— Voulez-vous divorcer? interrogea-t-elle calmement.

— Grand dieu non, Chess! Non, un million de fois non! Je mérite que vous demandiez le divorce, que vous m'infligiez les pires traitements, mais je ne veux pas vous perdre, Gussie et vous! À aucun prix! Vous êtes toute ma vie...

La mine horrifiée comme si un monstre lui était apparu, il bondit de son siège, alla se jeter à genoux devant Chess. Elle ne sembla pas apitoyée par son regard implorant.

— Ce qui m'arrive est incompréhensible, inexplicable, bafouilla-t-il. Elle a sur moi une emprise que je n'arrive pas à briser. Dieu sait pourtant si je m'y suis efforcé! Mais il suffit qu'elle me chuchote à l'oreille certaines choses si... si inconvenantes que j'ai parfois honte de me les répéter à moi-même — il faut me croire, Chess, Dieu m'en est témoin! — pour que je retombe sous sa coupe. Je vis un véritable enfer, Chess, je sens les flammes me dévorer et je ne peux pas m'en arracher...

Les coudes sur les genoux de Chess, le visage enfoui au creux de sa jupe, il sanglotait si fort qu'elle en était secouée de la tête aux pieds. Tel père, telle fille, se dit-elle avec amertume. Ils viennent pleurer dans mon giron avec l'espoir que je pardonnerai tout. Mais cette fois, je ne me laisserai pas impressionner.

Elle entendait encore trop bien sonner à son oreille les derniers mots de Lily, soulignés d'un ricanement canaille :

— J'aurais pourtant cru qu'une belle dame distinguée comme vous serait trop fière pour s'accrocher à un homme qui ne veut plus d'elle.

À New York, trois semaines plus tard, M. et Mme Nathaniel Richardson débarquèrent, avec vingt-trois pièces de bagages, de leur wagon spécial qui les avait amenés jusque sur le quai de la Compagnie Cunard, au bord du fleuve Hudson.

— Si je pouvais seulement lui échapper quelque temps, je serais capable de me ressaisir, je vous le jure! avait déclaré Nate ce soir-là. Rappelez-vous, je m'en étais guéri à mon retour de la montagne. Aidez-moi, Chess. J'ai besoin de votre aide. J'ai besoin de vous.

— Je ferai de mon mieux, avait-elle répondu.

Mais d'abord, elle entendait profiter du voyage et

de sa découverte de Londres. Après, il serait toujours temps de décider ce qu'elle ferait. Les autres femmes — Alva, Julie, sans compter celles dont elle n'avait pas eu connaissance — elle en avait été jalouse au point de les haïr.

Avec Lily, la situation était très différente : c'était plutôt Nathan qu'elle haïssait.

33

Avec sa profusion de boiseries d'acajou, de tentures damassées, de colonnes de marbre, de tapis d'Aubusson, de lustres de cristal, de miroirs et de dorures, le *Campania* déployait le nec plus ultra du luxe et de la modernité. La suite des Richardson, composée d'un salon et d'une petite salle à manger aux murs tendus de soie, de deux chambres et de trois cagibis à l'usage des serviteurs, ne le cédait en rien à la somptuosité ambiante.

Grisée par l'air salin, Chess était moins éblouie par les opulents aménagements du paquebot que par ses passagers. Le premier soir, dans la grande salle à manger, elle fut incapable de faire honneur au repas car elle passa son temps à admirer les toilettes des femmes, leurs bijoux et leurs élégants cavaliers en habit. Elle découvrait avec émerveillement cet univers évoqué jadis par sa mère, où tout le monde paraissait beau, heureux, sûr de soi et de l'avenir.

Malgré sa robe de soie, copie d'un modèle de Worth, et son splendide collier de diamants et de saphirs de chez Tiffany, dont Nathan lui avait fait la surprise au moment de leur embarquement, elle se savait provinciale et empruntée. Les femmes qui l'entouraient possédaient plus d'aisance et de naturel, leurs robes semblaient leur aller mieux ; mais

Chess était si contente de les voir et de s'en inspirer qu'elle n'en éprouvait aucune envie.

Quant à Nathan, égal à lui-même, il ne remarquait pas que les hommes avaient une autre allure, que leurs habits paraissaient mieux ajustés, leurs cheveux mieux coiffés. Il se sentait si bien dans sa peau et son personnage que l'idée de l'améliorer, encore moins d'en changer, ne lui venait même pas. La seule chose qui le troublait encore, en ce début de traversée, était la distance qui s'était creusée entre Chess et lui à la suite de ses dramatiques aveux; il en restait rongé de honte et de remords.

— Maintenant, Chess, tout va changer, lui dit-il avec conviction. J'ai échappé à son emprise, je serai vite guéri. Je ferai tout pour que vous me pardonniez mes fautes.

Chess ne voulait penser ni à Lily ni à Standish ni à rien de ce dont le navire l'éloignait. Elle ne voulait que profiter de la magie du moment présent.

— Nous avons laissé tout cela derrière nous, Nathan. Oublions-le, faisons comme s'il ne s'était rien passé. Je ne veux pas que de mauvais souvenirs nous gâchent ce voyage.

Nate refréna un soupir de soulagement. C'était plus que ce qu'il espérait, bien plus que ce qu'il méritait et, pourtant, la réaction de Chess ne l'étonna pas outre mesure. Toujours persuadé du dégoût de Chess pour l'amour physique, il croyait qu'elle n'accordait, tout compte fait, que peu d'importance à son obsession de Lily. S'il avait eu le bon sens de se taire et de ne rien avouer, tout serait rentré dans l'ordre sans drame. Aussi, trop content de saisir la perche que Chess lui tendait, il oublia ses torts le plus facilement du monde. Sa liberté d'esprit ainsi reconquise, il put de nouveau se passionner pour les découvertes que la traversée lui réserverait à coup sûr.

Il déclara d'abord qu'il demanderait dès le lendemain à l'officier mécanicien l'autorisation de visiter les salles des machines et les entrailles du paquebot.

Il observa aussi que le vin avait décidément bon goût avec les repas. Ils adopteraient à l'avenir l'habitude civilisée de dîner le soir au lieu du midi, coutume paysanne incompatible avec leur rang dans la société, et boiraient du vin chez eux.

— Devrons-nous cultiver une vigne? s'étonna Chess.

— Inutile de nous donner cette peine. Je connais un excellent marchand de vin à Richmond. Nous lui achèterons des bouteilles de vin français.

Chess se souvint des caves si fraîches de Harefields, où elle allait chercher refuge contre les chaleurs de l'été. Comment avait-elle pu les oublier? Elle écrirait dès demain à Lancelot O'Brien pour lui demander de creuser les fondations de la nouvelle maison et d'y aménager une cave. Elle posterait la lettre en arrivant à Liverpool.

Chess fut malheureusement hors d'état de rédiger cette lettre le lendemain car le *Campania* rencontra du gros temps. Chess se réveilla à l'aube en souffrant mille morts et le mal de mer ne lui laissa plus de répit jusqu'à la fin de la traversée. La femme de chambre attachée à son service rassura Nate : son épouse n'était pas en danger de mort et elle savait comment adoucir les épreuves des passagères victimes de cette maladie.

Nate put donc explorer à loisir le *Campania* des cales à la passerelle. Il se lia d'amitié avec les soutiers, les mécaniciens, le commandant, les officiers et les passagers masculins, insensibles comme lui aux effets pernicieux de la houle sur les fragiles estomacs des dames.

Chess débarqua du paquebot pâle et titubante et se crut trahie par la terre ferme, qu'elle avait désiré fouler avec tant d'ardeur, en la sentant osciller sous ses pieds. Son malaise ne disparut pas dans le train pour Londres, dont les secousses et les oscillations lui rappelaient fâcheusement celles de sa cabine. Le fiacre de la gare à l'hôtel ne lui parut guère plus stable. Ce ne fut que le lendemain matin au réveil qu'elle retrouva son appétit avec sa joie de vivre. Londres! Elle y était enfin!

Le Savoy, où ils étaient descendus, se dressait au bord de la Tamise. Quand Chess tira les rideaux et ouvrit la fenêtre, le large fleuve offrit à ses regards émerveillés les reflets roses et dorés de l'aube. Des odeurs de charbon et de fumée, d'épices et de poisson montèrent à ses narines; les sirènes de dizaines de bateaux grands et petits, les appels des dockers sur les quais, des tintements de cloches proches et lointaines se répondant en écho lui frappèrent délicieusement les oreilles. Elle écarta les bras pour tout étreindre, se laissa pénétrer par ces émanations sonores et olfactives de la grande ville — et courut s'habiller.

La réputation du Savoy pour la qualité du service se révéla justifiée. Quand Chess sortit de la salle de bains, sa femme de chambre était là et lui tendait son peignoir en faisant une révérence.

— Je m'appelle Ellis, se présenta la cameriste. Madame désire-t-elle qu'on lui monte son petit déjeuner? La salle à manger n'ouvre qu'à sept heures.

La pendule de bronze doré sur la cheminée marquait six heures moins dix.

— Merci, Ellis. Volontiers.

— Si Madame veut bien se donner la peine d'observer, dit Ellis en montrant sur le mur un objet en forme de trompe. Ceci est un tuyau acoustique. Si Madame désire quoi que ce soit, il lui suffit de parler dans ce cornet. Toutes les pièces en sont équipées.

— Attendez! lui dit Chess en se retenant de rire. Mon mari sera sûrement intéressé. Il est au salon, servez-vous plutôt de l'instrument qui s'y trouve.

Le petit déjeuner était exquis et copieux mais Chess, bien qu'elle mourût de faim, brûlait trop d'impatience pour en avaler plus de quelques bouchées.

Londres était là, à ses pieds. Elle était incapable d'attendre! La guide spécialisée, engagée à l'avance dans une agence recommandée par Baedecker, ne devait venir la prendre en charge qu'à neuf heures et il n'était pas même huit heures! Il faisait doux, le soleil brillait, la Tamise scintillait. Frustrée, Chess tournait en rond d'une fenêtre à l'autre. À la fin, elle n'y tint plus.

— Allons nous promener sur les quais, Nathan.

— Allez-y si vous voulez. Il faut que je classe mes papiers et que je les range dans le secrétaire.

Furieuse, Chess ravala sa réplique. Il savait pourtant qu'une dame ne devait pas déambuler seule en ville! Londres n'était pas Standish, que diable! Comment pouvait-il penser à ses affaires alors que Londres leur tendait les bras? Mais la tentation était trop forte. Qui la reconnaîtrait, après tout? Ici, elle était une inconnue, il était encore très tôt, on voyait peu de monde dans la rue. Rien que cette fois, cette unique fois. Après, elle se conduirait bien…

Rassérénée, elle se coiffa d'une capeline couverte d'aigrettes et lissa sur ses mains des gants de chevreau ivoire assortis à son costume de marche. Chess était fière de ses mains, toujours aussi blanches et fines malgré son âge. Nul n'aurait pu croire qu'elles avaient manipulé des feuilles de tabac ou frotté un plancher de moulin. Sa mère disait qu'on reconnaissait la classe d'une femme à ses mains… Mais il serait toujours temps d'évoquer ses parents quand elle admirerait les endroits dont ils lui parlaient. C'était maintenant à son tour de profiter de Londres. Elle jeta un coup d'œil à la montre en or épinglée au revers de sa jaquette: bientôt huit heures, il fallait se dépêcher.

Jugeant l'ascenseur trop lent, elle descendit par l'escalier. Les odeurs et les bruits qui montaient du fleuve la submergèrent dès l'instant qu'elle franchit la porte de l'hôtel. Chess courut presque à leur rencontre. Voilà donc pourquoi elle était venue! Londres. La Tamise. La reine Elizabeth, Shakespeare, Richard

Cœur de Lion, tous ces géants de l'Histoire étaient peut-être passés à l'endroit même où elle posait ses pieds. Ils avaient sûrement navigué sur ces eaux paresseuses où plongeait son regard, humé comme elle les effluves que la brise lui apportait en agitant doucement les aigrettes de son chapeau. Le visage offert au soleil, Chess leur sourit à tous.

Elle caressa du regard les arches gracieuses du pont de Waterloo, encombré d'une foule dense et bruyante ; elle surveilla avec inquiétude le flot ininterrompu des véhicules de toutes sortes qui se croisaient devant elle. Dès qu'elle vit une accalmie, elle rassembla ses jupes dans une main et traversa la chaussée en courant. Sur sa droite, un peu plus loin, se dressait l'obélisque. Elle n'ignorait rien de ce monument, pour en avoir vu des gravures et lu maintes descriptions, mais la réalité lui fit battre le cœur.

L'aiguille de pierre était si haute, si fine, si rose sous le soleil. Et dire que n'importe qui pouvait y poser la main ! Chess, ramassant encore une fois ses jupes, courut, se déganta afin de caresser la pierre tiède, de suivre du doigt les antiques caractères qui y étaient gravés. Elle avait peine à croire qu'elle, Francesca Standish Richardson, était là en personne, qu'elle voyait, qu'elle touchait ces mystérieuses inscriptions venues du fond des âges…

Elle était perdue dans ses pensées quand, soudain, la pierre devint grise. Étonnée, elle leva les yeux. De gros nuages cachaient le soleil, la brise tiède se muait en un vent aigre et froid. Tout ce qu'on disait sur les caprices du climat anglais était donc vrai ? Pourvu qu'elle puisse regagner l'hôtel avant la pluie !

Chess partit d'un pas rapide, sans se donner la peine de ramasser ses gants tombés à terre — elle en avait tant d'autres ! — et ne ralentit l'allure qu'à l'approche de l'hôtel.

Que penserait le digne portier s'il la voyait ainsi, haletante et décoiffée par le vent ? Les Anglais considéraient les Américains avec une condescendance méprisante, inutile d'aggraver l'opinion du personnel sur ses concitoyens... Pourquoi ces sottes idées? se reprit-elle tout à coup. Qu'ils pensent ce qu'ils veulent! Elle n'était pas une Américaine ordinaire mais une Standish de Harefields, issue de la plus vieille noblesse britannique!

La tête haute, elle pénétra dans le grand hall d'une démarche altière... et s'arrêta net.

— Standish! fit une voix d'homme.

Chess tourna vivement la tête. Qui donc la connaissait? Qui se permettait de l'appeler par son nom de jeune fille d'une manière aussi inconvenante? Elle scrutait les visages de la foule qui peuplait le hall quand elle sursauta: elle voyait un spectre. Celui de son père.

La lucidité lui revint aussitôt. Elle ne croyait pas aux revenants et personne, en Angleterre moins qu'ailleurs, ne hélerait une femme sans faire au moins précéder son nom de Madame ou de Mademoiselle. L'appel s'adressait donc à cet inconnu au visage si familier, sans doute un lointain cousin de la branche anglaise des Standish — elle savait qu'il en existait encore, ses parents avaient visité l'authentique manoir de Harefield au cours d'un de leurs voyages. Un cousin, quelle chance inouïe! Il fallait le rencontrer.

Chess s'élança à la poursuite du Standish inconnu, bouscula des gens sur son passage sans prendre le temps de s'excuser et le rejoignit, hors d'haleine et surexcitée, alors qu'il finissait de traverser le hall en compagnie d'un ami avec lequel il bavardait en riant.

C'était bien le visage de son père qu'elle avait sous les yeux: la barbe était plus courte, la moustache un peu plus fournie mais le nez était aussi fin. Sans réfléchir, elle lui toucha le bras avant qu'il n'ait franchi la porte.

— Monsieur!

L'homme se retourna, porta la main à son chapeau.

— Madame?

Soudain consciente de l'énormité de son impair, Chess devint cramoisie. Quelle folie la prenait d'accoster ainsi un inconnu? Pourtant, le nom, la ressemblance... Puisqu'elle se donnait en spectacle, autant aller jusqu'au bout.

— Vous appelez-vous Standish, monsieur?

— En effet.

Un sourcil levé, à peine ironique, il attendit.

— Standish de Harefields? insista Chess qui se sentait s'enferrer de plus en plus.

— Je regrette, madame, je n'ai pas cet honneur.

— Je... je suis vraiment navrée, bafouilla-t-elle. Une méprise... Veuillez m'en excuser.

Sans attendre de réponse, elle s'enfuit précipitamment vers l'escalier le plus proche et acheva de se rendre ridicule en trébuchant sur les premières marches. Les deux hommes la suivirent des yeux, visiblement amusés.

— Au nom du Ciel, qu'est-ce que cela voulait dire? demanda l'ami en éclatant de rire quand elle eut disparu.

— Je n'en ai pas la moindre idée, répondit Standish.

— Voilà une histoire, mon bon ami, qui assurera ma célébrité des semaines durant dans les dîners en ville! Ce pauvre Standish perd décidément la main, dirai-je. Fini les délectables jeunes actrices, ce sont à présent des Américaines d'âge mûr qui le poursuivent de leurs assiduités! Cet accent déplorable était bien américain, n'est-ce pas?

— À n'en pas douter. Mais ce n'était pas là le plus étrange, mon cher Wembly. Avez-vous observé cette femme? Elle rougissait comme une écolière. Je n'ai rien vu de semblable depuis des dizaines d'années.

— Voulez-vous dire que vos délectables jeunes perruches ne rougissent pas?

— Non, elles me font rougir. Et c'est précisément ce qui les rend si délectables.

— J'étais morte de honte, Nathan! gémit Chess. Il fallait avoir perdu la raison pour faire une chose pareille! Je ne me suis jamais sentie aussi humiliée de ma vie.

Nate lui tapota l'épaule en se félicitant qu'elle garde la tête baissée et ne puisse voir son expression réjouie. Mais comment garder son sérieux? Chess, la digne Chess, se mettre dans une situation pareille! C'était du dernier comique. Nate regretta de n'avoir pas été une petite souris pour assister à la scène.

— Allons, Chess, n'y pensez plus. Londres est une grande ville — la plus grande ville du monde, m'avez-vous seriné. Vous ne reverrez jamais cet individu. Et si vous craignez vraiment qu'on ne vous ait vue, débarrassez-vous de cet affreux chapeau, personne ne vous reconnaîtra. De toute façon, votre visage était invisible sous ce tas de plumes.

Chess leva enfin les yeux et se força à sourire.

— Vous n'aimez pas mon chapeau?

— On dirait un poulailler après le passage du renard.

Malgré elle, Chess éclata de rire.

— Oh, Nathan! Vous avez le don de me remonter le moral. Un million de fois merci.

— Allons, allons, vous en faites autant pour moi. À quelle heure votre fameuse guide doit-elle arriver?

— Grand dieu, c'est vrai! Quelle heure est-il? Il faut que je me rafraîchisse et que je me prépare!

Levée d'un bond, elle courut vers la salle de bains — en jetant au passage son chapeau dans la corbeille à papiers.

Une fois seul, Nate put sourire à son aise. Chess savait encore rire! Il n'avait pas entendu depuis si longtemps cet inimitable pétillement de gaieté…

Il savait que tout irait bien, désormais. Mieux que jamais. Le rire de Chess le délivrait d'un fardeau plus écrasant qu'une montagne. Celui de ses remords.

34

Sous la férule souriante mais inflexible de Miss Louisa Ferncliff, la guide dépêchée par l'agence, Chess entama sa visite de Londres.

— J'ai beaucoup étudié le Baedecker avant mon départ et je pense que nous pourrions commencer par la cathédrale St. Paul, lui suggéra Chess. Elle est assez proche pour que nous y allions à pied, ce serait une agréable promenade.

— Certes, madame, et c'est précisément pourquoi nous effectuerons cette visite à une date ultérieure.

Sur quoi, prévenant les protestations de sa cliente, Miss Ferncliff l'informa qu'une grève imminente des cochers de fiacre londoniens risquait de perturber fortement les transports dans les jours à venir. Il serait donc judicieux de débuter par les points les plus éloignés.

— Nous visiterons aujourd'hui la Tour de Londres, déclara-t-elle. C'est logique puisqu'il s'agit du monument le plus ancien et le plus chargé d'histoire de la capitale du royaume. Vous prendrez aussi, je crois, un grand plaisir à admirer les joyaux de la Couronne qui y sont exposés.

— Vous avez raison, admit Chess, vaincue par la rigueur du raisonnement. Je m'en réjouis d'autant plus que nous avons bien peu de monuments anciens en Amérique.

Elle s'abstint d'ajouter que le sourire réjoui de sa cicérone constituait l'argument le plus convaincant.

Miss Ferncliff se révéla pour Chess une compagne fort plaisante. Le système duodécimal de la monnaie anglaise la plongeant dans des abîmes de perplexité, elle se déchargea sur son mentor en jupons du soin de payer les fiacres, les droits d'entrée et les salons de thé où elles se reposaient entre les visites. Chess écouta aussi avec émotion le récit des épreuves de la vieille demoiselle. Fille d'un colonel de dragons, Louisa Ferncliff avait perdu en Crimée à la fois son père et son fiancé, jeune lieutenant du même régiment. Infirmière militaire sous l'illustre Florence Nightingale par fidélité à leur mémoire, elle avait dû ensuite, comme beaucoup de ses contemporaines bien nées mais dénuées de ressources, pratiquer nombre de petits métiers tels que ceux de dame de compagnie, d'infirmière et de guide pour riches visiteuses étrangères, activités dont elle avait gardé de flatteuses relations dans la plus haute société.

— Elle est adorable mais elle m'épuise! déclara Chess à Nate le surlendemain en riant aux éclats. Elle m'a fait faire au moins cent lieues au pas de charge dans le British Museum. Je n'étais pas aussi épuisée en repiquant le tabac!

— Serez-vous capable de continuer? demanda Nate en riant à son tour.

— Je ramperai s'il le faut! Plus je découvre Londres, plus j'adore cette ville. Je ne veux rien laisser passer.

Nate sourit de plus belle: Chess était comme un enfant gourmand lâché dans une confiserie. Pour la première fois depuis leur mariage, il se sentait plus âgé qu'elle.

Certes, il comprenait son engouement pour Londres, mais pas pour les musées ou les histoires de rois et de reines morts depuis des siècles. Ce qui le frappait, lui, c'était le continuel tourbillon d'activité qui régnait dans cette gigantesque métropole et les merveilles techniques qui y abondaient. Penser qu'il y avait un chemin de fer circulant d'un bout à l'autre de la ville plus vite qu'un cheval au galop et dont la plus grande partie des voies étaient sous terre! Les ingénieurs de l'hôtel, qui lui avaient montré l'énorme machinerie de l'ascenseur et les appareils frigorifiques qui fabriquaient chaque jour des milliers de livres de glace, haussaient les épaules d'un air blasé lorsque Nate leur exprimait son admiration. Pour eux, tout cela appartenait déjà au passé.

Ils évoquaient plus volontiers le jour prochain où le téléphone franchirait les océans et où l'homme parcourrait les airs dans des machines volantes. Tout, ici, parlait d'un avenir en train de se réaliser. Qu'il était bon, grand dieu, de vivre à pareille époque !

Nate avait appris avant son départ qu'aux yeux des industriels anglais, l'élégance vestimentaire comptait autant, voire davantage, que le sens des affaires de leurs interlocuteurs. Soucieux de mettre toutes les chances de son côté, il entreprit donc le mercredi 2 mai de faire prendre ses mesures par les tailleurs les plus réputés de Savile Row. De son côté, Chess parvint à convaincre Miss Ferncliff de lui accorder une journée de répit dans son marathon culturel et de la piloter dans les boutiques de Regent Street.

Si elle n'eut pas de mal à choisir des cadeaux pour la famille et les amis de Standish, elle fut déconcertée devant l'infinie variété des tissus d'ameublement et autres objets dont elle comptait faire l'acquisition pour Harefields.

— Je ne peux pas me décider, il n'y a rien d'ancien dans ce qu'on me propose ! se plaignit-elle. Je voulais acheter des meubles mais tout ce que je vois est neuf.

— Nous vivons une époque de progrès, chère madame, rétorqua Miss Ferncliff. Le XXᵉ siècle est à notre porte. Personne ne veut s'encombrer de vieilleries incommodes.

— Je tiens absolument à trouver du Hepplewhite, du Chippendale ! insista Chess. Ces ébénistes exerçaient leur art ici même. Il doit bien en rester quelque part.

Femme résolument moderne, Miss Ferncliff se contenta de répondre par une moue plus réprobatrice que dubitative.

Chess eut pitié d'elle.

— Soit, remettons cela à plus tard. Demain, si vous le voulez bien, j'aimerais visiter la National Gallery.

Elle n'eut pas à regretter sa décision car le jeudi

fut pluvieux. D'épais nuages emprisonnaient les fumées crachées en toute saison par des milliers de cheminées, l'air humide était irrespirable. Mieux valait rester à l'abri.

Dès le hall d'entrée, Chess ne put retenir un cri de surprise : le British Museum paraissait minuscule comparé à la National Gallery. Elle n'aurait pu imaginer de lieu plus imposant ni une telle accumulation de chefs-d'œuvre. Salle après salle, Miss Ferncliff annonçait posément des noms illustres : Reynolds, Gainsborough, Lawrence, Turner... Chess sentait la tête lui tourner. Elle ne s'était jamais doutée que la grande peinture puisse provoquer d'aussi vives émotions. Les murs de Harefields étaient décorés de portraits de famille, de paysages à l'aquarelle, de gravures représentant des ruines romaines ou des légendes mythologiques, œuvres agréables à l'œil, certes, mais de peu de valeur. Fascinée, étourdie, elle ne se lassait pas de ces beautés inconnues dont elle faisait la découverte.

Chess se serait volontiers attardée dans les salles italiennes si Miss Ferncliff n'en avait décidé autrement.

— De l'avis unanime des spécialistes, déclara-t-elle, les collections flamandes constituent la plus grande richesse du musée. Il y a ici des chefs-d'œuvre uniques au monde.

Chess s'absorbait dans la contemplation d'un tableau quand elle entendit Miss Ferncliff lancer un appel. Croyant qu'il lui était destiné, elle regarda par-dessus son épaule — et resta paralysée d'horreur : un homme qui se tenait à deux pas d'elle se tourna vers Miss Ferncliff, se découvrit... C'était celui-là même devant lequel elle s'était ridiculisée dans le hall du Savoy.

— Lord Randall ! Quelle heureuse rencontre, disait la vieille fille avec un large sourire. Comment se porte cette chère lady Hermione depuis sa mauvaise grippe ?

Non ! C'est impossible, c'est trop abominable,

pensa Chess en reculant d'un pas. Elle vit une porte ouverte au fond de la salle. Avec un peu de chance, elle échapperait peut-être à cette nouvelle humiliation...

— Ah! Chère Miss Ferncliff. Grâce à vos bons soins, ma belle-sœur se porte à merveille. Permettez-moi de vous exprimer en son nom sa plus sincère gratitude.

Chess poursuivit discrètement son mouvement de repli et pria le Ciel de ne pas l'abandonner.

— Je me suis permis de vous aborder, reprit Miss Ferncliff, parce que je suis en compagnie d'une de vos parentes éloignées, je crois. Mme Richardson est américaine mais elle s'appelle Standish de son nom de jeune fille et la propriété de sa famille porte le nom de Harefield.

— Vraiment? Je serais ravi que vous me la présentiez, répondit sans conviction Lord Randall en lançant un regard distrait en direction de Chess.

Figée, le dos tourné, celle-ci feignait de regarder un tableau. Toute possibilité de retraite lui était interdite. Si Dieu avait pitié d'elle, Il ouvrirait une trappe dans le plancher pour lui permettre de disparaître...

— Venez, chère madame! la héla miss Ferncliff. Permettez-moi de vous présenter lord Randall Standish.

Chess se retourna, leva les yeux vers lui. Au lieu de l'ironie qu'elle redoutait, elle ne discerna dans son expression qu'une indifférence teintée du brin de curiosité requis en pareil cas par la bienséance. Elle sentit son espoir renaître. Peut-être avait-il déjà oublié leur rencontre. Peut-être ne la reconnaissait-il pas avec un chapeau différent, comme Nathan le lui avait prédit...

Standish s'inclina, murmura un salut. Fascinée par sa ressemblance avec son père, Chess ne put se retenir de le dévisager. Il avait les mêmes yeux noisette, ses cheveux châtains avaient eux aussi tendance à boucler quand il pleuvait — sa mère le taquinait souvent à ce sujet. La moustache trop fournie dissimulait ses lèvres mais on devinait une mâchoire carrée sous la fine barbe pointue…

Soudain consciente de l'inconvenance de son examen, Chess se hâta de baisser les yeux. Ma parole, elle rougit encore! se dit Standish, amusé. La pauvre femme doit souffrir d'une maladie circulatoire. Il lui fallait pourtant manifester un minimum de courtoisie envers cette ennuyeuse étrangère.

— Je serais très heureux de vous rendre visite, à votre mari et à vous. Où êtes-vous descendus à Londres?

Chess n'en crut pas ses oreilles. Avait-il réellement oublié leur première rencontre? Rassérénée, elle lui sourit.

— Au Savoy, répondit-elle en tendant la main. Nous vous recevrons avec grand plaisir.

Standish s'inclina, esquissa un baisemain.

— Le plaisir sera le mien. À bientôt donc. Madame, mademoiselle.

Sur quoi, il remit son chapeau et se retira.

— Quelle élégance, quelle distinction! soupira d'un air extasié la disciple de Florence Nightingale. Son frère David ne lui arrive pas à la cheville dans ce domaine. Mais comme il est l'aîné et que c'est lui qui héritera du titre, il n'a pas besoin de se donner beaucoup de mal.

Chess n'eut pas à insister pour que Miss Ferncliff se lance dans une relation détaillée des tenants et aboutissants de la famille Standish. Chess désespéra toutefois de se retrouver dans l'incroyable labyrinthe du nobiliaire britannique, dont la complexité défiait l'imagination.

Lord Randall était le fils cadet d'Edgar Standish, neuvième marquis de Harefield, connu sous le nom de lord Harefield — ses amis disaient tout simplement Harefield. Le frère aîné de lord Randall, David Standish, portait le titre de vicomte Willbrook. Lorsque le décès de son père le rendrait à son tour marquis de Harefield, son fils aîné prendrait le nom de Willbrook. Quant au fils cadet de l'actuel marquis, le Randall dont elle venait de faire officiellement la connaissance, les inférieurs et les étrangers lui attribuaient par courtoisie le titre de lord avec son prénom. Pour ses pairs, il n'était que Standish.

— Je n'y comprends rien! s'exclama Chess. À quoi bon l'avoir baptisé Randall si personne ne l'appelle ainsi?

Les lèvres de Miss Ferncliff esquissèrent le sourire entendu de ceux qui détiennent des secrets.

— Sa famille l'appelle Randall. Ses maîtresses aussi, ce qui fait beaucoup de monde, car il est célibataire et l'on dit qu'il mène joyeuse vie. Ses amis intimes le surnomment Méphisto, ajouta-t-elle à voix plus basse. J'ose espérer que ce sobriquet n'est dû qu'à sa barbe noire…

Chess s'efforça de relater à Nate les diverses appellations des Standish mais perdit vite le fil. Elle se rappelait simplement qu'il faudrait appeler son cousin Lord Randall lorsqu'il viendrait rendre sa visite protocolaire.

— Pour ma part, dit Nate en riant, je préférerais le traiter de Bon Diable, ce serait plus simple… Non, non, soyez tranquille, je sais me tenir. Dommage qu'on n'ait pas d'élixir de la Vieille Livvy à lui offrir, ma mère l'appelait le breuvage du diable… Au fait, Alva m'a raconté que le pays n'avait jamais connu de réunion plus joyeuse et plus bruyante que l'enterrement de cette pauvre Livvy. Il faut dire qu'elle avait mis de côté pour l'occasion un plein tonneau de sa meilleure cuvée.

L'expérience lui ayant appris que plus vite on se débarrassait des corvées, plus vite on les oubliait, lord Randall Standish se fit annoncer aux Richardson le lendemain après-midi. Il refusa aussi poliment le thé que lui proposait Chess que la boisson roborative suggérée par Nate. Selon les règles de la bienséance en vigueur dans la société londonienne, une visite de simple courtoisie pouvait ne pas dépasser le quart d'heure ; en revanche, elle devait durer au moins quarante-cinq minutes si l'on acceptait un rafraîchissement.

Nate intrigua son noble visiteur. Aucun de ses amis américains n'étant homme d'affaires, Nate représentait pour lui une espèce inconnue. Venu toutefois par devoir familial, il s'adressa à Chess en priorité. Depuis leur rencontre au musée, lui dit-il, il s'était souvenu de la curiosité soulevée dans sa famille par la visite de ses parents à Harefields et du plaisir qu'ils avaient éprouvé à faire la connaissance de leurs cousins d'Amérique.

— Mon père, celui qui porte le nom de Standish de Harefield, m'en avait longuement parlé, précisa-t-il.

À cette allusion transparente, Chess se sentit encore une fois rougir et aurait voulu fuir pour cacher sa honte. Pourtant, son cousin lui souriait d'un air presque complice, comme s'il partageait avec elle un amusant secret. Pour lui, à l'évidence, les circonstances de leur première rencontre n'avaient rien eu d'embarrassant. Elle se laissa donc aller à la joie de rencontrer ce cousin britannique et de parler de cette famille qui, somme toute, était aussi la sienne.

— À l'époque, poursuivit-il, j'étais à l'université et j'ai donc eu le regret de manquer leur visite. Mon frère et mon père étaient tombés, paraît-il, éperdument amoureux de madame votre mère.

— Je vous crois volontiers, ma mère adorait séduire, répondit Chess en riant. Quand les Yankees sont venus piller Harefields, elle les a reçus en invités et les a persuadés de partir sans rien nous voler.

Le rire spontané et communicatif de Chess prit Standish par surprise. Il n'en avait jamais entendu de semblable et, dans sa vie, la nouveauté était si rare qu'il en fut ensorcelé. Pur produit de son époque et de sa classe, il cherchait constamment comment lutter contre l'ennui.

— Cher monsieur, dit-il à Nate, si votre offre d'un verre tient toujours, j'accepterais volontiers.

— Tout de suite! répondit Nate qui se précipita vers le cornet acoustique. J'aime beaucoup me servir de cet instrument. Un des ingénieurs de l'hôtel me donnera toutes les indications pour en installer un dans notre nouvelle maison. Que souhaitez-vous prendre?

— Whisky, si vous le voulez bien. Selon une légende familiale, continua-t-il à l'adresse de Chess, le premier Standish installé à la colonie aurait nommé sa terre Harefields au pluriel parce que la propriété était deux fois plus vaste que celle de son père. Savez-vous si cette histoire est exacte, chère madame?

L'anecdote est amusante, dit Chess en souriant, mais elle l'entendait pour la première fois. Elle lui demanda ensuite s'il connaissait l'Amérique. Il n'avait pas encore eu ce plaisir mais comptait combler sans faute cette lacune. Un serveur apporta alors les consommations. Au regret d'avoir trop étourdiment accepté, Standish se résigna à rester une demi-heure de plus et chercha comment relancer la conversation qui languissait.

— La branche de la famille établie en Virginie doit s'être largement répandue, déclara-t-il. Notre nom figure même sur une marque de cigarettes.

— Mais c'est nous! s'écria Chess. Ne me dites pas que nous sommes connus jusqu'ici! Le saviez-vous, Nathan?

Surpris, Randall éclata de rire.

— Ainsi, c'est à vous que je dois mes ennuis! Tout le monde à Londres a reçu des copies de votre publicité sur l'irrésistible Standish. Mes amis en ont fait des gorges chaudes pendant des mois. S.A.R. elle-même me demandait pourquoi j'étais avare au point de ne pas lui faire cadeau d'un de mes nombreux châteaux — sans parler des troublantes créatures que j'étais censé séduire!

La comparaison entre l'élégante distinction de

lord Standish et l'ostentation tapageuse du parvenu de leurs affiches fit rire Chess aux éclats.

— Mon pauvre ami! s'exclama-t-elle, gênée de cette incoercible hilarité. Je suis vraiment navrée…

Elle ne pouvait savoir combien son rire ravissait son cousin. Il aurait voulu qu'elle ne s'arrête jamais.

— Je vous en ferai expédier quelques caisses, lord Randall, s'empressa de déclarer Nate.

Cet heureux coup du hasard l'enchantait. Si ce dandy de cousin lançait la mode des cigarettes Standish dans la bonne société, il disposerait d'un atout maître pour ses négociations avec les fabricants anglais. En écrivant ce soir même à l'usine, sa lettre arriverait d'ici à une semaine et les caisses de cigarettes seraient livrées à Londres huit jours plus tard. La dernière levée de la poste avait lieu à sept heures du soir. Il fallait donc se débarrasser au plus vite du cousin pour avoir le temps de rédiger la lettre.

— Vous pourriez revenir souper… euh, dîner avec nous ce soir, lord Randall, lui dit-il. Je suis sûr que Chess aimerait vous poser mille questions sur sa famille.

Avant que Standish ait eu le temps de formuler un refus poli, Chess le prit de vitesse:

— Je suis désolée mais c'est impossible, ce soir nous devons aller au théâtre.

Elle se força à sourire malgré sa fureur. Que diable Nathan avait-il dans la tête pour commettre un tel impair? Tout marchait si bien jusqu'à maintenant!

— Quelle pièce comptez-vous voir? demanda Standish par courtoisie.

— *La Dame aux camélias*, répondit Chess. J'ai toujours beaucoup aimé les Dumas père et fils.

— La Duse y est sublime, paraît-il. Vous avez eu de la chance d'obtenir des billets, les représentations ont lieu à guichets fermés.

Là-dessus, Standish jeta un rapide coup d'œil à la pendule, reposa son verre encore à demi plein et se leva pour prendre congé. Rien de pire, pensait-il, que de se trouver avec un couple sur le point de se quereller. Mais il n'était pas de taille à résister à Nate : sans avoir bien compris comment, il accepta d'accompagner sa cousine au théâtre à la place de son mari et de passer la chercher à sept heures.

Quand Nate revint après avoir reconduit Standish à l'ascenseur, il balaya d'un geste les reproches de sa femme :

— Vous me parlerez plus tard de mes manquements à l'étiquette. Pour le moment, j'ai une lettre à écrire.

Il lui exposa alors ses projets pour la promotion des cigarettes Standish en Angleterre. Chess ravala sa colère car elle avait elle-même des idées à ce sujet.

— Savez-vous que les initiales S.A.R. désignent Son Altesse royale le Prince de Galles, l'héritier du trône ? Voici ce que nous allons faire...

La lettre fut postée à temps pour partir par le premier paquebot à destination de New York. Nate y donnait des instructions détaillées pour l'expédition immédiate de deux caisses de cigarettes à l'adresse de lord Randall Standish, plus deux autres contenant des paquets spécialement imprimés où figureraient les armes royales avec, au-dessus du blason, la mention : *Fabriquées expressément pour S.A.R. le prince de Galles* et en dessous : *Avec les compliments de son ami Standish*. Les Anglais idolâtraient leur famille royale. Il suffirait que les cigarettes destinées au prince franchissent la porte du palais pour que Nate soit reçu à bras ouverts par tous ceux avec qui il voulait discuter.

Quand lord Randall Standish revint la chercher à sept heures, Chess le remercia de son obligeance et s'abstint de toute allusion à l'incorrection de son mari. Dans la voiture, ils meublèrent le court trajet en parlant des Dumas père et fils. Mais dès qu'elle arriva au théâtre, Chess se laissa emporter par la magie du lieu.

Fasciné par ses réactions, Standish observa son visage plutôt que la scène. Jamais encore il n'avait vu quelqu'un s'immerger dans une pièce de théâtre et réagir au jeu des acteurs avec autant de spontanéité et d'innocence, qualités totalement étrangères aux femmes qu'il fréquentait.

Lorsque le rideau retomba à la fin du dernier acte et que Chess tourna vers lui son visage baigné de larmes mais éclairé d'un sourire radieux, il fut stupéfait. Comment cette femme insignifiante avait-elle pu soudain devenir aussi belle ? Combien d'autres surprises allait-elle encore lui réserver ? Il avait rarement éprouvé un tel plaisir.

Pendant qu'il lui remettait sa cape sur les épaules, il remarqua dans la loge d'en face que deux femmes braquaient sur eux leurs jumelles — qu'elles abaissèrent sitôt qu'il les eut saluées d'un léger signe de tête.

— Aimeriez-vous faire la connaissance d'une duchesse ? demanda-t-il à Chess.

Il savait que la duchesse, elle, en serait ravie. Dans le petit monde de la société londonienne, les potins constituaient la principale distraction. La première personne qui connaîtrait l'identité de la mystérieuse inconnue en compagnie de Standish ce soir-là remporterait un succès assuré.

— Est-elle sympathique, au moins ? Je passe une soirée trop agréable pour la laisser ternir le moins du monde.

Nouvelle surprise ! Les Américains étaient pourtant censés raffoler des titres de noblesse...

— Vous êtes une personne remarquable, chère madame.

— N'est-ce pas naturel puisque nous sommes cousins ? Et ne me donnez plus du madame, appelez-moi Chess.

— D'où vous vient ce nom qui évoque le jeu d'échecs ? Et y jouez-vous ?

— C'est un diminutif de Francesca et je joue aux échecs, mais mal.

— Alors, appelez-moi Randall et accordez-moi le plaisir d'en jouer au moins une partie avec moi.

Il était persuadé que Chess avait saisi le discret sous-entendu de son invite. Aussi ne put-il s'empêcher de rire aux éclats lorsque Chess, après l'avoir convié à souper dans sa suite du Savoy, s'éclipsa un instant dans sa chambre dont elle revint, non pas vêtue comme il s'y attendait d'un vaporeux négligé mais munie d'un… échiquier.

— Qu'y a-t-il de si drôle ? s'étonna-t-elle.

— Le monde est plein de surprises, répondit-il évasivement. Votre mari se joindra-t-il à nous ?

— Certes pas, il dort à poings fermés. Il aime tant se servir du cornet acoustique qu'il a dû dîner quatre fois depuis notre départ. En ce qui me concerne, j'ai horreur de cet appareil, j'ai l'impression de parler à un fantôme. Voudriez-vous passer la commande à ma place, je vous prie ?

— Qu'aimeriez-vous ?

— Peu importe, la cuisine est plutôt bonne… Mais de quoi riez-vous encore ?

— Le Savoy a pour chef le grand Escoffier, l'un des plus illustres artistes culinaires au monde. S'il savait qu'on qualifie ses chefs-d'œuvre de *plutôt bons*, il se trancherait la gorge avec ses couteaux à découper.

Le rire de Chess confirma Standish dans sa première impression. Ce rire était unique, inimitable, irrésistible. Séduire une femme capable d'un tel rire promettait de délicieux instants. Peut-être rirait-elle en faisant l'amour ?

Ils savourèrent une omelette aux truffes arrosée de champagne. Pour la première fois de la soirée, Chess le déçut en déclinant son invitation à déjeuner le lendemain. Miss Ferncliff devait venir la prendre de bonne heure car elles avaient un programme de visites chargé. Sa déception fit cependant vite place à un regain d'intérêt, les conquêtes trop faciles étant

346

souvent les plus ennuyeuses. Et quand il lui suggéra une promenade à Hampstead Heath le dimanche suivant, jour de fermeture des musées, elle accepta volontiers — en son nom et en celui de Nate.

Ils firent après le souper une partie d'échecs que Chess remporta haut la main, ce qui déplut profondément à lord Randall Standish. Si leur sortie du dimanche se révélait aussi décevante que cette soirée, il cesserait de perdre son temps avec cette petite provinciale. Mieux vaudrait accorder son attention à une femme de sa classe, sinon de son milieu, qui connaîtrait au moins les règles du jeu de la séduction.

35

Demeurée seule, Chess resta réfléchir au salon longtemps après le départ de Standish.

Foncièrement naïve, ignorante de certaines réalités de la vie auxquelles ses lectures n'avaient pu la préparer, Chess était cependant loin d'être idiote. Ses antennes avaient frémi en entendant Standish exprimer le désir de la revoir. Qu'il lui ait rendu visite par devoir, elle le comprenait. Qu'il se soit laissé forcer la main par Nathan pour l'accompagner au théâtre, elle l'admettait aussi. Mais alors, pourquoi l'invitait-il à déjeuner ? La simple courtoisie n'en exigeait pas tant, surtout envers une parente aussi éloignée. Chess s'expliquait encore moins qu'il soit revenu à la charge après son premier refus.

Lui faisait-il la cour ? Absurde ! pensa-t-elle. Elle avait quarante-trois ans et aucun homme n'avait jamais manifesté l'envie de flirter avec elle. Elle se savait dénuée de séduction, elle n'était pas le genre de femmes qui attire les hommes. Alors, pourquoi ces avances ? Voulait-il s'amuser d'une petite provinciale ? Rien dans son attitude ni ses propos n'avait pourtant donné à Chess l'impression qu'il la jugeait laide, sotte ou ridicule. Avec lui, au contraire, elle ne s'était jamais sentie aussi à l'aise — sauf à la fin de la soirée, quand elle avait eu l'étrange mais excitante impression qu'il l'admirait, au moins d'une certaine manière.

Non, Chess, se reprit-elle aussitôt. Sois franche avec toi-même : tu as compris qu'il te désirait, voilà ce qui t'a paru excitant — mais encore plus incompréhensible. Que peut attendre un homme comme lui d'une femme telle que moi ?

Plus Chess retournait ces pensées dans sa tête, plus elle analysait des fragments de conversation, des expressions, des regards afin d'y découvrir un indice, plus elle se perdait en conjectures — et plus la tentation de jouer avec le feu devenait forte. Randall Standish était sans contredit l'homme le plus mondain, le plus raffiné qu'elle eût jamais approché. Le plus beau, aussi : comment pouvait-on rester à la fois aussi svelte et aussi musclé ? Ce n'était pourtant plus un jeune homme. Ses tempes grisonnaient et un fin réseau de rides rayonnait autour de ses yeux — ses yeux topaze, comme des yeux de tigre...

Chess se força à réagir contre la périlleuse langueur qui l'envahissait peu à peu. Ses amis le surnommaient Méphisto. Cela devrait constituer un avertissement suffisant pour se tenir à l'écart d'un tel personnage. Mais supposons, même si c'est absurde, qu'il l'ait en effet trouvée séduisante. Quel mal y aurait-il à se sentir admirée, désirée ? Cela ne lui était jamais encore arrivé. Était-ce un crime de vouloir se croire désirable ? Rien que pour une fois, une seule petite fois ? Même en sachant que ce n'était pas vrai ?...

Eh bien oui, s'avoua-t-elle, j'en meurs d'envie ! Et je ne prends aucun risque puisque, de toute façon, il ne se passera rien.

Le lendemain samedi, Miss Ferncliff entraîna Chess à son pas de charge habituel dans les interminables couloirs de la Chambre des communes puis, après un frugal déjeuner, sous les voûtes gothiques de l'abbaye de Westminster où elle ne lui épargna pas une tombe des illustres personnages qui y reposaient de leur dernier sommeil. Chess, qui avait peu et mal dormi la nuit précédente, s'y serait volontiers couchée elle aussi en implorant la miséricorde divine.

Elle rentra au Savoy en traînant la jambe et répondit par un grognement de douleur au jovial salut de Nate. Pour la première fois de sa vie, elle fit une sieste d'une heure en plein après-midi. Au dîner, elle fut toutefois en état de prêter une oreille attentive au récit que lui fit Nate de l'heureuse issue de ses conversations avec son banquier.

— Je pars demain pour Manchester, conclut-il. Mes rendez-vous avec les dirigeants des principales filatures de coton sont déjà pris. Diversifier ses activités, Chess, voilà la clef du succès !

De saisissement, elle renversa son verre de vin. Tandis que trois serveurs effaçaient prestement les traces de l'accident, Nate l'assura qu'elle n'avait aucun souci à se faire. Il lui restait beaucoup de musées à visiter avec Miss Ferncliff et son cousin Standish, qu'il était allé voir, se disait trop heureux de lui rendre un léger service en veillant sur elle jusqu'à son retour.

— Ce garçon a le sens de la famille, tout s'arrange donc pour le mieux, affirma Nate avec un large sourire. Vous ne manquerez pas les pièces et les opéras que vous vouliez voir. D'ailleurs, je ne serai parti que quelques semaines, vous ne vous apercevrez même pas de mon absence.

Le dimanche, Standish vint la chercher dans un léger cabriolet qu'il menait lui-même. La banquette de cuir rouge était juste assez large pour eux deux et

Chess dut poser les pieds sur le gros panier d'osier dont il s'était muni.

— J'ai rarement vu un aussi beau temps, lui expliqua-t-il, nous pique-niquerons sur la lande.

Le soleil brillait, l'air frais et pur embaumait.

— Vous avez apporté de quoi nourrir une armée ! s'écria Chess quand il ouvrit le panier. Que me conseillez-vous parmi tant de merveilles ? Je meurs de faim.

— Goûtez à tout, c'est la meilleure méthode.

Elle n'eut pas besoin d'autre encouragement pour déguster avec gourmandise les œufs de caille et le chaud-froid de faisan, le caviar et les pâtés en croûte.

— Vous avez une miette au coin des lèvres, lui dit Standish à un moment. Je vais vous l'enlever.

Avant que Chess ait pu esquisser un geste, elle sentit sa bouche frôler la sienne. Il avait les lèvres douces et tièdes, la moustache soyeuse, ce qui l'étonna : les poils courts auraient dû la piquer. Mais tout s'était passé si vite qu'elle l'avait peut-être rêvé… Pourtant non. L'impression d'avoir été effleurée par une flamme persistait si bien qu'elle porta la main à ses lèvres.

— N'avez-vous jamais été embrassée par un homme moustachu ? lui demanda Standish d'un ton légèrement moqueur.

Étourdie, Chess le regarda dans les yeux. Le soleil à travers les branches l'auréolait de lumière.

— Jusqu'à cet instant, répondit-elle, aucun homme ne m'a jamais embrassée.

Il allait éclater de rire quand l'expression qu'il lut sur son visage lui noua la gorge. Jamais embrassée ? C'était par trop invraisemblable ! Pourtant, il comprit que c'était vrai. Pour la première fois de sa vie, il ne sut que dire à une femme. Il y eut un silence.

C'est alors qu'elle éclata de rire. Un rire joyeux, innocent, presque enfantin.

— Mieux vaut tard que jamais, n'est-ce pas ? Cela m'a beaucoup plu, Randall. Voulez-vous m'embrasser encore ?

Il s'agenouilla près d'elle, lui prit avec délicatesse le visage entre les mains, posa chastement ses lèvres sur les siennes. Il avait espéré de cette étonnante Américaine qu'elle lui apporterait le piment de la nouveauté. Or, ce qu'il découvrait allait plus loin que la simple nouveauté : il abordait un territoire totalement inconnu. Aurait-il peur ? se demanda-t-il, désarçonné.

— Merci, lui dit-elle poliment.

Du bout du doigt, il suivit le contour de ses joues, de son menton, de ses lèvres. Elle respirait plus fort, ses yeux gris se voilaient, ses paupières s'abaissaient à demi, sa bouche se tendait vers un nouveau baiser. Il retira sa main et se rassit un peu à l'écart. À l'évidence, elle était mûre, consentante, il savait comment parachever sa facile victoire. Il ignorait, en revanche, les conséquences qu'une telle victoire aurait sur elle — et sur lui.

— Vous savez où cela nous conduira, Chess.

Elle rouvrit les yeux, l'observa un instant.

— Je ne crois pas, Randall, répliqua-t-elle d'un ton sérieux. L'amour physique ne m'a jamais donné beaucoup de plaisir et je n'ai vraiment pas envie de coucher avec vous.

Malgré lui, il éclata de rire. Quand cesserait-elle de le surprendre ?

— Plus je vous découvre, plus je vous considère comme la femme la plus extraordinaire et la plus merveilleuse qu'il m'ait été donné de connaître.

Et je m'engage à vous faire changer d'avis sur les plaisirs de l'amour, s'abstint-il d'ajouter.

— Que voulez-vous au juste, Chess ? reprit-il après un bref silence.

— D'abord, beaucoup de baisers. Je voudrais aussi voir le Londres que ne décrit pas le Baedecker. Vous qui êtes londonien, voulez-vous me le montrer ?

Standish lui promit de satisfaire tous ses désirs.

Il commença le jour même en l'emmenant à Hyde Park, où ils se mêlèrent aux équipages qui paradaient dans les allées. Tout en distribuant saluts, sourires et coups de chapeau, Standish initia Chess aux rites de la promenade. Elle s'étonna que tant de gens se donnent tant de mal à changer de voiture et de costume en fonction des heures de la journée. S'ils voulaient s'aérer et prendre de l'exercice, pourquoi ne pas préférer Hampstead Heath, par exemple, où l'air était plus pur et l'espace moins compté ?

— On vient ici pour voir et être vu, ma chère. Pour montrer que nous existons. Pour snober les uns ou les autres, flirter, exhiber un nouveau cheval, une robe neuve, glaner de quoi alimenter les potins de salon. Nous-mêmes ferons dès ce soir l'objet de mille conversations, parce que personne ne vous connaît encore. Mais quand on me l'aura demandé, les visites et les invitations pleuvront. Tous ces gens, Chess, seront bientôt vos amis, disons plutôt vos relations.

Après cette promenade *fashionable*, Chess insista pour monter sur l'impériale d'un omnibus.

— J'en meurs d'envie depuis le premier jour mais Miss Ferncliff me l'a refusé d'un air scandalisé. Ce doit pourtant être très amusant de regarder de haut la circulation !

Ce moyen de locomotion étant strictement à l'usage du petit peuple, lord Randall ne l'avait jamais emprunté. Tenu par sa promesse envers Chess, il accepta néanmoins de satisfaire ce caprice et confia son attelage au chasseur du Savoy avant de se rendre à un arrêt d'omnibus sur le Strand. Tout le long du trajet, Chess battit des mains comme une enfant. Elle s'amusait tant de découvrir les rues sous cet angle inattendu qu'il se laissa gagner par son enthousiasme.

— Je crois qu'au fond de vous-même, ma chère Chess, vous êtes douée pour la vie de bohème, lui dit-il en riant quand ils furent revenus à leur point de départ.

— Qu'est-ce que cette bohème ?

— Vous le saurez demain. Je viendrai vous chercher à quatre heures pour aller prendre le thé chez des amis. Avec eux, tout se passe sans cérémonie.

Déjà engagé à dîner ce soir-là, il raccompagna Chess au Savoy. Quand elle lui tendit la main, il déposa au creux de sa paume un léger baiser qui lui fit l'effet d'une décharge électrique.

— À demain, murmura-t-il.

— À demain, répondit-elle en écho.

Le lendemain, après une soirée qui, pour la première fois, lui avait paru ennuyeuse et conventionnelle, Standish se présenta à quatre heures précises. Le quartier où ils se rendirent en fiacre ne ressemblait à rien de ce que Chess avait vu jusqu'alors. Les portes, les maisons elles-mêmes y étaient peintes de couleurs éclatantes.

— C'est ravissant, ici ! s'écria-t-elle.

— Disons plutôt… différent. Pour les artistes, la différence est signe de supériorité — ce qui est parfois vrai, d'ailleurs. Vous êtes vous-même si différente, ma chère, dit-il en lui effleurant les lèvres d'un baiser, qu'ils seront tous en adoration devant vous.

Le fiacre s'arrêta avant qu'elle ait pu répondre. Standish mit pied à terre, l'aida à descendre en lui prenant la main et ne la lâcha plus jusqu'à la porte ouverte d'une maison blanche.

Dans le vestibule, un homme corpulent en tunique de lin gris soutachée de turquoise se tourna vers eux. Son visage charnu paraissait empreint d'une tristesse qui se dissipa à la vue de Standish.

— Méphisto ! L'homme qu'il nous fallait pour égayer cette lugubre journée écrasée de soleil ! L'absence de nuages nous plongeait dans une accablante mélancolie, votre présence nous comblera de joie. Mais qui nous amenez-vous là ? Une apprentie diablesse, j'ose l'espérer ?

Standish poussa Chess vers leur hôte.

— Madame Richardson, mon ami Oscar Wilde.

Oscar Wilde ! L'auteur du *Portrait de Dorian Gray* ! Trop bouleversée pour réfléchir, Chess lui fit la révérence.

— Je suis une sincère admiratrice de vos écrits, monsieur Wilde, dit-elle en se relevant.

Wilde l'empoigna à deux mains par les épaules.

— Méphisto vous aurait-il soufflé ce compliment ? Non, à votre expression franche et candide, je vois qu'il n'en est rien. J'adore les Américaines mais j'en connais trop peu qui soient douées d'un jugement aussi merveilleusement sûr que le vôtre ! Entrez, très chère, venez rencontrer mes amis affligés d'une irrémédiable infériorité.

Il lui passa un bras autour des épaules et l'entraîna vers le salon, où Chess vécut pendant quelques heures la plus fabuleuse aventure de sa vie.

Une explosion de couleurs la cueillit dès le seuil de la pièce : le rouge vif des boiseries vibrait contre le jaune jonquille des murs, couverts de tableaux accrochés à des cordelières de soie bleue. Le plafond gris foncé était décoré d'arabesques dorées. Il y avait là une douzaine de personnes dont Chess ne put saisir les noms, Wilde entremêlant les présentations de commentaires débités à un train d'enfer. Les hommes étaient vêtus de manière moins extravagante que Wilde mais moins conventionnelle que Standish, dont la jaquette et le pantalon gris détonnaient. Deux femmes se drapaient dans des toges de soie à fleurs, une ravissante rousse avait les cheveux noués en une longue tresse lui tombant à mi-cuisse. Ils parlaient sans arrêt, échangeaient des injures sur le ton le plus affectueux, faisaient assaut de critiques acerbes sur des personnages inconnus de Chess. Leurs propos étaient si drôles et spirituels qu'elle en riait aux larmes.

Wilde entraîna Standish à l'écart.

— Vous êtes conscient, je pense, que le rire de votre cousine est un inestimable trésor méritant d'être recueilli dans un reliquaire du lapis-lazuli le plus pur afin d'être offert à la vénération des foules.

— Je n'aurais pu mieux l'exprimer moi-même, mon cher Oscar, répondit Standish d'un ton neutre.

— Vilain diable ! Sérieusement, Randall, vous

êtes un criminel de la laisser se vêtir de manière aussi déplorable.

— Que voulez-vous, Oscar, elle n'est pas de vos parasites aux affectations d'esthétisme.

— Injuste, Méphisto! Elle est aussi unique qu'un Piero della Francesca! Il faut l'arracher aux griffes des prétendues arbitres de la mode, leur mauvais goût ne pourra que la gâter. Emmenez-la donc chez mon ami Luther Witsell. Désespéré de ne pouvoir être peintre, il se console en jonglant avec des étoffes et des couleurs. Il la métamorphosera, j'en réponds.

Elle aimerait sûrement être belle, vous savez. Toutes les femmes en ont le désir.

— Je préférerais, je crois, qu'elle ne devienne pas trop belle, rétorqua Standish, pensif. Elle représente déjà un péril assez grand pour la paix de mon esprit.

— Pauvre diable, comme je vous plains! dit Wilde avec un sourire moqueur. Je lui recommanderai donc moi-même de se rendre au plus tôt chez Luther.

Avant que Standish ait pu réagir, Wilde le quitta pour courir au-devant d'un nouvel arrivant.

— George! Quelle intrépidité de vous montrer au grand jour! Jimmy Whistler débarque de Paris et compte rester une semaine. Ne le saviez-vous pas?

Chess ne comprit rien au dialogue entrecoupé de rires tonitruants qui suivit. Sur le chemin du retour, Standish lui expliqua que George du Maurier, jadis élève des Beaux-Arts de Paris, y avait partagé un atelier avec d'autres peintres parmi lesquels l'Américain Whistler. Après avoir collaboré plusieurs années au magazine satirique *Punch*, dans lequel son talent de caricaturiste l'avait rendu célèbre, George du Maurier avait décidé de devenir romancier et d'illustrer lui-même son premier livre.

— Je vous prêterai mon jeu d'épreuves, poursuivit-il. L'histoire est assez fantaisiste mais elle trace un tableau fidèle de ce qu'étaient il y a une trentaine d'années Paris, la jeunesse et la scène artistique de l'époque. George s'est malheureusement laissé emporter par son goût pour la satire. Il a fait de Whistler un portrait venimeux illustré par une fort méchante caricature, de sorte que Whistler interdit depuis un an la publication du livre et poursuit ce pauvre George en diffamation. Whistler est plus hargneux qu'une teigne mais il a du génie. J'ignorais qu'il fût à Londres en ce moment. Voulez-vous le rencontrer?

— Est-ce pour cela que nous sommes partis si vite? Je croyais que nous resterions à dîner.

Standish hésita. Était-il sincèrement inquiet d'une éventuelle métamorphose de Chess entre les mains de l'ami couturier d'Oscar? Ce serait indigne de lui. Pourquoi diable réagissait-il ainsi?

— J'apprécie beaucoup la bohème mais à petites doses, se borna-t-il à répondre. Allons dîner chez moi.

De fait, il avait décidé de parachever sa conquête de Chess ce soir-là. Il ne pourrait comprendre et maîtriser l'influence troublante qu'elle exerçait sur lui qu'après avoir exploré à fond son esprit aussi bien que son corps.

Chess déclina l'invitation. Elle se sentait lasse, lui dit-elle, et préférait rentrer au Savoy. Standish accepta son refus de bonne grâce. Il se rendait compte qu'il était fatigué, lui aussi. Se mettre au diapason des enthousiasmes de Chess avait de quoi épuiser les plus robustes.

36

En réalité, Chess n'était nullement fatiguée: elle avait peur. Son bref contact avec la bohème artistique avait éveillé en elle des sentiments qui la troublaient d'une manière qu'elle n'aurait su exprimer. Elle s'était trop facilement enivrée de cette atmosphère de défi dédaigneux envers la grisaille d'une société rigide, fondée sur des interdits et des obligations ; de cette célébration quasi païenne de la liberté individuelle ; du message implicite que chacun pouvait faire ce que bon lui semblait à condition que ce soit avec panache. Elle n'aurait jamais cru Randall, si sobre dans sa mise et si distingué dans son comportement, capable de souscrire à de tels principes.

Sauf quand il l'embrassait.

Elle doutait, désormais, de ne courir aucun risque en jouant avec le feu. Ces flammes lui inspiraient un attrait croissant qui l'effrayait.

Après s'être fait servir un dîner léger, Chess se plongea dans la lecture du Baedecker. Elle aurait voulu se préparer à visiter le musée de South Kensington avec Miss Ferncliff, mais son esprit ne cessait de la ramener à la National Gallery et à sa rencontre avec Randall. Il devait l'accompagner le lendemain soir au théâtre voir une comédie. Il aimait l'entendre rire, lui avait-il dit.

Avec un soupir, elle tourna les pages : … *stalles de chœur en chêne sculpté, datées de 1468, provenant de la cathédrale d'Ulm…* Que demain soir paraissait loin !

Ainsi que Randall le lui avait prédit, des cartes de visite avaient été déposées pour elle à la réception de l'hôtel pendant son absence, l'une au nom de la comtesse de Lepworth et deux au nom du comte. Miss Ferncliff eut un hochement de tête approbateur.

— La comtesse reçoit beaucoup, vous rencontrerez tout Londres chez elle.

La carte unique de la comtesse, précisa-t-elle, signifiait que Chess en était seule destinataire alors que l'une des deux déposées par le comte était destinée à son mari. L'étiquette exigeant qu'elle dépose à son tour sa carte chez les Lepworth, Miss Ferncliff poussa les hauts cris lorsque Chess exhiba ses cartes de visite illustrées.

— Elles font peut-être fureur en Amérique, mais à Londres ce serait du dernier commun ! Ici, il vous faut un simple rectangle de bristol blanc, ivoire à la rigueur, avec votre nom gravé en caractères italiques. Allons immédiatement chez Southwood, ce sont les meilleurs graveurs de la ville.

Chess accepta avec empressement.

— Puisque nous commençons par faire quelques courses, ajouta-t-elle, je voudrais passer par Theobald Road chez un couturier qu'un ami m'a recommandé.

Un billet manuscrit d'Oscar Wilde lui était parvenu avant le petit déjeuner. Elle l'avait précieusement enfermé dans son coffret à bijoux avec ses diamants.

D'emblée, Luther Witsell enchanta Chess et horrifia Miss Ferncliff. C'était un jeune homme fluet, trépidant, aux cheveux frisés teints d'une invraisemblable nuance orangée. Son atelier, installé dans un vaste grenier au cinquième étage, évoquait une caverne d'Ali Baba. Coupons et rouleaux d'étoffes de toutes les textures et de toutes les couleurs s'entassaient sur de longues tables, envahissaient les sièges, débordaient jusqu'sur le plancher.

— Oscar m'a déjà parlé de vous, annonça-t-il gaiement. Sa description ne pouvait être plus exacte ! Oui, je vois en vous tout ce qu'il m'annonçait — la beauté qui attend d'être révélée, le sublime trésor caché, les lignes... Ah, les lignes ! Je vous verrais en prune, en bleu nuit, en grenat — rien d'aussi ordinaire que le rubis...

Pendant les trois heures qu'il passa à la mesurer, à la draper dans des tissus, à crayonner des esquisses, Chess fut aux anges. Quand elle le quitta, elle n'avait pas la moindre idée de ce qu'il allait réaliser pour elle mais elle était sûre que cela ne ressemblerait à rien de ce qu'elle possédait dans sa garde-robe.

Miss Ferncliff, en revanche, ne se départit pas de sa réprobation muette jusqu'à Kensington, où elles arrivèrent à l'heure du déjeuner avec un retard considérable sur l'horaire prévu. Pendant qu'elles absorbaient un rapide en-cas au restaurant du musée, Chess se creusa la tête pour faire revenir un sourire sur le visage ulcéré de sa cicérone.

— J'aimerais beaucoup admirer les anciennes stalles de la cathédrale d'Ulm, dit-elle enfin.

Sa manœuvre remporta le succès escompté.

Après la débauche de couleurs régnant dans l'atelier de Luther Witsell, sa robe de soie bleu pastel parut bien fade à Chess, mais c'était celle qui lui allait le mieux. Elle lui dégageait les épaules à ravir et mettait son collier en valeur. Ellis, sa femme de chambre, la coiffa à la dernière mode et ne put s'empêcher de la complimenter sur sa beauté en lui plaçant sa cape sur les épaules. Le chasseur vint l'avertir que lord Randall Standish l'attendait dans le hall. La soirée s'annonçait sous les meilleurs auspices.

— Cette pièce était follement drôle, Randall! Je n'ai cessé de rire aux larmes, lui dit-elle dans le fiacre à la sortie du théâtre.

Il lui prit la main, déboutonna son gant, posa ses lèvres sur son poignet.

— J'ai grand faim, murmura-t-il, d'une des délicieuses omelettes aux truffes d'Escoffier. Pas vous?

— Je... je ne sais pas...

— Mais si, vous le savez.

Le cœur de Chess battait dans sa poitrine comme un oiseau qui cherche à s'évader de sa cage. Ils étaient si proches l'un de l'autre dans l'obscurité du fiacre qu'elle sentait son odeur masculine d'eau de toilette et de linge empesé. Son visage ne sortit de l'ombre que sous les vives lumières du porche du Savoy et sa ressemblance avec Méphisto lui parut alors si frappante, inquiétante et fascinante à la fois, qu'elle ne put retenir un frisson.

— Auriez-vous froid? demanda-t-il avec sollicitude.

Il se pencha pour rajuster sa cape. Chess frémit de plus belle lorsque ses doigts — à dessein ou par inadvertance? — lui effleurèrent le cou et les oreilles.

La porte de la suite refermée, Randall jeta son chapeau et ses gants sur une table, s'approcha derrière elle. En passant les bras autour de ses épaules pour lui dégrafer sa cape, il posa les lèvres sur son cou, fit lentement glisser sa bouche le long de ses épaules nues. Elle sentait la chaleur de ses mains autour de sa taille

— Retournez-vous, mon amour, lui chuchota-t-il à l'oreille. Je veux embrasser vos lèvres.

Serrée dans le cercle de ses bras, elle se tourna vers lui, le visage levé, la bouche offerte. Une douzaine de baisers plus tard, il posa les mains sur sa tête, défit les peignes et les épingles qui retenaient sa coiffure. Ses cheveux glissèrent et retombèrent en longues mèches sur les épaules de Chess.

— Un rideau de soie et de fils d'or, murmura-t-il entre de nouveaux baisers. Ne permettez jamais plus à un fer de profaner une telle merveille.

Les yeux clos, elle entendit le froissement de ses jupons quand il la souleva dans ses bras et la déposa sur le lit. Elle voulut dire non ; ce fut un gémissement suivi d'un cri de plaisir qui lui échappa lorsqu'il dégrafa son corsage et qu'elle sentit sur sa poitrine nue le contact de ses mains. D'instinct, son corps se tendit vers lui.

— Dieu vous a créée pour toutes les voluptés, mon cher amour, dit-il avec un petit rire étonné et ravi. Je vous rendrai très, très heureuse, je vous le promets.

Chess perdit alors toute notion du temps et de la réalité. Elle croyait tour à tour se noyer et s'envoler, elle brûlait, elle frémissait, elle exigeait toujours plus. Son corps s'étirait, se tournait, s'offrait de lui-même aux caresses de Randall. Avec une maîtrise confondante, il sut provoquer ses désirs et les combler jusqu'à l'extase. Puis, sans lui laisser le temps de reprendre pied sur terre, le plus léger contact de ses mains et de ses lèvres la renvoya vers un nouveau sommet.

— Je ne peux plus, gémit-elle.

— Mais si, mon adorable, ma merveilleuse libertine. Tu t'envoleras cent fois, mille fois jusqu'aux étoiles.

Peu lui importait le nombre de fois. Elle n'aspirait qu'à revivre ces affolantes sensations d'une passion qui culminait dans l'explosion du désir comblé.

Lorsque l'orage enfin s'apaisa, il alla lui chercher un verre d'eau fraîche et lui souleva tendrement la tête.

— Je ne savais pas…, soupira-t-elle.

— Bois, mon amour. Après, dors, repose-toi et nous ferons de nouveau l'amour.

Avant même d'avoir pu lui répondre, elle avait sombré dans un bienfaisant sommeil.

S'ouvrit alors pour Chess le temps de tous les vertiges. Elle était sûre d'avoir découvert le secret de la vie et la vraie raison de sa présence sur Terre — être aimée, embrassée, caressée. Le moindre détail prenait pour elle une intensité insoupçonnée. Les couleurs, les odeurs, le vent, le soleil, la pluie devenaient des miracles dont il fallait savourer la perfection. Ses sens acquéraient une acuité toujours plus vive dans l'attente des étreintes de Randall. Si elle l'avait pu, elle aurait consacré vingt-quatre heures par jour à l'amour ; comme c'était impossible, les heures passées loin de lui attisaient son avidité pour les instants magiques où ils se retrouvaient enfin ensemble — et seuls.

Quand ils n'étaient pas seuls, leur passion créait entre eux un courant électrique si puissant que Chess ne pouvait le croire invisible aux autres. Pendant une visite au zoo, elle fut même persuadée de la réalité de ces ondes car les animaux s'approchaient comme s'ils les percevaient d'instinct.

Ce jour-là, n'y tenant plus, ils écourtèrent leur

promenade pour aller chez Randall. Il habitait un récent ensemble résidentiel, les Albert Mansions, où il occupait un vaste appartement au décor sobre jusqu'à l'austérité — à l'exception de la chambre à coucher. Les murs et le plafond bleu nuit étaient parsemés d'étoiles d'argent, les piliers du lit monumental sculptés d'effigies de divinités grecques et romaines chaussées de sandales dorées.

Standish présenta Chess à son frère David et à sa belle-sœur Hermione. Faisant partie de la famille, elle eut droit à leurs lamentations — dont elle eut la sagesse de ne pas s'offusquer — sur la longévité de leur père qui leur infligeait une interminable attente avant de pouvoir hériter des terres et du titre. Elle rencontra aussi James Whistler et, en sa qualité d'Américaine, dut subir avec le sourire ses récriminations sur les épreuves des exilés et les préjugés antiaméricains des Européens.

Oscar Wilde la rendit célèbre en venant la voir au Savoy vêtu d'une redingote vert pomme. Luther Witsell lui confectionna des toilettes si extraordinaires que toutes les femmes la supplièrent de lui révéler le nom de l'artiste. Désormais familiarisée avec le protocole des cartes de visite, elle passa ses après-midi à recevoir ou à être reçue et fut bientôt à tu et à toi avec les marquises, les comtesses et les simples ladies. Tous les soirs, elle allait applaudir un opéra à Covent Garden ou une pièce de théâtre dans le West End, dîner chez les Rothschild, souper chez les Asquith. C'était la vie que sa mère avait menée, la vie qui aurait dû être la sienne si la guerre de Sécession n'avait pas eu lieu. Chess s'y épanouissait chaque jour davantage.

Plus et mieux encore, elle avait Randall et ses étreintes passionnées — le matin, le soir ou même au milieu de la journée s'il y avait un battement entre deux visites. Chaque minute de son temps libre, Chess la consacrait à sa découverte inlassable des prodiges de l'amour.

La grève des fiacres ayant éclaté le lendemain de sa

première nuit avec Randall, elle en avait profité pour se libérer de Miss Ferncliff. Depuis, quinze jours s'étaient à peine écoulés qu'elle s'étonnait d'avoir voulu visiter tout ce que décrivait le Baedecker. Londres était une ville faite avant tout pour l'amour et les plaisirs de la Saison, tous ceux qui l'entouraient pensaient de même. Maintenant qu'elle connaissait le subtil plaisir d'échanger un regard complice avec Randall au cours d'un bal ou d'une réception, elle savait distinguer chez d'autres couples l'existence de liens identiques. C'était l'amour et rien d'autre qui faisait tourner la Terre — du moins à Londres au mois de mai.

Chess était en retard, Randall l'attendait dans le hall mais elle devait prendre le temps de se changer : ses nouvelles amies seraient scandalisées de la voir l'après-midi dans une tenue de matinée. Tout à l'heure, pensa-t-elle, ils auraient peut-être le temps de faire l'amour entre l'exposition florale et le thé chez Daisy Merton. Ses joues rosirent de plaisir. Le soir, ils n'avaient prévu ni dîner ni réception. La nuit entière serait à eux. Quel bonheur !

L'exposition de la Société royale d'horticulture était placée sous le haut patronage de la duchesse de Fife.

— Votre Altesse et une révérence, souffla Randall à l'oreille de Chess pendant que la duchesse s'approchait, flanquée de deux dames d'honneur.

— Randall, quelle surprise ! s'écria la duchesse. Je dois rendre hommage à votre habileté. Comment élevez-vous des fleurs dans les cours pavées des Albert Mansions ?

La duchesse était une jeune femme replète, dont la bonne grâce et le sourire éclipsaient le peu de beauté.

Standish s'inclina respectueusement.

— C'est fort simple, Votre Altesse. Je demande au fleuriste de les déposer sur le perron et je les monte moi-même jusque chez moi.

— Je n'en attendais pas moins de votre sens de l'humour, dit la duchesse avec un large sourire.

— Votre Altesse me permettra-t-elle de lui présenter ma cousine d'Amérique ?

Chess salua et fit sa révérence de cour comme si elle avait passé sa vie à rencontrer des altesses royales.

La princesse Louise était la fille du prince de Galles, lui expliqua ensuite Randall. Il espérait sincèrement que le duc de Fife était aussi brave homme qu'on le prétendait, car il la connaissait depuis sa plus tendre enfance et elle avait toujours été la meilleure personne du monde.

— Chercheriez-vous à m'impressionner, Randall ?

— En quelque sorte. L'êtes-vous ?

— En quelque sorte...

Ils rirent à l'unisson en échangeant un regard qui n'avait pas besoin de mots pour traduire ce qu'il exprimait.

— Rentrons à l'hôtel, suggéra Chess.

— Non, allons chez moi. Le Savoy sera plein de gens de la Société d'horticulture.

Leur voiture fut bientôt engluée dans un gigantesque embouteillage.

— Ah, diable ! s'exclama Randall. J'avais oublié ces maudites débutantes.

Les débutantes étaient présentées à la reine au cours de réceptions d'après-midi. Les femmes devaient toutes y venir en tenue de soirée et arborer leur panoplie complète de colliers, de bracelets, de boucles d'oreilles, de diadèmes ou de couronnes appropriées à leurs titres. Les interminables files d'attente qui se formaient devant le palais offraient, des heures durant, les infortunées débutantes à la curiosité des badauds, accourus afin de profiter du spectacle.

— Eh bien, descendons et marchons un peu, Randall ! La voiture n'aura pas bougé quand nous y reviendrons. Moi aussi, je veux voir tous ces bijoux.

— Vous êtes incorrigible ! Que vais-je faire de vous ?

— Voulez-vous vraiment que je vous le dise en public ?

Leur éclat de rire fit se retourner les passants.

Beaucoup plus tard, comblés et détendus, Randall lui demanda si elle aimerait être présentée à la Cour.

— Les présentations ne se limitent pas aux débutantes. Hermione se ferait sûrement un plaisir de vous parrainer.

— Laissez-moi y réfléchir. Il est beaucoup plus amusant de regarder que d'être regardée.

— Décidez-vous vite, Hermione a les réflexes lents.

— Moi pas ! répondit-elle en lui mordillant l'oreille.

Elle n'eut pas besoin d'en dire davantage. Ils ne pouvaient se rassasier l'un de l'autre.

37

Chess avait presque oublié l'existence de Nathan. Grisée par le tourbillon des mondanités de la Saison, obsédée par sa découverte insatiable du plaisir, elle avait perdu toute notion du temps et de la réalité depuis son départ, trois semaines auparavant. Elle se demandait avec étonnement qui était l'homme apparu à la porte du salon quand sa lucidité, revenue d'un seul coup, la fit brutalement retomber de son nuage. Ce rustre au sourire béat et au visage criblé de taches de son n'était autre que son mari. Le rêve était fini. Elle avait envie de pleurer.

Affolée, elle se sentit rougir. Se trahissait-elle, la soupçonnait-il déjà ? Nathan était trop intelligent et trop au fait de ce genre de choses pour n'avoir pas de soupçons. Qu'allait-il faire, qu'allait-il dire ?

Ce fut Standish qui sauva la situation.

— Ah, Nate! Enchanté de vous revoir! Si vous étiez revenu un peu plus tôt, vous auriez pu nous accompagner à une pièce de théâtre remarquable. Mais racontez-nous plutôt votre voyage d'affaires. Content du résultat?

Tout en parlant, il prit Chess par le bras et la dirigea d'une main ferme vers un fauteuil où elle se laissa tomber plutôt qu'elle ne s'assit.

— Je n'ai pas obtenu ce que je voulais mais je n'aurais manqué ce voyage pour rien au monde! répondit Nate avec un sourire toujours aussi épanoui. Saviez-vous qu'ils avaient construit là-bas un canal absolument incroyable?...

Sur quoi, il enchaîna sur la description des merveilles techniques qu'il lui avait été donné d'admirer.

Chess écoutait distraitement en le haïssant de toutes ses forces. Pourquoi revenait-il lui gâcher sa vie? Il aurait dû rester à Manchester admirer son maudit canal et ses précieuses machines au lieu de l'arracher du septième ciel! Et pourquoi, surtout, pourquoi l'avait-il laissée vieillir en lui cachant la vérité sur le plaisir? La mort serait pour lui un châtiment trop doux!

Sans se tourner vers elle plus souvent que la simple politesse ne l'exigeait, Standish observait Chess avec inquiétude. Il la savait incapable de dissimulation et trop encline à réagir avec excès. Sa franchise et sa spontanéité, qui comptaient parmi ses plus grands charmes, seraient désastreuses dans les circonstances présentes. Heureusement, au bout d'une demi-heure de monologue enthousiaste, Nate se déclara fatigué par son long voyage et se leva.

— J'ignorais tout de cette grève des fiacres, j'ai dû venir à pied de la gare en portant mes bagages. À demain.

— Bonne nuit, Nate, reposez-vous bien, dit Standish.

Il lança un regard impérieux à Chess pour lui ordonner de se ressaisir.

— Bonne nuit, Nathan, parvint-elle à articuler.

La porte à peine refermée, elle se précipita dans les bras de Randall et se pendit à son cou.

— Mon Dieu, qu'allons-nous faire ?

— Chut ! Tout va bien, dit-il en lui dénouant les bras avec douceur mais fermeté. Il n'y a rien de changé, mon amour, nous devrons simplement prendre désormais quelques précautions. Quoi de plus naturel que ton cousin cherche à rendre ton séjour à Londres aussi agréable que possible ? Nous sortirons ensemble comme à l'accoutumée et nous nous ménagerons des moments de tranquillité, voilà tout. Ce ne sera pas si difficile, crois-moi, mais il faut éviter à tout prix de commettre une gaffe irréparable. Une franchise excessive peut avoir de graves conséquences et la confession n'est pas un bon remède pour l'âme. Tu dois te maîtriser et garder ton sang-froid, comprends-tu ?

Chess fondit en larmes.

— Embrasse-moi, Randall ! Je ne peux plus vivre sans tes baisers.

— Assez ! Tu es une femme, pas un enfant, la rabroua-t-il avec une froideur qui la fit taire de saisissement.

Il ne lui avait jamais encore parlé sur ce ton. Désarçonnée, elle leva vers lui un regard implorant, plein de la crainte de lui déplaire.

— Voilà qui est mieux, reprit-il d'un ton adouci. Je ne veux pas moi non plus te perdre si vite, Chess. Seras-tu capable de faire ce qu'il faudra pour que nous puissions continuer à nous aimer ?

Elle hocha la tête en reniflant.

— En es-tu sûre ? Puis-je avoir confiance en toi ?

— Oui.

— Bien. Je passerai te chercher demain à une heure pour aller à l'exposition de l'Académie royale de peinture. Tu inviteras ton mari à nous accompagner afin de préserver notre image de famille unie et heureuse. Nous déciderons de notre emploi du temps quand nous connaîtrons le sien. D'ici là, il ne devra à aucun prix remarquer de différence dans vos rapports. Cela est essentiel. As-tu compris?

— Oui.

— C'est bien. Je viendrai donc à une heure — avec une voiture plus logeable, ajouta-t-il avec un sourire.

Il prit son chapeau, ses gants, s'apprêta à se retirer.

— Randall! s'écria-t-elle.

D'un regard, il la rappela à l'ordre.

— N'as-tu pas même envie de me souhaiter bonne nuit par un dernier baiser? demanda-t-elle à voix basse.

— Plus que tout au monde, mon amour.

Il reposa ses affaires, la serra dans ses bras.

— N'oublie pas, lui murmura-t-il à l'oreille avant de se dégager, n'oublie pas qu'il suffit d'être discrets pour ne rien compromettre.

Chess s'évada en sombrant aussitôt dans un profond sommeil dont elle émergea avec peine, tant elle redoutait l'instant d'affronter la réalité — et Nathan.

Il buvait du café en lisant le journal au salon.

— Bonjour, paresseuse! s'exclama-t-il gaiement. J'ai déjeuné il y a plus d'une heure. Que voulez-vous manger? Je passerai la commande par le tube acoustique.

Chess eut honte d'elle-même. Face au bouleversement de sa vie, une femme normale aurait dû perdre l'appétit. Or, elle mourait de faim. La veille au soir, avant le retour inopiné de Nathan, Randall et elle n'avaient avalé en tout et pour tout que du champagne et des fraises.

— Ma foi... Des œufs brouillés, du saumon poché... Des toasts et du café, bien sûr...

Elle découvrit avec soulagement qu'elle pouvait parler à Nathan comme si rien n'avait changé entre eux parce que, de son côté, il était resté semblable à lui-même. Elle le retrouvait aussi impeccable et soigné de sa personne — aurait-elle oublié ses longs séjours dans la salle de bains? — et toujours aussi débordant de projets et de vitalité.

Non, lui dit-il, il n'était pas question qu'il aille

regarder des tableaux parce que, depuis qu'il les avait commandés, ses complets devaient être prêts. Il comptait donc se rendre chez son tailleur et compléter sa garde-robe avec tous les accessoires dont il aurait besoin pour être sur le pied de guerre avant d'entamer le lundi matin ses entretiens avec les industriels du tabac.

— Je me réserve la journée de demain pour préparer mes dossiers et revoir mes chiffres, poursuivit-il. Je ne regrette pas, tout compte fait, d'avoir commencé par les filateurs. Cela ne m'a mené à rien mais j'ai au moins appris comment les Anglais font des affaires ou, je dirais plutôt, n'en font pas. Je saurai maintenant comment m'y prendre avec les gens des cigarettes.

Sur quoi, il se lança dans une nouvelle description dithyrambique du fameux canal dont les sections aériennes franchissaient des routes et des voies de chemin de fer.

— Je vous entends déjà jeter les hauts cris à l'idée que j'en ferai autant avec notre rivière ! conclut-il en riant. Mais soyez tranquille, je me contente cette fois d'admirer de loin. Et vous, Chess ? Vous êtes-vous bien amusée pendant mon absence ? Racontez-moi.

Elle s'étonna que les tasses ne cliquettent pas dans les soucoupes au rythme des battements de son cœur.

— Moi ? Je me suis beaucoup amusée, commença-t-elle d'une voix mal assurée. Avant la grève des fiacres, Miss Ferncliff a eu le temps de m'emmener dans presque tous les musées. L'un d'eux est d'ailleurs consacré aux machines, on y voit d'anciennes locomotives et la première machine à vapeur de James Watt. Vous devriez le visiter...

Dans la crainte de se trahir en disant n'importe quoi avec trop de précipitation, elle s'interrompit et but lentement du café, le temps de reprendre contenance.

Nate fit une moue de dédain à l'idée de voir un

ramassis de machines démodées Il lui fallait du neuf.

— J'irai peut-être, répondit-il sans conviction. Vous avez une jolie robe. J'aime beaucoup ce ton de violet.

Chess sourit pour la première fois.

— Il faut dire *prune*, Nathan, pas violet. J'ai un nouveau couturier, un personnage absolument extraordinaire que m'a recommandé Oscar Wilde.

— Ah, oui ? fit-il d'un air dubitatif.

— Oscar Wilde est un écrivain mondialement célèbre, voyons ! Randall m'a emmenée prendre le thé chez lui avec des artistes, des écrivains, des peintres. J'ai même les épreuves d'un livre qui n'est pas encore publié.

Cette fois, Nate se montra intéressé. S'il ne lisait par goût que des ouvrages techniques et économiques, les écrivains lui inspiraient du respect car il les considérait comme des créateurs, comparables aux inventeurs mais avec moins de sens pratique. Le voyant attentif, Chess lui décrivit la personnalité de George du Maurier, ses démêlés judiciaires avec James Whistler et elle s'anima à mesure qu'elle évoquait les autres hôtes d'Oscar Wilde, leurs extravagants accoutrements et leur mode de vie excentrique.

Nate prit à son récit un plaisir évident.

— J'espère que vous n'aurez pas l'idée de peindre nos cheminées en rouge vif ! dit-il en riant. Au fait, avez-vous trouvé ce que vous cherchiez en ce qui concerne les meubles anciens, les bibelots et je ne sais quoi encore ?

Chess en fut interloquée. Elle avait complètement oublié Harefields.

— Non. Il est presque impossible de dénicher des antiquités, parvint-elle à répondre. J'aurais dû demander à Randall mais j'avoue que je n'y ai pas pensé.

— Charmant garçon, votre cousin. S'est-il bien occupé de vous, au moins ?

— Oui, oui, il est très dévoué.

Elle se sentit rougir à tel point que cela ne pouvait échapper à Nathan. Se trahir de manière aussi bête ! Elle se serait donné des gifles...

Nate remarqua en effet sa rougeur mais, connaissant l'efficacité de Chess dans tout ce qu'elle entreprenait, il l'attribua à l'humiliation d'avoir échoué dans ses achats de mobilier. Il ne lui serait jamais venu à l'idée qu'elle pût avoir une liaison coupable avec un homme. Dans son esprit, Chess éprouvait toujours le même profond dégoût pour tout ce qui touchait à la sexualité.

Rassurée par son calme, Chess cessa de rougir.

Randall arriva dans une élégante victoria, avec cocher et valet de pied en tenues bleues à parements rouge foncé — la livrée Standish, dit-il à Chess. L'équipage appartenait à son frère David.

Intimidée par la présence des domestiques, Chess lui parla si bas qu'il dut tendre l'oreille pour l'entendre.

— Nous ne sommes pas obligés de voir cette exposition. Si nous nous rendions plutôt directement chez toi ?

— Non, nous irons d'abord à l'Académie, répondit-il sans baisser la voix, assuré de la discrétion des serviteurs. Il faut avoir vu les tableaux pour être capable d'en parler.

— J'en ai vu des reproductions dans les magazines illustrés. Ils sont plus laids les uns que les autres.

— Tu as très bon goût, ma chérie, mais tout le monde se croit obligé d'y aller et d'en parler ensuite sans rien y comprendre, répliqua-t-il en souriant. Évitons de sombrer dans le même ridicule. Ne boude pas, voyons, nous avons tout l'après-midi devant nous.

Chess découvrit que le temps qui leur était dorénavant mesuré ajoutait à leur passion un piment inconnu.

— C'est bien pourquoi les liaisons sont si délicieuses, confirma Randall. Le danger d'être démasqué en est un autre. Parviens-tu à prendre sur toi comme il faut ?

— Oui. Je suis sûre que Nathan ne se doute de rien.

— Tant mieux, veille à ce que cela continue. Au fait, ajouta-t-il, j'aimerais que ton mari et toi m'invitiez à dîner demain soir. Il y aura au Savoy un gala théâtral que nous ne devons manquer pour rien au monde.

Le hasard réunissait en effet au Savoy les plus grandes *prime donne* de la Terre, lui expliqua-t-il. La Patti et la Melba y représentaient l'opéra, Sarah Bernhardt, Réjane et Eleonora Duse le théâtre, sans compter peut-être quelques autres étoiles de première grandeur décidées à ne pas se laisser éclipser.

— Leurs entrées respectives dans la grande salle à manger feront pâlir les mises en scène de Covent Garden. Chacune voudra démontrer qu'elle est la plus sublime au monde. Mais le spectacle le plus distrayant sera sans doute de voir comment le pauvre César Ritz jonglera pour accorder à chacune le traitement spécial qu'elle exigera.

Lorsque Randall ramena Chess à son hôtel, Nate y était environné des boîtes et des emballages de sa nouvelle garde-robe. Deux caisses, plus imposantes, contenaient les cigarettes arrivées d'Amérique.

Randall ne put s'empêcher de rire de la décoration spéciale des cigarettes destinées au prince de Galles.

— Il faut les lui porter au plus vite. Restez libres demain. Bertie meurt toujours d'ennui le dimanche, cela le ressuscitera. Je m'en occupe et je vous préviendrai.

Le lendemain dimanche, la victoria Standish transporta Randall, les Richardson et les cigarettes dans un coffre d'acajou au palais de Marlborough, résidence londonienne de Son Altesse royale Albert Edward, prince de Galles et héritier du trône d'Angleterre. Standish et Nate portaient pour la circonstance les complets à veston court et pantalon rayé récemment mis à la mode par le prince. Chess arborait une de ses nouvelles toilettes d'après-midi à manches gigot et traîne courte, coupée dans un chintz grenat qui tranchait sur les habituels organdis aux tons pastel.

— Je vous supplie, chère madame, de me révéler qui a créé ce charmant ensemble, lui dit la princesse Alexandra.

— Un jeune couturier du nom de Luther Witsell, Votre Altesse. Tout le monde me le demande mais vous êtes la première à qui je le dévoile.

— Je vous promets de n'en souffler mot à âme qui vive. Ayez la bonté d'écrire son nom et son adresse, dit la princesse en faisant signe à une dame d'honneur d'aller chercher une plume et du papier.

Le coffre de cigarettes eut l'effet escompté. Le prince serra chaleureusement la main de Nate et lui appliqua une claque amicale sur le dos.

— Ainsi, c'est grâce à vous que tout Londres s'est amusé pendant deux ans aux dépens de ce pauvre Standish! Mes compliments, Richardson, il avait grand besoin qu'on lui rabatte un peu le caquet. Votre ami me plaît, Méphisto, ajouta-t-il avec un clin d'œil à Randall. Présentez-le à la Cour mardi prochain, que nous ayons plus souvent l'occasion de le voir. Êtes-vous chasseur, Richardson? reprit-il en se tournant de nouveau vers Nate.

— Je ne tire que sur le gibier et sur mes ennemis, Votre Altesse.

— Beau programme! J'aimerais pouvoir en dire autant, mais la chasse aux ennemis reste malheureusement interdite. Avez-vous du faisan dans votre partie du monde?

— Assez peu, mais beaucoup de perdrix.

— Délicieux gibier. Mon préféré, entre nous. Ravi de vous connaître, Richardson, dit le prince dont le regard se détournait déjà vers une jeune femme qui venait d'arriver.

Nate comprit que l'entretien était clos et se retira.

— Que pensez-vous de notre prochain roi? lui demanda Standish sur le chemin du retour.

— Un brave homme tout simple, à première vue, mais je ne me risquerais pas à mettre sa patience à l'épreuve.

— Excellent jugement, dit Standish en riant.

— Je pourrai me vanter de cette visite jusqu'à la fin de mes jours, commenta Chess, j'en suis ravie, mais elle me suffit amplement. Ma décision est prise, Randall, je préfère me dispenser d'être présentée à la Cour.

— Moi aussi, renchérit Nate.

— En ce qui vous concerne, Nate, intervint Randall, je crains que vous n'ayez pas le choix. Le prince a demandé que vous soyez présenté mardi, ses désirs sont des ordres.

Nate se rembrunit.

— Je n'aime pas beaucoup recevoir des ordres.

— Vous n'êtes pas le seul mais il faut parfois savoir faire contre mauvaise fortune bon cœur.

— Nathan en culotte et bas de soie? intervint Chess qui éclata de rire à cette perspective. Jamais il ne s'y résoudra!

— Et pourquoi pas, puisqu'il le faut? répondit Nate. J'ai déjà acheté un tas de déguisements, ma présentation à la Cour fera sûrement grosse impression sur les gens du tabac. Vous faites partie de la famille, Randall, vous allez m'aider. Où trouver si vite ces drôles de pantalons?

— Pour ma part, je me contente de les louer, on s'en sert si rarement qu'il est inutile de les acheter. Je vous accompagnerai demain chez mon costumier. Si cela peut vous consoler, je serai obligé de subir moi aussi cette corvée puisque je suis votre parrain.

Leur conversation se poursuivit entrecoupée de rires. Chess les observait, choquée malgré elle de voir son mari et son amant se comporter comme une paire d'amis.

À l'heure du dîner, la représentation à grand spectacle annoncée par Standish dépassa les mises en scène les plus folles. Chaque vedette fit son entrée dans la grande salle à manger du Savoy entourée de ses courtisans.

Sarah Bernhardt apparut dans une robe sertie d'un nombre si considérable de pierres précieuses qu'elle aurait pu tenir seule debout. Celle d'Eleonora Duse, qui incarnait au théâtre *La Dame aux camélias*, était couverte de ces fleurs. Nelly Melba, qui devait tenir le même rôle à l'opéra dans *La Traviata* la semaine suivante, avait relevé le défi par des broderies de perles en forme de camélias ; deux pages vêtus de soie blanche portaient sa traîne. Adelina Patti, sa rivale, s'offrit à l'admiration du public drapée dans une cape en plumes de paon. Elle la jeta d'un geste désinvolte dans les bras d'un jeune et bel Italien afin de dévoiler sa robe ornée des mêmes motifs — non pas en vraies plumes mais en pierres précieuses. Un paon rôti, revêtu de ses plumes, fut aussitôt servi à sa table. Quant à Réjane, elle entra en courant presque, comme si des admirateurs trop empressés la pourchassaient. Sa robe était couverte de plumes d'autruche bleues, chacune sertie de saphirs et de diamants assortis à ses bracelets qui lui montaient jusqu'aux épaules.

Randall avait retenu une table placée derrière une rangée de palmiers en pots, de sorte qu'ils puissent voir sans être vus. C'était une sage précaution car Nate pleurait de rire et s'étranglait dans son champagne.

— Seigneur ! s'exclama tout à coup Standish. Pauvre César Ritz, rien ne lui sera épargné ! Voici Lilly Langtry.

Chess se pencha pour mieux voir.

— Est-elle ?…

— Elle *était* la maîtresse du prince, précisa Randall, et elle l'est restée beaucoup plus longtemps que les autres. Son règne achevé, il en a fait une actrice.

Fort belle femme elle aussi, Lilly Langtry se singularisait par la simplicité de sa toilette. Le flamboiement de sa chevelure rousse suffisait à attirer les regards — moins cependant que son décolleté, qui dévoilait de manière affolante ses légendaires appas.

— Croyez-vous qu'ils vont s'échapper? murmura Chess.

Ses deux compagnons affectèrent une mine offusquée malgré leur forte envie de rire. Tout le monde dans la salle se posait la même question — ainsi que Mme Langtry en avait eu précisément l'intention.

Aucun des dîneurs présents au Savoy ne conserva le souvenir de ce qu'il avait eu dans son assiette ce soir-là. L'événement fit, des jours durant, le bonheur de la presse londonienne. Quant aux plats créés par Escoffier en l'honneur de ses illustres clientes, ils allaient faire le tour du monde. On signala même, dix ans plus tard, que des pêches Melba figuraient au menu d'un repas de noces dans une bourgade du Texas baptisée... Langtry.

38

Chess savait que sa rancune envers Nathan était injustifiée. Mais elle avait beau se répéter qu'il n'y était pour rien si le prince de Galles lui imposait d'être présenté à la Cour, elle ne pouvait maîtriser sa colère: Randall allait passer deux jours avec *lui* au lieu de les passer avec *elle*!

Le lundi, gris et pluvieux, s'accordait à son humeur. Après que le groom fut venu avertir Nathan que lord Randall l'attendait dans le hall, Chess écrivit à Gussie et à Edith Horton, mais la plume lui tomba des mains aussitôt après. Randall lui manquait trop cruellement. La veille, pour la première fois depuis le début de leur liaison, elle n'avait pas fait l'amour avec lui. Il en irait de même aujourd'hui et demain. Et ensuite ? Quand pourraient-ils enfin être de nouveau seuls ensemble ? C'était affolant. Insoutenable.

Au comble de l'énervement, elle fit les cent pas jusqu'à ce qu'on l'informe que la voiture retenue par M. Richardson pour la durée de leur séjour était arrivée. Elle fit dire au cocher de l'attendre. Pluie ou pas, elle n'était pas d'humeur à rester enfermée seule avec ses pensées.

Un peu rassérénée grâce à la liste de huit antiquaires fournie par le concierge, elle rentra à l'hôtel au début de l'après-midi plus frustrée que jamais et affligée d'une forte migraine. Les antiquaires ne vendaient que des meubles français, le plus souvent dorés, et disaient tous la même chose : faute d'acheteurs pour des meubles anglais du siècle précédent, ils ne se donnaient plus la peine d'en chercher et elle avait fort peu de chances d'en découvrir.

Entre-temps, Nate était revenu de chez le costumier.

— Mangez quelque chose, votre migraine passera, lui conseilla-t-il. Nous nous occuperons de tout cela quand vous irez mieux, ajouta-t-il en montrant un plateau où s'amoncelaient des enveloppes, armoriées pour la plupart.

Leur visite au palais de Marlborough, dont la nouvelle s'était répandue comme une traînée de poudre, leur valait déjà dix-huit invitations.

— Seigneur ! s'exclama Chess. Il faut me changer le plus vite possible. J'ai le pressentiment que ces dames vont débarquer en masse.

Il en vint trente-sept. Par bonheur, elles respectèrent scrupuleusement la règle du quart d'heure de sorte que la rotation des visiteuses s'effectua sans anicroches et que le salon ne manqua pas de sièges.

Entre deux réponses sur l'identité des personnes présentes chez les Galles et la toilette de la princesse, Chess parvint à glisser quelques questions sur les antiquités anglaises. Au bout de trois quarts d'heure, sa migraine avait reparu, plus forte que jamais, mais Chess avait au moins obtenu l'adresse de trois boutiques susceptibles de posséder des meubles Chippendale.

— Une maigre moisson, dit-elle à Nate après le départ de la dernière envahisseuse, mais c'est mieux que rien. J'irai dès demain matin. L'après-midi, pendant que vous serez au palais, je rendrai des visites. C'est plus long mais moins épuisant que d'en recevoir.

Elle voulait surtout aller chez Hermione pour le seul plaisir de prononcer le nom de Randall sans risquer de se trahir, ce qu'elle n'osait pas faire avec Nate.

Le lendemain matin, rentrée à nouveau bredouille, abattue et en proie à une nouvelle migraine, elle fut guérie par miracle : Randall était là.

— Nate finit de s'habiller, la prévint-il.

Il lui donna un rapide baiser et lui effleura les seins du bout des doigts. Quand Nate entra, resplendissant en habit de brocart vert, culotte et bas de soie blancs, ils se tenaient chacun à un bout du salon.

— Je me sens déguisé en singe savant ! dit-il en riant.

Randall lui tendit une longue cape noire et se drapa dans une autre. Chess se retint à grand-peine de courir se jeter dans ses bras. Être si près de lui sans pouvoir le toucher constituait le pire des supplices.

Pour comble de malheur, Hermione n'était pas chez elle cet après-midi-là. Incapable d'aller babiller dans des salons, Chess dit au cocher de rouler n'importe où jusqu'à quatre heures, limite des visites de convenances, avant de la reconduire à l'hôtel. Puis elle se blottit dans un coin du coupé et pleura en silence.

À son retour, Nate était déjà revenu de Buckingham.

— Qu'avez-vous ? s'étonna-t-il. Vous avez les yeux rouges.

— Ce n'est rien, une poussière. Vous êtes-vous bien amusé, au moins ?

— Non, je n'ai jamais subi pareille corvée. Et, comme si cela ne suffisait pas, Son Empoisonnante Altesse royale a exprimé le *désir* que je joue aux cartes ce soir à son club !

Chess crut s'envoler de bonheur : Nate aurait à peine tourné les talons que Randall viendrait la rejoindre, elle en était sûre. Béni soit le cher prince de Galles !

Ils firent l'amour sur l'étroit lit de camp d'une des petites chambres de service attenantes à la suite.

— Tu ne peux pas savoir combien tu m'as manqué, lui dit-il après qu'ils eurent assouvi leur faim l'un de l'autre.

— Tu m'as manqué au moins dix fois plus, répondit-elle en se serrant contre lui avec avidité.

Il la repoussa avec douceur.

— Nous pouvons prendre des risques, mon amour, mais pas jusqu'à l'imprudence. Viens chez moi demain, tu prétendras que tu fais des courses. Ce soir, il est grand temps que je m'en aille et que tu prennes un bain. Tu sens l'amour.

Chess protesta pour la forme, elle savait qu'il avait raison. Et puis, demain serait vite venu.

Les jours suivants, Chess découvrit à quel point la clandestinité et le danger ajoutaient un délicieux piment à leur aventure.

Comme tout Londres, Nathan et elle allèrent au Derby d'Epsom. Sur le champ de courses bondé où les ducs coudoyaient des cantonniers et les comtesses des barmaids, tout le monde s'amusait ferme malgré les averses qui se succédaient.

Au milieu de l'après-midi, l'apparition de Randall, qui se frayait un chemin dans la foule, combla Chess de bonheur. Lorsqu'il s'inclina devant elle en esquissant un baisemain d'une irréprochable correction, l'imperceptible pression de ses doigts fut pour elle un pur délice. Et pendant qu'il bavardait et plaisantait avec Nate, elle savoura le plaisir subtil de feindre d'écouter poliment leur conversation alors qu'elle frémissait au contact de son épaule contre la sienne à la faveur des bousculades.

Randall apportait à Nate de mauvaises nouvelles : enchanté de sa soirée de la veille, le prince serait *heureux* que Nate revienne ce soir au Marlborough Club participer à une nouvelle partie de baccara.

Pendant plus d'une semaine, Nate se vit ainsi *convié* à se rendre presque tous les soirs au club du prince, où il arrivait à une heure tardive pour rester jusqu'à l'aube. Randall rejoignait Chess ces nuits-là, le matin elle se précipitait chez lui. Elle apprit à mentir avec aisance, à inventer des boutiques imaginaires où, bien entendu, elle ne trouvait jamais ce qu'elle cherchait. Elle y gagna aussi un réel épuisement, car elle devait passer ses après-midi à rendre ou recevoir des visites et, le soir, aller avec Nate à des dîners ou des réceptions. La présentation de Nate à la Cour avait en effet entraîné une avalanche d'invitations. À un tel rythme, Nate n'était pas moins fatigué à l'issue de ses longues et délicates négociations avec les industriels du tabac qu'il s'efforçait d'amener à adhérer à son association.

— Je tuerais avec joie votre cousin qui m'a entraîné dans ce cercle infernal si deux des plus gros fabricants de tabac en Angleterre n'y venaient régulièrement. Et je suis obligé de perdre contre eux, en plus de Bertie ! Ce n'est quand même pas si mal, ajouta-t-il avec un rire satisfait, pour un petit paysan comme moi d'appeler par son surnom le futur roi d'Angleterre.

Sa lassitude était toutefois si évidente que Chess en avait des remords. Elle s'en voulait surtout d'être obligée de lui mentir, ce qu'elle n'avait jamais fait auparavant. Mais elle était incapable de résister à la passion exigeante, exclusive, dont elle était la proie. Aveugle et sourde à tout ce qui l'entourait, elle ne pensait qu'à Randall et ne vivait que pour lui.

La grève des fiacres prit fin le 11 juin. Déjà dense, la circulation parut doubler de volume du jour au lendemain, au point que Chess était à bout de nerfs quand elle arriva enfin chez Randall. Le lendemain, il lui annonça qu'ils ne se verraient pas pendant le week-end.

— Je suis au désespoir de devoir te délaisser, mon amour, mais le prince compte sur ma présence sur son yacht pour les régates royales. Je ne peux pas refuser, tu le sais. N'exagère pas, je ne serai absent que deux jours.

— Pourquoi Nathan n'irait-il pas à ta place ? C'est sur lui qu'on peut compter pour perdre aux cartes !

— Hélas ! répondit Standish en riant. Il a déclaré à Son Altesse qu'il est terriblement sujet au mal de mer.

— Mais… pas du tout, voyons !

— Que veux-tu, c'est un habile homme, ton mari.

Avait-il appuyé sur les deux derniers mots ? Était-il fâché ? Se lassait-il d'elle ? Chess se remémora la méchanceté aigre-douce d'une femme qui, lors d'une réception, lui avait vanté les qualités de Méphisto, amant irréprochable jusqu'à ce qu'il se fatigue de sa conquête du moment… Elle se le tint pour dit et, pendant les deux jours qui précédèrent son départ, s'astreignit à ne plus exhaler une seule plainte.

Le samedi et le dimanche furent si paisibles que Chess comprit à quel point elle avait eu besoin de ce repos. Elle sortit se promener à pied avec Nate le long de la Tamise et ils se parlèrent longuement. Depuis des semaines, ils n'en avaient pas eu le loisir.

Nate lui apprit que les négociations avec un de ses contacts étaient sur le point d'aboutir et que les autres suivraient à coup sûr. Le lui avait-il déjà dit ? se demanda-t-elle avec inquiétude. Lui rendait-il compte au fur et à mesure, comme par le passé, de ses rencontres avec tous ces gens ? Incapable de s'en souvenir, elle se sentit pour la première fois coupable de son infidélité. Certes, Nathan ne lui avait jamais manifesté de véritable amour, encore moins révélé l'existence du plaisir. Mais il lui avait offert bien davantage : le partage sans restriction de ce qui comptait le plus dans sa vie, la création, la croissance de ses affaires. Il leur avait même donné son nom à elle, Standish.

Chess savait, par ses conversations avec d'autres femmes, que leurs maris ne partageaient rien avec elles sauf leur nom et, de temps à autre, leur lit. Infiniment mieux lotie grâce à Nathan, elle n'aurait jamais dû, sous aucun prétexte, le tromper et le négliger de la sorte. Elle avait beau être éprise de Randall jusqu'à la déraison, elle aurait dû continuer à suivre avec intérêt les activités de Nate, à se soucier de la réussite de ce qu'il entreprenait.

Voyant le sourire revenir sur ses lèvres et l'éclat malicieux briller à nouveau dans ses yeux pendant qu'il lui rapportait ses progrès avec ses confrères anglais, elle fit le serment solennel de mériter sa confiance et de remplir désormais scrupuleusement son rôle d'associée.

Mais le lundi, ses belles résolutions s'envolèrent avec le retour de Randall.

Il était, cette fois, porteur de bonnes nouvelles : les cigarettes au monogramme du prince avaient eu un tel succès sur le yacht royal que Bertie avait décidé de les déclarer cigarettes officielles du Marlborough Club.

— Tout le monde y fume le cigare, observa Nate. Cela ne lui coûtera pas cher.

— En commanderez-vous quand même d'autres ? insista Randall.

— C'est déjà fait, dix caisses. Elles arriveront avant la fin du mois, dans une douzaine de jours.

Chess ne put réprimer un cri de douleur, dont elle s'excusa aussitôt en prétextant une mauvaise digestion. Douze jours ! Elle ne pouvait croire que le temps eût si vite passé. Leur retour à New York était prévu pour le 2 juillet, le passage retenu. Jamais, au grand jamais elle ne pourrait se résoudre à quitter Randall. Autant mourir…

Elle lui lança un regard éperdu, auquel il répondit par un sévère coup d'œil de mise en garde.

— Vous serez en mesure dès ce soir d'encourager les fumeurs de cigare à adopter la cigarette, dit-il à Nate avec un sourire. Bertie m'a encore chargé de vous inviter à son club.

Chess dut baisser les yeux à la hâte pour dissimuler sa jubilation. Ce soir, elle serait donc avec Randall !

Et puis, elle avait encore près de deux semaines devant elle. Il pouvait se passer beaucoup de choses d'ici au mois de juillet. Nathan se verrait peut-être obligé de prolonger ses négociations ; le prince pouvait aussi l'inviter à jouer avec lui au casino de Monte-Carlo ou à se rendre à Paris afin de participer à l'une des discrètes aventures galantes dont il était friand.

Pourquoi permettre à un avenir incertain de gâcher son bonheur ? Mieux valait vivre au jour le jour et profiter des moments bénis où l'amour unissait son corps à celui de Randall. Rien d'autre ne devait compter pour elle.

39

Les courses d'Ascot eurent lieu cette semaine-là. Londres ne se vida pas comme pour le Derby, car si le petit peuple affluait à Epsom, Ascot n'attirait que la noblesse. Engluée dans la circulation toujours aussi difficile, Chess bouillait d'impatience en se rendant chez Randall.

Tout, d'ailleurs, l'exaspérait. Nathan avait refusé d'aller à Ascot : Epsom lui avait amplement suffi pour se faire une idée des courses en Angleterre. Randall ne pouvait pas non plus l'y emmener, car il était invité à la campagne près de Windsor et se rendrait à Ascot avec ses hôtes.

— Tout le monde en ce moment va sur ses terres, avait-il dit à Chess avant de partir. Je pensais que Nate et toi auriez été invités, vous l'êtes partout ailleurs.

— Eh bien, nous ne le sommes pas ! Et maintenant, je ne te verrai pas pendant trois jours.

— Pense à mon retour. Trois jours et trois nuits de retard à rattraper, ce sera meilleur que jamais...

Cette conversation datait de l'avant-veille. Depuis, Chess n'avait cessé de se torturer. Elle s'en voulait de s'être montrée exigeante et amère, elle se rongeait à la pensée des rumeurs qui couraient sur ces réceptions dans les châteaux. Tout y était prévu pour l'adultère, disait-on, jusqu'à munir les invités d'un plan des chambres afin d'éviter aux galants de se tromper de porte dans l'obscurité. De quoi devenir folle de jalousie ! Quelle femme occuperait auprès de Randall la place qui aurait dû lui revenir, à elle ? En attendant, elle se distrayait de son mieux.

Luther Witsell l'accueillit ce jour-là avec de grandes démonstrations d'amitié.

— Que désirez-vous ? Chuchotez, vous serez exaucée. Une robe d'ailes de papillon ? Un châle de rayons de lune ?

Chess aurait voulu se complaire dans sa mauvaise humeur mais la gaieté du jeune couturier était irrésistible.

— Quelque chose pour le bal de la duchesse de Devonshire, répondit-elle en riant.

— L'Événement de la Saison ! s'exclama Luther qui tomba à genoux. Mes Muses se surpasseront.

La vue de l'étroit lit de camp et de la petite table de toilette mal dissimulés derrière un paravent donna à Chess des remords. Quelle égoïste je suis ! se reprocha-t-elle. Si j'avais indiqué son adresse à toutes celles qui me le demandaient, il serait déjà célèbre. La princesse n'avait sans doute agi que par politesse, Luther est trop avant-garde pour la future reine d'Angleterre.

— Il faudra frapper fort, déclara Luther. De même que la lune illumine les jardins secrets, ma robe fera resplendir votre sublime teint d'albâtre.

Une invitation au bal de la duchesse témoignait en effet d'une incontestable réussite sociale. Chess connaissait des dizaines de personnes qui se seraient damnées pour en obtenir une. Elle devait la sienne moins sans doute à ses propres mérites qu'à la présentation de Nathan à la Cour, mais cela compensait son dépit d'avoir été évincée des parties de campagne.

— Ma toilette devra être légère, monsieur Witsell. Il fera chaud au milieu de juillet.

Elle se refusait obstinément à envisager qu'elle serait sans doute déjà loin de l'Angleterre à ce moment-là.

En sortant de l'atelier de Luther Witsell, Chess se heurta à une muraille de brume grise et opaque qui la désorienta. Elle ne retrouvait plus sa voiture, elle entendait des pas étouffés sans voir personne. Mais sa crainte s'évanouit aussitôt : elle avait enfin la chance de voir le célèbre fog londonien dont tant de ses lectures avaient été nourries ! Les ombres indistinctes qui passaient devant elles étaient peut-être des personnages de Sherlock Holmes...

Elle héla son cocher. Il émergea de la brume et la guida jusqu'à la voiture.

— Conduisez-moi à Baker Street, lui dit-elle.

— Où cela, madame ? s'étonna l'homme.

— Baker Street, répéta-t-elle. Numéro 221-B.

Le cocher lui expliqua avec un luxe de précautions que M. Holmes n'était pas un personnage réel.

— Je sais, répondit Chess, amusée de son étonnement. Et en plus, il est mort. Je veux quand même y aller.

Tandis que la voiture roulait au pas dans les rues

embrumées, Chess garda le nez collé à la vitre. Une silhouette d'homme, un cheval, un réverbère émergeaient par moments du néant avant de s'évanouir aussi subitement. Les bruits lui parvenaient assourdis, déformés. À un moment, elle entendit chanter, à un autre sangloter. Il se dégageait une étrange beauté de cette atmosphère irréelle.

Elle voulut faire à pied le tour du pâté de maisons où Holmes était censé avoir élu domicile. Bien entendu, elle ne le découvrit pas puisqu'il n'avait jamais existé, mais elle se plut à imaginer qu'une des portes indistinctes qu'elle effleurait de la main permettait d'accéder au salon où l'illustre détective se livrait à ses profondes déductions. Dans ce monde gris et cotonneux, on pouvait tout croire.

Avançant pas à pas, se guidant à tâtons le long des murs, elle retrouva enfin la voiture et le cocher, inquiet de sa longue absence. Elle ne regrettait pas d'avoir vécu cette aventure inoubliable.

— Je vous croyais perdue dans le brouillard, lui dit Nate lorsqu'elle fut de retour à l'hôtel.

— C'est vrai, je l'ai été pendant près d'une heure mais je l'avais fait exprès.

Chess lui raconta son expédition.

— Et moi, j'ai failli plonger dans la Tamise! dit-il en riant. Je me croyais dans le Strand alors que j'avais pris une rue perpendiculaire. Si un pickpocket n'avait pas essayé de me dévaliser, je servirais de nourriture aux poissons. J'ai compris où j'étais quand il m'a fait tomber d'un croche-pied. Le brouillard flotte au-dessus du sol.

— Si j'avais su, je me serais couchée.

— Voulez-vous essayer?

— Pourquoi pas?

Main dans la main, ils traversèrent les jardins de l'hôtel en trébuchant contre des obstacles invisibles.

— Le brouillard se lève! dit Chess avec dépit. Regardez, on voit déjà des morceaux de ciel bleu.

— Eh bien, couchons-nous vite avant qu'il ne se dissipe. Il paraît qu'il ne dure jamais longtemps en été.

La visibilité était en effet très nette sous la nappe de brouillard. Étendue sur le sable d'une allée, Chess découvrit à deux pas de son nez un massif de capucines dont la douce odeur poivrée lui chatouilla les narines. Un instant plus tard, Nate la prit par le bras.

— Relevons-nous avant que quelqu'un nous croie malades et appelle une ambulance.

Chess obéit à regret. Elle ne s'était pas autant amusée depuis des années.

Ce soir-là, après un dîner léger servi dans leur appartement, ils passèrent la soirée à lire paisiblement. Nate se plongea dans les rapports des usines, Chess dans les épreuves du roman de George du Maurier, *Trilby*, qu'elle n'avait pas encore eu le temps de feuilleter. Son plaisir était d'autant plus vif, à vrai dire, que Randall avait touché ces feuillets avant elle.

Le lundi matin, elle reçut un billet de Randall lui annonçant qu'il ne reviendrait de Windsor que dans l'après-midi. La suite du message compensa toutefois sa déception.

Parmi les invités du week-end, il avait lié connaissance avec une vieille fille excentrique, Daisy Pollinger, qui cherchait depuis des années, disait-elle, à se débarrasser de vieilleries héritées de sa grand-tante, lady Elizabeth. Chess y trouverait peut-être ce qu'elle cherchait, concluait-il en lui donnant l'adresse du notaire de Mlle Pollinger, un certain maître Adderly, qui détenait les clefs de la maison où était entreposé le mobilier en question.

Chess se fit aussitôt conduire à son étude dans Bond Street. Maître Adderly, vieux monsieur à l'allure fragile et à la courtoisie surannée, lui rappela son grand-père — bien qu'Augustus Standish s'exprimât plus volontiers d'une voix de stentor que par des murmures discrets. Chess lui voua une affection immédiate.

— J'ose croire, madame, qu'une personne de votre goût et de votre éducation saura donner un foyer aux trésors de lady Elizabeth. Elle aurait été profondément affligée de voir en quel dédain Mlle Pollinger tient son héritage.

Espérant que lesdits trésors n'étaient pas trop vermoulus, Chess décida de les acheter sans discuter plutôt que d'encourir, à l'instar de la petite-nièce indigne, la défaveur du charmant maître Adderly.

La demeure de feu lady Elizabeth était située dans Russell Square, quartier depuis longtemps passé de mode. C'était une simple maison de brique vieille d'un peu plus d'un siècle, au milieu d'un jardin envahi par les mauvaises herbes. Les dalles de l'allée menant de la grille au perron étaient brisées ou soulevées par des racines. Une imposte en éventail, du même dessin que celle de Harefields, surmontait la porte d'entrée à deux battants. Chess dut aider maître Adderly à tourner la grosse clef dans la serrure rouillée, les gonds grincèrent mais les vantaux finirent par céder.

Chess entra — et s'arrêta net sur le seuil : elle aurait juré reconnaître Harefields. Au fond du vaste hall poussiéreux, un gracieux escalier en demi-lune s'élevait sous une haute verrière qui dispersait les rayons du soleil avec des irisations d'arc-en-ciel. Chess ne put retenir ses larmes.

— J'ai vécu jadis dans une maison exactement semblable. Me permettez-vous, maître, de m'asseoir quelques instants sur la dernière marche de l'escalier et d'évoquer mes souvenirs d'enfance ?

Ses larmes émurent le vieil homme de loi. Lui aussi avait été élevé dans une maison comme celle-ci.

— Gardez la clef aussi longtemps que vous voudrez, ma chère enfant. Vous me la rendrez à la fin de votre visite.

Sur quoi il se retira en trottinant sur les dalles brisées de l'allée.

Chess resta dans la vieille maison jusqu'au début du crépuscule. Elle avait oublié Nate, Randall, Londres, elle n'était plus entourée que des fantômes qui peuplaient son cœur et son esprit. Elle était redevenue l'enfant qu'elle avait été au sein de sa famille.

Si la maison était moins vaste que Harefields et d'une architecture plus raffinée, on discernait la même harmonie dans les proportions de ses hautes pièces ombreuses. Chess ne comprenait pas qu'elle se soit laissé obnubiler, comme tant d'autres, par le désir d'accumuler des biens matériels au point de négliger l'existence de biens spirituels cent fois plus précieux, tels que la beauté et la sérénité. Elle se demandait comment elle, nourrie des valeurs de Harefields, avait pu laisser sa vie dériver au point d'accorder plus de prix aux plaisirs illicites de la chair qu'à l'honneur de respecter ses vœux conjugaux. Ses frères n'avaient-ils été, à l'instar de Randall, que les amants volages de femmes mariées ? Sa mère se donnait-elle à l'un ou l'autre de ses nombreux admirateurs ? Pourquoi tant d'indulgence, voire de complicité, envers son père et son grand-père, qui faisaient sans se cacher des bâtards à des esclaves incapables de se défendre ? La luxure menait-elle réellement le monde ? Et si la raison n'avait nulle part droit de cité, l'organisation d'un espace harmonieux, tel que cette maison en montrait un exemple, n'était-elle qu'un songe-creux ? Un faux-semblant ?

Tu es tout ce que je désire, la beauté, la sérénité, dit-elle à la maison silencieuse. Et pourtant, aussi longtemps que Randall posera les mains sur moi et me désirera, je lui appartiendrai. Ce n'est pas l'apaisement que je connais dans ses bras mais la folie de la passion, la soif sans cesse renaissante d'assouvir mon désir...

Chess était plus troublée que jamais en refermant

la porte derrière elle. L'idéal qu'elle avait retrouvé était sans doute hors de sa portée, mais il méritait tous ses efforts pour l'atteindre.

— Merci de m'avoir permis de rester seule dans la maison, dit-elle au vieux notaire. Je serai très heureuse d'acquérir tout ce dont Mlle Pollinger voudra se défaire.

— Grande nouvelle, Nathan! annonça-t-elle d'un ton triomphant. J'ai enfin découvert les meubles qu'il nous faut pour Harefields.

— Tant mieux. Vous me raconterez cela en détail mais il est tard et nous sommes censés partir à ce maudit dîner que vous avez accepté. Votre femme de chambre est sur des charbons ardents depuis une heure.

— Mon Dieu, j'avais complètement oublié!

Nate attendit qu'ils soient montés en voiture pour lui annoncer sa propre grande nouvelle:

— Upchurch a signé le contrat tout à l'heure, les autres en feront autant d'ici la fin de la semaine. J'ai gagné, Chess! Buck Duke est enfoncé, battu à plate couture!

— Oh, Nathan! C'est merveilleux! Nous devons célébrer l'événement, tirer un feu d'artifice.

— Il me faudrait au moins un volcan! Mais puisque nous n'en avons pas sous la main, nous nous porterons tout à l'heure un toast avec le champagne de notre hôte. J'en bois tellement depuis que nous sommes ici que j'y prends goût.

On était le 24 juin 1894. Chess décida de faire graver cette date mémorable sur des boutons de manchettes, une montre en or et un — non, quatre seaux à champagne en argent massif. Elle les offrirait à Nathan au cours d'une grande fête accompagnée de feux d'artifice géants. La ville de Standish n'en aurait jamais vu de pareils.

Le dîner réunissait une quarantaine de convives. Chess réprimait un soupir d'ennui à la perspective d'une soirée interminable quand la vue d'Oscar Wilde dans un groupe d'invités la fit changer d'avis. Si elle avait la chance d'être placée pas trop loin de lui à table, le dîner pourrait durer des heures, elle ne s'en plaindrait pas.

Il la vit en même temps et se précipita.

— La reine de la Confédération! s'écria-t-il. Permettez à votre humble sujet de tomber à vos pieds.

— Relevez-vous bien vite, dit-elle en riant.

— Vous êtes éblouissante mais notre cher Luther aurait dû vous rendre encore plus royale. Je l'accablerai de reproches dès demain.

Il l'observait avec un plaisir mêlé d'un peu de tristesse. Expert des mystères du cœur, il savait mieux que personne que Chess n'était aussi radieuse que parce qu'elle était aimée. Si seulement l'amour était un sentiment durable, se dit-il avec un soupir de regret, le monde entier serait plus beau...

— Surtout n'en faites rien! protesta-t-elle. Luther accomplit des miracles. Mais parlez-moi plutôt de vous.

— Prudence, très chère amie, prudence! Ne demandez jamais à un homme de vous parler de lui, il pourrait vous prendre au mot et vous faire périr d'ennui.

— Jamais vous, en tout cas! Mais puisque vous ne voulez rien me dire, laissez-moi vous raconter ma visite chez Sherlock Holmes...

— Chez qui? l'interrompit-il. Et moi qui ne vous croyais pas capable de déraison! Encore une irrésistible qualité à ajouter à la liste de vos vertus.

Ils bavardaient depuis quelques instants quand Chess sentit qu'on lui effleurait le cou. Elle se retourna — et manqua défaillir en voyant Randall. Discret, Wilde se retira.

— Je t'ai attendue tout l'après-midi, murmura Standish. Quand je t'ai entendue rire avec Oscar, j'ai eu du mal à ne pas vous tuer tous les deux et à me tuer ensuite. Pourquoi n'es-tu pas venue ?

— J'avais oublié.

— Dans ce cas, c'est toi seule que je tuerai… Ah, diable ! On annonce déjà le dîner. Sois chez moi demain de bonne heure. Sans faute. Jure-le.

— Je le jure.

Randall était au comble de l'exaspération. On lui avait assigné pour cavalière une débutante laide et sotte envers laquelle il devait remplir son devoir de célibataire.

Dans le cliquetis des couverts et le ronronnement des conversations, le rire de Chess lui parvenait de l'autre bout de la table. Était-ce la qualité unique de ce rire qui l'avait amené à se comporter de manière aussi ridicule ? Il devait y avoir une meilleure raison. Qu'il se soit conduit en jaloux de comédie, qu'il ait supplié Chess de le rejoindre le lendemain faisait partie du jeu. Qu'il ait été sincère avait en revanche de quoi le surprendre et l'humilier.

Il avait pourtant tout prévu. Elle aurait dû venir le voir dans l'après-midi à son retour de Windsor, ils auraient fait l'amour et il lui aurait ensuite signifié la fin de leur liaison. Elle devenait envahissante, exigeante, il était grand temps pour lui de prendre le large. Pourquoi, dans ces conditions, avait-il souffert qu'elle lui fasse faux bond ? Il n'avait jamais eu la vanité puérile de vouloir à tout prix rompre le premier. Quand une femme était assez intelligente pour prendre l'initiative, il ne pouvait au contraire que s'en féliciter. En quoi celle-ci était-elle si différente ? Pourquoi la désirait-il au point de se surprendre à compter les heures jusqu'au lendemain matin — si elle tenait parole… Non, inutile de s'inquiéter à ce sujet, elle le lui avait juré. Son absurde attachement à des notions aussi surannées que la parole donnée figurait parmi les traits de caractère qui la rendaient unique.

Unique. Oui, c'était sans doute cela la réponse. Il se demanda même s'il parviendrait jamais à l'oublier, comme tant d'autres. Il allait devoir la remplacer au plus vite par une femme exceptionnelle. Mais laquelle ? Voyons, la petite comtesse italienne rencontrée à Windsor ? Ma foi, pourquoi pas ? Il pourrait toujours essayer...

Le lendemain matin, ronronnant comme un chat sous la main de Randall qui lui caressait le dos, Chess se força à maîtriser son propre désir de le toucher. Elle préférait se fermer l'esprit à toute évocation de l'avenir, immédiat ou lointain. Elle s'était assez torturée à imaginer ce qu'elle ferait s'il lui demandait de rester — ou s'il ne le lui demandait pas. Elle ne voulait penser qu'à l'instant présent.

— Tu m'as donné un immense bonheur, mon cher amour, l'entendit-elle murmurer soudain. Je ne t'oublierai jamais.

Le présent basculait-il donc déjà dans le passé ?

— Je me souviendrai de toi jusqu'à mon dernier jour, Randall. Embrasse-moi une dernière fois, je dois m'en aller.

Sa douleur était trop insoutenable pour qu'elle pleure. Au moins, elle n'avait plus à décider si elle resterait ou non, Randall ne lui laissait pas le choix.

Le lendemain de leur rupture, Chess se rendit avec Nathan au gala d'inauguration du Tower Bridge. Tout Londres s'y était donné rendez-vous, semblait-il. Les eaux de la Tamise disparaissaient sous les barques, les berges sous la foule des badauds rassemblés dans une atmosphère de fête.

Bien entendu, Nate avait circonvenu les ingénieurs du pont pour assister à la manœuvre du tablier depuis la salle des machines. Chess prit donc seule sa place parmi les invités d'une des tribunes officielles. À l'arrivée de la famille royale, elle se leva et fit la révérence comme les autres dames. En se rasseyant, elle reconnut dans la tribune réservée à la suite du prince de Galles lord Randall Standish, fort empressé auprès de la plus jeune des princesses.

Chess n'entendit pas un mot des nombreux discours. Elle s'efforça plutôt de graver dans sa mémoire le spectacle grandiose auquel elle assistait, les uniformes d'apparat, les visages, les sourires. Gussie souhaiterait savoir à quoi ressemblaient les princesses ; elle-même voulait enregistrer la moindre des expressions qui se succédaient sur le visage de Randall. Elle applaudit quand il le fallait, elle poussa avec les autres des cris d'admiration lorsque le tablier du pont se souleva en deux moitiés pour livrer passage aux bateaux. Et lorsqu'une salve de coups de canon marqua la fin des cérémonies, Chess comprit que, pour elle aussi, la fête était finie.

Les membres de la famille royale et leur suite se dirigèrent vers un embarcadère, montèrent à bord d'un yacht à vapeur qui arborait le grand pavois. Chess le suivit des yeux pendant qu'il s'éloignait sur la Tamise. À aucun moment, Randall n'avait tourné ses regards vers elle.

Déjà, Nate se frayait un chemin dans la foule pour la rejoindre. Il voulait qu'elle vienne avec lui admirer la machinerie du pont. Il avait même obtenu pour elle l'honneur de manœuvrer le levier qui devait rabaisser le tablier.

Détachée de tout, y compris d'elle-même, Chess le suivit. Telle une spectatrice lointaine, elle observait Nate. En redingote et chapeau haut de forme, il riait et conversait avec les ingénieurs comme avec de vieux amis. Elle se voyait elle-même sourire, parler, passer avec admiration sa main gantée sur de gigantesques machines vertes et rouges, sans même avoir conscience de la réalité de ces gestes dont la signification lui échappait.

Les jours suivants, elle s'étonna de pouvoir surveiller avec calme la préparation des bagages, écrire des lettres d'excuses pour se décommander d'invitations déjà acceptées. Elle calligraphia sur des douzaines de cartes de visite, les siennes et celles de Nathan, les lettres PPC, «Pour Prendre Congé», par lesquelles les Richardson signifiaient à leurs relations qu'ils quittaient Londres. Le cocher se rendrait à toutes les adresses dont elle lui donnerait la liste, le valet de pied remettrait les cartes à des majordomes hautains, les destinataires les jetteraient au panier après un regard distrait. En quelques jours, quelques heures, Londres aurait oublié jusqu'à leur existence.

Chess retrouva une de ses anciennes cartes illustrées dont Miss Ferncliff avait fustigé la vulgarité. Elle traça les trois lettres PPC en travers de sa photographie. Cette carte-là, elle la ferait porter chez Randall.

Lorsqu'elle retrouva le décor familier du *Campania*, les mêmes cabines et les mêmes serviteurs, Chess eut presque l'impression de n'avoir jamais quitté l'Amérique, débarqué à Liverpool, séjourné deux mois à Londres — sauf que rien dans sa vie ne serait désormais comme avant.

À peine le paquebot fut-il au large que Chess éprouva une satisfaction morbide en voyant une sombre masse de nuages grandir sur l'horizon. Le mal de mer serait cent fois moins pénible à supporter que ce dont elle souffrait.

40

Après son retour d'Angleterre, Chess fut trop affairée pour avoir le temps de penser. Elle organisa d'abord en l'honneur de Nate la grande fête prévue, à laquelle elle convia tous leurs amis, y compris Doctor Fitzgerald et Dick Reynolds. La Caroline du Nord n'ayant pas, comme Londres, à craindre la pluie en juillet, les festivités se déroulèrent dans le parc. Le feu d'artifice, précédé d'un concert de l'orphéon, fut suivi d'une réception au champagne réservée aux intimes. Gussie eut droit à un demi-verre pour porter avec tout le monde un toast à son père.

— C'est meilleur que la première fois, déclarat-elle. Avant, j'étais trop petite pour l'apprécier.

À douze ans, Gussie se considérait comme une grande personne malgré ses genoux couronnés de petite fille turbulente. Elle n'est pas encore prête à se transformer en femme, se dit Chess avec attendrissement. Un jour, pourtant, elle devrait lui parler des rapports entre les hommes et les femmes, des bébés, de l'amour. Mais comment expliquer l'amour, celui du moins qui vous aveugle et vous possède ?

Nathan résistait malaisément à l'emprise de Lily, qu'il croyait enceinte de lui. Chess savait qu'il retomberait tôt ou tard sous sa coupe et dans son lit. Elle le comprenait, pour avoir subi le même anéantissement de sa volonté, mais elle s'attristait de ne pouvoir lui dire qu'elle l'absolvait et ne lui reprochait plus rien. Comment était-elle censée savoir de telles choses ? Sa confession ne servirait qu'à les blesser tous deux cruellement.

Les associés anglais devaient venir en août achever la création de la nouvelle société. Chess hâta les travaux de Harefields afin d'y célébrer la conclusion des accords. Elle ouvrit les caisses arrivées avec eux dans la cale du *Campania* et consacra ses journées à disposer les meubles et les objets de la maison de Russell Square. Fatiguée, couverte de poussière, frustrée parfois, elle parvint néanmoins à recréer l'harmonieuse sérénité qui l'avait tant frappée dans la vieille maison. Malgré les peintres, les menuisiers, les tapissiers, Harefields devint son oasis de paix.

Elle eut aussi quelques surprises.

Edith Horton l'embrassa avec effusion, admira ses nouvelles toilettes et ses meubles anciens, rit de bon cœur au récit des tribulations de Nathan avec le prince de Galles. Puis, quand Chess eut terminé, elle lui demanda :

— En valait-il la peine, Chess ?

— De quoi parlez-vous, Edith ?

— Voyons, ma chérie, vous n'êtes pas celle que j'ai vue partir, le Baedecker à la main. Vous avez eu un amant. Soyez tranquille, cela ne se voit pas — sauf pour une femme ayant vécu la même expérience.

— Edith ! Vous ?

— Bien sûr. Henry n'en a jamais rien su, Dieu merci, et je m'en suis consolée, quoiqu'il m'ait fallu dix ans. Je sais maintenant qu'il en valait la peine et j'espère du fond du cœur que vous pourrez dire la même chose.

— Alors, redemandez-le-moi dans quelques années.

Une autre surprise l'attrista. Elle avait quitté Bobby Fred solide comme un roc. Maintenant, il déclinait.

— Je ne suis pas encore mort, Chess, ne vous mettez donc pas martel en tête. Je suis vieux, mon heure approche, il est normal que je m'en aille.

— Oh, Soldat ! Vous m'avez enfin appelée Chess. Il vous en aura fallu, du temps, pour vous y résoudre — mais j'en suis bien contente.

— Eh bien moi, je vous suis reconnaissant de vous décider à m'appeler Soldat. Bobby Fred n'est pas un nom pour un homme de mon âge.

Les futurs associés anglais arrivèrent le 3 août. Nathan avait envoyé son wagon spécial les chercher à New York. Quand ils en descendirent sur le quai de la petite gare de Standish, ils ne dissimulèrent pas leur étonnement de découvrir en Amérique une élégance à laquelle l'Angleterre ne les avait pas habitués.

Le soir, Nate et Chess en firent des gorges chaudes.

— Qu'attendaient-ils donc de la part d'un camarade de Son Altesse royale ? dit-elle en riant. Ils sont impressionnés au point que vous en ferez ce que vous voudrez.

— Au début, je serai gentil avec eux, ils ont encore peur de voir un Indien surgir de derrière chaque buisson. C'est quand ils ne se méfieront plus que je les scalperai, déclara-t-il avec son sourire de gamin malicieux.

Les discussions s'éternisèrent. Des armées d'hommes de loi, de comptables, d'attachés d'ambassade, de géomètres, d'entrepreneurs et de spécialistes en tout genre envahirent les hôtels de Durham et les bureaux de Nate. Finalement, le 1er septembre, trois notaires apposèrent leurs sceaux sur les statuts et articles additionnels de la nouvelle société. La pose de la première pierre du nouvel ensemble d'usines et de bâtiments annexes aurait lieu au mois d'avril suivant.

Après des adieux copieusement arrosés au champagne, les Britanniques reprirent le chemin de New York dans le wagon spécial. Le feu rouge à peine disparu, Nate enleva son chapeau, ses gants, sa jaquette et retroussa ses manches.

— Que faites-vous ? s'étonna Chess.

— Je saute sur un cheval et je file à Raleigh, j'irai plus vite que dans ce joujou capitonné. Savez-vous ce qui s'est passé à Washington pendant que je sirotais du thé avec mes nouveaux associés ? Ces politiciens de malheur ont voté une taxe de deux pour cent sur tout ce que je gagnerais au-delà de quatre mille dollars par an. Mais je ne me laisserai pas détrousser, croyez-moi ! Je vais trouver mes prétendus représentants élus et leur dire ce que je pense en des termes qu'ils seront forcés de comprendre.

— N'en venez pas aux mains, Nathan !

— Je ferai pire, je ne leur remplirai plus les poches.

Chess sourit en adressant un remerciement muet aux hommes politiques. Nathan n'avait jamais eu l'habitude de discuter avant d'agir. Il s'était dominé à grand-peine tant qu'il avait été obligé d'ergoter sur chaque clause des contrats. Maintenant, il pouvait se rattraper auprès des députés et des sénateurs. Et ils seraient bien obligés de l'écouter — après tout, c'était leur métier.

Dans la véranda de la façade nord rafraîchie par la brise, Chess se détendait sur un fauteuil à bascule qui grinçait au rythme de ses balancements. Tout était paisible. Gussie avait disparu Dieu savait où, les ailes des libellules — les *aiguilles à repriser*, disait son grand-père — chatoyaient sous le soleil, un oiseau-mouche turquoise s'abreuvait dans les fleurs des jardinières. C'était une belle journée d'été du Sud, languissante et calme, comme Chess les aimait tant. Les Anglais avaient été des hôtes agréables mais leur accent évoquait trop de souvenirs qu'il aurait mieux valu oublier. Les yeux clos, elle se laissait bercer par les doux grincements du fauteuil quand le retour de Gussie fit voler sa torpeur en éclats.

— Maman! Où êtes-vous?

— Derrière, ma chérie.

— Ah, vous voilà! J'ai rapporté le courrier de la poste. Est-ce que je peux avoir ces drôles de timbres? Julia les colle dans un album, c'est très joli.

— Non, ma chérie, ces lettres d'Angleterre sont pour ton père, il doit les lire d'abord.

— Oui, mais cette grosse enveloppe-là est pour vous et il y a plein de timbres dessus.

Bien qu'elle ne l'ait vue qu'une fois sur un court billet, Chess reconnut aussitôt l'écriture de la suscription.

— Maman! Vous êtes malade?

— Non, ma chérie, je vais très bien, ce n'est que la chaleur. Sois gentille, va demander à la cuisinière de nous préparer de la citronnade bien fraîche.

Elle devait être seule quelques instants. Qu'est-ce que Randall pouvait bien avoir à lui dire? Que lui voulait-il encore? Les mains tremblantes, elle déchira l'enveloppe, en sortit un paquet plat et une coupure de journal qu'elle regarda d'abord sans comprendre : on annonçait la vente publique d'une collection de tableaux. Une date attira son attention : le 30 juin. La vente avait donc déjà eu lieu. En quoi cela la concernait-il ?

Elle défit soigneusement l'emballage. Sa gorge se noua en voyant une lettre :

Ma chère Chess,

Le jour de notre rencontre à la National Gallery, je me documentais sur les œuvres proposées dans cette vente. Cette petite chose m'a fait penser à vous. J'ose espérer que vous aurez de la place sur un de vos murs pour y accrocher ce modeste témoignage d'affection de votre cousin,

Randall Standish

— Voilà la citronnade, maman !

— Merci, ma chérie, pose-la sur la table.

— Chic alors, plein de timbres ! Qu'est-ce qu'il y avait dedans ?

Hors d'état de répondre, Chess replia la lettre de Randall et ouvrit le petit étui en carton qui protégeait un feuillet de vélin d'aspect ancien.

C'était un dessin à la mine de plomb, une esquisse en quelques traits, saisissants de fidélité, du tableau de Van Dyck qu'elle admirait lorsque Randall était apparu. Il représentait un homme et une femme côte à côte dans une pièce inondée de lumière, les mains jointes, le visage reflétant cette sérénité intérieure à laquelle elle aspirait de toutes ses forces et que le cadeau de Randall venait de pulvériser. La lettre sur ses genoux lui brûlait la peau ; elle aurait voulu la frotter sur ses lèvres, sa poitrine...

Au prix d'un effort, elle tendit le tout à Gussie.

— As-tu les mains propres, ma chérie ? Regarde, mais fais attention. Ce dessin est très ancien et très précieux. La lettre est du cousin dont je t'ai parlé.

Plus que jamais, elle devait être seule.

— Je vais monter faire une petite sieste, Gussie, reprit-elle. Le départ des Anglais m'a épuisée.

À l'abri de sa porte fermée à clef et de ses volets clos, Chess put enfin pleurer tout son soûl.

Nate ne s'absenta que trois jours, mais ce répit suffit à Chess pour se remettre du choc. Elle fut capable de lui montrer la lettre et le dessin et d'en parler comme s'il ne s'agissait que d'une agréable surprise.

— Charmant garçon, c'est très aimable à lui, approuva Nate. L'autre paquet, celui dont Mlle Brise-Tout a arraché les timbres avant que j'aie eu le temps de m'asseoir, contient aussi un petit souvenir pour vous, ajouta-t-il en le posant sur les genoux de Chess.

Elle déballa deux cylindres pour le phonographe Edison, l'un chanté par Nelly Melba, l'autre par Adelina Patti.

— Oh, Nathan! C'est trop gentil!

— Le spectacle qu'elles nous ont donné ce soir-là était bien le plus comique que j'aie jamais vu! dit-il en éclatant de rire à ce souvenir.

Il dévoila alors un nouveau phonographe, le tout dernier modèle d'Edison, annonça-t-il fièrement, dont l'énorme pavillon de cuivre étincelait comme de l'or massif. Cette fois, ce fut Chess qui ne put s'empêcher de rire.

— Vous ne changerez jamais, Nathan!

Le cadeau de Nathan la touchait mais sa joie enfantine devant ses nouveaux jouets l'émouvait davantage. Qu'il est bon, se dit-elle, de pouvoir compter sur quelqu'un toujours égal à lui-même.

Ce jour-là, ils rirent ensemble sans arrière-pensées, comme ils le faisaient naguère — avant Lily et avant Randall.

Pendant les mois d'automne, leur vie retrouva la paix et l'équilibre dont Chess avait le plus grand besoin. Sans pouvoir oublier Londres, elle parvint peu à peu à assimiler ses souvenirs de manière à ne plus en souffrir dans son existence quotidienne.

Harefields en fournissait le meilleur exemple. La maison n'était une reproduction ni de la demeure de ses parents ni de la vieille maison déserte de Russell Square mais réellement la leur, un cadre de vie adapté à la seule personnalité des Richardson — Nathan, Gussie et Chess.

Suivant les canons de l'époque, les pièces de réception paraissaient dénudées. Les couleurs claires et les tons pastel dominaient, la plupart des sièges avaient conservé leur tapisserie fanée, les rideaux de soie étaient dépourvus de franges et de glands. Le cristal des lustres et des appliques, les vases d'argent ou de porcelaine remplis de fleurs fraîches constituaient les seuls ornements. Mais si le décor et l'ameublement étaient transposés presque intacts des demeures précédentes, Chess y avait ajouté des touches très personnelles. Ainsi, ses bouquets comportaient toujours des fleurs des champs ou des feuillages. Un dessin crayonné par Gussie à quatre ans était accroché dans un cadre doré sur le même mur que le Van Dyck. Un stéréoscope et une boîte de plaques photographiques trônaient sur une console Chippendale. Un châle de cachemire était drapé sur le dossier d'un canapé Sheraton pour protéger les épaules ou les genoux d'un courant d'air sournois. Le soleil faisait étinceler le pavillon du phonographe posé devant une fenêtre sur un coffre Queen Anne. Des magazines, des livres étaient disposés sur des guéridons à portée de tous les sièges.

Le même souci de simplicité présidait à l'agencement des chambres. Des édredons en patchwork recouvraient les lits à baldaquin, les rideaux de cotonnade à carreaux sortaient des filatures Standish. Dans chaque pièce, l'espace, l'air et la lumière régnaient en maîtres.

Le dîner, servi le soir et non plus à midi, comportait toujours du vin, monté des caves abondamment garnies. Les repas, simples mais savoureux, étaient préparés avec des produits locaux. Le thé marquait une pause agréable entre le déjeuner et le dîner. Chess se servait quotidiennement d'un superbe service en argent, chef-d'œuvre d'un orfèvre réputé du siècle précédent ; mais le thé infusait dans une théière de grès, fabriquée en Caroline du Nord, pour éviter le goût métallique que donnaient les théières en argent.

Soldat venait presque chaque jour partager ce repas intime. Moins que le thé, l'affection dont il était entouré faisait merveille pour soutenir son cœur affaibli. Gussie l'accaparait et ne s'occupait que de lui. La générosité de sa fille et l'amour profond que lui vouait son parrain touchaient profondément Chess.

Ne voulant pas d'intrus à ce moment privilégié de la journée, Chess prit l'habitude de recevoir les dames de Standish à des petits déjeuners prolongés. Son bref aperçu de la famille royale anglaise, condamnée par son rang à un pesant isolement, l'avait fait réfléchir. Désormais résolue à effacer son image de grande dame inabordable, elle découvrit dans son entourage nombre de femmes intelligentes, dotées de personnalités attachantes et qui ne demandaient pas mieux que de lui accorder leur amitié d'égale à égale. Sa propre vie s'enrichit de ces contacts et elle souffrit de moins en moins de la solitude.

Elle fréquentait toujours avec autant de plaisir le Cercle littéraire, qui grandissait sous la houlette de James Dike. Chess se réjouissait de voir la réputation de sa librairie prospérer au point qu'on venait de Raleigh et de Winston lui acheter des livres et se tenir au courant de l'actualité littéraire internationale.

Cette année-là, les fêtes de Noël et du nouvel an furent les plus joyeuses et les plus réussies de toutes celles qui les avaient précédées. Chess installa dans le hall un immense sapin qui embauma la maison entière. Les visiteurs se succédaient dans un joyeux tohu-bohu, on chantait autour du piano. Gussie fournissait aux chanteurs un accompagnement souvent hésitant mais toujours enthousiaste.

Tout aurait été parfait si Nathan n'était rentré un soir en empestant le parfum à l'eau de rose de Lily. Et si, le jour de Noël, comme tous les autres d'ailleurs, Chess n'avait senti son cœur saigner d'être séparée de Randall.

Cela ira de mieux en mieux, se répétait-elle sans conviction. Cela passera avec le temps. Edith m'a bien dit qu'elle avait fini par se consoler. Dix ans, c'est quand même terriblement long...

41

Le 10 février, Bobby Fred mourut dans son sommeil. Son enterrement se déroula sous une tempête de neige. Chess dit à Gussie, inconsolable, que les anges déposaient cette épaisse couverture d'un blanc immaculé sur sa tombe pour lui tenir chaud.

Pour la première fois depuis des années, elle repensa à cette autre tombe, au plus profond du comté d'Alamance, où reposait le petit corps de son fils. Elle pria Dieu de lui accorder à lui aussi la protection de cette douce blancheur.

En mars eut lieu l'arrivée massive, qualifiée d'invasion par les habitants de Standish, des cadres et employés envoyés par les partenaires anglais. Londoniens pour la plupart, cet exil forcé dans un pays sauvage les remplissait d'appréhension ; leurs craintes furent cependant vite dissipées à la vue de la petite ville paisible et prospère. Quant aux épouses, elles débordèrent d'enthousiasme lorsqu'elles se rendirent compte de la qualité des logements et du niveau de vie qu'autorisaient les salaires de leurs maris.

— Pourquoi regretterions-nous l'Angleterre ? dit l'une d'elles à Chess. J'ai plutôt envie de danser et de chanter. Chez nous, personne n'avait les moyens d'aller au théâtre ou dans les boutiques à la mode. Nous n'aurions jamais pu acheter à Londres une maison comme celle que nous avons ici. Nos enfants ne savaient même pas ce que c'est de jouer au grand air dans un jardin. Depuis leur arrivée, ils sont comme des oiseaux libérés de leur cage.

Ces Anglais-là, Chess ne les avait ni vus ni côtoyés à Londres. Ils représentaient la classe des petits-bourgeois avides d'ascension sociale, désormais majoritaires dans l'ensemble de la population, qui amenaient peu à peu en Grande-Bretagne une irréversible transformation des lois et des mentalités. Ils ne pouvaient donc que se sentir à l'aise aux États-Unis, où le changement était un mode de vie normal.

Chess comprit aussi que ce qu'elle croyait savoir sur l'Angleterre était faux. La licence des mœurs et la libre pensée n'étaient admises que par une élite marginale. Dans leur immense majorité, les Anglais pratiquaient un puritanisme aussi étroit que celui de Mary Richardson. Une femme lui révéla qu'une forte proportion de la noblesse, influencée par la rigide moralité de la reine Victoria, se scandalisait ouvertement des écarts de conduite du prince héritier et de ses compagnons de débauche.

Chess se félicita que le hasard l'ait amenée à fréquenter l'entourage du débonnaire prince Bertie plutôt que celui de sa mère ou le monde étriqué de ces nouveaux venus. Néanmoins, par gratitude envers les aimables Anglais qui les avaient accueillis à Londres, elle s'efforça de mettre leurs compatriotes à l'aise, organisa les présentations entre voisins. En souvenir des jérémiades de James Whistler, selon lequel le mal du pays a plus souvent son siège dans l'estomac que dans l'âme des expatriés, elle persuada les épiciers d'ajouter à leurs stocks des thés, des confitures et autres comestibles importés d'Angleterre.

En avril, la première pierre de la nouvelle usine fut posée en grande pompe. L'Union Jack flotta à côté de la bannière étoilée et l'orphéon joua les hymnes nationaux des deux pays. Après les réceptions officielles, Nate et Chess célébrèrent l'événement en privé avec une bouteille de champagne et la lecture réjouissante des rapports de leurs espions à New York et à Durham : Buck Duke était stupéfait, furieux, enragé. Jusqu'à la dernière minute, il s'était refusé à croire à la victoire de Nate Richardson.

Et pourtant, Nate avait bel et bien gagné !

Il fallut ensuite appliquer la nouvelle alliance anglo-américaine. Le processus eut pour résultat de mettre la patience de Nate à si rude épreuve qu'il rentrait à la maison d'une humeur de plus en plus irritable.

— J'en ai par-dessus la tête d'être obligé de tenir huit réunions de comités pour régler les détails les plus insignifiants ! s'exclama-t-il un soir au dîner.

— Pourquoi ne pas leur dire ce qu'il faut faire, papa ? s'étonna Gussie en levant le nez de son assiette. C'est vous le patron, n'est-ce pas ?

Nate échangea un regard avec Chess et éclata de rire.

— Bienheureux les petits enfants…, commença-t-il.

— Je ne suis pas un petit enfant ! protesta Gussie.

— C'est vrai, tu es le roi Salomon. Je profiterai dès demain de ton sage conseil. Des têtes vont tomber — ce qui vaut quand même mieux que de couper des bébés en deux. C'est surtout plus pratique.

Gussie demanda à sa mère de lui clarifier ces propos sibyllins, mais Chess riait trop fort pour parler.

Chess rappela cet épisode à Nate quelques semaines plus tard mais, cette fois, il n'était plus question de rire : elle écumait littéralement de fureur.

La conversation avait pourtant commencé dans le

calme. Ce que Nate lui apprenait n'avait pour elle rien de nouveau.

— J'aurais préféré me couper la langue plutôt que de vous apprendre ce que j'ai à vous dire, Chess, mais… Eh bien, voilà : je suis le père du bébé de Lily. Si vous saviez à quel point j'ai honte de moi…

— Je vais donc vous répéter mot à mot ce que j'ai répondu à Lily quand elle est venue se pavaner cet après-midi pour me raconter la même chose, Nathan. Il n'existe aucun moyen au monde de savoir avec certitude si c'est vous le père ou Gideon. Et le mieux, pour tout le monde, est de supposer que c'est Gideon.

— Quoi, elle est venue ici ? Elle vous l'a dit ? Oh ! grand dieu, c'est affreux, je suis au désespoir que…

— Assez, Nathan ! l'interrompit-elle. Cessez de vous apitoyer sur vous-même. J'en suis désolée pour vous mais ne venez pas vous plaindre à moi de problèmes dont *vous* êtes seul responsable. Lily vous tient, vous êtes incapable de vous en libérer, je le sais — d'ailleurs, elle ne manque pas une occasion de me le rappeler. Je veux bien subir ces abominables déjeuners du dimanche chez votre mère, où Lily minaude et fait sa mijaurée à me donner la nausée, mais ne m'en demandez pas plus. Je refuse d'écouter vos jérémiades et vos mauvaises excuses.

La tête dans les mains, Nate gémit de douleur.

— Soit, mais c'est pire qu'avant. À cause du bébé…

— Ah, non ! Au diable ce bébé, je ne veux plus en entendre parler !

Elle se leva et s'éloigna de peur de céder à l'envie de le gifler.

— Voyons, Chess, c'est un garçon…

Elle s'arrêta net, pivota sur ses talons.

— Que voulez-vous dire au juste ? demanda-t-elle avec froideur en détachant ses mots.

— Tous les hommes rêvent d'avoir un fils, Chess. Pour leur succéder dans leur travail, perpétuer leur nom…

Chess ne put se contenir davantage.

— Comment pouvez-vous proférer une aussi monstrueuse stupidité ? Oseriez-vous considérer que Gussie n'est pas au moins l'égale de n'importe quel garçon ? Qui a eu le bon sens de vous conseiller ce que vous deviez faire dans votre nouvelle entreprise, alors que vous vous laissiez submerger par les détails au point de perdre votre lucidité ? Et puisque nous en parlons, qui a travaillé jour et nuit pour vous épauler dans les moments difficiles ? Était-ce un homme ? Non, c'était *moi* ! J'ai créé les cigarettes Standish autant que vous, j'ai travaillé aussi dur que vous. Et je ne suis pas un homme, Nathan, je suis une femme — si tant est que vous vous en soyez jamais aperçu ! Votre fille sera bientôt une femme et elle possède plus de courage, de cœur et de bon sens que n'importe quel garçon sur Terre ! Comment avez-vous l'audace de verser des larmes de crocodile sur un bébé qui n'est peut-être même pas de vous, sous prétexte que c'est un garçon, alors que vous êtes le père d'un enfant aussi remarquable que Gussie, qui vous aime de tout son cœur et vous le prouve tous les jours ? Si vous détournez d'elle une seule miette, une seule seconde de votre attention et de votre affection pour la donner au bébé de Lily, je vous tuerai de mes mains, Nathan ! M'avez-vous comprise ?

Haletante, livide, les yeux étincelants de haine, elle hurla les derniers mots de sa tirade. Nate eut peur de l'inconnue qui se tenait devant lui. La Chess qu'il croyait connaître disparaissait alors qu'il avait le plus besoin d'elle. Il ne s'était encore jamais rendu compte à quel point elle lui était devenue indispensable.

— J'ai tort, dit-il humblement. Que dois-je faire ?

— Vous pouvez commencer par me débarrasser de votre présence, vous me rendez malade.

La tête basse, il sortit. La porte à peine refermée, Chess se laissa tomber à genoux et fondit en larmes, accoudée à un fauteuil dont la tapisserie représentait deux amoureux dans un jardin.

Cet après-midi-là, elle se rendit au bureau de Nate et entra sans se faire annoncer.

— Nous ferons bonne figure, Nathan. Gussie ne devra jamais rien savoir de cette lamentable affaire. Vous nous devez au moins cela, à elle et à moi.

— Cela va sans dire.

— Autre chose : je vous interdis à l'avenir d'empester ma maison avec l'odeur de cette femme. Depuis que je vous connais, vous vous lavez plus que n'importe qui. Ayez la décence de le faire avant de rentrer.

Sur quoi elle tourna les talons et se retira. De retour chez elle, elle ne pleura plus.

Par la suite, Chess et Nate firent en effet bonne figure. Assez intuitive pour subodorer un différend entre ses parents, Gussie n'en fut cependant pas troublée. Après tout, Barbara Beaufort et elle s'étaient brouillées à mort au moins trois fois et s'étaient toujours réconciliées. Leur image publique demeura donc celle d'une famille modèle que tout Standish donnait en exemple.

Lily n'était pas dupe et attendait son heure. Sans plus faire allusion au bébé pendant leurs rencontres clandestines au Club hippique, elle se contentait de susurrer à Nate les obscénités qui le maintenaient sous le charme.

Le 20 mai, la Cour suprême déclara anticonstitutionnelle la loi qui instituait l'impôt sur le revenu, votée un an auparavant par le Congrès. Dans l'Amérique entière, les milieux d'affaires saluèrent cette décision par de grandes réjouissances.

— Henry lui-même jubile, je me demande d'ailleurs bien pourquoi, commenta Edith Horton. Chaque fois qu'il arrive à mettre quatre mille dollars de côté, ce qui est rare, il en profite pour acheter d'autres chevaux et leur bâtir un nouveau palais. Moi, pendant ce temps, je dois continuer à acheter des seaux pour les mettre sous les fuites du toit.

Mais dites-moi, Chess, cela n'a pas l'air de vous faire plaisir?

— Non, c'est vrai. Je viens d'apprendre par les journaux qu'un de mes amis de Londres est en prison.

— C'est affreux! Pour quel motif?

— Je ne sais pas. L'article était très vague, je n'y ai rien compris. Il semblerait qu'il ait perdu un procès.

— Le pauvre! Était-ce un... *bon* ami?

Chess sourit malgré elle.

— Vous êtes incorrigible, Edith! Je vous l'ai déjà dit cent fois, pas de noms ni de détails. Sachez seulement qu'il ne s'agit pas du tout de mon amant mais d'un ami que j'aimais beaucoup, l'écrivain Oscar Wilde.

— L'auteur de *Dorian Gray*? Pas possible! Il est célèbre, il devrait pouvoir s'offrir un bon avocat pour le tirer de ce mauvais pas.

— De toute façon, je ne peux rien faire pour lui. Parlons d'autre chose, voulez-vous? Où en sont vos roses?

Lancée sur ce sujet, Edith devint intarissable. Chess feignit de l'écouter mais le sort d'Oscar Wilde l'obsédait.

Elle tenta de se renseigner auprès des Anglaises de Standish, qui se bornèrent à déclarer avec des mines offusquées que l'affaire était trop répugnante pour en parler. Finalement, ce fut James Dike qui l'éclaira: Oscar Wilde avait un amant, le fils du marquis de Queensbury. Insulté en public par le père, Oscar l'avait poursuivi en diffamation. La perte du procès avait entraîné sa condamnation à une lourde peine pour crime de sodomie.

— Je ne comprends toujours pas, dit Chess. Qu'est-ce que la sodomie?

Les yeux baissés, au comble de l'embarras, Dike le lui expliqua en termes aussi voilés que possible.

— Et on l'a mis en prison à cause de cela? s'indigna Chess. Ils n'avaient pas le droit, ce genre de choses ne regarde personne! A-t-il, euh... violenté l'autre?

— Au contraire, ce jeune homme en était très fier. Il a même écrit un poème pour s'en glorifier.

— Pauvre Oscar! Ne peut-on rien faire pour lui?

— Rien. Ses amis lui avaient déconseillé d'intenter ce procès qu'il était sûr de perdre, ils voulaient lui faire quitter l'Angleterre pendant qu'il en était encore temps mais il ne les a pas écoutés. En fait, il a laissé son amant briser sa vie et son avenir.

Chess ne put s'empêcher de penser à Nathan et Lily, à elle-même et Randall. Aveuglée comme elle l'était par son amour pour lui, aurait-elle accepté de briser son ménage ou même de renoncer à Gussie s'il lui avait demandé de rester? Peut-être...

— L'amour est une passion parfois redoutable, murmura-t-elle.

— Hélas, oui! approuva le libraire.

Pour la première fois, Chess s'interrogea sur sa vie sentimentale. Ne le voyant jamais avec des femmes, elle l'avait longtemps cru voué à la chasteté mais ce qu'elle venait d'apprendre lui ouvrait de nouveaux horizons. Aimait-il les hommes, lui aussi? Dans ce cas, sa passion lui faisait courir de graves dangers. Pauvre James, pauvre Oscar!... Les lois punissant des gens qui ne causaient de tort à personne étaient des lois injustes.

— Pourquoi de telles lois existent-elles, James?

— Parce que le monde craint la différence. C'est la raison pour laquelle il la châtie.

Chess réfléchit brièvement.

— Voulez-vous venir dîner dimanche, James? Je ne veux plus subir tous les dimanches les dîners de ma belle-mère.

Le soir même, elle écrivit à Oscar Wilde une longue lettre affectueuse. Elle ne sut jamais s'il l'avait reçue et n'eut aucune nouvelle de lui par la suite.

Les jours, les semaines, les mois s'écoulèrent dans le silence feutré qui estompe les blessures. Quand Chess et Nate allèrent à la grande foire de Raleigh, une troupe théâtrale de New York y donnait une adaptation scénique de *Trilby* à laquelle ils assistèrent. En soupant après la représentation, Chess put évoquer sa rencontre avec George du Maurier sans plus éprouver d'angoisse en pensant à Oscar Wilde. Ses rapports avec son mari étaient redevenus ceux de la camaraderie complice, presque comme avant Lily. Randall Standish semblait avoir lui aussi perdu le pouvoir de la faire souffrir. À mots couverts, elle parlait de lui à Edith Horton et elles en riaient ensemble.

Le 7 novembre, les noces de Consuelo Vanderbilt et du duc de Marlborough offrirent au monde un spectacle grandiose qui fit la une de tous les journaux. Des jours durant, les dithyrambes le disputèrent au venin le plus perfide. Sous la manchette : HÉRITIÈRES D'AMÉRIQUE, ATTENTION ! le *New York World* publia le portrait des vingt-sept ducs du Royaume-Uni avec, en sous-titre : *Combien êtes-vous prêtes à payer ?*

Avec un peu de retard, comme il sied à la presse de province, le *Richmond Dispatch* rendit compte de l'événement en se rattrapant sur les détails. Chess lisait en riant la description de la mêlée à la sortie de l'église, où trois cents policiers n'avaient pu contenir la foule de plusieurs milliers de curieux. Elle parcourait la liste des personnalités présentes quand, soudain, elle crut avoir mal lu et revint en arrière : ... *Son Excellence l'Ambassadeur des États-Unis à la Cour de Saint-James... Son Excellence l'Ambassadeur de Grande-Bretagne à Washington...* Oui, là, en petits caractères, elle avait bien vu : *Lord Randall Standish.*

Randall en Amérique. À New York.

Le journal lui échappa des mains. Il était onze heures dix. En partant dans l'heure, elle serait à New York le soir même. Inutile de perdre son temps à faire une valise. Randall était là, tout près. Si près...

D'un seul coup, le désir fou qui n'attendait que d'être satisfait, la faim dévorante qui exigeait d'être rassasiée lui firent oublier ses efforts des seize mois écoulés. Elle se rappela tout de lui aussi clairement que si elle l'avait quitté la veille. Elle sentit sous ses doigts le grain de sa peau, le léger picotement de sa moustache sur ses lèvres. Son odeur lui emplit de nouveau les narines.

— Randall…, gémit-elle à voix haute.

Son nom lui meurtrit les lèvres et éveilla un écho incongru dans le petit salon silencieux. Grand dieu ! Comment supporter de le savoir si proche et de ne pas le voir ? Il ne lui avait pas même écrit un mot. Il ne voulait pas d'elle à New York. Il la rejetait… Et moi qui me croyais guérie, se dit-elle piteusement. J'étais sûre de l'avoir oublié. Pourquoi n'est-il pas resté en Angleterre ? Pourquoi ai-je si mal ?

Chess frissonna, remonta le châle sur ses épaules mais rien ne pouvait la protéger de ce froid intérieur.

Derrière elle, elle entendit la porte s'ouvrir.

— Ah ! Un bon feu, fit la voix de Nate.

— Allez-vous-en, murmura-t-elle, si bas qu'il ne l'entendit pas.

— Je suis gelé, poursuivit-il en s'approchant. Je tremblais si fort que je claquais des dents…

Il tendait les mains vers la cheminée quand il vit le visage de Chess.

— Seriez-vous malade ? En ce moment, on ne parle que de la grippe. Montez vite vous coucher, je vais vous aider.

— Non, Nathan, je n'ai rien. Laissez-moi simplement me reposer quelques minutes.

Il lui prit les mains. Elles étaient glacées alors que les siennes étaient brûlantes. Chess s'en étonna. Il n'a pourtant pas eu le temps de se réchauffer devant le feu, pensa-t-elle. Un coup d'œil lui suffit pour comprendre : Nate avait le teint cireux, les yeux cernés de noir. Elle dégagea une de ses mains pour lui tâter le front : il brûlait de fièvre.

— C'est vous qui avez la grippe, Nathan. Venez

tout de suite vous coucher, je vais vous aider à monter.

Pardonnez-moi, mon Dieu, mais je suis heureuse qu'il soit malade, se dit-elle. Maintenant, j'ai de quoi m'occuper. De quoi penser à autre chose. À quelqu'un d'autre.

42

Les semaines suivantes, Chess fut en proie à une panique superstitieuse. Malgré sa robuste constitution, Nate subissait de plein fouet les assauts d'une forme aggravée de la maladie qui le mena à plusieurs reprises au seuil de la mort. C'est ma faute, se répétait Chess. Je me suis réjouie qu'il tombe malade et il mourra à cause de moi...

Le nouveau médecin de Standish, homme d'âge et d'expérience, tentait en vain de la rassurer.

— Si je le perdais, docteur, je ne sais pas ce que je deviendrais, lui répétait-elle entre deux crises de larmes.

— Ne vous inquiétez donc pas, madame. L'état général de votre mari est excellent. Il s'en sortira d'autant mieux que c'est un lutteur. Il ne se laissera pas terrasser.

Chess le savait. Quelles qu'aient été les circonstances, Nate ne s'était jamais avoué vaincu — jusqu'à présent, du moins, car la lubricité de sa liaison avec Lily avait réussi à l'abattre. Depuis des mois, il perdait du poids, sa combativité s'émoussait. Avait-il aussi perdu l'envie de vivre, le besoin de se battre ? Et tout cela par ma faute, se répétait Chess. Elle aurait dû lui rendre sa liberté, le laisser épouser la femme qu'il aimait. Dieu sait si elle comprenait, désormais, le pouvoir irrésistible de l'amour...

Non ! fit une voix venue du plus profond d'elle-même. Elle ne lâcherait pas Nathan pour l'abandonner aux griffes d'une Lily qui ne l'aimait pas d'amour, qui ne cherchait qu'à l'humilier, à le posséder, à en faire sa chose. Depuis le jour de notre mariage, quand j'avais tant ri de voir son costume rétrécir après sa chute dans l'eau, je n'ai jamais cessé d'aimer Nathan. Pas toujours de la même manière, bien sûr. En quinze ans, on change, le monde se modifie autour de soi. Pourtant, je l'aime, je ne le laisserai pas à cette petite garce hypocrite. Je me battrai contre elle, contre lui s'il le faut, mais je le garderai — quand il sera guéri, s'il plaît à Dieu.

Il fallut trois semaines à Nate pour se rétablir, mais il était amaigri et affaibli au point que Chess s'effraya de voir combien il paraissait soudain vieilli. Elle n'aurait pourtant pas dû s'en étonner : à trente-huit ans, il était normal qu'il perde sa mine d'éternel adolescent.

Chess lui apportait chaque jour des dossiers lui permettant de s'informer de ce qui s'était passé pendant sa maladie. Malgré leur insistance, elle interdisait l'accès de sa chambre aux directeurs et chefs de service qui voulaient lui parler. Ils avaient vite renoncé à protester, l'expérience leur ayant amplement démontré que Mme Richardson était une femme d'affaires aussi redoutable que son mari. Pendant toute la durée de la maladie de Nate, elle avait exigé des rapports journaliers et pris sans hésiter les décisions nécessaires. Elle en rendait maintenant compte à Nate, qui maîtrisait mieux son impatience en sachant que tout était en ordre et que ses entreprises n'avaient pas souffert de son indisponibilité passagère.

De même, Chess avait pris en main leurs affaires personnelles. Elle lui relata avec indifférence la vente de charité organisée par Gideon et Lily pour l'aménagement de la nouvelle école du dimanche. Elle s'étendit davantage sur les activités scolaires de

Gussie, qui voulait en outre se faire percer les oreilles pour arborer ses nouvelles boucles. Après en avoir longuement délibéré, Nate accepta à contrecœur. Il se résignait mal à voir sa petite fille grandir.

— J'ai refusé celles-ci, dit Chess en lui tendant une pile d'invitations, et accepté les autres à condition que le médecin vous y autorise.

— Pas si vite ! protesta Nate. En voici une à laquelle je tiens. Écrivez une autre lettre pour dire que nous irons.

Chess relut le carton : George Vanderbilt les conviait à quatre jours de fête entre Noël et le jour de l'an pour l'inauguration de sa nouvelle résidence près d'Asheville.

— En plein hiver, ce sera trop fatigant, Nathan ! Avec une journée de voyage dans chaque sens, il faudra compter au moins six jours.

— Tant pis, je ne veux surtout pas manquer cela. Pensez donc, toutes ses machines seront en fonction !

Il avait l'air d'un gamin heureux de voir de nouveaux jouets. Ses joues reprenaient leurs couleurs. Chess fut bien forcée de s'incliner.

En fait, elle avait immédiatement pensé à Randall en recevant cette invitation. S'il avait été invité au mariage Vanderbilt, il y avait des chances qu'il le soit aussi à cette fête. En dépit de son inquiétude sur la santé de Nathan, Chess n'avait pu empêcher son cœur de battre plus vite. À la réflexion, elle ne risquait sans doute pas de rencontrer Randall. Ulcérée par le scandale ayant entouré le divorce de la mère de la jeune mariée, la famille entière s'était abstenue d'assister au mariage. Il était donc peu vraisemblable que George Vanderbilt et Randall Standish s'y soient rencontrés. Alors, puisque Nathan y tenait tellement, pourquoi ne pas s'y rendre ? Le plaisir de voir ces belles machines hâterait peut-être sa guérison.

Le wagon privé des Richardson fut attelé à Durham au train spécial Vanderbilt, comportant déjà cinq wagons privés venus de New York. À Asheville, le convoi fut aiguillé sur l'embranchement privé de Biltmore, la propriété de George Vanderbilt. Les passagers débarquèrent enfin dans une petite gare qui ressemblait à un décor de théâtre, où des voitures menées par des cochers en livrée les attendaient pour les conduire jusqu'à la maison.

— Couvrez-vous, Nathan, lui dit Chess en déployant sur ses genoux la couverture de fourrure dont la voiture était munie. Et posez les pieds sur la chaufferette. Vous êtes à peine remis de votre grippe.

— De grâce, bougonna-t-il, cessez de me traiter comme un infirme !

— L'air est glacé. Mais j'avoue que c'est superbe.

Du train qui serpentait à flanc de montagne, ils avaient découvert d'immenses étendues de neige vierge ponctuées de hauts sapins comme des points d'exclamation. Le paysage qu'ils traversaient à présent était encore plus beau. L'après-midi tirait à sa fin, le soleil déjà bas posait sur la neige des touches roses et orangées.

— Superbe est le mot, renchérit Nate, mais attendez de voir la maison ! Les blocs de maçonnerie sont si parfaitement ajustés qu'on aurait pu se dispenser de ciment.

Était-ce la lumière du couchant qui lui donnait ce teint coloré ou la pureté de l'atmosphère lui faisait-elle recouvrer la santé par miracle ? Trépidant d'impatience, il se réjouissait déjà de contempler de nouvelles merveilles.

Précédé de deux voitures et suivi de deux autres, leur véhicule franchit le passage voûté à l'entrée du parc et commença la longue ascension vers la maison.

— Quel travail de dégager cette route quand il neige ! observa Chess.

— Il doit y avoir un raccourci.

Aucun n'était visible, en tout cas.

Le crépuscule tombait lorsque la file de voitures fit halte sur une esplanade où ne subsistait aucun flocon de neige. À leur droite, se détachant contre le ciel pourpre avec la majesté d'une montagne, se dressait un immense château de style français couronné d'un toit d'ardoise. Des dizaines de fenêtres illuminées semblaient souhaiter la bienvenue aux voyageurs.

— Grand dieu! murmura Chess, effarée. Buckingham Palace aurait l'air d'un pavillon de jardin à côté...

Elle n'avait jamais rien vu d'aussi fantastique. Était-ce une illusion produite par quelque sortilège?

Au signal du cocher de tête, les voitures se remirent en marche vers l'entrée monumentale surmontée d'une tour qui paraissait grandir indéfiniment à mesure qu'on se rapprochait. La porte s'ouvrit, un rectangle de lumière se dessina sur le sable de la cour. Bouche bée, Chess contempla cette ouverture avec une sorte de crainte. Était-ce un repaire de géants?

— Sa centrale électrique doit être plus grosse que celle de tout Standish, déclara Nate.

Cette remarque prosaïque ramena Chess à la réalité et lui donna soudain envie d'entrer dans la féerique demeure. Ici, pensa-t-elle en souriant, nous sommes au pays des merveilles. Alice ne s'y sentirait pas dépaysée.

43

À l'intérieur, Chess découvrit avec stupeur un hall plus vaste que la salle de bal de Harefields. Les invités débarqués des cinq autres voitures — trois couples de New York et deux de Pennsylvanie — se connaissaient déjà. Ils se saluèrent les uns les autres, se présentèrent d'eux-mêmes à Nate et Chess avant de se répartir en deux groupes et de bavarder entre eux. Les Richardson ne restèrent cependant pas longtemps livrés à eux-mêmes, car George Vanderbilt vint presque aussitôt remplir ses devoirs d'hôte.

Chess observa avec curiosité ce célèbre jeune homme de trente-trois ans qu'elle rencontrait pour la première fois. Mince, le teint clair, les cheveux très bruns et le visage barré d'une épaisse moustache, il lui rappela Randall Standish moins par la ressemblance physique que par une élégance naturelle dans le maintien. Ce rapprochement inattendu la mit mal à l'aise, jusqu'à ce qu'elle se rende compte que l'abord plutôt froid du bâtisseur de cet extravagant château cachait une réelle timidité.

Sa sympathie pour lui redoubla quand, après avoir salué ses autres invités au prix d'un visible effort, elle le vit s'avancer vers Nate avec un sourire chaleureux et lui serrer la main comme à un vieil ami.

— Vous ne pouvez savoir à quel point je suis ravi que vous ayez quand même pu venir, mon cher Nate! lui dit-il, toute trace de timidité évanouie. L'inauguration n'aurait pas été complète sans votre présence. Les chaudières et la centrale électrique n'attendaient plus que vous.

Chess ne put refréner un sourire amusé. Les petits garçons et leurs jouets...

Des laquais en livrée escortèrent les invités vers leurs chambres respectives. En arrivant dans les leurs, les Richardson constatèrent que leurs valises étaient défaites et leurs affaires rangées.

— J'étais sûr qu'il y avait un raccourci! dit Nate. Ils ont eu le temps de décharger les bagages du train et de les monter jusqu'ici alors que nous empruntions la route panoramique beaucoup plus longue.

Chess avait une chambre ovale tendue de damas rouge, avec un lit en marqueterie, des sièges et une table en bois doré. Un feu flambait dans la grande cheminée. En examinant les lieux de près, elle découvrit de vastes placards, des éclairages judicieusement disposés pour la lecture; mais la salle de bains attenante, spacieuse et pourvue de tous les appareils nécessaires, était d'une austérité qui l'étonna. Il n'y avait qu'un miroir au-dessus du lavabo et la coiffeuse brillait par son absence.

— George est célibataire, lui expliqua Nate, et son architecte aussi. Les hommes ont besoin d'un miroir pour se raser, pas pour se coiffer ou se maquiller.

C'était logique, en effet — d'un point de vue masculin... La chambre de Nate, qui communiquait avec la sienne par la salle de bains, ne disposait d'ailleurs d'aucun miroir. Elle regorgeait, en revanche, de cuir fauve et de boiseries sombres. Et le matelas avait l'air dur.

Revenue dans son écrin de damas rouge, Chess feuilleta un livret relié de maroquin posé sur la table. Il contenait des renseignements utiles à l'usage des invités : ... femme de chambre à la disposition de chacune des dames, de jour comme de nuit... linge déposé le matin rendu le soir même... chevaux pour ceux qui souhaitaient monter... costumes de bain disponibles à la piscine intérieure chauffée... pistes de bowling... salles de billard... Chess se promit d'explorer ces attractions inconnues.

Le programme de cette première soirée du 31 décembre figurait sur un feuillet séparé : bal dans le grand hall à partir de dix heures du soir suivi d'un souper à une heure du matin. De sept heures à dix heures, buffet servi sur le palier de réception du premier étage et dans la galerie du rez-de-chaussée. Fort bien, pensa Chess — à condition de connaître l'emplacement de toutes ces pièces. Un fil d'Ariane lui serait sans doute d'un grand secours pour retrouver son chemin dans cette immensité.

Le bruit de la porte lui fit lever les yeux.

— Où allez-vous, Nathan?

420

— Au sous-sol, à la chaufferie. Je reviendrai à temps pour m'habiller, rassurez-vous.

— De grâce, n'abusez pas de vos forces! Ces machines seront encore là demain.

— Mais oui, je sais…

La pendule sur la cheminée ne marquait que cinq heures. Chess mourait d'envie, elle aussi, de visiter les lieux mais elle se dit qu'il serait plus sage de satisfaire sa curiosité à la lumière du jour. Elle sonna la femme de chambre afin de lui donner ses instructions pour son séjour et de la faire parler sur la maison et ses occupants.

— George Vanderbilt n'est pas même fiancé, apprit-elle à Nate lorsqu'il remonta du sous-sol. Dommage que Gussie n'ait pas quelques années de plus…

— En tout état de cause, vous seriez au bout d'une longue file d'attente! répondit-il en riant. Le pauvre diable doit littéralement chasser les marieuses à coups de bâton. Ses propres sœurs ont invité des candidates. En ce moment même, la maison grouille de filles à marier.

Chess pouffa de rire.

— Vous m'étonnerez toujours, Nathan! Comment avez-vous appris tant de choses à la chaufferie?

— Les serviteurs sont au courant de tout, vous me l'avez vous-même répété mille fois. On ne s'ennuie pas dans les sous-sols, croyez-moi! J'ai pris une tasse de café et un morceau de tarte dans la salle à manger du personnel. Vous devriez voir la cuisine et la buanderie, elles sont plus grandes que celles d'un hôtel! C'est normal, après tout, avec quatre-vingts domestiques…

— Quatre-vingts?

— Rien que pour la maison, sans compter les deux cents et quelque chargés des écuries, de la laiterie, des jardins. George cultive tout ce qu'il mange. J'ai goûté en bas à ses raisins de serre. Délicieux!

— Vous auriez pu m'en rapporter, je meurs de faim.

— On installe justement le buffet au bout du couloir. Venez, je vais vous montrer.

Le palier de réception se trouvait à quelques pas, en haut du monumental escalier de marbre. Des serviteurs allumaient des réchauds sous des plats couverts de cloches en argent; les plats froids étaient déjà disposés sur une longue table, avec la vaisselle et les verres en cristal.

Cet immense palier encadré de colonnades était aussi luxueux qu'un salon. Des tapis délimitaient des espaces de conversation meublés de fauteuils et de tables basses. Chess souleva le rideau d'une fenêtre. Celle-ci dominait un jardin d'hiver brillamment illuminé, où elle vit des invités assis sous des palmiers en pots, d'autres qui bavardaient debout par petits groupes. Aucun son ne lui parvenant, elle eut l'impression déroutante d'assister à une représentation théâtrale muette. Au milieu de la pièce, George Vanderbilt se tenait face à un demi-cercle de jeunes femmes qui riaient d'un bon mot. Pauvre George! se dit-elle. Nathan a raison, il doit être poursuivi par les marieuses.

Derrière elle s'élevaient d'appétissantes odeurs. Chess était sur le point de se détourner de la fenêtre quand sa main se crispa sur le rideau: ce n'était pas George Vanderbilt qu'elle voyait en bas. Ce dos, ces cheveux bruns étaient ceux de Randall Standish.

Un vertige la saisit — de joie, de crainte, de désir? Elle n'aurait su le dire. D'un peu tout, peut-être...

— Madame désire-t-elle une assiette assortie? lui demanda un laquais.

Chess ne put réprimer un frisson.

— Oui, merci. Mais aidez-moi d'abord à aller m'asseoir. La tête me tourne un peu. L'altitude, sans doute.

Elle devait avant tout se ressaisir. Après, peut-être serait-elle capable de réfléchir.

Penchée vers le grand miroir au-dessus de la cheminée de sa chambre, Chess s'étudia sans indulgence. La vie était injuste! Les hommes pouvaient cacher par une moustache leurs vilains sillons entre le nez et la bouche ou leurs bajoues sous une barbe, mais les femmes devaient afficher leur âge aux yeux de tous. Quarante-cinq ans! Était-ce ainsi qu'on devait paraître à quarante-cinq ans? Pourquoi pas soixante?

Pour la première fois, Chess prenait conscience de son âge. Se sachant sans beauté, elle n'avait jamais perdu son temps à se regarder dans une glace. Au moins, ses mains étaient restées belles et fines, ses cheveux souples et brillants, même si l'argent s'y mêlait de plus en plus à l'or.

Je suis laide et vieille, dit-elle avec dépit à son image. J'aurais dû changer de chambre avec Nathan, la sienne n'a pas de miroir. Toutes ces filles autour de Randall sont jeunes et jolies. Il ne m'a pas revue depuis un an et demi, il ne se souvient sans doute même pas de moi. Pourquoi n'ai-je pas suivi mon premier instinct et dévalé l'escalier? Pourquoi me suis-je bercée de l'illusion que je pouvais me faire belle? Sait-il seulement que je suis ici?

Elle se brossa les cheveux avec une sorte de rage, les remonta en un gros pouf maintenu par des épingles et se tourna vers la cameriste qui attendait pour l'habiller. Sa toilette déployée sur le lit, celle du bal de la duchesse de Devonshire qu'elle porterait pour la première fois, était la plus belle qu'elle eût jamais possédée — en fait, la plus belle qu'elle eût jamais vue. Luther Witsell avait réalisé un chef-d'œuvre.

L'organdi noir de la robe, aux manches ballon à la dernière mode, faisait ressortir de manière saisissante la blancheur de son teint. Un gracieux décolleté lui dénudait les épaules; le corsage qui soulignait la finesse de sa taille était orné de festons, rebrodés de perles de jais dont le motif était reproduit autour d'un panneau de brocart sur le devant de la jupe. Des flots d'organdi bouillonné amorçaient la traîne.

Un rayon de lune sur un jardin secret, lui avait promis Luther. Il avait tenu parole — et au-delà. Quand Chess se tourna afin de se voir en pied dans la psyché apportée par la femme de chambre, elle ne reconnut d'abord pas cette féerique apparition. Un cri d'admiration lui échappa, auquel la jeune camériste répondit en écho :

— Que Madame est belle !

L'or et l'argent de ses cheveux scintillaient, ses yeux gris avaient l'éclat de deux étoiles.

Étourdie, se mouvant dans un rêve, elle se ceignit le cou d'un collier de jais, se parfuma, glissa les mains dans de longs gants blancs, prit son éventail de dentelle noire. Les premières mesures de musique montaient du grand hall.

La femme de chambre fit la révérence et se retira. Avec un dernier regard au miroir, Chess sortit rejoindre Nate qui l'attendait sur le palier.

— Vous êtes d'une élégance admirable, lui dit-il.

— Vous aussi, Nathan. Vous êtes superbe.

Elle ne mentait pas. Son tailleur de Londres s'était en effet surpassé.

— L'ascenseur ou l'escalier ?

— L'escalier, répondit Chess.

Elle n'avait pas oublié les leçons inculquées dans sa jeunesse : comment descendre un escalier la tête haute, sans baisser les yeux ni se tenir à la rampe. Si elle voulait combattre la peur que sa rencontre imminente avec Randall faisait monter en elle, elle avait le plus pressant besoin d'adopter l'attitude fière qu'exige ce périlleux exercice.

Sa longue traîne étalée derrière elle sur le marbre blanc de l'escalier, elle s'avança d'une démarche légère et sûre, digne d'une reine. Des rayons de lune filtrant par les vitraux multicolores des fenêtres déposaient sur sa peau et ses cheveux des reflets de pierres précieuses.

À sa vue, ceux des invités qui se tenaient au pied

de l'escalier interrompirent leurs conversations et levèrent vers elle des regards ouvertement admiratifs. L'un d'eux se détacha du groupe, posa le pied sur la dernière marche et lui tendit une main gantée de blanc.

— M'accorderez-vous cette valse, Francesca ?

44

Ils dansaient ensemble pour la première fois mais Chess ne s'étonna pas qu'ils valsent avec autant d'aisance que s'ils l'avaient fait toute leur vie. Une entente aussi parfaite ne pouvait pas être réelle, ce château de conte de fées n'existait pas vraiment, elle imaginait la chaleur de la main de Randall sur sa taille. Elle rêvait à coup sûr puisque les désirs ne se réalisent qu'en rêve...

— Bonsoir, mon cher amour, avait-il murmuré en lui prenant la main au bas de l'escalier.

— Bonsoir, Randall, avait-elle répondu.

Il l'avait alors entraînée dans une ronde autour de la pièce. Ils ne se parlaient plus, la musique et leurs corps enlacés rendaient toute parole inutile. Il fallait qu'il en soit ainsi, se disait-elle, l'idéal est la norme du rêve.

À la fin de la danse, Chess n'éprouva pas même de regret : elle vivait un rêve et, dans les rêves, les valses ne finissent jamais.

— Je dois saluer Nate, lui dit Randall.

Elle le regardait s'éloigner quand un homme s'inclina devant elle. Chess sourit, prit sa main tendue et recommença à valser en feignant le plus vif intérêt pour ce qu'il disait et qu'elle n'écoutait pas.

Le nombre restreint des invités, vingt-six en tout, conférait à la soirée une sorte d'intimité. Le jardin d'hiver, que Chess avait vu à travers la verrière, communiquait avec le hall par quelques marches. Entre les danses, on allait y boire du champagne au milieu des fleurs et des palmiers. Le temps d'une valse, assise près de Nate dans un fauteuil d'osier, Chess redescendit sur terre.

— Vous devriez vous décider à danser, lui dit-elle comme elle l'avait déjà fait plus de cent fois par le passé.

— Vous changeriez d'avis si je vous écrasais les pieds, répondit-il aussi rituellement.

Nate regrettait d'autant moins de ne pas danser qu'il n'était pas le seul à s'en abstenir. Il en profitait pour lier conversation avec ses voisins du moment et, selon son habitude, s'intéressait à ce qu'ils disaient. Il put ainsi renseigner Chess sur la plupart des convives. Fred Vanderbilt, le frère de George, était un yachtman si fervent qu'il considérait chaque minute passée sur la terre ferme comme du temps perdu. Louise, sa femme, partageait sa passion de la navigation. Les deux jouvencelles de Rhode Island, filles d'un financier de Wall Street, avaient été invitées par Florence Twombly, la sœur de George, qui essayait de marier son frère à l'une d'elles. Les Vanderbilt au complet étaient venus passer les fêtes de Noël à Biltmore ; malgré leurs extravagances qui défrayaient la chronique, le château de George les avait laissés sans voix. Seuls Florence et Fred restaient célébrer le nouvel an. Quant à Randall, George avait fait sa connaissance par l'intermédiaire de James Whistler dont il admirait la peinture depuis des années.

— George doit se frotter les mains que Randall soit là pour détourner sur lui la meute des chasseuses de mari ! conclut Nate en riant. J'ai vraiment été surpris de le voir. Je me suis même demandé si nous étions en Caroline du Nord ou de retour à Londres.

— C'est vrai, tout ici paraît irréel.

— Oh, non ! Tout est bien réel, il suffit d'aller au

426

sous-sol pour s'en convaincre. Le générateur électrique fait un vacarme à vous briser la tête.

George, qui s'approchait, entendit sa réflexion.

— Je vous avais pourtant averti, Nate. Vous auriez dû vous mettre du coton dans les oreilles. Puis-je vous enlever votre femme pour ce quadrille ?

Chess accepta avec plaisir. Plus elle connaissait George Vanderbilt, plus il lui était sympathique.

Au hasard des figures, elle eut à plusieurs reprises Randall pour partenaire sans qu'ils aient le temps d'échanger un mot. Ils mirent plus tard une valse à profit pour se fixer un rendez-vous secret.

— Je suis logé à l'autre bout du château, dans l'aile des célibataires, lui dit-il. Venez à la bibliothèque demain matin dès que vous serez habillée, je vous y attendrai. J'ai besoin de vous tenir dans mes bras autrement qu'en dansant.

— Rien que d'y penser, je n'en dormirai pas de la nuit.

— Moi non plus.

— Menteur !

— Je plaide coupable.

Chess éclata de rire. Un bref instant, Randall la serra contre lui à l'étouffer.

— Viens le plus tôt possible ou j'en deviendrai fou, lui souffla-t-il à l'oreille.

Randall s'arrangea pour danser encore avec elle quand minuit sonna. Aux yeux de tous, son baiser ne fut rien de moins que fraternel mais, dans le bref effleurement de ses lèvres, Chess reconnut son premier baiser donné, si longtemps auparavant, pendant leur pique-nique à Hampstead Heath. Et la douceur de ce souvenir lui embua les yeux.

Quelques heures à peine, et elle serait de nouveau dans ses bras.

La bibliothèque plut davantage à Chess que le reste de cette incroyable demeure. Les rayons chargés de livres en rendaient les proportions moins écrasantes à ses yeux que celles des autres pièces. Elle ouvrait un volume au hasard quand Randall apparut.

— J'ai eu le même réflexe, dit-il, et j'ai pu constater que tous les livres ici ont été lus, certains plusieurs fois. Le jeune Vanderbilt ne cesse de monter dans mon estime.

Il lui enleva le livre qu'il posa sur une table, la poussa vers un renfoncement. Leurs lèvres se joignirent, leurs corps s'étreignirent avec avidité.

— Je n'en puis plus, murmura-t-elle. Où pouvons-nous aller avant que je ne meure de désir?

Randall la prit par la main et l'entraîna en courant presque dans un dédale de couloirs. Finalement, il la poussa dans un profond cagibi, garni d'étagères pleines de linge et de serviettes, dont il referma la porte.

— Pardonne-moi, mais l'attente est insoutenable, dit-il en la serrant contre lui. Relève tes jupes, vite...

Saisis de la même frénésie, ils s'accouplèrent debout, accrochés l'un à l'autre pour ne pas tomber. Tout fut terminé en quelques secondes. Avec des sanglots de honte et de désespoir, Chess fondit en larmes.

— Pardon, répéta-t-il, pardonne-moi...

— Oh, Randall, je te pardonne! C'est moi qui suis inexcusable de me conduire comme une chienne en chaleur...

Il l'embrassa pour la faire taire mais ne fit que rallumer leur flamme.

— Non, gémit-elle, non, pas comme cela.

— Attends-moi, je vais voir si la voie est libre.

Seule dans l'obscurité, Chess tomba à genoux, accablée de dégoût envers elle-même. Quelle honte pour Nathan si son inconduite était découverte! Le monde entier se moque des maris trompés ou, pis encore, les plaint... Entendant la porte se rouvrir, elle leva d'instinct les bras pour dissimuler son visage.

— Ne crains rien, c'est moi, dit Randall. Donne-moi la main, tout ira bien.

Par un nouveau dédale de couloirs et d'escaliers, il la guida jusqu'à une petite salle de bains mansardée, dont la lucarne dominait un panorama de forêts enneigées. Elle vit des peignes et des brosses sur une table de toilette, du savon, des serviettes, de l'eau chaude dans un broc.

— Je t'attendrai à côté, dit Randall. Personne ne viendra ici, je te le garantis.

Une fois rajustée tant bien que mal, elle frappa à la porte voisine. Randall ouvrit, la mine décomposée.

— Je ne me pardonnerai jamais...

— Où sommes-nous, Randall? l'interrompit-elle. J'ai promis à Nathan de le rejoindre à neuf heures dans le jardin d'hiver pour le petit déjeuner.

— Il faut que nous parlions, Chess...

— Pas maintenant, Randall! Je ne suis pas en état de parler et je dois rejoindre Nathan. Comment y va-t-on?

Il la guida vers un escalier de service qui aboutissait dans le hall. En bas, lui dit-il, elle verrait le jardin d'hiver droit devant elle. Chess partit en courant.

Les convives l'accueillirent par des vœux de bonne année auxquels Chess répondit par des sourires contraints. Sans les rayons du soleil qui dardaient sur la verrière, elle n'aurait pas eu conscience d'avoir aussi froid.

Après le petit déjeuner, George proposa une expédition en traîneau à Buckspring Lodge, son rendez-vous de chasse du mont Pisgah, le plus haut sommet de la chaîne de montagnes voisine. Le trajet prenait plus d'une heure à l'aller et moins d'une demi-heure au retour. Nate et Chess acceptèrent d'enthousiasme, les sœurs à marier de Rhode Island en firent autant quand elles apprirent que George et Randall viendraient eux aussi. Au bout de longues tergiversations, il n'y eut de passagers que pour deux traîneaux.

— Pauvre George! s'esclaffa Nate en montrant d'un signe de tête le premier traîneau où sa sœur Florence l'avait embarqué avec les deux jouvencelles.

Chess, Randall et Nate étaient confortablement assis dans le second traîneau. Trop consciente de la cuisse de Randall contre la sienne sous la couverture de fourrure, Chess préféra ne penser qu'au tintement des clochettes du harnais, au crissement soyeux des patins dans la neige, à la beauté de cette journée d'hiver. Cette promenade en traîneau, la première de sa vie, la ravissait par sa douceur aérienne, si différente des cahots d'une voiture ou d'un wagon de chemin de fer. La course silencieuse du traîneau lui rappelait les sensations qu'elle éprouvait dans son canoë, qui glissait à la surface d'une eau souvent moins profonde que l'épaisseur de la neige. Mais un bateau ne laisse pas de traces de son passage, se dit-elle en voyant le double sillon imprimé dans la neige vierge par le traîneau qui les précédait. Chaque bateau peut se croire le premier, chaque voyage devient une aventure en territoire inconnu...

Le rendez-vous de chasse de George Vanderbilt n'était pas la rustique cabane de rondins que Chess avait imaginée mais un ensemble de quatre luxueux chalets. Dans l'un d'eux, aménagé en salle à manger, une table était servie devant une vaste cheminée où flambaient des bûches grosses comme des troncs d'arbre. Chess avait déjà fait honneur au petit déjeuner du jardin d'hiver; elle se contenta d'une tasse de café brûlant et sortit sous l'auvent, d'où l'on dominait un admirable panorama s'étendant jusqu'à l'horizon.

Elle entendit les pas de Nate derrière elle.

— Un aigle en plein vol n'a sans doute pas une vue plus étendue..., commença-t-elle.

430

Ce n'était pas Nate mais Randall.

— Il est impossible d'être seuls ici, lui dit-il à voix basse, et il nous reste peu de temps avant que je ne doive partir. Peux-tu te libérer cet après-midi ? Rejoins-moi sur la terrasse devant la bibliothèque, elle est abritée du froid et nous pourrons nous parler tranquillement.

Chess accepta sans se retourner. Il était trop proche, elle craignait de ne pouvoir se dominer si elle jetait les yeux sur lui. Et quand elle entendit ses pas s'éloigner et la porte se refermer, la sublime beauté des montagnes avait perdu le pouvoir d'apaiser son esprit tourmenté.

La descente sur Biltmore se déroula à une allure vertigineuse, car les chevaux devaient soutenir le galop pour ne pas être rattrapés par les traîneaux. Nate encourageait leur cocher de la voix et du geste, Chess ne pouvait retenir ses cris de joie mêlée de frayeur. Mais la rapidité de la course lui paraissait moins excitante et, surtout, moins dangereuse que le contact du corps de Randall, pressé contre le sien à chaque virage par la force centrifuge.

45

Chess fut hors d'état d'affronter les cinq services du déjeuner et la conversation des convives. Elle sentait couler dans ses veines un courant électrique plutôt que du sang, il lui fallait un peu de répit et de solitude pour apaiser ses nerfs tendus à se rompre.

— L'air de la montagne m'a assommée, dit-elle à Nate, et ces deux petits déjeuners m'ont coupé l'appétit. J'ai besoin d'une bonne sieste. Voulez-vous présenter mes excuses à tout le monde ?

— Bien sûr. Reposez-vous, je ferme les rideaux.

— Quel est votre programme cet après-midi, Nathan? demanda-t-elle d'un ton qu'elle espéra assez désinvolte.

— Je compte explorer Asheville. Si George n'a pas trop fait monter les prix, j'envisagerai peut-être d'acheter un bout de terrain.

— Nathan! Je n'ai aucune envie d'un château! Vous pouvez vous offrir à Standish toutes les chaudières et tous les générateurs électriques que vous voudrez.

— Du calme! dit Nate en riant. Je ne suis pas un Vanderbilt et je n'ai aucune intention de le devenir. Ses chalets m'ont simplement rappelé que la montagne était belle et qu'il serait agréable de voir le monde de haut. Vous n'aimeriez pas profiter de la fraîcheur en juillet et en août, quand on étouffe à Standish? Comme les Wilson, par exemple. Rappelez-vous la joie de Gussie quand elle était allée en vacances chez eux.

Chess admit très volontiers que le mois d'août en ville était insoutenable. Mieux encore, elle savait désormais que Nathan serait absent tout l'après-midi.

Après son départ, elle essaya de dormir. En vain. Elle était trop énervée, rien n'allait comme elle l'aurait voulu, tout se brouillait dans sa tête. Je devrais être heureuse de rejoindre bientôt Randall, se dit-elle. Il nous aura sûrement ménagé un endroit où nous serons en sûreté, pas quelque horrible placard. Nous serons comme à Londres, l'époque la plus heureuse de ma vie, quand nous nous retirions loin du monde dans les bras l'un de l'autre.

À ce souvenir, Chess s'étira voluptueusement mais ses nerfs trop tendus interrompirent son geste. Aussi incapable de se reposer que d'attendre, elle décida de se rendre tout de suite à leur rendez-vous.

La bibliothèque était déserte. Chess salua les livres, ses amis de toujours, qu'elle caressa du regard en traversant la pièce jusqu'à la porte-fenêtre. Quand elle l'ouvrit, la froidure lui coupa le souffle et elle dut resserrer sa cape autour d'elle. Comme l'ensemble de cette demeure, la terrasse était démesurée. Une pergola couverte de vigne vierge la protégeait de la chaleur en été ; mais elle était dégarnie en hiver, de sorte que le soleil avait réchauffé les dalles d'où montait une tiédeur bienfaisante. Au bout d'un instant, Chess relâcha sa cape et leva son visage vers le ciel pour l'offrir aux rayons du soleil.

— Vous ressemblez à une prêtresse d'Hélios.

Chess se retourna, son regard croisa celui de Randall. Elle y distingua une intensité inconnue qui lui fit battre le cœur. Des centaines de fois, leurs yeux avaient échangé des messages de désir. Cette fois, les yeux de Randall exprimaient aussi un sentiment plus profond — que Chess avait vainement espéré y déchiffrer auparavant.

— Je t'aime, Chess.

— Je t'aime, Randall, répondit-elle en écho.

Ils restèrent face à face, sans se toucher. Leurs regards, les mots qu'ils venaient de prononcer créaient entre eux un lien plus puissant, une étreinte plus intime que celle de deux corps unis dans l'amour physique.

— Quand viendras-tu ? demanda-t-il après un long silence.

— Que veux-tu dire ? N'y a-t-il pas de chambre disponible ?

Sa repartie le fit sourire.

— Gourmande ! J'en ai aussi envie que toi mais il nous faut encore un peu de patience. Nous devons d'abord mettre au point nos projets. Quand pourras-tu venir à Londres ?

— C'est impossible, Randall ! Je ne peux pas partir pour Londres sans une bonne raison. Que dirais-je à Nathan ?

— Tu ne m'as pas compris, mon amour. Je t'aime. Je n'aurais jamais cru que cela m'arriverait mais c'est ainsi. Je t'aime éperdument, irrévocablement. Je n'en ai pris la mesure qu'après ton départ, quand je me suis surpris à te chercher des yeux partout où j'allais, à tendre l'oreille pour entendre ton rire. Je veux t'épouser, comprends-tu? Combien de temps faudra-t-il pour organiser ton divorce?

Chess en resta abasourdie. Elle avait souvent rêvé d'entendre les mots *Je t'aime* sur les lèvres de Randall mais sans jamais aller au bout de ce rêve qu'elle croyait irréalisable. Et si elle voulait l'entendre les répéter dix fois, cent fois pour le graver à jamais dans son cœur, elle n'était pas prête à en envisager les conséquences.

— Je ne suis pas en état de réfléchir, Randall. Mon esprit doit... comment dire? s'y accoutumer...

— Je comprends. J'ai eu des mois pour y penser, il te faut bien quelques minutes. Dis-moi seulement que tu m'aimes et que tu veux m'épouser. C'est le premier pas, le plus important. Le reste se réglera de lui-même.

Elle secoua la tête, comme pour dénouer l'écheveau embrouillé de ses idées confuses.

— Je t'aime, Randall, mais je ne vois vraiment aucune solution pratique pour nous marier...

— Efface bien vite de ton front cette vilaine petite ride inquiète, dit-il avec un sourire indulgent. Nous trouverons un bon avocat qui saura ce qu'il faut faire. Ne te soucie de rien.

Chess ne fronçait pas les sourcils par inquiétude mais parce qu'elle tentait de se concentrer, de clarifier les pensées qui se heurtaient par centaines dans sa tête.

— Je ne sais pas si je pourrai vivre en Angleterre.

— Mais tu y as déjà vécu, voyons! Tu t'y plaisais, tu y as remporté des succès flatteurs. Ta place est là-bas, Chess. Tu n'es pas la première venue, tu es une Standish. Ta Confédération est morte, c'est l'Angleterre ta véritable patrie. Et puis, tu y vivras avec moi.

Le majestueux panorama des montagnes enneigées n'apporta pas de réponse à son trouble croissant.

— Je ne veux pas réfléchir, Randall, je veux

éprouver des sentiments puissants, indiscutables. Je veux que tu me serres dans tes bras, que tu me fasses l'amour. Maintenant, Randall. Tout de suite.

— Soit, nous parlerons plus tard. Prends l'ascenseur comme si tu remontais dans ta chambre et continue jusqu'au deuxième étage, je t'y attendrai. Je vais d'abord monter par l'escalier de service, donne-moi deux minutes d'avance.

— Embrasse-moi, Randall.

— Quand nous serons seuls, mon amour. Il y a trop de fenêtres qui donnent sur cette terrasse.

Aussitôt qu'elle sentit ses mains sur sa peau, Chess n'eut plus besoin de réfléchir. Elle n'avait pas enjolivé ses souvenirs, c'était bien une véritable extase qu'elle connaissait dans les bras de Randall, une extase qui l'emportait loin du monde et de ses soucis. Elle aimait, elle était aimée, rien d'autre ne comptait.

Dans la béatitude alanguie qui suivit l'amour, elle posa la tête sur la poitrine de Randall et caressa du bout des doigts ses muscles qui roulaient sous sa peau. Ses pensées s'apaisèrent, son inquiétude s'évanouit.

— Que fais-tu, Randall? murmura-t-elle.

— Que veux-tu dire par *faire*?

— Je me demandais simplement quelle occupation tu avais dans la vie, quel genre d'existence tu menais.

— Tu le sais déjà, mon amour. Je collectionne quelques œuvres d'art, je lis, je vais au théâtre, je vois mes amis, je fréquente mon club, je passe la Saison à Londres, je suis invité à la campagne au moment de la chasse, de temps en temps je me rends sur le Continent... Mmm! C'est bon, continue, dit-il en retenant la main de Chess sur sa cuisse. Quand nous serons mariés, nous serons bien entendu obligés de recevoir et de mener une vie plus mondaine que celle à laquelle je suis tenu en tant que célibataire. Nous pourrions acheter une maison de campagne avec un peu de terre pour chasser et louer une maison à Londres au moment de la Saison, ou le contraire selon ce que tu préféreras. Cela dépendra en grande partie de la pension que tu obtiendras de ton mari.

Chess cessa de le caresser et se redressa.

— Quelle pension de mon mari ?

— Un divorce est toujours assorti d'une pension ou du versement d'un capital, voyons, répondit-il en la reprenant dans ses bras. Je suis sûr que Nate se montrera généreux, il t'aime assez pour cela. Nous aurons les moyens d'acheter une maison, quelques chevaux…

Elle se dégagea, s'écarta, se redressa de nouveau.

— Tu perds la raison, Randall ! Me prends-tu pour une Consuelo Vanderbilt ? Combien au juste espères-tu que ce mariage te rapportera ?

— Je t'en prie, Chess, pas de mélodrame ! dit-il avec un regard d'où toute affection avait disparu. Tu n'es plus une enfant, tu sais fort bien qu'il faut de l'argent pour vivre décemment. On ne vit d'amour et d'eau fraîche que dans les mauvais romans à l'eau de rose. Les gens dans notre situation ont un rang à tenir, sinon la société les dédaigne.

Chess laissa son regard s'attarder sur cet homme séduisant qui avait si longtemps dominé son cœur et son esprit. Elle connaissait chaque pouce de son corps musclé, chaque boucle de ses cheveux ; son visage lui était plus familier que le sien pour l'avoir si souvent contemplé et, plus souvent encore, revu par la pensée. Et pourtant, elle avait tout à coup devant elle un étranger. Un inconnu. Elle ignorait presque tout de son cœur et de son esprit.

— Il faut que je m'en aille, Randall. Nathan va rentrer d'une minute à l'autre.

Il se redressa sur un coude, lui caressa le genou jusque sur la peau tendre de sa cuisse.

436

— Reste encore un peu. S'il rentre avant toi, tu trouveras toujours un prétexte à ton retard.

Malgré elle, son corps se tendit vers lui avec avidité.

— Non ! Non, pas maintenant.

Elle se ressaisit au prix d'un effort si douloureux que les larmes lui vinrent aux yeux, se leva d'un bond et courut s'enfermer dans la salle de bains.

Haletante, les jambes flageolantes, elle s'adossa à la porte. Au plus profond d'elle-même, quelque chose qu'elle ne pouvait nommer lui donna la force de partir. Une fois seule dans sa chambre, elle recouvra peu à peu assez de lucidité pour raisonner.

Je t'aime, avait-elle dit à Randall. *Je l'aime*, s'était-elle répété des milliers de fois à elle-même. Comment avait-elle pu se croire aussi certaine d'aimer un homme qui, elle s'en rendait compte à présent, lui était un parfait inconnu ? Non, se reprit elle, Randall n'était pas un inconnu. Il était conforme aux apparences de son personnage et il l'avait toujours été : un gentleman anglais au sommet de l'échelle d'une société aux structures rigides dont il était prisonnier. S'offusquer de l'entendre parler de divorce et de pension avait été de sa part une réaction puérile. Il ne lui avait jamais dit, ni même laissé supposer, qu'il voulait d'elle par intérêt. S'il cherchait vraiment un mariage d'argent, l'une ou l'autre des protégées de Florence ferait cent fois mieux l'affaire. Randall l'aimait d'amour, elle Chess, avec ses rides et ses mèches grises. N'était-ce pas stupéfiant ?

Alors, pourquoi n'était-elle pas folle de joie ? Elle en avait pourtant assez rêvé ! Elle n'avait rien désiré avec plus d'ardeur au monde que d'être aimée de Randall et de pouvoir l'aimer sans restriction. De faire l'amour avec lui aussi souvent qu'il serait humainement possible...

En réalité, c'est tout ce qu'ils avaient fait ensemble : l'amour physique. Mais ils ne s'étaient pas aimés.

Aimer, c'est autre chose. Aimer ne se résume pas à s'isoler du monde derrière une porte close. Aimer est mille fois plus dangereux, plus exaltant aussi que *faire* l'amour. Aimer, c'est vivre, apprendre, partager. L'amour, c'est deux êtres qui tracent les premières empreintes sur le champ de neige vierge d'une aventure chaque jour recommencée.

L'amour — le sien, le vrai —, c'était Nathan. Il en était ainsi depuis le premier jour où ils avaient ensemble pris ce pari insensé sur l'avenir. Nathan, vivre avec Nathan, représentait tout ce à quoi elle avait toujours aspiré — sauf au lit, bien sûr...

Et à qui la faute?

Un instant, Chess sentit remonter en elle toutes les frustrations et les rancœurs accumulées au cours de ses quinze ans de mariage. Nathan ne l'avait jamais désirée. Il l'avait même amenée à se croire laide, repoussante...

Sa moue de dépit se mua en sourire, son sourire en éclat de rire. Elle se savait désirable, oui ou non? Elle savait aussi combien il était facile pour un homme et une femme de se donner l'un l'autre du plaisir! Elle n'avait nul besoin de se consumer dans l'attente, en espérant que Nathan le lui enseignerait — elle en savait sans doute plus que lui et serait même capable de lui apprendre deux ou trois choses dans ce domaine. Elle avait hâte, maintenant, de l'entendre s'exclamer de stupeur, de le voir rougir d'embarras. Que de belles années d'amour s'ouvraient devant eux!

Le damas rouge de sa chambre renvoya longtemps l'écho de son rire qui fusait comme des bulles de champagne.

De retour d'Asheville, Nate alla dans sa chambre se changer pour le dîner. Voyant la porte de communication entre la chambre de Chess et la salle de bains ouverte, il s'apprêtait à la fermer quand il entendit sa voix :

— Venez, Nathan !

Étendue sur le lit, adossée aux oreillers, elle lisait, ses cheveux dénoués répandus sur son peignoir de soie.

— Encore couchée ? Vous avez fait une longue sieste ! Dommage que vous ne soyez pas venue avec moi, Chess. J'ai trouvé quatre lots de terrain à vendre près d'un village appelé Brevard. La route n'est pas fameuse mais le terrain est situé en plein sur la crête et la vue est superbe...

— Nathan ! l'interrompit-elle. Voulez-vous m'écouter ?

Il la regarda, étonné. Elle paraissait différente sans qu'il puisse dire exactement en quoi.

— Vous rendez-vous compte, Nathan, dit-elle avec un sourire, que nous sommes mariés depuis plus de quinze ans et que, pendant quinze ans, vous ne m'avez pas embrassée une seule fois ?

— Bah ! Mais si, sûrement...

— Pas une fois, Nathan. Venez m'embrasser, tout de suite.

Ah, les femmes ! Quelles étranges créatures, se dit-il avec un haussement d'épaules. Il s'approcha, se pencha vers elle et fit claquer sur sa joue un baiser sonore.

Avant qu'il ait pu se relever, Chess l'empoigna par le revers de sa veste.

— Pas comme cela, voyons ! On croirait que vous embrassez une poêle à frire.

Elle le déséquilibra en tirant d'un coup sec. Il tomba sur le lit, le visage dans l'oreiller. Chess le redressa, le tourna vers elle, posa ses lèvres sur les siennes, légèrement d'abord puis avec une insistance croissante. Elle lui mordilla la lèvre inférieure jusqu'à ce qu'il ouvre la bouche et que leurs langues entrent d'elles-mêmes en contact.

Lorsque Chess s'écarta enfin, il était hors d'haleine.

— Et maintenant, dites-moi que vous m'aimez.

— Bonté divine, Chess, qu'est-ce qui vous passe par la tête ? Que signifie cette lubie ?

— Dites-moi que vous m'aimez, Nathan.

— Vous le savez bien, voyons !

— Je n'en sais rien du tout parce que vous ne me l'avez jamais dit. Dites-le, Nathan.

— Je vous aime. Voilà, vous êtes contente ?

Désarçonné, rouge de confusion, il ne comprenait rien à ce qui lui arrivait. Chess éclata de rire.

— De quoi diable riez-vous ? De moi, bien sûr ! Votre conduite est incompréhensible, Chess. Cela suffit, maintenant.

— Ah non, cela ne suffit pas ! Ce que je fais aujourd'hui, j'aurais dû le faire il y a quinze ans ! Je n'oublierai jamais le jour où vous êtes venu voir mon grand-père. Vous vous laviez à la pompe et je me sentais toute bizarre à la vue de votre torse nu.

Tout en parlant, elle avait déboutonné sa veste et son gilet, dégrafé son col. Maintenant, elle lui caressait la poitrine du bout des ongles. Il frissonna et lui happa les poignets.

— Assez, voyons ! Ce n'est pas digne d'une... d'une lady comme vous !

Il était cramoisi. Chess rit de plus belle.

— Mais vous, vous n'êtes qu'un homme, mon amour. Oui, Nathan, je vous aime, mettez-vous bien cela dans la tête. Vous ne savez rien des prétendues ladies, comme vous dites, et il est grand temps de faire votre éducation. Lâchez-moi les mains que je puisse déboutonner votre pantalon...

— Chess, voyons !

— À moins que vous ne soyez plus rapide que moi, reprit-elle sans cesser de sourire. J'exige mes droits conjugaux, Nathan. Je veux que vous me fassiez l'amour comme il faut, comme je sais que vous savez vous y prendre. J'ai besoin de plaisir, de beaucoup de plaisir. Je dois rattraper quinze ans d'arriérés de plaisir, comprenez-vous ?

Ahuri, bouche bée, il lui lâcha les mains.

Il ne fallut pas longtemps à Nate pour se ressaisir et prendre l'initiative. Il fit l'amour avec lenteur, avec tendresse. Attentif à ses réactions, il sut prolonger le plaisir de Chess pour mieux le combler. Il découvrait avec émerveillement ce qui avait toujours existé entre eux et qu'il avait ignoré par aveuglement. Dans un véritable élan d'amour, ils atteignirent ensemble cette fusion de la chair et du cœur, de l'âme et du corps qui ne faisait d'eux qu'un seul être — comme le commandaient les Saintes Écritures...

Longtemps après, il lui prit le visage entre les mains et lui donna un baiser si plein de vraie tendresse que les yeux de Chess s'emplirent de larmes de joie. Il les séchait d'un nouveau baiser quand le premier gong du dîner résonna. Le comique de la situation les fit sourire. Leur véritable faim désormais apaisée, ils éprouvaient tous deux le même appétit pour des nourritures plus prosaïques.

Chess sourit au miroir qui lui renvoyait l'image radieuse d'une femme comblée. Elle n'aurait pas besoin de parler à Randall. D'un regard, il comprendrait qu'il n'avait plus de place dans sa vie. Pourtant, je lui dirai merci, décida-t-elle. Sans lui, je n'aurais jamais su ce que j'attendais de Nathan. Et je n'aurais pas eu l'audace de l'exiger si Randall ne m'avait révélé que je pouvais être désirable.

George Vanderbilt était décidément le plus attentionné des hôtes.

— Ne m'avez-vous pas dit, mon cher Nate, que vous aimeriez essayer mes pistes de bowling après le dîner ?

À travers la table, Nate lança un coup d'œil à sa femme. Chess aurait juré que leurs regards croisés avaient produit un éclair bleuâtre et un coup de tonnerre.

— Merci, mon cher George, mais j'ai changé

d'avis. Ce soir, je crois que je vais me coucher de bonne heure.

Chess porta sa serviette à ses lèvres pour dissimuler son sourire de triomphe.

— Échec et mat, Lily, chuchota-t-elle.

Ce livre est une œuvre de fiction. Personne n'a jamais vraiment réussi à battre Buck Duke.

Composition réalisée par INTERLIGNE

IMPRIMÉ EN FRANCE PAR BRODARD ET TAUPIN
Usine de La Flèche (Sarthe).
LIBRAIRIE GÉNÉRALE FRANÇAISE - 43, quai de Grenelle - 75015 Paris.
ISBN : 2-253-14122-4